LA HIJA DEL RELOJERO

Planeta Internacional

LARRY LOFTIS

LA HIJA DEL RELOJERO

Planeta

Título original: *The Watchmaker's Daughter*

Traducido por: Andrea Rivas

Bajo el sello editorial PLANETA M.R.
Avenida Presidente Masarik núm. 111,
Piso 2, Polanco V Sección, Miguel Hidalgo
C.P. 11560, Ciudad de México
www.planetadelibros.com.mx

Primera edición en formato epub: agosto de 2024
ISBN: 978-607-39-1806-0

Primera edición impresa en México: agosto de 2024
ISBN: 978-607-39-1674-5

Impreso en los talleres de Impregráfica Digital, S.A. de C.V.
Av. Coyoacán 100-D, Valle Norte, Benito Juárez
Ciudad De Mexico, C.P. 03103
Impreso en México - *Printed in Mexico*

Para Steve Price,
un verdadero Casper Ten Boom

Atrévete a hacer lo correcto,
no lo que te ordene el deseo,
aprovecha la ocasión con valentía
—no dudes en cobardía—,
la libertad viene de los actos,
no de los pensamientos más altos.
No desmayes ni temas,
sal a la acción y a la tormenta,
confía en Dios y en los mandamientos
que sigues con anhelo;
la libertad, exultante, dará la bienvenida
a tu espíritu con alegría.

Dietrich Bonhoeffer

ÍNDICE

Dramatis personae 11
Prólogo 13
Capítulo 1. Los relojeros 15
Capítulo 2. Juventudes hitlerianas 28
Capítulo 3. Persecución 32
Capítulo 4. Razias 44
Capítulo 5. Buceando 56
Capítulo 6. La guarida de los ángeles 64
Capítulo 7. Los bebés 76
Capítulo 8. Terror 86
Capítulo 9. Resistencia 96
Capítulo 10. El jefe 104
Capítulo 11. La misión 116
Capítulo 12. Seiscientos florines 126
Capítulo 13. Atrapados 134
Capítulo 14. Privilegiado 142
Capítulo 15. Prisión 149
Capítulo 16. Teniente Rahms 157
Capítulo 17. Huesos 169
Capítulo 18. Señora Hendriks 180
Capítulo 19. Resumen de justicia 186
Capítulo 20. Ravensbrück 193
Capítulo 21. Asesinato 206
Capítulo 22. El esqueleto 213
Capítulo 23. La lista 218

Capítulo 24. Edema 223
Capítulo 25. *Déjà vu* 233
Capítulo 26. La fábrica 238
Capítulo 27. Amar al enemigo 248
Epílogo 256
El resto de la historia 260
Apéndice 273
Nota del autor 277
Agradecimientos 281
Notas 283
Bibliografía 349
Créditos de fotografías 363
Índice analítico 365

DRAMATIS PERSONAE

Familia Ten Boom	Sobrenombre	Parentesco
Arnolda Johanna	Nollie	Hermana mayor de Corrie
Cocky Van Woerden		Sobrina de Corrie, hija de Nollie
Peter Van Woerden		Sobrino de Corrie, hijo de Nollie
Casper	Opa	Padre de Corrie
Cornelia Arnolda Johanna	Corrie (Tante Kees)	
Elisabeth	Betsie (Tante Bep)	Hermana mayor de Corrie
Willem		Hermano de Corrie
Christiaan Johanes	Kik	Sobrino de Corrie, hijo de Willem
Refugiados permanentes de Beje	**Sobrenombre**	
Hansje Frankfort-Israels	Thea	
Ronnie Gazan		
Mary Van Itallie		
Mirjam de Jong		
Leendert Kip		
Meta Monsanto	Tante Martha	
Paula Monsanto		
Meijer Mossel	Eusi	
Nel		
Hans Poley		
Señor De Vries		
Henk Wessels		
Henk Wiedijk		
Resistencia holandesa	**Sobrenombre**	
Hans Van Messel		
Reynout Siertsema	Arnold (nombre clave)	
Herman Sluring	Pickwick, tío Herman	
Otros	**Rol**	
Teniente Hans Rahms	Juez militar alemán	

PRÓLOGO

Era una figura imponente.

El teniente Hans Rahms, apuesto y de hombros anchos, parecía una escultura en su uniforme alemán. Su postura erguida y expresión plácida sugerían que era un modelo de soldado nazi. Pero era mucho más que un oficial de las SS supervisando una cárcel: era el juez militar que decidiría el destino de Corrie. En esencia, Rahms era juez, jurado y verdugo. Con un movimiento de su mano tenía el poder de enviar a alguien a la horca o a un campo de concentración.

Mientras Corrie estaba de pie frente a su escritorio pudo ver una pila de papeles —*sus* propios papeles—. Se trataba de las notas de sus varias actividades secretas —incluidas tarjetas de racionamiento— que contenían los nombres y direcciones de amigos, judíos y trabajadores de la resistencia. La Gestapo las había encontrado durante la búsqueda hecha en el Beje y, aparentemente, se las había enviado a la prisión.

—¿Puede explicar estas páginas? —preguntó Rahms.

A Corrie le retumbaba el corazón. Además de incriminarla por numerosos crímenes capitales, cada nombre en aquella lista estaba en peligro. Si la Gestapo los encontraba, los trabajadores secretos serían arrestados y enviados a campos de concentración o fusilados. Los judíos que aparecían en los papeles serían detenidos para luego enviarlos a un campo de exterminio. Pero ¿qué podía decirle al teniente? ¿Que esas no eran sus notas? No, este era el final. Para ella, para todos.

—No, no puedo.

CAPÍTULO 1

LOS RELOJEROS

Tic, tac. Tic, tac. Tic, tac.

Era un sonido relajante, metódico y predecible. La tienda de Willem Ten Boom en el número 19 de Barteljorisstraat en Haarlem, Holanda, era pequeña, y el tictac de sus relojes parecía invitar a conversar y a la amistad. Había alquilado la casa en 1873 para comenzar su empresa de relojes, que era una gran ruptura con el negocio de jardinería de su padre. Como la mayor parte de los edificios de la ciudad, el primer piso albergaba al negocio mientras que el área residencial se ubicaba en los pisos segundo y tercero.

Willem se casó con Geertruida Van Gogh en 1841 y tres años más tarde ocurrió algo inusual en el Beje, el nombre del negocio de los Ten Boom. Dominee Witteveen, el ministro de la Iglesia Reformada holandesa, llamó a Willem un día con una petición peculiar:

—Sabes que las Escrituras nos dicen que recemos por la paz en Jerusalén y por la bendición del pueblo judío.

Era una petición extraña para el momento —pocos cristianos holandeses habían escuchado sobre la exhortación bíblica a orar por Israel—, pero Willem accedió.

—Siempre he amado al antiguo pueblo de Dios —le dijo a Witteveen—, ellos nos dieron nuestra Biblia y a nuestro Salvador.

Con este sencillo estímulo, Willem comenzó a invitar amigos a orar por Jerusalén y los judíos. Fue un legado que heredaría a sus hijos y a sus nietos.

En 1856 Geertruida murió de tuberculosis y, dos años más tarde, Willem contrajo matrimonio con Elisabeth Bell. Su primer hijo, Casper, nació un año después. Casper aprendió todo del negocio familiar con su padre durante muchos años y cuando cumplió 18 abrió una relojería en Rapenburg, el barrio judío de Ámsterdam.

Se estableció en la comunidad, con mucha admiración por sus vecinos.

—Hasta donde puedo recordar —diría después—, el retrato de Isaac da Costa[1] ha estado colgado en nuestra sala. Este hombre de Dios, con un corazón que arde por Israel, por su propio pueblo, ha tenido una fuerte influencia en nuestra familia.

Casper se unía con regularidad a los judíos de Ámsterdam durante el *sabbat* y los días sagrados, estudiaba el Talmud con ellos, y se sorprendió gratamente cuando le pidieron que les explicara el cumplimiento de las profecías del Antiguo Testamento en el Nuevo Testamento.

Cuando cumplió 25 años, Casper contrajo matrimonio con una joven llamada Cornelia (Cor) Luitingh. Tuvieron a su primera hija en 1885 y la llamaron Elisabeth (Betsie), seguida por Willem el año siguiente. En 1890 tuvieron otra hija, Arnolda (Nollie) Johanna, y luego una tercera hija, una niña prematura y enfermiza, el 15 de abril de 1892.

La llamaron Cornelia (Corrie) Arnolda Johanna.

Cor registró en su diario tanto angustia como esperanza: «El Señor nos ha dado una bebé muy débil y pequeña: Corrie. Oh, pobre cosita que era. Casi muerta, era de un blanco azulado y nunca vi nada que me diera más lástima. Nadie pensó que fuera a sobrevivir».

Pero vivió, aunque tenía solo seis meses cuando murió Willem, su abuelo. Pero Willem lo había planeado todo para que Casper continuara en el negocio familiar, así que, tras su muerte, Casper y Cor volvieron a Haarlem para hacerse cargo de la relojería. Unos cuantos años después, en 1897, Elisabeth se mudó fuera del Beje para que Casper, Cor y sus hijos pudieran vivir ahí.

Casper retomó las cosas donde su padre las había dejado, mejorando sus habilidades de relojero como aprendiz de Hoü, que era considerado el mejor del mundo. En su tienda en el Beje, Casper colgó el grabado de un artista holandés sobre su escritorio.

---

1. Isaac da Costa fue un abogado y poeta judío portugués convertido a la cristiandad. A lo largo de su vida trabajó para que los cristianos holandeses oraran por Jerusalén y el pueblo judío (nota del autor, en adelante N. del A.).

El grabado del relojero.

La traducción al español dice:

EL RELOJERO

Aquel que está preparado para cuando
el momento llegue.
Oh, hombre, cuida tu alma
Mientras el reloj avanza,
Pues cuando nos gana el peso
De esta brevísima vida
No hay quien nos dé regreso
Por toda la plata habida.

Casper trabajando en la relojería del Beje.

Era un acertado resumen de la vida de Casper Ten Boom.

Esperaba poder heredarle el negocio a su hijo, pero poco después de cumplir los 18 años, Willem le informó a su padre que no quería continuar con la relojería, pues quería convertirse en ministro. A pesar de la decepción, Casper comprendió y le dio la bendición para que fuera a la Universidad de Leiden a estudiar teología. Sin embargo Corrie, que tenía 12 años, anunció a su padre que *ella* quería convertirse en relojera. Afortunadamente alguien en la familia seguiría con el negocio, así que comenzó a instruirla.

Willem completó sus estudios en teología en 1916 y finalmente aceptaría un puesto en una iglesia en Zuylen, un pintoresco poblado en las afueras de Utrecht. Para su sorpresa, la iglesia le permitía tener un día semanal para continuar sus estudios en una famosa universidad. De inmediato, Willem se sumergió en un tema que le fascinaba tanto como le preocupaba: el antisemitismo. Este cáncer había echado sus raíces en Alemania y Francia, y él no podía dejar de estudiarlo.

La familia Ten Boom en 1902. De izquierda a derecha: Betsie, Nollie, Casper, Willem, Cor y Corrie.

—El estudio del antisemitismo me cautivó desde el principio —le contó a su prometida Tine Van Veen un día—, pero ahora que estoy profundizando en el tema se está apoderando de mí. No puedo alejarme de él. El asunto del judaísmo me persigue. Es muy peligroso. El antisemitismo tiene repercusiones que afectan al mundo entero.

Willem no sabía cuán proféticas resultarían sus palabras.

Mientras tanto, Corrie trabajaba con diligencia para convertirse en una auxiliar competente de su padre. Tenía su propio espacio de trabajo en la tienda y Casper la instaba a ser puntual, diligente y tenaz. Sin embargo y sin lugar a dudas, también la alentaba. A pesar de que ahora era reconocido como el mejor relojero en Holanda, un día le dijo:

—Hija, confío en que te convertirás en una relojera más hábil que tu padre.

Conforme pasaron los años, Corrie añoraba poder mejorar sus habilidades y presionaba a su padre:

—Papá, siempre que alguien trae un reloj roto para reparar tengo que preguntarte a ti o al relojero cuál es el problema. Me gustaría conocer mejor el interior de los relojes.

Los hermanos Ten Boom en 1910. De izquierda a derecha: Nollie, Corrie, Willem y Betsie.

Sin embargo, en aquel tiempo las escuelas de relojería existían solo en Suiza y Casper no podía permitirse enviar a su hija. A pesar de ello, él y Corrie mantuvieron esa meta en sus mentes: de algún modo encontrarían el camino.

No mucho tiempo después, Corrie estaba haciendo correcciones a uno de los artículos que escribía su padre para su revista semanal de relojería. La historia se centraba en un reloj extraordinario —el más caro del mundo— que había sido mandado a hacer bajo la petición del emperador de Austria. Desde entonces, el emperador había abdicado y por lo tanto no podía permitirse pagarlo. Estaba hecho de oro macizo y era el primer reloj de bolsillo que hacía sonar una melodía —el *Ranz des Vaches*—, una canción folclórica suiza. Casper concluía el artículo felicitando al afortunado relojero que finalmente lograra venderlo.

Algunos días después, uno de los clientes habituales entró con una petición especial:

—Me gustaría tener un reloj que nadie más tenga —anunció el hombre—. ¿Será posible? No importa cuál sea el precio.

Casper mencionó el reloj del *Ranz des Vaches*, haciendo notar que se encontraba en Suiza. El hombre hizo el pago en aquel mismo momento diciendo que iría a Suiza esa semana y lo recogería él mismo. La comisión que recibió Casper por la venta fue tan grande que cubrió los gastos completos de la escuela de Corrie y sus prácticas de relojera en dos fábricas de relojes en Suiza.

La hija del relojero se convertiría en relojera.

Cuando Corrie terminó su aprendizaje volvió a casa para ayudar de nuevo a su padre. El 17 de octubre de 1921 murió Cor, la madre de Corrie. Casper tenía el corazón deshecho y Corrie registró las palabras de su padre mientras miraba por última vez a la mujer que amaba:

—Este es el día más triste de mi vida. Gracias, Señor, por habérmela dado.

Ese mismo año, Corrie se convirtió en la primera mujer con licencia de relojera en Holanda. Con el tiempo, fue ella quien se hizo cargo de la mayor parte del negocio que llegaba a la tienda Ten Boom.

Mientras tanto, Willem siguió predicando y escribiendo sobre antisemitismo, y en 1925 la Sociedad Holandesa por Israel le preguntó si consideraría tomar un trabajo especial como misionero a favor de los judíos en Ámsterdam. En preparación para este trabajo, la sociedad sugirió que Willem se tomara un año para estudiar en el Institutum Judaicum en Leipzig, Alemania. Willem aceptó tan rápido como llegó la oferta y, una vez en Alemania, comenzó a hacer trabajo de investigación para obtener un doctorado. Durante los tres años que siguieron, trabajó en su disertación doctoral: «Entstehung des Modernen Rassenantisemitismus in Frankreich und Deutschland» (El nacimiento del antisemitismo moderno racial en Francia y Alemania).

Mientras Willem escribía su disertación en Leipzig, Adolf Hitler se preparaba para publicar su propio trabajo: el antisemita *Mein Kampf*.[2] Aunque Willem desconocía el libro de Hitler, había visto suficiente como para saber que los problemas estaban cerca. En una carta a Tine escribió: «Creo que en pocos años habrá pogromos mucho peores de los que hemos visto hasta ahora. Incontables judíos del este vendrán a buscar refugio a la frontera con nuestro país. Debemos prepararnos».

Willem recibió su doctorado en 1928, su disertación sobre el antisemitismo se publicó dos años después del segundo volumen de *Mein Kampf* de Hitler y solo cinco años antes del acenso de este al poder. El joven erudito holandés —educado y publicado en Alemania— había lanzado el guantelete, por así decirlo, a las entrañas de la bestia. Sería el inicio de un largo y temerario enfrentamiento entre los Ten Boom y los nazis.

Casper y la tienda Ten Boom, aproximadamente 1905.

Cuando Willem terminó sus estudios, comenzó a ser ministro para los judíos. Varios días por semana visitaba el cuartel judío de Ámsterdam, participando en alguna discusión, ofreciendo Biblias. Y, al típico estilo Boom, abrió las puertas de su casa a cualquiera que lo necesitara. La llamó Teodoción, regalo de Dios. En pocos años aquel hogar sería llamado para salvar vidas judías.

El 30 de enero de 1933, el presidente alemán Paul von Hindenburg, bajo presión de sus consejeros de gabinete y en contra de su mejor juicio,[3] nombró a Adolf Hitler como canciller de Alemania.

2. *Mein Kampf* fue publicado en dos volúmenes, el primero apareció en 1925 y el segundo en 1926 (N. del A.).

3. A Hindenburg no le gustaba Hitler y previamente le había dicho al general Kurt

Doctor Willem Ten Boom.

La reina Wilhelmina, al ver la situación de Alemania en relación con sus Países Bajos, supo que ese nombramiento traería problemas.

—El viejo presidente Hindenburg aún estaba al timón —recordaba—, pero Mussolini nos había mostrado con cuánta rapidez puede ser movida la autoridad legítima por fuerzas fascistas. No dudé que Hitler pronto establecería una dictadura.

Una vez instalado, Hitler no desperdició tiempo para comenzar su persecución de judíos. El primero de abril instituyó un boicot de un día en contra de los negocios judíos. A lo largo de todo el país hombres de la SA[4] impedían a los clientes la entrada a las tiendas judías. Sin embargo, muchos alemanes enfurecieron y se rehusaron a obedecer. En Berlín, por ejemplo, Julie Bonhoeffer —la abuela de 90 años del pastor luterano Dietrich Bonhoeffer— se abrió paso a través de una barrera nazi para hacer sus compras en una tienda judía.

Pero el boicot era solo el comienzo. Seis días después, el gobierno nazi impidió a los judíos acceder a cualquier tipo de servicio civil, incluidas las escuelas y universidades, lo que resultó en el despido de todo el profesorado judío. Además, se les prohibió practicar leyes y medicina. En total se promulgaron 42 leyes de discriminación contra los judíos. El siguiente año se aprobaron 19 leyes nuevas y en 1935 otras 29. Las Leyes de Nuremberg, como fueron conocidas las pro-

---

von Hammerstein que «no tenía intención alguna de convertir a ese cabo austriaco en ministro de Defensa ni canciller del Reich» (N. del A.).

4. La SA (Sturmabteilung, literalmente traducido como 'destacamento de tormentas' y conocido también como sección de asalto) era una de las dos organizaciones paramilitares de Hitler (las SS eran la otra) y fue conformada en 1920. Conocidos como «camisas pardas» o «tropas de asalto», estos hombres eran usados por Hitler como un instrumento de terror callejero (N. del A.).

mulgaciones de 1935, les arrebataron su ciudadanía a los judíos alemanes, les prohibieron casarse con personas arias e incluso volvieron ilegales los amoríos entre judíos y no judíos.

El marzo siguiente, Hitler ordenó a sus tropas que reocuparan Renania, un área que rodea el río Rhin y que Alemania perdió durante la Primera Guerra Mundial. Fue un acto de agresión, pero la comunidad internacional —quizá renuentes a oponerse a un país que reclama lo que antes fuesen sus tierras— permaneció en un largo silencio. En el lado diplomático, Hitler trabajó para mantener a todos en calma; el Ministerio Federal de Asuntos Exteriores de Alemania le aseguró en repetidas ocasiones al gobierno de Países Bajos que el Reich respetaría la neutralidad holandesa.

Ese verano, Berlín fue anfitrión de las Olimpiadas de 1936 y Hitler, deseoso de ofrecer la mejor cara de Alemania, relajó la persecución de los judíos. Sin embargo, después de los juegos, cuando la mayor parte de la prensa internacional se hubo ido, se incrementaron los ataques nazis. Ahora estaba prohibido que los judíos se quedaran en hoteles, que se acercaran a restaurantes o tiendas de propietarios no judíos e incluso se prohibió que se sentaran en parques reservados para los arios.

Los nazis no se limitaron a la persecución de judíos; también fueron tras los cristianos. En 1937 arrestaron a Martin Niemöller, pastor influyente de Berlín, cabeza de la Iglesia Confesante, antinazi. Su crimen, de acuerdo con las acusaciones, consistió en «ataques maliciosos contra el Estado». Se le dio una fianza a pagar, un periodo corto en la prisión y luego fue liberado. No obstante, al escuchar las noticias de la liberación de Niemöller,[5] Hitler ordenó que se le volviera a arrestar y fue enviado al campo de concentración de Sachsenhausen.

Sin embargo, en Holanda las cosas aún estaban bastante normales. En 1937, la princesa Juliana contrajo matrimonio con Bernhard

---

5. Niemöller pasaría los siguientes siete años —mayormente en aislamiento— en los campos de concentración de Sachsenhausen y en Dachau. Es famoso por su confesión: «Primero fueron tras los judíos. Guardé silencio. Yo no era judío. Luego fueron tras los comunistas. Guardé silencio. Yo no era comunista. Luego fueron tras los sindicatos. Guardé silencio. Yo no era del sindicato. Luego fueron tras de mí. No quedaba nadie para levantar la voz por mí». (N. del A.).

de Lippe-Biesterfeld, un príncipe de —entre todos los lugares posibles— Alemania. Ese mismo año los Ten Boom celebraron el aniversario número 100 de su negocio de relojes. Corrie estaba orgullosa de que su linaje como relojera le viniera desde su abuelo Willem, quien abrió en primer lugar la tienda en el Beje. La vida en Haarlem era pacífica, pero las cosas comenzarían a cambiar antes de que pasara un año.

En marzo de 1938, Alemania anexó Austria y alrededor de 183 000 judíos austriacos sufrieron la misma persecución que los judíos de Alemania. Para cuando llegó el verano, la mayor parte de los negocios judíos en el Reich ahora estaban bajo el poder de los alemanes. El otoño, sin embargo, trajo consigo un destello de esperanza. El 29 de septiembre, el primer ministro británico, Neville Chamberlain, junto con el primer ministro francés, Édouard Daladier, se encontraron con Hitler en Múnich y firmaron un acuerdo en el que reconocían la anexión por parte de Alemania de la región sur de Checoslovaquia. Al llegar a Londres, Chamberlain anunció que el Acuerdo de Múnich había asegurado «paz en nuestro tiempo».

En Países Bajos, sin embargo, la reina Wilhelmina creía lo contrario: «La pregunta principal era qué significarían los nacionalsocialismos para el resto de Europa», escribiría más tarde. «Para la primavera de 1938, cuando Hitler invadió Austria, la respuesta me era clara. Las políticas alemanas resultarían una catástrofe para Europa».

«No bien se había apoderado de Austria, Hitler comenzó a crear problemas en Checoslovaquia… Su hambre de tierras no había cesado. Para mí se había vuelto evidente que Hitler seguiría adelante, que, para él, conseguir un objetivo solo significaba comenzar a trabajar en conseguir su siguiente deseo territorial, y que involucraría a toda Europa en su juego tan pronto como considerara que era el momento justo. El preludio al ataque traicionero a nuestro país ya había comenzado».

A pesar del Acuerdo de Múnich, Hitler continuó su furia contra los judíos. Menos de un mes después del acuerdo, el 27 de octubre, 18 000 judíos alemanes fueron arrestados, los metieron en vehículos ganaderos y luego los enviaron a la frontera con Polonia. La familia Grynszpan —que acababa de ser expulsada de Hannover— estaba entre los deportados. Cuando el tren llegó a la frontera polaca, Berta

Grynszpan envió una carta a su hermano de 17 años, Herschel, que vivía en París. Al enterarse de cómo había sido tratada su familia —especialmente el viaje a Polonia sin comida ni agua—, el muchacho enfureció.

La mañana del 6 de noviembre, Herschel compró una pistola y se dirigió a la embajada alemana. Pidió ver al embajador, Johannes von Welczeck, pero el diplomático se marchó sin recibirlo. Herschel insistió en ver a alguien que pudiera recibir un documento importante y lo escoltaron hasta la oficina del tercer secretario, Ernst vom Rath. Cuando Vom Rath le pidió ver el documento, Herschel gritó:

—¡Eres un asqueroso alemán! Y toma, en nombre de 12 000 judíos perseguidos, ¡aquí está tu documento!

Herschel disparó cinco veces, de las cuales erró tres tiros, pero dos le dieron a Vom Rath en el abdomen. Herschel fue arrestado y a Vom Rath lo llevaron al hospital, lo que desencadenó una reacción que recuerda a la que siguió al asesinato del archiduque Franz Ferdinand en 1914.[6]

Cuando las noticias del tiroteo llegaron a Berlín, el ministro de propaganda de Hitler, Joseph Goebbels, aprovechó la oportunidad para seguir persiguiendo judíos. Ordenó a todos los periódicos no solo cubrir la historia, sino volverla la página principal: «Todos los periódicos alemanes deben contener reportajes a gran escala sobre el intento de asesinato al tercer secretario de la Embajada en París. Las noticias deben dominar la primera página por completo… Deberá señalarse en todas las ediciones posibles que este intento de asesinato perpetrado por un judío debe acarrear las consecuencias más severas para los judíos radicados en Alemania».

Los editores cumplieron con las instrucciones de Goebbles y la crisis se expandió cuando la noticia de la muerte de Vom Rath llegó a oídos de Hitler en Múnich a las nueve de la noche del 9 de noviembre. Hitler decidió que se permitirían manifestaciones contra hogares y negocios judíos y se retiraría a la policía de las calles. Unas tres horas más tarde, el jefe de la Gestapo, Heinrich Müller, envió una orden a

6. Gavrilo Princip, un serbio de 19 años, asesinó al archiduque austriaco Franz Ferdinand en Sarajevo el 28 de junio de 1914. El evento es considerado la causa más inmediata de la Primera Guerra Mundial (N. del A.).

la policía de todo el país: «Pronto comenzarán a llevarse a cabo acciones contra los judíos a lo largo y ancho de todo el Reich, especialmente en contra de sus sinagogas. No se debe interferir con dichas acciones... Se deben hacer preparativos para el arresto de alrededor de 20 000 a 30 000 judíos».

Divisiones individuales de la SA recibieron sus propias instrucciones en menos de una hora. En Colonia, por ejemplo, se les ordenó a los miembros de la SA que prendieran fuego a todas las sinagogas a las cuatro de la mañana y que avanzaran con ataques en contra de las tiendas y hogares judíos dos horas más tarde.

Los nazis de Hitler desataron una destrucción asombrosa aquella noche. El evento fue conocido como *Kristallnacht* —la noche de los cristales rotos—. Para cuando terminó el alboroto, la tarde del 10 de noviembre, alrededor de 2 000 sinagogas habían sido incendiadas, casi 7 500 negocios judíos destrozados, al menos 96 judíos asesinados y otros 30 000, arrestados y enviados a campos de concentración.

Cuando los holandeses escucharon las noticias, algunos protestaron y otros emitieron advertencias, pero las opiniones estaban mezcladas. Muchos no estaban al tanto de los horrores de la noche de los cristales rotos, mientras que aquellos que sí sabían asumieron que semejantes atrocidades nunca ocurrirían en los Países Bajos. Sin embargo, los corazones de los holandeses se compadecieron y donaron 400 000 florines en una colecta nacional para apoyar a los judíos que habían huido a Holanda.

Mientras tanto, el negocio en el Beje siguió sin cambio alguno, y la tienda de relojes siguió creciendo. Para satisfacer la alta demanda, Casper contrató a un hombre, el señor Ineke, para asistir en la reparación de relojes; también contrató a una mujer llamada Henny Van Dantzig para ayudar con las ventas. Además, los Ten Boom tenían varios proveedores en Alemania y Casper y Corrie regularmente intercambiaban correspondencia y materiales con ellos. Sin embargo, conforme se acercaban las últimas semanas del año 1938, Corrie notó algo inusual.

Siempre que los proveedores eran compañías con propietarios judíos, le devolvían toda la correspondencia con el aviso «Dirección desconocida».

CAPÍTULO 2

JUVENTUDES HITLERIANAS

Parecía extraño que en la primavera de 1939 un alemán viniera a Haarlem para trabajar como aprendiz de Casper Ten Boom, el mejor relojero de Holanda. Después de todo, Alemania se había anexado Austria y los Sudetes un año antes,[1] y Adolf Hitler parecía empeñado en adquirir más territorio. Sin embargo, para los Ten Boom todo siguió como de costumbre. La reputación de Casper era conocida ahora en gran parte de Europa y el taller Ten Boom había empleado a numerosos aprendices alemanes a lo largo de los años.

Este último empleado, sin embargo, era diferente. Otto Altschuler era alto y bien parecido, y había llegado al Beje — nombre con el que se conocía la relojería de los Ten Boom— por recomendación de una firma respetable de Berlín. Era un buen empleado y además era muy cortés con Casper —a quien todos llamaban Opa (abuelo)—, pero desde el inicio hubo algo en Otto que no le gustaba a Corrie. Como relojera competente, ella se había convertido en la asistente en jefe y aparente heredera de su padre, y trabajaba de manera muy cercana a los aprendices.

La primera duda se suscitó un día en que Otto anunció con orgullo que era miembro de las Juventudes Hitlerianas. Para los Ten Boom esto no significaba nada, pero habría sido alarmante para cualquiera que viviera en Alemania. Las Juventudes Hitlerianas, fundadas en 1922, eran una organización nazi para chicos entre 14 y 18 años. Por órdenes de Hitler, los miembros debían ser «esbeltos

1. Alemania se anexó la región checoslovaca de los Sudetes en marzo de 1938 y comenzó a ocupar el territorio el 5 de octubre de ese mismo año. Hacia el 15 de marzo de 1939, la ocupación estuvo terminada y Hitler añadió Bohemia y Moravia a sus conquistas (N. del A.).

y finos, rápidos como galgos, resistentes como el cuero y duros como el acero Krupp».

El primero de diciembre de 1936, el Führer promulgó una ley que prohibía todas las organizaciones juveniles no nazis, en la que declaraba: «Toda la juventud alemana en el Reich está organizada dentro de las Juventudes Hitlerianas. La juventud alemana, además de ser educada en el seno de la familia y de la escuela, deberá ser educada física, intelectual y moralmente en el espíritu del nacionalsocialismo».

Primero que nada, las Juventudes Hitlerianas fueron una herramienta de propaganda para adoctrinar a las mentes jóvenes en la ideología nazi. Y la reeducación empezaba mucho antes de la adolescencia. Desde los seis hasta los 10 años, los niños atendían a un aprendizaje previo a las Juventudes Hitlerianas; se les entregaban libros de desempeño para registrar su progreso a través de los ideales nazis. A los 10 años, cada niño era sometido a pruebas de atletismo, acampada e historia nazi. Si aprobaba, se graduaba en los *Jungvolk* («Jóvenes»), donde hacía un juramento:

> En la presencia de esta bandera de sangre, que representa a nuestro Führer, juro entregar toda mi fuerza y energía al salvador de nuestro país, Adolf Hitler. Estoy dispuesto y preparado para dar mi vida por él, y que Dios me ayude.

Las niñas no estaban excluidas del adoctrinamiento. De los 10 a los 14 años eran enlistadas en una organización llamada *Jungmädelbund* (la Liga de Chicas Jóvenes). Como su contraparte masculina, salían en largas marchas y atendían clases con la ideología nacionalsocialista, pero también se les alentaba a convertirse en madres sanas de fuertes niños nazis. A los 14 años, las niñas entraban a la Bund Deutscher Mädel (la Liga de Muchachas Alemanas), donde continuaba el adoctrinamiento.

Cuando los niños cumplían 14, eran enviados a las Juventudes Hitlerianas en forma, y permanecían allí hasta los 18 años, momento en el que eran enlistados en el ejército alemán. Desde el inicio, el propósito de la organización fue preparar a los niños para que se convirtieran en matones callejeros paramilitares como los de la SA. Eran entrenados en el uso de rifles y ametralladoras y asistían a un campamento militar de un mes de duración. No es sorprendente que las Juventudes Hitlerianas trabajaran junto con la SA para orquestar los terrores de la noche de los cristales rotos.

Los padres que no enlistaban a sus hijos en las Juventudes Hitlerianas eran amenazados con ser enviados a la cárcel y con que sus hijos irían a orfanatos. Y las amenazas eran efectivas: hacia el final de 1938, los integrantes de las Juventudes Hitlerianas eran casi ocho millones. Sin embargo, había unos cuatro millones de hombres jóvenes que no se habían unido, de manera que en marzo de 1939 el Reich emitió una ley que obligaba a todos los niños a unirse a las Juventudes Hitlerianas del mismo modo en que los chicos de 18 años debían enlistarse en el ejército.

Conforme pasaban los días, los Ten Boom se percataron de que Otto era distinto a los aprendices alemanes anteriores. Al inicio hacía críticas sutiles sobre la gente y los productos holandeses, seguido por la proclamación: «El mundo verá de lo que son capaces los alemanes». Poco después le diría a Corrie que el Antiguo Testamento era el «Libro de las Mentiras» de los judíos.

Opa, sin embargo, no estaba preocupado.

—Lo han educado mal —le dijo a Corrie—. Pero mirándonos, viendo que amamos este libro y somos gente buena, se dará cuenta de su error.

Unas semanas después, sin embargo, fue revelado el lado siniestro de Otto. Un día la casera de Otto fue al Beje para dar informes a los Ten Boom sobre su joven empleado. Aquella misma mañana la mujer estaba cambiando las sábanas de la cama de Otto cuando encontró algo bajo su almohada. Y sacó de su bolso un cuchillo con una navaja curva de 10 pulgadas.

Opa volvió a darle el beneficio de la duda a Otto.

—Probablemente el chico está asustado —dijo—, está solo en un país extraño. Seguramente la compró para protegerse.

Corrie reflexionó sobre el asunto. Era cierto que Otto estaba solo y no hablaba holandés. Además de Opa, Betsie y Corrie —que hablaban alemán—, no tenía nadie con quien charlar. Quizá padre tenía razón.

Sin embargo, a medida que pasaba el tiempo, Corrie se percató de algo más. Otto parecía ser frío e irrespetuoso con el señor Christoffels —un caballero mayor que Opa había contratado para ayudar con las reparaciones—, pero tal vez se trataba simplemente de falta de consideración. Le mencionó esta preocupación a su hermano Willem cuando estaba de visita un día, quien borró de inmediato las esperanzas de Corrie.

—Es muy deliberado —dijo—. Es porque Christoffels es viejo. Los viejos no tienen valor para el Estado. También es más difícil entrenarlos en las nuevas formas de pensar. Alemania enseña sistemáticamente a faltar el respeto a la vejez.

Al escuchar la conversación, Opa argumentó que Otto siempre había sido respetuoso con él mismo, que era un poco más viejo que Christoffels.

—Contigo es distinto —dijo Willem—. Tú eres el jefe. Esa es otra parte del sistema: respeto a la autoridad. Son los viejos y los débiles quienes deben ser eliminados.

Corrie y Opa solo podían menear la cabeza. ¿Era posible una ideología tan vil?

Unos cuantos días después, recibieron respuesta a su pregunta. Una mañana el señor Christoffels entró dando tropezones en la tienda, con una mejilla sangrando y la chaqueta desgarrada. Había perdido su sombrero, así que Corrie salió de la tienda, apresurándose para llevárselo de vuelta a su dueño. Andando sobre los pasos que el viejo había tomado para llegar al trabajo, se percató de un par de personas que parecían estar haciéndose de palabras con alguien: Otto. Le preguntó a uno de los observadores qué había pasado y este le dijo que cuando Christoffels había dado vuelta en la esquina hacia el callejón, Otto lo estaba esperando. Empujó al hombre contra el costado de un edificio y le estampó la cara contra los ladrillos. Corrie estaba horrorizada, sus peores temores sobre Otto eran verdad.

Por primera vez en los más de 60 años del negocio, Opa tuvo que despedir a un empleado. Intentó razonar con Otto, explicarle por qué su comportamiento había sido inapropiado, pero Otto permaneció impávido. Opa le hizo saber que su empleo había terminado y Otto recogió sus herramientas con calma, sin decir palabra.

Justo al llegar a la puerta, Otto se dio la vuelta y Corrie tembló. Era la mirada más ominosa que hubiese visto en toda su vida.

CAPÍTULO 3
PERSECUCIÓN

En Berlín el tiempo era esencial. Desde el día en que Hitler llegó al poder en 1933, los líderes militares alemanes habían conspirado para acabar con él, ya fuera mediante asesinato o arresto y juicio. En 1938, ocurrió el llamado complot de los generales[1] para derrocar o matar a Hitler, e involucró a los más altos dirigentes del ejército alemán, la Wehrmacht. Sin embargo, debido a una serie de problemas logísticos, el complot no se logró concretar. A partir del otoño de 1939, el general Franz Halder, jefe del Estado Mayor del Ejército, llevaba una pistola cargada en el bolsillo cada vez que se reunía con Hitler, decidido a disparar contra el propio Führer. Desafortunadamente, nunca pudo hacerlo. Finalmente se dio cuenta de que era un oficial del ejército, no un asesino, y que alguien más tendría que hacer el trabajo sucio.

Sin poder dar un golpe de Estado, los líderes de la Wehrmacht estaban paralizados; Hitler exigió que invadieran Polonia, de modo que, el 1 de septiembre de 1939,[2] eso mismo hicieron. Francia e Inglaterra declararon de inmediato la guerra contra Alemania, y de este modo comenzó la Segunda Guerra Mundial.

---

1. El complot de los generales, como fue conocido, era apoyado virtualmente por cada oficial mayor alemán de la inteligencia militar, incluidos el general Walther von Brauchitsch, comandante en jefe del ejército; el general Franz Halder, jefe del Estado Mayor del Ejército; el general Ludwig Beck, predecesor de Halder; el general Gerd von Rundstedt, comandante en jefe del grupo número 1 del ejército; el general Erwin von Witzleben, comantante del III Cuerpo del Ejército, y Wilhelm Canaris, almirante en jefe de la Abwehr. Tres excepciones notables en esta lista son los principales seguidores de las Wehrmacht de Hitler: el general Alfred Jodl y el mariscal de campo Wilhelm Keitel, criminales de guerra que fueron ejecutados en los juicios de Nuremberg, y el mariscal de campo Walter Model, que se suicidó el 21 de abril de 1945 (N. del A.).

2. El plan fue llamado «la teoría del retroceso» (N. del A.).

Ahora, desde el inicio de los primeros meses de 1940, Hitler exigía más, pidiendo a sus generales que se prepararan para invadir Noruega, Dinamarca, Bélgica y los Países Bajos.

Los acérrimos oficiales antinazis sabían que esta era su última oportunidad: tendrían que asesinar al Führer o sabotear sus planes. El coronel Hans Oster,[3] asistente del almirante Wilhelm Canaris, jefe de la Abwehr, creía que si las naciones occidentales podían oponer una defensa firme, el liderazgo de Hitler quedaría paralizado, lo que facilitaría un golpe de Estado. La idea se le había ocurrido a Halder a finales de 1939, pero el contacto de Oster con el agregado militar holandés en Berlín, el mayor Gijsbertus Jacobus Sas, fue lo que brindó un canal de filtración eficiente.

Para Oster este significaba el plan B para detener a Hitler. El plan A era el golpe de Estado, pero los generales de la Wehrmacht parecían perder la oportunidad a cada vuelta.

Y así el reloj seguía avanzando.

El 3 de abril de 1940, Oster dio aviso a Sas de que Alemania invadiría Dinamarca y Noruega seis días después, el 9 de abril. Le pidió a Sas no solo advertir a los daneses y noruegos, sino también que notificara a Gran Bretaña. Además, hizo que su amigo Josef Müller le pasara aquella información al Vaticano. Sin embargo, la advertencia no fue suficiente, pues la Wehrmacht invadió con éxito ambos países.

Ahora más que nunca Oster estaba decidido a frustrar la invasión de Holanda. El 9 de mayo cenó con Sas y después se dirigieron al cuartel general de las fuerzas armadas para que Oster pudiera investigar si había novedades. El holandés esperó en el auto mientras Oster entraba a indagar en los detalles. Después de 20 minutos, este volvió, desesperanzado.

—Querido amigo —le dijo a Sas—, ha terminado... el cerdo ha ido al frente occidental, ahora ha terminado definitivamente. Espero que volvamos a encontrarnos después de esta guerra.

Inmediatamente Sas notificó a La Haya con un mensaje dirigido específicamente al Ministerio de Defensa: «Mañana al amanecer.

---

3. Oster odiaba tanto a Hitler que entre los colegas de la Abwehr se refería a él como «el cerdo» (N. del A.).

Prepárense». Luego alertó a su amigo Georges Goethals, el agregado militar belga.

Pero los aullidos previos de Sas —todos ellos inexactos— habían cansado a los generales holandeses y belgas. Tan solo la invasión a Holanda había sido programada y cancelada 29 veces. El general H. G. Winkelman, comandante en jefe holandés, estaba tan cansado de estas advertencias que le dijo a Sas que su fuente —Oster— era lamentable. Y así, los Países Bajos y Bélgica ignoraron épicamente la última advertencia Oster-Sas, asumiendo que sería otra falsa alarma.

A las 3 a. m. del 10 de mayo, el Decimoctavo Ejército de Alemania atravesó el río IJssel, la línea de defensa de Holanda. Al amanecer, la Luftwaffe envió 1 100 aviones para bombardear aeródromos y lanzar dos divisiones aerotransportadas al sur de Holanda. Para contrarrestar los 141 Panzer del Decimoctavo Ejército, el general Winkelman tenía tan solo 26 vehículos blindados y ni un solo tanque. La fuerza aérea holandesa estaba igualmente superada en armamento: tenía solo 132 cazas útiles, de los cuales solo 72 eran modernos.[4]

El plan de Hitler era lanzar tropas aerotransportadas en los tres aeródromos que rodeaban La Haya, apoderarse de la capital y capturar a la reina Wilhelmina y su gabinete.

Para su sorpresa, la resistencia de Holanda fue tenaz.

Corrie se levantó precipitadamente de su cama, estremecida por las fuertes conmociones. *¡Bombas!*

Explosión tras explosión, todas sonaban como si estuviesen cayendo en la puerta de al lado. Ella sabía que los alemanes bombardeaban el aeropuerto de Schiphol, que estaba apenas a cinco millas de distancia. Se apresuró a la habitación de Betsie y encontró a su hermana sentada, pálida y temblando. Se abrazaron con fuerza, temerosas, mientras una luz roja parpadeaba brillante a través de la ventana tras cada estruendo.

—Dios, danos fuerzas —oraban—. Danos la fuerza para ayudar a los otros… Arrebátanos el miedo. Danos confianza.

4. Antes de que terminara el día ya habían perdido 62 (N. del A.).

Llena de cólera a causa de que Hitler hubiese roto su promesa de mantener la neutralidad de los Países Bajos, la reina Wilhelmina fue a la radio para invitar a la gente a mantenerse atenta.

Desde su refugio antibombas en La Haya, llamó al rey de Inglaterra para pedir ayuda. Los británicos ya habían provisto algunas tropas, pero el número era absolutamente inadecuado para contrarrestar la invasión.

A medida que avanzaban las primeras horas de la invasión, las unidades aerotransportadas alemanas capturaron varios puentes clave, pero no los aeródromos de La Haya. La infantería holandesa, con un uso eficaz de la artillería, expulsó a dos regimientos de la Wehrmacht de la zona. En Rotterdam las unidades alemanas —una de las cuales aterrizó en el río Nieuwe Maas en hidroavión— también enfrentaron una dura oposición.

Sin embargo, la situación empezó a cambiar la mañana del 12 de mayo, cuando una división blindada del Decimoctavo Ejército atravesó la Línea Grebbe, una línea de defensa avanzada en el centro de Holanda. Esa tarde, la Novena División Panzer cruzó los puentes de Moerdijk y Dordrecht y llegó a Nieuwe Maas. Sin embargo, los holandeses bloquearon la entrada a Rotterdam sellando puentes en los extremos norte.

Al amanecer del día 13, Winkelman dio aviso a la Reina Wilhelmina de que La Haya había dejado de ser segura y necesitaba irse de allí. Junto a sus consejeros principales avanzó hacia Hoek Van Holland, donde su grupo abordó un destructor tipo 45 con destino a Inglaterra. Y resultó que se fueron justo a tiempo.

La siguiente mañana, el 14 de mayo, un impaciente y molesto Hitler envió una directiva a sus generales: «El poder de resistencia del ejército holandés ha probado ser más fuerte de lo anticipado. Consideraciones tanto políticas como militares requieren que esta resistencia sea rota *a la brevedad*».

La táctica que Hitler decidió emplear fue el bombardeo de terror a Rotterdam. Seguramente los holandeses recordarían, supuso, el destino de Varsovia el otoño anterior.[5]

---

5. Del 1 al 25 de septiembre de 1939, la Luftwaffe atacó Varsovia. Tan solo durante el día 25 arrojó 560 toneladas de explosivos de alta potencia y 72 toneladas de bombas incendiarias (N. del A.).

Más tarde aquella misma mañana, un solitario oficial alemán cruzó el puente en Rotterdam alzando una bandera blanca. El mensaje que transmitió fue que Rotterdam tenía que rendirse o sería bombardeada.

Los holandeses comenzaron de inmediato las negociaciones y enviaron un oficial al cuartel general alemán cerca del puente para discutir los términos. Sin embargo, cuando el holandés regresó a cruzar el puente para cumplir con las demandas alemanas, la Luftwaffe ya estaba en camino.

Unas horas más tarde, el centro de Rotterdam estaba en ruinas. Holanda se rindió y, al anochecer, el general Winkelman ordenó a sus tropas que depusieran las armas. A la mañana siguiente, el 15 de mayo, firmó la capitulación oficial. El número de muertos en la ciudad fue de 2 100, hubo además otros 1 400 heridos y más de 78 000 personas quedaron sin hogar.

En Haarlem, los Ten Boom perdían las esperanzas.

«La hora más oscura de esos días» recordó Corrie, «fue cuando nuestra familia real huyó, nuestra reina Wilhelmina a Inglaterra y la princesa Juliana a Canadá. Entonces supimos que ya no había esperanzas. No lloré muchas veces, pero cuando escuché que la familia real se iba del país, se me rompió el corazón y sollocé.

»Para la gente holandesa la reina significaba seguridad… la amábamos».

Una vez hecho con el control del país, Hitler instaló a un ardiente nazi, el doctor Arthur Seyss-Inquart, como comisionado del Reich en los Países Bajos. Seyss-Inquart era un abogado vienés de modales agradables que anhelaba la unificación de Austria y Alemania. Después del Anschluss en marzo de 1938, Hitler lo nombró canciller de Austria y, al mes siguiente, gobernador del Reich. En octubre de 1939, tras la exitosa invasión alemana de Polonia, Seyss-Inquart se convirtió en su vicegobernador general.

Ahora, con la ocupación de los Países Bajos, Hitler cambió a Seyss-Inquart a su nueva posición. Y para ser su mano derecha, Hitler nombró a otro austriaco, Hanns Albin Rauter, quien sería el líder policiaco y más alto mando de las ss, así como jefe de las tropas de las ss. Mientras que era subalterno de Seyss-Inquart en la administración civil, Rauter tenía un rango superior en las ss y reportaba directamente al Reichsführer, jefe de las ss, Heinrich Himmler.

Invasión germánica de Holanda y Bélgica, cortesía de la revista Life, *27 de mayo de 1940. Haarlem se encuentra a 10 millas al oeste de Ámsterdam.*

Rauter tenía una figura imponente, era alto y de aspecto adusto, severamente disciplinado y con personalidad que combinaba con su altura. Nazi fanático y radical, también era despiadado.

Al parecer, para despistar a sus súbditos y unirlos a su lado, Seyss-Inquart y Rauter implementaron su reinado de terror lentamente. Al principio dieron la impresión de que la ocupación sería amistosa. Después de todo, Hitler veía a los holandeses como sus compañeros arios[6] y respetaba su prosperidad y herencia cultural. En una muestra de buena fe, Seyss-Inquart liberó a todos los prisioneros militares holandeses capturados durante la guerra de cuatro días.

El mes siguiente, Hermann Goering les prometió a los holandeses que su nivel de vida no caería por debajo del de sus vecinos alemanes y durante un tiempo las tiendas locales experimentaron un enorme auge; los soldados alemanes gastaban libremente y, a pesar de todo, la ocupación no parecía tan mala. Corrie recordó el espectacular aumento del negocio en los primeros meses después de la invasión: «Los soldados visitaban con frecuencia nuestra tienda por-

6. Hitler le dijo a Anton Mussert, líder del Movimiento Nacionalsocialista de Países Bajos (NSB), que los mejores representantes de la raza germánica podían encontrarse en Países Bajos y Noruega (N. del A.).

que recibían buenos salarios y los relojes estaban entre las primeras cosas que compraban… Los escuchaba discutir entusiasmados sobre sus compras, parecían jóvenes de vacaciones. La mayoría de ellos elegían relojes de mujer para las madres y novias que habían dejado en casa. La verdad es que la tienda nunca ganó tanto dinero como durante ese primer año de la guerra».

Adriaantje Hepburn-Ruston, una niña de 11 años de Arhem —que más tarde sería conocida por millones como Audrey Hepburn— también recordó aquel tiempo: «Los alemanes intentaban ser civilizados y ganarse nuestros corazones. Los primeros meses no sabíamos muy bien lo que había pasado… Una niña es una niña; yo solo iba a la escuela».

Sin embargo, la luna de miel de la ocupación duró solo seis meses.

El 12 de septiembre, la reina Wilhelmina transmitió otro mensaje a sus hombres a través de la BBC:

—Una nación que tiene vitalidad y determinación no puede ser conquistada por la fuerza de las armas… Magníficas manifestaciones de unidad e independencia… nos ayudan a sentir confianza en un futuro que nos convertirá en un país libre e independiente bajo la bendición de Dios.

Como el primer ministro Winston Churchill para los británicos, la reina proveía un destello de esperanza para los holandeses, quienes necesitaban con desesperación algo de inspiración y coraje para enfrentar lo que estaba por ocurrir.

El mes siguiente, Seyss-Inquart anunció que los funcionarios y profesores judíos serían expulsados de sus puestos. De inmediato comenzaron las protestas estudiantiles, primero en la Universidad Tecnológica de Delft, luego en la Universidad de Leiden, así como en otras escuelas. Los estudiantes comenzaron a boicotear sus clases y Delft y Leiden cerraron temporalmente.

Para contrarrestar la rebelión, los nazis tomaron medidas enérgicas que involucraron redadas a las universidades de todo el país, y arrestaron a estudiantes y profesores por igual. Pero esto fue solo un anticipo de lo que vendría, y muchos otros profesionales judíos —médicos, abogados y arquitectos— renunciaron a sus puestos.

Sin embargo, aún había más esperando a los judíos. En 1941, Seyss-Inquart instauró una nueva política: todos los ciudadanos judíos de los Países Bajos tendrían que marcar sus tarjetas de identidad con una gran J. Poco después se les exigió portar una estrella de David amarilla en sus abrigos. Casper Ten Boom estaba tan horrorizado por la persecución que él mismo se reportó a las filas para recibir una estrella de David. En su mente esta era una forma de protestar ante la injusticia; él mismo sufriría al lado de sus hermanos judíos.[7]

Lo que afectó a todos en Holanda, sobre todo, fue el racionamiento de alimentos y otros bienes. Durante décadas, los holandeses tuvieron un gran excedente de exportación de mantequilla, queso, frutas y verduras. Pero Seyss-Inquart redirigió todas esas exportaciones —y gran parte del producto interno— a Alemania. Corrie recordó que recibía tarjetas de racionamiento durante el primer año de ocupación; estas tarjetas podían usarse para comprar alimentos y productos básicos que se encontraban en las tiendas. Sin embargo, cada semana los periódicos anunciaban los artículos por los que se podían canjear los cupones de racionamiento.

Otro de los ajustes fue el de la falta de noticias disponibles. Seyss-Inquart controlaba los periódicos, lo que significaba que solo se incluía propaganda alemana.

«Eran largos y prometedores reportajes sobre los triunfos del ejército de Alemania en sus distintos frentes», dice Corrie, «y elogios sobre los líderes alemanes, denuncias de traidores y sabotajes, llamados a la unidad de la "gente nórdica"».

Sin periódicos legítimos, los holandeses tenían solo una fuente de noticias externas: la radio. Cada semana sintonizaban la BBC para escuchar un mensaje de su reina exiliada. Los invasores alemanes estaban al tanto, por supuesto, de los buenos ánimos que podrían llegar a través de la BBC, así que prohibieron los radios; ahora cada persona de Holanda tenía que entregar su radio a las autoridades

7. Más tarde Corrie y Betsie persuadieron a su padre de no usar la estrella en público (N. del A.).

nazis. Como muchos otros, los Ten Boom no tenían intención de perderse las noticias ni los mensajes de la reina.

Peter, el hijo de Nollie, tuvo una idea. Ya que los Ten Boom tenían dos radios, entregarían uno para parecer obedientes, sin embargo, esconderían el otro. En el hueco de la escalera, en una curva justo encima de la habitación de Casper, Peter insertó la radio más pequeña y volvió a colocar las tablas. Corrie entregaría la otra radio en los grandes almacenes Vroom & Dreesmann, donde se llevó a cabo la recolección.

—¿Esta es la única radio que posee? —le preguntó el soldado.

—Sí.

El alemán echó un vistazo al papel que tenía frente a él.

—Ten Boom, Casper, Ten Boom, Elisabeth, ambos en la misma dirección. ¿Alguno de ellos tiene radio?

Corrie le sostuvo la mirada.

—No.

Mientras salía del edificio, comenzó a temblar. Era la primera vez que mentía en su vida.

De regreso a casa, ella y Betsie se turnaban todas las noches para escuchar las transmisiones de *Free Dutch*; mientras una se agachaba frente a la radio, la otra tocaba el piano lo más estruendosamente posible. Sin embargo, las noticias eran espantosas: las ofensivas alemanas tenían éxito en todos sus frentes. Y eso, más que nada, preocupaba a los británicos. Los alemanes habían reparado los daños causados por las bombas en los aeródromos holandeses y ahora los utilizaban como bases de avanzada para los ataques de la Luftwaffe contra Inglaterra.

Noche tras noche, Corrie se acostaba en la cama temblando ante el sonido de las bombas de la Luftwaffe que se dirigían hacia occidente. Sin embargo, los británicos no tardaron en responder con ataques contra Alemania. A menudo, los cazas alemanes interceptaban aviones de la Royal Air Force (RAF) sobre Haarlem, y una noche se produjo un combate aéreo sobre el Beje. A través de su ventana no podía ver los aviones, pero los rayos de fuego de las balas trazadoras no dejaban dudas sobre lo que estaba pasando.

A medida que avanzaba el verano de 1941, el gobierno holandés, que estaba en el exilio, trabajaba para establecer su propia red con la cual transmitir en los Países Bajos. El 28 de julio, Radio Oranje transmitió su primer mensaje y la reina Wilhelmina no se anduvo con rodeos. En lugar de referirse a los ocupantes como alemanes, los llamó *moffen*, un antiguo insulto holandés que significa pueblo sucio y atrasado.

Reconociendo la efectividad de la BBC y Radio Oranje, Seyss-Inquart emitió una «Medida para la Protección de la Población Holandesa Contra la Falsa Información». Declaraba que se debía proteger a los holandeses de las «noticias falsas» y que solo las estaciones nazis serían oficialmente permitidas. Como era de esperar, la ley declaró que cualquier persona sorprendida escuchando la BBC o Radio Oranje sería severamente castigada.

Corrie y los Ten Boom no tenían intención de obedecer la ley, sin embargo, mantenían el sonido al mínimo volumen cuando sintonizaban la radio. La comida, por otro lado, seguía siendo un problema. Alemania invadió Rusia el 22 de julio y los cientos de miles de tropas alemanas que marchaban hacia el este necesitaba raciones diarias, lo que significaba que más productos de los Países Bajos serían desviados y enviados a la Wehrmacht.

En las tardes, cuando el clima lo permitía, Corrie caminaba con su padre por el vecindario y cada día que pasaba veía más evidencia de persecución. Los escaparates, restaurantes, teatros e incluso salas de conciertos tenían carteles que decían: «No se servirá a los judíos». En los parques, los carteles simplemente advertían: «No judíos».

Conforme el verano daba paso al otoño, Corrie notaba una inquietante secuencia de acontecimientos. Primero fueron los relojes que habían sido reparados, pero cuyos dueños no habían regresado a recogerlos. Luego, una casa en la cuadra de Nollie de pronto quedó desierta. No mucho después, otra tienda de relojes, propiedad de un hombre judío que Corrie conocía como el señor Kan, no volvió a abrir sus puertas. Un día, papá llamó a la puerta preguntándose si su colega estaba enfermo, pero nadie respondió. Durante los días siguientes, al pasar por delante de la tienda, se dieron cuenta de que esta se había quedado a oscuras y cerrada.

Unas semanas más tarde, mientras Corrie y su padre caminaban por Grote Markt, en el centro de Haarlem, se encontraron con una redada de policías y soldados. Cuando se acercaron, Corrie sintió repulsión por lo que vio. Innumerables hombres, mujeres y niños, todos con la estrella de David, estaban siendo obligados a entrar a la parte trasera de un camión.

—Padre —lloró Corrie—. Esa pobre gente.

La policía se quitó del camino y el camión avanzó hacia delante.

Opa asintió.

—Esa pobre gente.

Corrie miró a su padre y se percató de que no miraba al camión que se alejaba sino a los soldados.

—Compadezco a los pobres alemanes, Corrie. Han tocado a la niña de los ojos de Dios.[8]

Durante los siguientes días, Corrie habló con su padre y Betsie sobre el mejor modo de ayudar a sus vecinos judíos. Esconderlos en el Beje era la respuesta obvia, pero tenían espacio limitado y no había escondites. Y el riesgo era inmediato y severo: cualquiera que fuese atrapado refugiando judíos sería enviado a prisión o a un campo de concentración.

Sin embargo, precisamente eso era lo que Willem estaba haciendo. Poco después de la ocupación había creado un área de escondite bajo el suelo de su estudio. Cuando la Gestapo hacía búsquedas aleatorias, todos los judíos a quienes daba albergue se escondían en el lugar secreto.

Entre bastidores, los británicos estaban haciendo todo lo posible para ayudar a sus aliados holandeses. Los combates aéreos que se hacían de manera periódica por parte de la RAF sobre Holanda no estaban teniendo un impacto significativo en la guerra, pero los británicos tenían un arma secreta: la Dirección de Operaciones Espe-

---

8. En el Antiguo Testamento, Israel es referido dos veces como la niña de los ojos de Dios. Deuteronomio 32:10 dice: «En una tierra desierta Él [Dios] lo encontró, en una tierra árida y aullante. Lo protegió y cuidó de él; lo protegió como a la niña de sus ojos». De manera similar, en Salmos 17:8 David reza: «Guárdame como a la niña de tus ojos; escóndeme a la sombra de tus alas» (N. del A.).

ciales. Fundada en 1940, la SOE (por sus siglas en inglés) se creó para llenar un vacío. A diferencia del MI6, la organización profesional que realizaba espionaje extranjero, a la SOE se le encomendó hacer el trabajo sucio: armar a los combatientes de la Resistencia, sabotaje (especialmente contra puentes, trenes y depósitos de municiones alemanes), contrainteligencia e incluso asesinatos. En resumen, la directiva de Winston Churchill para las empresas estatales era «prender fuego a Europa». Todos los agentes estaban entrenados para matar usando cualquier arma, incluyendo cuchillos, e incluso sus propias manos. Por esta razón fueron apodados espías, comandos o simplemente «los irregulares de Baker Street».

Los alemanes los llamaban «terroristas».

En casi todos los casos donde la SOE buscó agentes para los territorios ocupados, reclutaba a nacionales que hablaban el idioma sin acento y que conocían la zona concreta a la que eran enviados. La SOE había logrado avances significativos en Francia, y ahora Londres quería hacer lo mismo en los Países Bajos. En septiembre lanzaron en paracaídas a dos agentes en Holanda, seguidos el 6 de noviembre por Thys Taconis, experto en sabotaje, y H. M. G. Lauwers, su operador de radio.

Los operadores de radio —que recibían un arduo entrenamiento en códigos y aparatos inalámbricos— eran la mejor fuente de Londres para obtener información de testigos presenciales y para establecer entregas de armas que se distribuían a los combatientes de la Resistencia.

Los dos agentes lanzados en septiembre tuvieron un éxito parcial: mientras que uno regresó a Inglaterra con información útil en febrero de 1942, el otro se perdió en el mar. Mientras tanto, Taconis y Lauwers habían establecido operaciones en Arnhem y La Haya, respectivamente.

El 18 de marzo, después de poco más de cuatro meses de comunicación inalámbrica secreta, Londres recibió una solicitud de Lauwers para enviar a otro agente, a lo que la sección holandesa de la SOE respondió que lo harían de inmediato.

Solo que la solicitud no fue de Lauwers.

CAPÍTULO 4
RAZIAS

También operando en La Haya, en 1942, estaba un astuto oficial de contraespionaje de la Abwehr, el mayor Hermann Giskes. Uno de sus agentes, un hombre llamado Ridderhof, dirigía un servicio de transporte que podía proporcionar camiones para los envíos que Londres podría llegar a pedir. Por suerte, Ridderhof conoció a Taconis y, a través de él, a Lauwers y su radio, así como sus planes generales. Toda esta información llegó directamente a Giskes, quien inició una operación que denominó «Polo Norte».

El 6 de marzo, Lauwers acababa de iniciar una transmisión a Londres cuando su casero le informó que había cuatro autos negros afuera. Lauwers huyó de inmediato, pero en su bolsillo estaban tres de los mensajes cifrados que estaba a punto de enviar. Los hombres de Giskes lo arrestaron mientras caminaba por la calle y las pruebas incriminatorias que llevaba en el bolsillo no dejaban coartada. Los alemanes también arrestaron al propietario y a su esposa y confiscaron la radio.

Como regla general, a los espías capturados durante la Segunda Guerra Mundial se les daba la opción de trabajar para el enemigo o ser ejecutados. Si el agente elegía lo primero, los captores «encendían» la radio, como se decía. Esto significaba que el agente aceptaría enviar mensajes a Londres (o a Berlín en caso de que el capturado fuese un espía alemán); estos mensajes serían dictados por sus captores, pero tendría que enviarlos sin revelar que había sido atrapado por el enemigo. Sin embargo, la SOE tenía contingencias para este riesgo, y cada operador de radio había preparado puntos de seguridad para asegurarse de no verse comprometido; si estos puntos de seguridad faltaban en la transmisión, la oficina central sabría que el agente había sido arrestado y había entregado la radio.

Lauwers siguió el protocolo de la SOE omitiendo todos los puntos de seguridad en sus transmisiones para Giskes. Londres, desafortunadamente, ignoró la advertencia asumiendo que Lauwers había sido negligente o estaba en un apuro. Desde este momento y en adelante, Giskes haría que la sección holandesa de la SOE le enviara un suministro constante de agentes, todos los cuales se lanzarían en paracaídas a los brazos de los soldados alemanes que aguardaban.[1]

En Haarlem el control nazi comenzó a cerrarse también alrededor de los Ten Boom. El domingo, Corrie, Betsie y Opa fueron a un servicio en la Iglesia Reformada holandesa en Velsen, donde tocaba el órgano Peter, el hijo de 18 años de Nollie. El órgano de Velsen era uno de los mejores de Holanda y Peter había ganado el empleo en un concurso contra 40 músicos más experimentados.

La iglesia estaba llena hasta el tope y los Ten Boom se apretujaron en uno de los últimos bancos disponibles. Mientras Peter escuchaba el sermón desde el órgano, su mente comenzó a divagar. Este mismo día, 10 de mayo, se cumplía el segundo aniversario de la ocupación.

«Mi espíritu patriótico despertó», recordó, «decidí que aquel domingo por la mañana debíamos hacer algo para demostrar que todavía éramos verdaderos holandeses en el fondo, algo para expresar nuestra fe y esperanza en un día de victoria en el que volveríamos a ser un pueblo libre».

Peter Van Woerden en el órgano a los 18 años. En la pared a su derecha aparece una imagen de Johann Sebastian Bach, cristiano devoto que a menudo firmaba sus partituras con las siglas «S. D. G.»: Soli Deo Gloria *(«La gloria solo es de Dios»).*

1. Hacia el final de la guerra, la SOE había enviado 56 agentes a Holanda. De ellos, 43 aterrizaron en grupos de recepción alemanes, y 36 fueron ejecutados (N. del A.).

Cuando terminó el servicio, en lugar de tocar un himno tradicional, puso todo el volumen y comenzó a tocar el *Wilhelmus*, el himno nacional de los Países Bajos.

Debajo de él, la congregación sonaba agitada. Todos en la iglesia sabían que un reciente edicto Seyss-Inquart convertía en delito tocar o cantar el *Wilhelmus*. Opa, aunque ya tenía 82 años, fue el primero en ponerse en pie. Otros siguieron. De repente, desde algún lugar detrás de ellos, Corrie escuchó una voz que comenzaba a cantar la letra. Luego otro. Y otro. En cuestión de segundos, toda la congregación estaba levantada, orgullosa y desafiante cantando el himno proscrito.

Muchos lloraron.

Corrie recuerda el momento con vividez: «Cantamos a todo pulmón, cantamos nuestra unidad, nuestra esperanza, nuestro amor por la reina y nuestro país. En este aniversario de la derrota pareció, por un momento, que éramos victoriosos».

Los Ten Boom esperaron a Peter un rato después del servicio en la puerta lateral de la iglesia; al parecer, la mitad de la congregación quería abrazarlo, darle la mano o darle una palmada en la espalda. Mientras Corrie reflexionaba sobre la situación, se desanimó. La Gestapo se enteraría pronto de esto, ¿y luego qué? Seguramente arrestarían a Peter, y tal vez a los otros que cantaban.

Lo que Corrie no sabía era que el recién nombrado alcalde nazi de Velsen asistió al servicio, decidido a comprobar si la iglesia cumplía con la nueva ley.

A la mañana siguiente Peter sintió que alguien lo sacudía.

—¡Peter! Despierta —sollozaba Cocky, su hermana menor—. Por favor, Peter, ¡despierta!

Peter abrió los ojos.

—¿Eh? ¿Qué pasa?... Ah, eres tú. Vamos, déjame seguir durmiendo, ¿quieres?

Cocky volvió a sacudirlo.

—Escúchame, tienes que levantarte en este momento. ¡La policía está aquí! Están abajo. ¡Peter! ¿Me estás escuchando? La policía está abajo y dicen que te van a llevar a prisión.

Peter bajó las escaleras con ella y, una vez abajo, los oficiales holandeses le anunciaron con calma que estaba bajo arresto.

—Es por lo del *Wilhelmus* —susurró Cocky.

La policía le permitió a Peter volver a su habitación para recolectar un cambio de ropa y, mientras empacaba, su madre apareció en la puerta.

—Peter —dijo Nollie con suavidad—, esta va a ser una experiencia peligrosa. No sabemos qué va a pasar ni a dónde van a llevarte. Pero lo que sí sé, hijo mío, es que si el Señor está contigo no tenemos nada que temer. Vamos a arrodillarnos un momento.

Nollie comenzó a orar pero el corazón de Peter estaba muy lejos. Aunque había crecido en una casa cristiana y tocaba el órgano para su iglesia, sentía que la religión era un asunto para gente mayor, y especialmente para mujeres. La religión no era para él. No a los 18 años, en todo caso.

Cuando bajaron de nuevo, los oficiales flanquearon a Peter y lo condujeron sin mayor dilación.

En la estación de policía lo condujeron a una sala de interrogación gris y fría. Uno a uno, varios alemanes —aparentemente de la Gestapo— le hicieron las mismas preguntas. Era evidente que creían que Peter era un importante miembro de la Resistencia, incluso tal vez un líder. Mientras ponderaba sobre su situación entre las preguntas, escuchó algo increíble: afuera, en la calle, un músico callejero tocaba un famoso himno holandés. Mientras estaba sentado en la sala, la famosa letra de la canción vino a la mente de Peter:

Oh, envuélvenos eternamente con Tu gracia, Señor Jesús,
Que los ataques del enemigo no nos toquen si andamos bajo tu luz.

Entró otro oficial, interrumpiendo el momentáneo respiro de Peter, y lo condujo a una segunda habitación para hacer más preguntas. Luego otro. Finalmente, un guardia lo dejó salir a un pequeño patio que parecía ser una celda de detención exterior. Agrupados en un rincón, había varios judíos rodeados por guardias alemanes. Después de un rato llegó un camión y se ordenó a todos que subieran a la parte de atrás. Mientras Peter tomaba asiento, entró un joven oficial y anunció que si alguien decía una sola palabra, le dispararían.

Llegaron sin incidentes a su destino —la prisión de Ámsterdam— y Peter recibió sus utensilios personales: una manta, taza, tenedor y cuchara. Luego lo llevaron a una pequeña celda en la que había otros dos ocupantes: un contratista acusado de espionaje y un gánster que había sido arrestado por robo. El listo Mels, como lo llamaban, regularmente mostraba su talento del bajo mundo robando pan en la prisión cuando los dejaban salir. Más tarde, Peter se enteró de que Mels había vivido una vida dura, más de un tercio de su vida tras las rejas.

La mañana del miércoles, mientras Corrie y su padre alistaban sus mesas de trabajo en la tienda, Cocky entró como una ráfaga en la habitación.

—¡Opa! ¡Tante Corrie! ¡Vinieron por Peter! ¡Se lo llevaron!

Sin embargo, Cocky no sabía a dónde se habían llevado a Peter y no fue sino hasta el sábado cuando Corrie descubrió que lo tenían preso en Ámsterdam.

Durante dos semanas, Corrie no hizo más que esperar y preocuparse. No hubo noticias sobre Peter, en cambio ocurrió otro evento peligroso. Una noche, poco antes del toque de queda de las ocho de la noche, escuchó un golpe en la puerta del callejón del Beje. Abrió y encontró a una mujer con un abrigo de piel —cosa rara en verano— sosteniendo una maleta.

—Mi nombre es Kleermaker —dijo la mujer—, soy una judía.

Corrie la invitó a pasar y le presentó a su padre y a Betsie. La historia de la señora Kleermaker le parecía demasiado familiar. Su marido había sido arrestado varios meses antes y su hijo se había escondido. La familia era propietaria de una tienda de ropa, pero la SD le había ordenado cerrarla y ella tenía miedo de volver a su apartamento, que estaba justo encima del negocio. Dijo que hacía poco había escuchado que la familia Ten Boom se había hecho amiga de un hombre judío.

—En esta casa —intervino Opa— siempre son bienvenidas las personas del pueblo de Dios.

—Tenemos cuatro camas vacías —agregó Betsie—. ¡Tu único problema será elegir en cuál dormirás!

Dos noches más tarde, Corrie escuchó otro golpe en el callejón justo antes de las ocho de la noche. Abrió para encontrar a una pareja mayor —ambos muertos de miedo— que cargaban consigo sus últimas posesiones. Contaron la misma historia y Corrie les dio la bienvenida. Sabía que el riesgo que estaba tomando suponía un problema. Los Ten Boom ahora albergaban a tres judíos y el Beje estaba a tan solo media cuadra del cuartel de policía de Haarlem. Al día siguiente visitó a Willem para pedirle ayuda y su consejo. Le contó sobre los judíos y le preguntó si podría encontrarles un lugar en el campo.

—Se está volviendo más difícil —dijo—. Están resintiendo la escasez de comida incluso en las granjas. Aún tengo algunas direcciones, sí. Pero no recibirán a nadie sin una tarjeta de racionamiento.

—¡Sin una tarjeta! Pero ¡a los judíos no se les dan tarjetas de racionamiento!

Willem meditó un momento.

—Lo sé. Y las cartillas de racionamiento no se pueden falsificar. Se cambian con demasiada frecuencia y son demasiado fáciles de detectar.

—¿Y entonces cómo rayos vamos a conseguir tarjetas de racionamiento? —preguntó Corrie.

—Robándolas.

La palabra «robar» atrapó la conciencia de Corrie.

—Entonces, Willem, ¿podrías robar…? Quiero decir… ¿podrían robarse tres tarjetas de racionamiento?

Willem negó con la cabeza. La Gestapo lo tenía vigilado noche y día, dijo.

—Será mucho mejor para ti que desarrolles tus propias fuentes. Entre menos conexión tengas conmigo (entre menos conexión tengas con cualquier otra persona), mucho mejor.

En el tren de vuelta a casa, Corrie se devanó los sesos para pensar en una fuente. Le vino a la mente un nombre: Fred Koornstra, que trabajaba para la empresa de servicios públicos y leía el medidor eléctrico del Beje todos los meses. Por lo que recordaba, ahora trabajaba en la Oficina de Alimentos, el mismo lugar donde repartían las cartillas de racionamiento.

Esa tarde después de la cena, visitó a Fred, pero inquieta por no saber si este la ayudaría o la entregaría a las autoridades. Después de un poco de plática, le explicó que estaba albergando a tres judíos y que otros dos acababan de llegar aquella tarde; todos necesitaban tarjetas de racionamiento.

—¿Hay forma de que puedas darnos algunas tarjetas extra? ¿Más tarjetas de las que reportas?

Fred negó con la cabeza. Cada tarjeta está controlada, dijo, y los números se revisaban dos veces. Pensó por un momento y luego tuvo una idea.

—A menos… A menos que hubiese un atraco. La Oficina de Alimentos de Utrech fue robada el mes pasado… Si ocurriera al atardecer, cuando solo estamos el empleado de registros y yo… y nos encontraran amarrados y amordazados…

Corrie esperó mientras Fred procesaba cómo podría cometerse el falso crimen.

—¿Cuántas necesitas? —preguntó finalmente Fred.

—Cien.

En la prisión de Ámsterdam, Peter languidecía. Las noches eran largas y, mientras yacía en su delgado colchón de paja, su mente volvía una y otra vez a su familia. Pensó en sus padres y hermanos, recordando cómo se veían sentados alrededor de la mesa. Sin embargo, cada noche sus pensamientos se veían interrumpidos por el llanto de otro prisionero. Peter sabía que ese hombre sería ejecutado al amanecer.

«La prisión bajo un régimen nazi por un delito político de repente centra el pensamiento en asuntos serios», recordaría después. «Noche tras noche experimentaba pensamientos agonizantes al escuchar el grito de los condenados; cada día escuchábamos a través de las tuberías[2] las noticias de jóvenes que eran sacados de sus celdas y fusilados en algún lugar de la calle como represalia de las fuerzas de ocupación, y entonces el peligro de mi situación me hizo sopesar mi religión en la balanza».

---

2. Los prisioneros aprendieron a comunicarse entre ellos dando golpes en las tuberías de calefacción (N. del A.).

Como si fuera una señal, en los siguientes días recibió un paquete desde casa. Contenía ropa limpia, un pañuelo y un pequeño pedazo de jabón. Escondido en un calcetín encontró una versión pequeña del Nuevo Testamento. Peter no podía entender cómo es que no lo habían descubierto durante la inspección, pero estaba agradecido de tener algo que leer, algo que significara tanto. Leyó una y otra vez las páginas y, para su sorpresa, entonces cobraron vida las Escrituras.

«De pronto parecía una carta muy personal dirigida para mí», escribiría más tarde, «con palabras de aliento y ayuda para las tantas situaciones desafiantes que ocurrían a diario. El Cristo del que hablaba ya no parecía el sujeto de una hagiografía sino un amigo mío muy real. Comencé a darme cuenta de que Jesucristo no solo había muerto por el mundo en un sentido general sino que Él había dado su vida por mí, y que yo, al tener fe y confiar en Él, podía tener una vida eterna».

Rezó y de inmediato se levantó su espíritu.

«Me sentía libre por dentro, casi etéreo con una suerte de regocijo. Las circunstancias ya no me enfurecían. Tenía que ir a la prisión para encontrar a Cristo, mi amigo incondicional».

Una semana después de que Corrie visitara a Fred Koornstra, este pasó por el Beje. Corrie quedó conmocionada por lo que vio: los ojos de Fred eran de un color púrpura verdoso y su labio inferior estaba cortado e hinchado.

Antes de que pudiera comentar, Fred dijo:

—Mi amigo representó el papel con mucha naturalidad.

Dejó sobre la mesa una carpeta de papel manila con exactamente 100 tarjetas de racionamiento y añadió que podría proporcionar otras 100 tarjetas cada mes. Corrie estaba eufórica: se salvarían cientos de vidas judías, pero era demasiado arriesgado para ella recogerlas en su casa todos los meses. Entonces tuvo otra idea. ¿Podría venir al Beje vestido con su antiguo uniforme de medidor? Después de todo, el medidor estaba en el interior de la casa, por lo que podía darle las tarjetas fuera de la vista de miradas indiscretas. Fred aceptó y Corrie encontró un lugar en las escaleras donde podía esconder las cartas cuando fuera a «revisar el medidor».

Unas cuantas noches después, Corrie recibió a cuatro judíos más: una mujer y sus tres crías. Más tarde, mucho después de que empezara el toque de queda, volvió a sonar el timbre. Asumiendo que se trataría de otro judío que había escuchado sobre el Beje, Corrie se apresuró a abrir la puerta. Para su asombro, el visitante era su sobrino, Kik, el hijo de Willem.

—Toma tu bicicleta —le dijo—. Hay algunas personas a las que quiero que conozcas.

—¿Ahora? ¿Después del toque de queda?

Kik no respondió y Corrie fue a buscar su incansable bicicleta. Pedalearon por las calles oscuras, luego cruzaron un canal y Corrie se dio cuenta de que estaban en el suburbio de Aerdenhout. Kik la llevó a una casa rodeada de árboles donde una joven doncella los esperaba en la puerta. Kik llevó ambas bicicletas al interior y las colocó en el vestíbulo junto a muchas otras.

Mientras entraron al salón, nada menos que el viejo amigo de Corrie, Pickwick, los recibió con café. Su verdadero nombre era Herman Sluring y era uno de los mejores clientes de los Ten Boom. Fabulosamente rico, compraba los relojes más caros del Beje y, a menudo, se unía a la familia en el piso de arriba para conversar. En el centenario de la tienda envió un enorme ramo de flores y asistió a la fiesta de celebración. Todo el mundo lo amaba y se referían a él afectuosamente como «tío Herman» —que era el nombre que prefería Peter para dirigirse a él— o «Pickwick», un nombre que Corrie y Betsie le habían dado después de darse cuenta de que parecía un boceto del famoso personaje de Charles Dickens.

De estatura baja, gordo, calvo y bizco, Pickwick no tenía gran atractivo, pero era un excelente caballero cristiano que amaba a los niños y era amable y generoso.

Comenzó por presentar a Corrie y Kik con los demás invitados y Corrie comprendió de inmediato que se trataba de trabajadores clandestinos de la Resistencia; todos se llamaban señor Smit o señora Smit. Se enteró de que los líderes de la Resistencia trabajaban en conjunto con las fuerzas británicas y holandesas libres que luchaban en otras ciudades, y Pickwick parecía estar a cargo del grupo de Haarlem. Momentos después presentó a Corrie al grupo como «la jefa de una operación aquí en esta misma ciudad»; hasta ese momento,

Corrie simplemente se veía a sí misma como alguien que estaba ayudando a sus vecinos judíos.

Uno a uno, Pickwick fue presentando a los demás, cada uno con una habilidad o contribución particular: uno podía preparar documentos de identidad falsos, otro podría proporcionar un automóvil con placas gubernamentales, otro más podría falsificar firmas.

Corrie comprendió que había cruzado el Rubicón: ahora formaba parte de la Resistencia holandesa.

Mientras tanto en Ámsterdam, una niña judía de 13 años llamada Ana Frank empezó un diario el día de su cumpleaños, el 12 de junio. Ámsterdam tenía la población judía más grande del país, y los nazis la atacaron primero. En la entrada inicial de su diario, Ana recordó la avalancha de persecución iniciada por los nazis:

«Nuestra libertad fue severamente restringida por una serie de decretos antijudíos: a los judíos se les exige portar una estrella amarilla; a los judíos se les exige que entreguen sus bicicletas; a los judíos se les prohíbe utilizar los tranvías; a los judíos se les prohíbe viajar en automóviles, incluso si son propios; los judíos deben hacer sus compras entre las 3 y las 5 de la tarde; a los judíos se les exige que frecuenten barberías y salones de belleza únicamente de propiedad judía; a los judíos se les prohíbe salir a la calle entre las 8 p. m. y las 6 a. m.; a los judíos se les prohíbe asistir al teatro, al cine o a cualquier otra forma de entretenimiento; a los judíos se les prohíbe utilizar piscinas, canchas de tenis, campos de hockey o cualquier otro campo deportivo; a los judíos se les prohíbe ir a remar; a los judíos se les prohíbe participar en cualquier actividad deportiva en público; a los judíos se les prohíbe sentarse en sus jardines o en los de amigos después de las 8 p. m.; a los judíos se les prohíbe visitar a los cristianos en sus hogares; a los judíos se les exige que asistan solo a escuelas judías».

Sin embargo había más horrores esperando a los judíos de Holanda, descubriría Ana más tarde.

El 15 de junio, Peter fue liberado de la prisión. Sin fanfarrias: solo unas breves formalidades y luego regresó a las calles de Ámsterdam.

Sin embargo, en su iglesia las cosas habían cambiado. Los sermones desde el púlpito se habían vuelto vagos y mansos. Y luego su trabajo: debido a la necesidad de electricidad para hacer funcionar los trenes, su puesto de organista había sido eliminado. El otro cambio que notó fue que la comida escaseaba más día tras día; la idea de una comida normal estaba fuera de discusión. Ahora era imposible encontrar alimentos básicos como pan y papas, y los holandeses se vieron obligados a comer lo que había disponible.

Flores. Por ejemplo, los bulbos de tulipanes se hervían o se freían como reemplazo de las papas.

Peter también notó que la persecución de los judíos había empeorado: ahora cada judío capturado por los nazis era transportado a un campo de concentración y luego ejecutado. No era judío, pero estaba en el punto de mira de un nuevo programa nazi: las razias. Debido a la escasez de mano de obra en Alemania —pues el servicio militar era obligatorio para los hombres adultos—, el país carecía de trabajadores suficientes para operar las fábricas. Por lo tanto, comenzaron a atacar áreas de los territorios ocupados y a enviar a los jóvenes capturados a Alemania para realizar trabajos forzados. Sin embargo, Peter tenía un certificado que demostraba que trabajaba para una organización eclesiástica, lo que lo eximía de ser reclutado para ese trabajo. O eso pensaba.

Una semana después asistió a una conferencia para trabajadores cristianos en la ciudad vecina de Hilversum. Al salir del edificio, dos policías lo tomaron, cada uno de ellos por un brazo. Le dijeron que estaba detenido y Peter sospechó que estaba atrapado en una razia. Intentó protestar diciendo que estaba exento de ser enviado a Alemania, pero uno de los oficiales lo interrumpió:

—Guárdate los pretextos. Puedes darle explicaciones a las autoridades.

Peter pasó la noche en una sucia y húmeda celda con numerosos borrachos. Por la mañana fue llevado a la oficina del comandante alemán. Le preguntaron por qué no había ido aún a Alemania a trabajar en una fábrica, y Peter dijo que era clérigo y por lo tanto estaba exento del trabajo.

—¿Puedes probarlo?

Peter sacó su certificado eclesiástico de la cartera y se lo mostró.

El oficial le dio un vistazo y soltó una risa.

—Ya no le creemos a estos certificados. Aquí en Holanda cada chico parece pensar que es ministro. Además, hijo, para mí no pareces ministro. Eres demasiado joven. Voy a enviarte a Alemania para trabajar con todos los demás.

CAPÍTULO 5
BUCEANDO

Peter sabía que tenía una sola oportunidad y que tenía que hacer algo en 30 segundos. La prisión de Ámsterdam había sido suficientemente mala; si iba a Alemania, estaba seguro de que no regresaría.

—Señor, solo un momento —dijo—. Tengo más pruebas de que soy un ministro.

—¿Cuál?

—Deme solo cinco minutos de su tiempo para hablarle de la palabra del Señor. Luego podrá juzgar si le estoy diciendo la verdad o no.

El comandante se echó hacia atrás en su silla y lo miró fijamente durante lo que parecieron días. Luego llamó con la mano a otro oficial y ambos tuvieron una conversación corta que Peter no pudo escuchar. De pronto el Alemán miró hacia arriba exasperado y señaló hacia la puerta:

—¡RRRRRRAUS!

Peter salió corriendo antes de que cambiara su suerte.

Sin embargo, las razias continuaron con más severidad que antes. Pudo observar que en todos los lugares importantes de la ciudad los soldados no hacían preguntas; simplemente arrestaban a los niños y los enviaban a Alemania. A partir de ese momento, si salía en público necesitaría un disfraz, sin importar ya el certificado de la iglesia. Con un poco de ayuda de sus hermanas comenzó a vestirse como mujer cuando salía de la casa. Sorprendentemente, las faldas y mascadas funcionaban; en numerosas ocasiones los soldados incluso le silbaban.

Sin embargo, conforme pasaban los días, incluso los disfraces eran insuficientes, pues los agentes de la Gestapo que se encargaban de «reclutar» hacían redadas a los hogares sin previo aviso, secuestrando a cualquier muchacho que encontraran. Llegado este punto ya no había alternativa; tendría que «bucear».

Los *onderduikers*,[1] como eran llamados, eran chicos holandeses que tenían que desaparecer y esconderse de casa en casa del mismo modo en que los judíos lo estaban haciendo. Los judíos eran «buceadores» también, pero las consecuencias de ser atrapados eran radicalmente distintas. Para los holandeses no judíos, significaba trabajos forzados, para los judíos significaba la muerte.

A partir de un censo especial en enero de 1941, los nazis habían comenzado a deportar a los judíos a Alemania. El censo judío les proporcionó los registros necesarios para redadas posteriores, que comenzaron al verano siguiente. En junio de 1942, la Zentralstelle, la oficina alemana que organizaba las deportaciones, anunció que a partir del 14 de julio todos los judíos serían enviados a trabajar a Alemania bajo la supervisión de la policía. Sin embargo, pocos cumplieron la orden, por lo que los alemanes allanaron casas en Ámsterdam, arrestando y reteniendo como rehenes a unos 750 judíos a lo largo de ese mismo día. La represalia tuvo el efecto deseado: durante las dos semanas siguientes, unos 6 000 judíos se presentaron para ser transportados a Westerbork, una estación de tránsito al noreste de Países Bajos que los nazis utilizaban como punto de parada para las deportaciones a campos de concentración.

Una de esas familias atrapadas en la vorágine fue la familia Frank. El 9 de julio, Ana relató cómo era la situación para los buceadores judíos: «Mi madre me llamó a las cinco y media[...] Estábamos los cuatro envueltos en tantas capas de ropa que parecía como si fuéramos a pasar la noche en un refrigerador[...] Ningún judío en nuestra situación se atrevería a dejar la casa con una maleta llena de ropa. Yo vestía dos camisetas, tres pares de ropa interior, un vestido y sobre este una falda, una chaqueta, un abrigo, dos pares de calcetines, zapatos pesados, una capa, una bufanda y muchas cosas más.

»Las camas sin tender, las cosas del desayuno sobre la mesa, la carne para el gato en la cocina, todas estas cosas creaban la impresión de que nos habíamos ido repentinamente. Pero no nos importaban las impresiones. Solo queríamos salir de ahí, alejarnos y llegar seguros a nuestro destino. Nada más importaba».

1. El término significa literalmente «gente que va bajo el agua».

La familia de Ana Frank encontró un sitio para esconderse en el edificio de la oficina de su padre en el número 263 de Prinsengracht. El edificio era de planos sumamente irregulares y la estructura les permitía desaparecer en las plantas superiores. La planta baja albergaba un almacén con diversos espacios destinados a almacenes, talleres y fresado. En la esquina del edificio había una oficina por la cual se podía acceder al segundo, tercer y cuarto pisos. El segundo nivel contenía tres oficinas y una escalera conducía al tercer piso, donde había más habitaciones pequeñas y un baño. El cuarto piso contenía dos pequeñas habitaciones y el ático. Fue en estas habitaciones del tercer y cuarto pisos donde se refugió la familia Frank.

Los Frank estaban felices de tener un lugar donde quedarse, pero el hacinamiento y el encierro eran asfixiantes. «No poder salir me molesta más de lo que puedo expresar», escribió Ana en su diario el 28 de septiembre, «y tengo miedo de que descubran nuestro escondite y nos disparen».

Y, ciertamente, las habitaciones eran fáciles de encontrar una vez que se llegaba al tercer piso. Para añadir una capa de seguridad, un carpintero construyó una estantería en la entrada; si se empujaba o tiraba en el lugar correcto, se abría. Llamaron a su nuevo hogar el «Anexo Secreto».

Al mismo tiempo, Audrey Hepburn registró cómo eran las cosas en Arnhem:

«Iba a la estación[2] con mi madre para tomar un tren y veía vagones de ganado llenos de judíos[…] era un verdadero horror[…] Vi familias con niños pequeños, con bebés, metidos en vagones de carne: trenes de grandes furgonetas de madera con solo una pequeña rejilla abierta en la parte superior[…] Y en la plataforma había soldados arreando a más familias judías con sus pobres bultos y sus niños pequeños. Había familias juntas y las separaban, diciendo: "Para allá van los hombres y para allá las mujeres". Luego tomaban a los bebés y los ponían en otra furgoneta».

2. La Estación Central de Arnhem estaba a dos cuadras del apartamento de Hepburn en Jansbinnensingel (N. del A.).

Estos bebés —así como su lugar de destino— pronto llamarían la atención de Corrie Ten Boom.

Mientras tanto, en Delft, una pequeña ciudad a unas 30 millas al sur de Haarlem, un chico alto de 18 años llegó al campus de la Universidad Tecnológica de Delft. Su nombre era Hans Poley. Hasta septiembre de 1942, los nazis en gran medida habían ignorado las universidades después de las redadas iniciales de 1941. Si no se era judío, quizás fuera el último refugio seguro al que se podía acudir. Eso estaba a punto de cambiar. Hans notó que, si bien todo parecía normal en la superficie, los estudiantes y profesores estaban nerviosos.

El comisionado nazi Seyss-Inquart estaba haciendo planes para dirigirse a las universidades holandesas, pero su primera prioridad era arrestar a judíos. De este modo continuaron las redadas en los barrios judíos de Ámsterdam, con miles de detenidos en septiembre.

Ana Frank registró en su diario las noticias impactantes que llegaban hasta el Anexo Secreto.

«Todos nuestros familiares y amigos judíos están siendo llevados en camiones», escribió el 9 de octubre. «La Gestapo los trata con violencia y los transporta en camiones para ganado hacia Westerbork[…] La gente casi no recibe comida, mucho menos bebida, y solo hay agua disponible durante una hora al día, y no hay más que un asiento de baño y un lavadero para miles de personas. Hombres y mujeres duermen en la misma habitación con las cabezas rapadas[…] Asumimos que asesinan a la mayoría. La radio inglesa dice que son gaseados».

Sin embargo, había aún más. Para sofocar los recientes actos de sabotaje contra las autoridades alemanas, la Gestapo inició represalias atroces. «Los ciudadanos destacados», escribió Ana, «son tomados prisioneros en espera de su ejecución. Si la Gestapo no puede encontrar al saboteador, simplemente toma a cinco rehenes y los alinea contra la pared».

En Londres, la reina Wilhelmina, desconsolada por los informes de la barbarie, pronunció un discurso radiofónico el 17 de octubre: «Con gran atención y profunda tristeza sigo las crecientes dificultades y sufrimientos[…] la amarga angustia de miles de personas en prisiones y campos de concentración[...] Comparto de todo corazón su indignación y dolor por la suerte de nuestros compatriotas judíos; y con todo mi pueblo siento este trato inhumano, este exterminio sistemático de aquellos que han vivido durante siglos con nosotros en nuestra querida patria, como algo hecho a nosotros personalmente».

Durante las semanas siguientes se intesificó la persecución. El 19 de noviembre, Ana Frank añadió a su diario: «Noche tras noche, vehículos militares verdes y grises recorren las calles. Llaman a todas las puertas y preguntan si allí vive algún judío. Si es así, se llevan inmediatamente a toda la familia[...] Es imposible escapar de sus garras a menos que te escondas. A menudo andan con listas[...] Con frecuencia ofrecen una recompensa, tanto por cabeza[...] En las noches, cuando está oscuro, con frecuencia veo largas filas de gente buena e inocente acompañada por niños que lloran, caminando y caminando, recibiendo órdenes de un puñado de hombres que los golpean y maltratan hasta que caen casi muertos. No se perdona a nadie. Los enfermos, los viejos, los niños, los recién nacidos y mujeres embarazadas[...] todos marchan hacia su muerte».

A inicios de diciembre los rumores decían que los nazis pronto reanudarían las redadas y arrestos en masa en todas las universidades holandesas. La Universidad de Delft, percibiendo el peligro inminente, anunció que las vacaciones de Navidad comenzarían temprano debido a «la falta de carbón para la calefacción».

Durante las vacaciones, Hans decidió abandonar Delft y buscar un escondite en casa de unos familiares en Zelanda, situada en el extremo suroeste de Holanda. Al ser la provincia menos poblada de los Países Bajos, era el último lugar donde los alemanes realizarían incursiones. Al poco de llegar se enamoró de una hermosa muchacha de 17 años llamada Mies. Provenía de Goes, un pueblo cercano, y también ella estaba enamorada. Todas las tardes, Hans se encontraba con ella en la estación de tren para acompañarla a casa después de sus estudios en la escuela para maestros local. Decidieron que querían casarse, pero la posibilidad de hacerlo era nula.

Después del Año Nuevo, los males que ocurrían en Ámsterdam empeoraban día a día. Seyss-Inquart no solo reanudó las redadas en Ámsterdam, sino que hizo un esfuerzo especial para arrestar y deportar a huérfanos, ancianos y enfermos.

Cada día, al mirar a través de su ventana, Ana Frank fue testigo de exactamente lo que había temido. El 13 de enero de 1943 escribió: «Afuera están sucediendo cosas terribles. A cualquier hora del día y de la noche, personas pobres e indefensas son arrastradas fuera de sus hogares[...] Las familias quedan destrozadas; hombres, mujeres y niños son separados. Los niños regresan de la escuela y descubren que sus padres han desaparecido. Las mujeres regresan de hacer compras y encuentran sus casas selladas y a sus familias desaparecidas. Los cristianos de Holanda también viven con miedo porque sus hijos son enviados a Alemania. Todo el mundo tiene miedo».

Y los nazis no eran el único adversario al que se enfrentaban los holandeses; a medida que avanzaba el invierno, la comida desaparecía: todo lo que había era betabel, bulbos de tulipán y tal vez una o dos rebanadas de pan al día. Las familias no tenían suficiente para alimentarse a sí mismas, mucho menos para alimentar a «buceadores» que no conocían. Los hogares holandeses tampoco tenían electricidad ni calefacción.

La vida en los Países Bajos era fría, miserable y peligrosa.

Una mañana a principios de febrero, Corrie notó que el señor Christoffels no se había unido a su estudio matutino de la Biblia y luego no se presentó a trabajar. Consultó con su casera, y al recibir la noticia se le rompió el corazón.

El anciano había muerto congelado en su cama.

Después de una exitosa redada de judíos, Seyss-Inquart dirigió su atención a los holandeses no judíos. Los nazis atacaron cuando los estudiantes regresaron a los campus para el semestre de invierno. El 6 de febrero, la Gestapo lanzó redadas en universidades a nivel nacional y arrestó a decenas de miles de estudiantes. La opción que se les dio a los chicos fue la de firmar un compromiso de lealtad nazi o ser enviados a Alemania para realizar trabajos forzados.

Para evitar firmar el juramento, Hans decidió no regresar a Delft.

—La batalla contra el nacionalsocialismo no fue solo una batalla con las armas —explicó—, fue una batalla ideológica y religiosa.

El 24 de abril, Corrie, Betsie y Opa se reunieron alrededor de su pequeña radio para escuchar la transmisión de la reina Wilhelmina desde Londres. Sabiendo que sus palabras llegarían hasta oídos de Hitler, Su Alteza Real no se anduvo con rodeos:

—Quiero hacer una protesta enérgica contra la persecución astutamente organizada y ampliamente extendida que las hordas alemanas, asistidas por traidores nacionales, están llevando a cabo por todo el país. Nuestro idioma carece de palabras para describir estas prácticas infames.

Hacia el fin de mes —que era la fecha límite para que los universitarios presentaran sus juramentos de lealtad— los nazis anunciaron que los estudiantes que no hubieran firmado debían presentarse para ser deportados a Alemania. Para garantizar el cumplimiento, Hanns Rauter, un alto comandante de la Gestapo, advirtió que los padres de aquellos que no se reportaran serían arrestados.

Hans sabía que los nazis controlarían no solo las casas de los padres, sino también las casas de todos los parientes. Tendría que encontrar otro lugar donde esconderse. Ese lugar sería el Beje. La madre de Hans conoció a Corrie a través de un ministro de la iglesia para niños discapacitados, y un día la conversación las llevó a hablar de la situación de Hans.

—Puede quedarse con nosotros hasta que encontremos un lugar más adecuado para él —le dijo Corrie a la señora Poley.

La descripción del escondite —una casa con dos mujeres de unos 50 años y el padre, de unos 80— no le pareció demasiado emocionante a Hans, pero sus opciones eran escasas. Corrie y los Poley acordaron que Hans llegaría al Beje la segunda semana de mayo.

Para asistir a los buceadores y judíos a encontrar sus escondites, se formó una extraña colaboración en 1942. La señora Helena T. Kuipers-Rietberg, un ama de casa y madre de cinco, hizo equipo con el reverendo F. Slomp, un pastor calvinista que había sido expulsado de su púlpito a causa de sus sermones y actividades antinazis. Juntos formaron una organización clandestina llamada la *Landelijke Organisatie voor Hulp aan Onderduikers*,[3] también conocida como LO, que se expandió con velocidad a través de Holanda. Gracias a las conexiones del reverendo en la Iglesia Reformada holandesa, la mayoría de los miembros de la LO eran calvinistas devotos cuyas convicciones religiosas y sentido de sacrificio los impulsaba a unirse.

En Haarlem, el holandés que dirigía y supervisaba la LO no era ningún otro que tío Herman, el rotundo y alegre Pickwick.

Sin embargo, el trabajo de la LO era delicado, pues tenían que acomodar a los buceadores con familias anfitrionas, la mayoría de las cuales no tenían suficiente espacio para albergar a una familia judía entera. Cuando una casa era lo suficientemente grande como para albergar a una segunda familia, generalmente significaba que los judíos tenían que vivir en sótanos o en áticos. Cuando había bebés y niños involucrados, la LO intentaba ubicarlos con anfitriones rurales en las provincias del noreste. A menudo, la LO pagaba a los padres adoptivos por la manutención del niño.

Los anfitriones en las zonas rurales también eran ideales para los adultos, ya que los buceadores podían ayudar a la familia como trabajadores agrícolas, un «trabajo» que parecería perfectamente normal para los agentes de la Gestapo. Pero independientemente de la ubicación de la familia anfitriona, se alentaba a los buceadores a no hablar con sus familias sobre el nuevo escondite y, con total certeza, a no visitar sus hogares. Los anfitriones corrían un riesgo adicional porque, si atrapaban a un buzo, podían torturarlo para que confesara la identidad de su familia anfitriona, así como sus contactos dentro de la LO. Con el tiempo, la Gestapo ascendería en la cadena de mando y capturaría a un líder.

Tal fue el caso de la señora Kuipers-Rietberg, quien fue arrestada en primavera y enviada a un campo de concentración alemán, donde murió.

---

3. Organización Nacional de Ayuda para los Escondidos (N. del A.).

CAPÍTULO 6

LA GUARIDA DE LOS ÁNGELES

El 13 de mayo de 1943, justo después de la puesta de sol, pero antes del toque de queda, Hans Poley se dirigió hacia el Beje andando entre los callejones. Al llegar a la entrada del callejón de los Ten Boom, tocó el timbre y una mujer de mediana edad le abrió la puerta.

—¡Bienvenido! Rápido, entra. Soy Tante Kees[1] y espero que seas muy feliz aquí.

Corrie lo condujo escaleras arriba hasta la sala de estar, donde Betsie cosía y Opa estaba sentado al lado de la estufa de carbón.

—Padre, este es Hans. Se quedará con nosotros por un tiempo.

Hans miró al viejo hombre. Su cabello y su barba eran blancos como la nieve y lo miraba por sobre sus lentes dorados.

—Bueno, hijo, nos alegra que confíes en el refugio que te ofrecemos, pero tenemos que esperar la protección última que viene dada por nuestro Padre en el cielo. Esperamos que nuestro Señor bendiga tu estadía. Toma asiento.

Antes de sentarse, Hans se presentó con la mujer que estaba cosiendo.

—De ahora en adelante yo seré tu Tante Bep —dijo Betsie.

Quedaba claro, pensó Hans, que todos quienes se quedaban en el Beje se consideraban familia extendida y que Corrie y Betsie eran las tías.

—No podemos ofrecerte mucha compañía de tu edad —agregó Betsie—, pero sin duda vamos a llevarnos bien.

Hans se sentó y Opa comenzó a hacer un interrogatorio amistoso. Le preguntó a Hans sobre sí mismo, sus antecedentes, sus convicciones y por qué necesitaba esconderse. Hans explicó lo que estaba ocurriendo en la universidad y dijo que se había convertido en bu-

1. Aunque Kees es un nombre masculino, Corrie lo adoptó como sobrenombre.

ceador. Opa asintió y dijo que tenía varios nietos en la misma situación. También le contó que era el presidente de la junta directiva de la Dreefschool (escuela primaria y secundaria) y que el año pasado habían recibido una declaración jurada en la que se exigía a la junta que asegurara que no tenían estudiantes judíos. Opa convenció a la junta para que se negara a responder.

Cuando concluyó con sus preguntas, Opa miró su reloj y vio que eran las nueve y cuarto.

—Niños, es hora de que un anciano se vaya a la cama. Diremos nuestras oraciones vespertinas. Por favor, Bep, pásame la Biblia.

Comenzó a leer el salmo 121: «¿De dónde viene mi ayuda? Mi ayuda viene del Señor, Creador del cielo y de la tierra». Cuando terminó comenzó a orar, pidiendo a Dios que protegiera a los amigos que habían desaparecido, a sus nietos y finalmente a la reina misma.

—Pedimos Tu bendición especial para nuestra amada reina Wilhelmina —oró—, sobre cuyos hombros has puesto una carga tan pesada. Sé su fortaleza para que pueda guiarnos según Tu voluntad.

Después de que Opa se retirara, Corrie condujo a Hans por un corto tramo de escaleras curvas mientras explicaba que la construcción era complicada porque originalmente se trataba de dos casas. Mientras atravesaban por un pasillo, Hans notó algunas puertas que daban a habitaciones pequeñas y luego una puerta al final del corredor. Corrie abrió la puerta y Hans se sorprendió al ver una habitación amueblada que abarcaba el ancho de toda la casa. Debajo del techo inclinado había dos camas y algunos armarios diseñados con creatividad.

—Mantente alejado de las ventanas —dijo Corrie—. Tenemos cortinas de encaje, pero los vecinos no deberían notar nada fuera de lo normal. Además, la tienda y el taller que hay en la parte trasera están prohibidos para ti. Pero siéntete como en casa todo lo que quieras en esta habitación. Oh, Hans, espero que seas feliz aquí.

Corrie señaló las camas:

—Es posible que recibamos más invitados como tú, por lo que probablemente no estarás solo en esta habitación por mucho tiempo.

Luego lo condujo por el pasillo y abrió la puerta de un pequeño espacio que contenía un grifo de agua sobre un lavabo esmaltado en blanco.

—Puedes asearte aquí. Es algo primitivo, pero por el momento esto tendrá que ser suficiente.

Hans mencionó que había ido a acampar muchas veces y que la habitación estaba bien.

—Estoy muy agradecido de que estén dispuestos a tenerme aquí con los riesgos que eso implica.

Esa noche, mientras Hans yacía en la cama, repicaron las Damiaatjes, las campanas de la antigua catedral de San Bavo. Desde la posición en la que se encontraba, en la parte superior de la casa, parecía como si las campanas sonaran directamente sobre él. La melodía era familiar para todos los habitantes de Haarlem y, de alguna manera, reconfortaba a Hans mitigando el hecho de que su vida libre había terminado.

Pensó en Mies, y se preguntó qué le diría sobre su nuevo hogar; luego cayó en un sueño profundo.

Por la mañana, Corrie le dio un recorrido completo por el Beje. Dada la antigüedad del edificio, no tenía calefacción central, ni siquiera tenía baños y duchas. Había dos estufas de carbón, una en la sala de estar y otra en la sala de visitas. Había también dos baños, uno en el segundo piso y otro en el sótano. Estaba el grifo de agua fría que Corrie le había mostrado la noche anterior, pero eso era todo; un «baño» significaba un lavabo y una jarra de agua.

Aun así, en aquel lugar había una calidez y una felicidad que pocos hogares holandeses disfrutaban. Más tarde ese día, Hans conoció al resto de la «familia»: el señor Ineke, que ayudaba a Opa y Corrie en la tienda; Henny Van Dantzig, una mujer alegre de unos 30 años que ayudaba con las ventas, y luego estaba Snoetje, el gato de los Ten Boom. Cuando llegaba la oscuridad total, Snoetje vagaba por la casa. Durante las comidas, se acercaba a la mesa para recibir limosnas. Caminando con cautela de un hombro a otro, recorría la mesa hasta tener suficientes sobras para completar su propia comida.

Esa noche los Ten Boom recibieron a otra invitada: Hansje Frankfort-Israels. Se hacía llamar Thea y contó su historia durante varios minutos. Ella y su marido eran judíos y trabajaban en Het Apeldoornsche Bosch, un hogar para judíos con discapacidades mentales. En enero, dijo, los alemanes allanaron el lugar y comenzaron a patear y golpear a los pacientes.

—Los alemanes sacaron a esas pobres personas y a palos y gritos los llevaron hasta los camiones para ganado. Luego los apilaron uno encima del otro y se los llevaron a Alemania. Muchos de ellos murieron antes de cruzar la frontera.

Mientras Thea hablaba, Hans miró a Betsie y notó lágrimas en sus ojos. Corrie, sin embargo, escuchaba con los puños cerrados.

Thea explicó que ella y su marido lograron salir corriendo y que habían estado huyendo desde entonces. Sin embargo, para poder encontrar un lugar donde quedarse, tuvieron que separarse. Hacía semanas que no sabía nada de él.

Con Hans y Thea, el Beje tuvo a sus dos primeros refugiados permanentes: un buceador holandés y una mujer judía. Corrie tenía la intención de traer a muchos más, especialmente judíos.

El domingo 18 de mayo, todos en el Beje celebraron el cumpleaños 84 de Opa. Nollie y su esposo Flip llegaron a pasar el día, lo mismo que Willem. Cuando todos se instalaron en la sala de estar, Corrie le preguntó a Willem si le sería posible encontrar una granja donde Hans pudiera esconderse y ayudar a una familia rural. Willem pensó que la petición era prematura sin preguntar antes sobre los deseos de Hans, pero Corrie refutó con rapidez.

—No se trata solo de eso —dijo—. He estado pensando en lo que nos dijo Thea. Se necesitará mucho espacio para refugiar a las personas judías. Siempre habrá más holandeses dispuestos a dar hogar a los no judíos que a los judíos. Nosotros estamos dispuestos a ayudar a los judíos, así que necesitamos tanto espacio como sea posible.

Nadie pudo contradecir la lógica de Corrie y Willem dijo que se encargaría.

Ese mismo día, Ana Frank registró en su diario que había presenciado una pelea en lo alto del cielo unas cuantas noches antes, y cómo los aviadores aliados tuvieron que lanzarse en paracaídas desde su avión en llamas. Eran canadienses, descubriría más tarde, y cinco tripulantes habían salido sanos y salvos. El piloto, sin embargo, murió quemado y la Gestapo rápidamente capturó a cinco de los hombres restantes.

Muy temprano esa misma mañana podía sentirse el peligro cada vez más cerca y Ana escribió: «Anoche las armas hicieron tanto ruido que mamá cerró la ventana. A esto siguió un fuerte estruendo, que sonó como si una bomba incendiaria hubiera caído junto a mi cama.

»—¡Luces! ¡Luces! —grité. Esperaba que la habitación estallara en llamas en cualquier momento».

Estas escenas se repetirían una y otra vez para Ana y para todos en Ámsterdam y Haarlem.

Mientras tanto, Hans se acostumbró a la rutina de los Ten Boom. Él y Corrie eran los primeros en levantarse y desayunaban juntos alrededor de las siete y media. Opa y Betsie bajaban hacia las ocho y media, comían y luego Opa ocupaba su lugar junto a la estufa o en el taller. Hacía mucho tiempo que Corrie se había hecho cargo de la mayor parte del trabajo relacionado con los relojes y Hans admiraba su destreza.

—Mira esto —le dijo una mañana mientras prendía la BBC y jugaba con una vieja cadena de reloj—. Cuando suene la primera campanada del Big Ben, serán las 8 a. m. exactas. En ese momento yo calculo la diferencia con este reloj madre.

Corrie revisó la segunda manecilla del reloj y cuando sonó el «boom» dijo que el reloj de bolsillo estaba atrasado por tan solo tres segundos.

—A lo largo del día —añadió— este será el estándar para todos los demás relojes de la tienda que estén en reparación. Es lo primero que hago cada mañana.

Según entendía Hans, Corrie tenía ahora 51 años y llevaba más de 30 en el oficio. Al igual que su padre, disfrutaba del complejo desafío de la relojería y la reparación y estaba muy orgullosa de su trabajo. Su nueva pasión, sin embargo, era esconder judíos.

A finales de mayo, Hans descubrió cómo podía ayudar sin salir de casa. Todas las semanas su madre pasaba por el Beje para traerle ropa limpia, noticias recientes y, lo más importante, cartas de Mies. En una ocasión encontró en su paquete una copia del *Wilhelmus*, el himno nacional holandés. Imprimirlo era ilegal, al igual que venderlo o comprarlo.

Hans sonrió y se lo mostró a Corrie. Opa miró y dijo:

—Creo, hijo, que lo apropiado es leerlo en voz alta para todos nosotros.

Hans era muy consciente de que Opa y todos los demás se sabían las palabras de memoria, pero para ellos significaba una pequeña celebración el tener una copia de contrabando.

—El himno se remonta a más de 400 años atrás —recordó Hans—, desde la huida de William de Orange en busca de libertad religiosa en los Países Bajos bajo el dominio español. Ahora sus antiguas palabras adquieren un significado nuevo y muy personal para cada uno de nosotros. William tenía una profunda confianza en que el Todopoderoso reivindicaría la lucha y los sacrificios, y esas palabras ahora hacen eco en nuestra situación actual.

Pero que he tenido que obedecer
a Dios, la más alta Majestad
en toda la eternidad
y en toda la justicia.

Hans pegó el papel en el techo que se inclinaba sobre su cama y el documento le dio una idea. Él no podía ser visto en el exterior, por supuesto, pero podía ayudar de otro modo. Un día su madre le había llevado una máquina de escribir y pensó que esta sería su contribución: panfletos clandestinos. La Resistencia tenía una red activa para difundir noticias y aliento a través de volantes, y el llamamiento era siempre el mismo: «¡Cópialo y pásalo».

Le mencionó la idea a Corrie, y un día después ella llegó con su primer encargo. Un cliente que trabajaba en el ayuntamiento había venido para una reparación, dijo, y explicó cómo los nazis exigían al personal de la ciudad que les proporcionara las direcciones de los jóvenes que querían enviar a las fábricas alemanas. Le entregó a Hans un papel.

—Una carta de despedida —dijo— de un funcionario del gobierno holandés que renunció porque no podía aceptar el trato alemán hacia los judíos. Pensé que te gustaría copiarlo, así que me lo prestó por un día.

Hans lo leyó rápidamente:

> Siento la necesidad de explicarles brevemente a ustedes, como colaboradores míos, cuál ha sido el motivo de mi renuncia el 12 de septiembre de 1940. Ese día me quedó claro que en nuestro país la llamada declaración aria será una cosa obligatoria. Esto significa que, al considerar solicitudes o planificar cambios de personal, estaremos obligados a investigar si la persona en cuestión es de ascendencia judía. Por muy querida que sea para mí esta vocación, a causa de dicha medida me sentí obligado a presentar mi dimisión, pues mi conciencia de cristiano y de holandés nunca me permitirá hacer semejante pregunta a nadie…

Hans sabía que el hombre tenía razón: su futuro era precario. Las represalias nazis contra cartas como esta fueron severas, al igual que los castigos para cualquiera que las copiara o difundiera. Y entonces le aseguró a Corrie que mecanografiaría varias copias para que el hombre pudiera distribuirlas a sus colegas.

El 8 de junio, la Gestapo llevó a cabo más razias por toda Holanda; cientos de muchachos holandeses serían enviados a Alemania al día siguiente. El aumento del peligro también trajo consigo a la tercera residente de los Ten Boom: Mary Van Itallie, la segunda judía en el Beje. Era una mujer de 42 años de complexión fina, hija de un profesor de la Universidad de Ámsterdam, y su historia era peor que la de Thea. Cuando los alemanes comenzaron a perseguir a los judíos holandeses, le dijo a los Ten Boom, sus padres se suicidaron para no tener que enfrentarse a un campo de exterminio como el de Auschwitz. Hay que reconocer que, a pesar del trauma, Mary se mantuvo positiva y optimista. Ella creía que la bondad y la verdad eventualmente prevalecerían y encajaba bien con todos en el Beje.

Poco después de la llegada de Mary, Corrie acogió a dos buceadores holandeses más: Henk Wessels y Leendert Kip. Nadie preguntó sus edades, pero Henk aparentaba 18 años y Leendert 25. Henk tenía cara de niño de coro y su carácter tranquilo y alegre coincidía con su aspecto físico. Leendert era todo lo contrario: de aspecto maduro, con una sonrisa traviesa, era hablador y obstinado. Sin embargo, sus ocupaciones parecían no coincidir con sus fisonomías: el niño del coro era en realidad un joven abogado mientras que el testarudo era maestro de una escuela.

Los refugiados de los Ten Boom ahora eran cinco —Hans, Thea, Mary, Henk y Leendert— y discutieron como grupo la mejor manera de esconderse en la vieja casa. Hans pensaba que el desván podría ser un buen lugar y examinó el espacio cubierto de polvo. La puerta del ático era demasiado obvia, concluyó, así que cerró la escotilla original con clavos y serró una nueva en un lugar menos obvio. Sin embargo, cuando lo probaron durante un simulacro de emergencia, quedó claro que el ático no funcionaría; tomaba demasiado tiempo que todos pudieran levantarse a cerrar la escotilla.

Sin embargo, Corrie tuvo una idea.

—Le preguntaré a Pickwick. Estoy segura de que conocerá a alguien que pueda ayudarnos.

Unos días más tarde apareció un arquitecto en el Beje. Como la mayoría de los trabajadores de la Resistencia, su nombre era señor Smit. Al parecer él inspeccionaba todos los escondites de la Resistencia de Haarlem y quería hacer lo mismo con el sistema de seguridad completo del Beje. Corrie le mostró el espacio en la escalera donde escondían las tarjetas de racionamiento y el señor Smit lo aprobó. Luego le explicó su sistema de seguro/no seguro: si en la ventana del comedor colgaba un cartel de madera que decía «Relojes Alpina», era seguro entrar, sin embargo, si no estaba ese cartel, no era seguro entrar. Luego estaba el espejo afuera de la ventana que revelaba quién se acercaba; si apareciera la Gestapo o la policía, la puerta entre la tienda y la casa podría cerrarse con llave, proporcionando así un valioso tiempo extra para que los refugiados buscaran escondites.

Smit subió las escaleras y se maravilló ante la excéntrica distribución de la casa, las paredes torcidas y los niveles irregulares del suelo.

—Señorita Ten Boom, si todas las casas se construyeran como esta, tendría ante usted a un hombre menos preocupado.

Corrie lo siguió mientras él se dirigía a su propio dormitorio en el último piso.

—¡Eso es! —gritó Smit—. Quiere que su escondite sea lo más alto posible. Eso da más oportunidades de llegar a él mientras la búsqueda se hace en los niveles de abajo.

—Pero… esta es mi habitación.

Smit la ignoró y comenzó a mover muebles y a tomar medidas. Después de unos minutos, hizo una señal hacia el fondo de la habitación.

—¡Aquí es donde irá la pared falsa!

Trazo una línea con lápiz a unas 30 pulgadas de la pared.

—Una sola fila de ladrillos será suficiente. Un clóset falso a la izquierda y frente a este un panel corredizo al fondo del clóset serán suficientes. Señorita, esto ha sido maravilloso. Estaré tan orgulloso de esto como lo estoy de las hermosas casas que he construido.

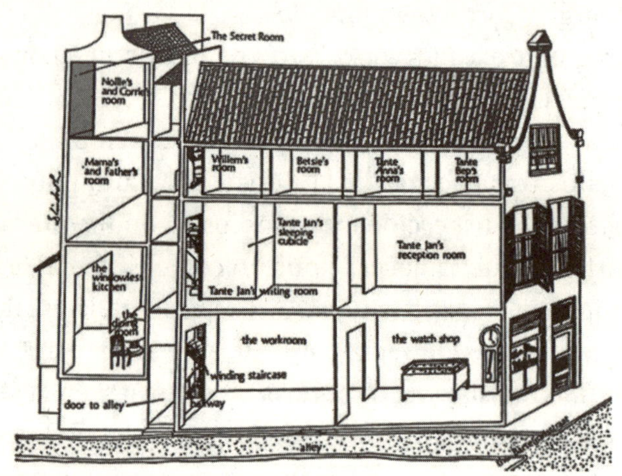

Disposición del Beje en la que se muestra el escondite secreto.

Durante los siguientes dos días fueron llegando trabajadores con herramientas escondidas dentro de periódicos y ladrillos en maletines. En poco tiempo, Corrie tenía una pared de ladrillos en su habitación que rápidamente estuvo recubierta de estuco. En un extremo de la falsa pared estaba un armario, que servía como entrada al escondite. En la repisa inferior había un panel corredizo secreto —una obra maestra de construcción— que medía tres pies de ancho por dos pies de altura. Estaba colocado en ranuras muy ajustadas para que al cerrarlo no aparecieran grietas ni costuras. Un contrapeso y una rueda permitían que la pieza se moviera con facilidad, y en la parte inferior se colocó una fina capa de goma para disimular el ruido al cerrarla.

Se aplicó una nueva capa de pintura a la pared y al armario, y cuando se secó, Corrie colocó ropa de cama y toallas en los estantes. En la parte inferior, delante del panel deslizante, colocó dos grandes costureros. El trabajo fue tan profesional que la pintura y el calafateo parecían originales, con marcas de suciedad, manchas de agua y molduras desconchadas y descascaradas. Al mirar la pared falsa de una habitación donde había vivido durante 50 años, no podía imaginar que no hubiera sido parte de la construcción original desde hacía unos 150 años.

El señor Smit fue a dar una última inspección unos días después y le dio a Corrie un consejo de supervivencia y seguridad:

—Mantenga una jarra de agua ahí dentro —dijo—. Cambie el agua una vez por semana. Las galletas marineras y las vitaminas no tienen caducidad. Siempre que haya alguien en la casa y cuya presencia no sea oficial, todas sus posesiones deben guardarse aquí.

Dio un golpecito a la pared detrás del clóset y admiró la construcción.

—La Gestapo podría buscar un año entero. Nunca encontrarían este escondite.

Izquierda: Armario de blancos con el panel corredizo cerrado.
Derecha: Armario con el panel corredizo abierto.

Cuando el escondite estuvo terminado, Corrie y los refugiados lo nombraron *engelen den*, la «guarida de los ángeles». Leendert, que era un electricista aficionado, conectó la casa con un sistema de alarma para que los refugiados tuvieran tiempo de correr escaleras arriba antes de que llegara la Gestapo. Se colocó un timbre en lo alto de las escaleras para que todos en la casa pudieran oírlo. Luego colocó botones para activar el timbre en varios puntos de la casa: debajo de la ventana del comedor, en el corredor bajo las escaleras, al lado de la puerta del Beje, bajo la ventana de una habitación, detrás del mostrador de la tienda y uno en cada banco de trabajo.

El 26 de junio, Corrie decidió que era tiempo de hacer un simulacro. Sin avisar a nadie, activó la alarma esa noche y los refugiados salieron de sus camas y entraron por el pasillo hasta el lugar secreto. Cuando se cerró el panel volvió a poner las cajas de costura al frente y luego revisó su reloj.

Tres minutos con 28 segundos.

No era suficiente. El señor Smit había sugerido tener a todos los refugiados dentro en un minuto, pero parecía algo imposible. Corrie llamó a todos para que salieran, les dio el tiempo y les dijo que necesitarían reducirlo a un minuto y medio.

—Vamos a revisar todas nuestras acciones —dijo Leendert— y veamos dónde podemos reducir tiempo.

Las causas que consumían la mayor parte de sus valiosos segundos eran darles la vuelta a los colchones —en caso de que la Gestapo comprobase si todavía estaban calientes— y lograr que todos entraran en el espacio. Para eliminar un giro de cama y un paso a través de la trampilla, Hans se ofreció a dormir todas las noches en la guarida de los ángeles.

—Eso significaría una persona menos que evacuar —dijo—. Además podría guardar las cosas que traigan. Entonces todos podrán entrar con mayor facilidad.

A Corrie le gustó la idea y agregó que inspeccionaría las habitaciones de cada uno. Una prenda de vestir olvidada, una carta o incluso las cenizas de un cigarro podrían alertar a la Gestapo. Hizo la ronda y encontró la primera violación en la habitación de Hans.

—Tienes que quitar esa foto de tu prometida —dijo.

Hans odiaba sacar a Mies de su vista diaria, pero Tante Kees tenía razón, así que la quitó.

Corrie les hizo saber a todos que pronto realizaría otra prueba y que su objetivo era lograr esconderse en 90 segundos.

Mientras tanto, los nazis continuaron con las razias para atrapar a más chicos. En la casa de Flip y Nollie sabían que Peter y sus hermanos estaban en riesgo, pero no tenían la fortuna de vivir en una casa donde pudiera construirse un muro falso. En su lugar, reacomodaron la cocina para utilizar una vieja alacena de papas que estaba bajo el suelo. Agrandaron la puerta y pusieron una alfombra encima, sobre la cual estaba la mesa de la cocina. No era ideal, pero era mejor que nada.

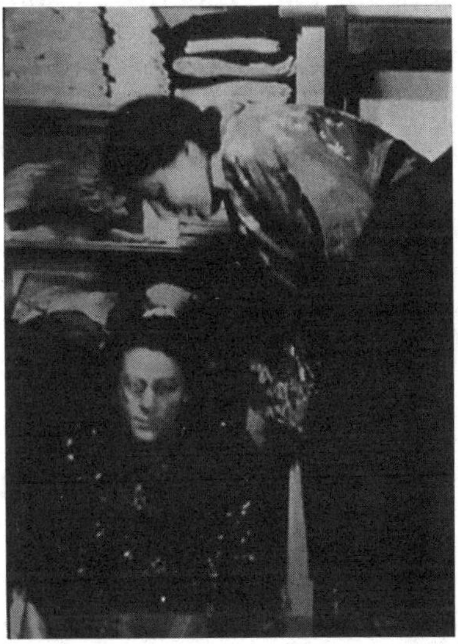

El día del cumpleaños de Flip, Corrie, Betsie y Opa fueron a celebrar. Pickwick había sido muy generoso y les había dado el regalo perfecto: un cuarto de libra de té inglés. Cuando llegaron, Nollie y Flip estaban fuera y Cocky estaba arriba limpiando un dormitorio. Al abrir una ventana para sacudir el trapo y quitarle el polvo, notó que un grupo de soldados rodeaban el bloque y corrían de casa en casa. ¡Una razia! Corrió escaleras abajo y encontró a su hermano.

Simulacro de prueba, junio de 1943. Thea ayudando a Mary a salir de la entrada secreta de la guarida de los ángeles.

—¡Peter, rápido! ¡Escóndete! Vienen los alemanes. ¡Rápido, ve a la cocina!

Cocky levantó la puerta de la cocina y Peter saltó dentro. Corrie y Betsie le ayudaron a jalar la alfombra y la mesa, y luego entre las tres se apresuraron a poner un mantel y los platos y cubiertos. Momentos después, los nazis tiraron de una patada la puerta de la entrada principal. Desde su posición en la trampilla, Peter escuchaba el andar estruendoso de sus botas de cuero por sobre su cabeza.

—¿Hay algún chico aquí? —le preguntó un alemán a Cocky.

Corrie miró hacia su sobrina y se encogió; sin importar las circunstancias, a Cocky le habían enseñado a nunca, jamás decir mentiras.

—Sí, señor —respondió—. Hay uno bajo la mesa.

CAPÍTULO 7
LOS BEBÉS

Peter tomó aire con dificultad. Acuclillado en la oscuridad, su corazón latía con tanta fuerza que pensó que los alemanes podrían escucharlo.

Antes de que Corrie pudiera interceder, el soldado tomó una esquina del mantel y lo levantó. Cocky estalló en carcajadas y los soldados la miraron con detenimiento.

—No nos tomes por idiotas —gritó uno de ellos.

Y así, los alemanes se dieron la vuelta y salieron aprisa de la cocina. Peter había esquivado otra bala.

La noche siguiente sonó la alarma en el Beje y despertó a Hans en la guarida de los ángeles. Se levantó de un salto, arrojó las mantas a un lado y levantó la puerta del panel. Thea llegó primero, arrastrándose hacia el oscuro espacio con su saco de dormir. Hans la ayudó a entrar y le susurró:

—Sigue avanzando hasta el final.

Mary llegó después, también con su saco.

—Sigue hasta que te topes con Thea —susurró.

Momentos después, Leendert subió con su maletín, seguido por Henk. Cuando los pies de Henk dejaron atrás la entrada, Hans bajó el panel. Detrás podía oír a Corrie deslizando las cajas de costura. Todos permanecieron en silencio durante unos momentos, escuchando. Sin una sola luz, la guarida de los ángeles era absolutamente oscura y con los cinco hombro con hombro, el ambiente se comenzaba a sentir claustrofóbico.

Como un ataúd.

—Acércate un poco hacia mí —dijo Hans a Henk—. Si disparan a través del panel, al menos no podrán lastimarte.

Mary se puso atrás de Hans, temblando contra su hombro.

—Hans, para. No digas esas cosas. Sé que tienes razón pero lo odio.

Todos escucharon un rato pero no oyeron nada hasta que un auto se detuvo frente al Beje. Aproximadamente un minuto después se alejó.

—No tenemos comida aquí —dijo Leendert—. ¡Es otra cosa que no tomamos en cuenta!

Todos se congelaron cuando escucharon pisadas que provenían de la habitación de Corrie. Un estornudo, una tos, un suspiro podía revelar su presencia. Esperaron algunos momentos, cada uno inhalando y exhalando el mismo aire viciado.

—Está bien, pueden salir ahora —anunció Corrie—. Dos minutos y cuatro segundos.

Hans y los otros dejaron escapar un suspiro como señal de alivio, pero cada rostro revelaba miedo y angustia. Sabían que no se trataba de un juego y no solo habían fallado en lograr los 90 segundos, también se habían olvidado de dejar comida en la guarida.

Todos bajaron para tomar un chocolate caliente, aún con los nervios de punta. Por primera vez en su vida, Hans experimentó un miedo de verdad, y Thea y Mary se veían pálidas y traumatizadas.

Poco después de la prueba, Corrie descubrió un problema aterrador. En una guardería judía de Ámsterdam, los nazis planeaban matar a 100 bebés cuyos padres probablemente se dirigían a campos de concentración. Asqueada por la situación, Corrie anhelaba encontrar una forma de ayudar.

El Creche, como se llamaba la guardería, se ubicaba en la acera frente al Hollandsche Schouwburg, un teatro que los alemanes utilizaban como centro de deportación para enviar judíos a Westerbork. Hollandsche Schouwburg y Creche estaban estrechamente vinculados, ya que el primero albergaba a adultos judíos, mientras que el segundo albergaba a bebés y niños pequeños.

Sin embargo, esconder a los bebés bajo las narices de los nazis era más fácil de decir que de hacer. Los alemanes, que eran obsesivamente organizados, mantenían listas detalladas con el nombre de cada niño que entraba o salía del centro.

Quienes dirigían los edificios idearon un plan, no obstante. Walter Süskind, el director judío de 35 años del Hollandsche Schouwburg, empezó por contratar a Felix Halverstad, un asociado del teatro que llevaba la contabilidad de ambas salas. A continuación, Süskind trajo a Henriëtte Henriques Pimentel, la directora judía de la guardería, de 66 años.

La fuga se llevaría a cabo en dos etapas. Primero, Félix alteraría los libros de la guardería para eliminar los nombres de los bebés sacados. Si los alemanes revisaban los registros, no debía quedar rastro de que estos niños hubieran estado alguna vez en la guardería. En segundo lugar, Walter coordinaría con Henriëtte el transporte de los bebés. Sin embargo, el plan era complicado, pues los guardias alemanes al otro lado de la calle, en el Hollandsche Schouwburg, vigilaban el Creche.

Necesitaban una distracción, además de mensajeros que pudieran transportar a los bebés. Corrie le mencionó el asunto a Hans y a los demás en el Beje, y todos quisieron ayudar.

—Los salvaremos —dijo uno de los chicos.

Corrie preguntó cómo y él respondió:

—Los robaremos.

La audacia y la valentía del joven impresionaron a Corrie, pero sabía que ninguno de sus muchachos podía salir siquiera de casa con seguridad. Por casualidad, unos días después, un grupo de jóvenes soldados alemanes se presentó en el Beje en busca de ayuda. Corrie no sabía cómo se habían enterado de los Ten Boom y su trabajo.

—Ya no nos gusta trabajar para Adolf Hitler —le confió uno de ellos—. No asesinaremos judíos. ¿Puede ayudarnos?

El acercamiento de los soldados a plena luz del día aumentó el peligro, pero Corrie aceptó el riesgo y los invitó a entrar. Al igual que sus judíos y buceadores holandeses, estos alemanes necesitaban una manera de desaparecer. Corrie no podía creer su buena suerte.

Ella podría ayudar, les dijo, pero a cambio tendrían que renunciar a sus uniformes.

Los soldados aceptaron de buena gana; de todos modos, si querían pasar desapercibidos, necesitarían ropa civil. Después de que Corrie consiguió una camisa y unos pantalones para cada uno, les dio sus uniformes a sus muchachos holandeses para que pudieran presentarse en la guardería con la autoridad de la Wehrmacht.

Aun así, el rescate fue complicado. Walter, Felix y Henriëtte —en coordinación con Betty Goudsmit-Oudkerk, una enfermera de 17 años— planearon sacar a los niños de contrabando en mochilas, cajas, bolsas de compras o cestos de ropa sucia. Desde allí tendrían que ser escoltados a un escondite cercano donde podrían alojarse durante unas horas. Henriëtte contó con la ayuda de Johan Van Hulst, director de la Escuela de Formación de Profesores Reformada de al lado, quien accedió a esconder a los niños en su edificio. Luego maniobraría de forma clandestina, según el plan, para transportar a los niños en tren o tranvía a Limburgo o Frisia, donde serían reubicados con familias que los aceptaran.

Los «soldados» de Corrie proporcionaron la escolta.

Los 100 bebés fueron salvados.[1]

El lunes 28 de junio, Corrie irrumpió en la habitación de los chicos a las siete de la mañana diciendo: «A levantarse». Era el cumpleaños de Hans y Corrie había planeado una pequeña fiesta. Todos bajaron las escaleras para desayunar y cantaron la canción tradicional de cumpleaños holandesa, «Lan zal hij leven» («Larga vida»). Los Ten Boom le obsequiaron un libro a Hans, y esa tarde recibió un regalo conmovedor cuando sus padres le entregaron una carta de Mies. El intercambio frecuente de cartas era riesgoso, pues podía llamar la atención de la Gestapo, por lo que acordaron un calendario de solo una vez al mes. Aun así, cada carta le llegaba con una bendición.

«Las fortalecedoras palabras que contenían esas páginas me trajeron nueva confianza y esperanza», recordó.

Poco después de la fiesta sonó el teléfono de la tienda y Corrie respondió.

—Tenemos un reloj de hombre que nos está dando problemas —dijo el interlocutor—. No podemos encontrar quién lo repare. Para empezar, la carátula luce muy anticuada.

1. El escape Pimentel-Süskind-Van Hulst funcionó a la perfección, y eventualmente se rescataron entre 600 y 1 000 infantes judíos (N. del A.).

Corrie reconoció el código de inmediato: estaban intentando encontrar un lugar para un judío con rasgos reconocibles.

—Envíen el reloj —dijo— y veré qué podemos hacer.

A las siete de aquella tarde sonó el timbre del callejón. Corrie invitó al «cliente de relojes» a entrar y observó sus rasgos «anticuados»: 30 y pocos años, delgado, con entradas en el cabello, con orejas grandes y anteojos pequeños. Ella cerró la puerta y él hizo una reverencia cortés y luego se sacó una pipa de su abrigo.

—La primera cosa que debo preguntarle es si debo o no dejar atrás a mi buena amiga la pipa. Meijer Mossel y su pipa no se separan fácilmente. Pero por usted, amable señora, si el olor se impregna en sus cortinas, con mucho gusto me despediría de mi amiga la nicotina.

Corrie se rio.

—¡Por supuesto que debes quedarte con tu pipa! Mi padre fuma cigarros… cuando encuentra uno en estos días.

—¡Ah, estos días! ¿Qué puede esperarse cuando los bárbaros han invadido el campamento?

Corrie lo condujo a la planta alta y dentro del comedor, y antes de que pudiera presentarlo, Mossel soltó:

—¿Es ese tu padre? Si fuese judío podría ser un patriarca.

—Señor —respondió Opa—, podremos ser hijos de Dios por su gracia, pero usted es Su pueblo elegido por derecho de nacimiento.

Después de las presentaciones, Mossel le contó al grupo un poco de su vida; les dijo que había sido el cantor[2] de la comunidad judía de Ámsterdam.

—Pero ahora —continuó—, ¿dónde está mi Torá? ¿Dónde está mi congregación?

La mayor parte de su familia había sido arrestada, les dijo, y su esposa e hijos se habían trasladado a una granja en el norte de Holanda. Los propietarios de la finca lo habían rechazado por «razones obvias», añadió, haciendo referencia a sus rasgos.

Unos minutos más tarde, Mossel se puso más emotivo y expresó su angustia.

---

2. El oficial de una sinagoga que dirige las partes litúrgicas del servicio y canta las oraciones (N. del A.).

—Si me preguntan: ¿por qué no fui al Joodse Schouwburg[3] cuando se hizo el llamado? ¿Por qué mi esposa y mi familia no acudieron? Les diré por qué. Mi único propósito en la vida es cantar alabanzas a Adonai, el Señor. Soy un *Yehuda*, un *Yid*. Eso significa el que alaba a Adonai. ¿Podré alabar a Adonai cuando me hayan matado? Entonces sería mártir, sí, pero ¿puede un mártir cantar alabanzas a Adonai? Entonces, *hinneh*,[4] aquí estoy, a su merced.

Mossel luego se dirigió a Opa:

—¿Me permitirá decir mis oraciones y cantar mis alabanzas en esta casa?

Antes de que Opa pudiera responder, Corrie dijo:

—Por supuesto que puede decir sus oraciones aquí.

Luego le dijo que podía dormir con Hans, Leendert y Henk en la habitación de los muchachos, pero le preguntó si la comida no kosher del Beje sería un problema para él.

—¿Sería mejor que muriera de inanición —respondió Mossel— o que coma alimentos no kosher y viva para alabar a mi Señor? ¡Aceptar su comida será un placer, mi señora!

Corrie asintió.

—Pero por favor no me llame «señora». Todos aquí me llaman Tante Kees.

Luego le preguntó cómo debían referirse a él y Mossel se encogió de hombros. Su nombre era Meijer, dijo, pero ¿quizá sería mejor llamarlo de otro modo?

—¿Por qué no Winston o Wolfgang?

Después de unas cuantas sugerencias, Mossel se volvió hacia Hans.

—Entiendo que es tu cumpleaños. ¿Me harías el favor de nombrarme?

Hans no dudó.

—Señor, lo llamaremos Eusi.

—Eusi, Eusi —repitió Mossel—. ¿De dónde sacaste ese nombre?

3. Puesto que el teatro Hollandsche Schouwburg se usaba ahora exclusivamente para procesar a los judíos, solían referirse a este como Joodse Schouwburg (N. del A.).

4. Palabra hebrea de transición que puede traducirse en español como «ahora», «sí» o «mira» (N. del A.).

—Ah, es una suerte de apodo para el miembro más joven de una familia. En mi casa, y en las casas de mis amigos, todos llaman Eusi al hermano menor.

Mossel asintió.

—Muy bien, seré Eusi —luego se dirigió a Betsie—. Señorita, permítame presentarme. Mi nombre es Eusi. Y usted se ha ganado mi gratitud eterna por aceptarme en su hogar.

Betsie sonrió.

—Bienvenido, Eusi. Que tu estadía sea feliz para todos. Y, por favor, llámame Tante Bep.

La comida era extremadamente escasa en Haarlem, pero un día Corrie y Betsie vieron en el periódico un cupón para salchichas de cerdo. Los Ten Boom no habían visto carne en semanas, por lo que estaban encantados de conseguir un poco. Sin embargo, Corrie se preguntó —a pesar de la conversación previa— si Eusi comería *esa* comida no kosher.

Cuando llegó la hora de comer, Betsie sacó del horno una cazuela de cerdo y papas.

—Eusi, ha llegado el día.

Sirvió una ración considerable en su plato y Eusi no pudo resistir el aroma de una deliciosa comida caliente.

Saboreando el primer bocado de cerdo, asintió.

—Por supuesto, hay algo respecto a esto en el Talmud. Y voy a empezar a buscarlo… tan pronto como termine la cena.

Sin embargo, en un punto Eusi no cedería. Unas cuantas noches después mientras Corrie preparaba chocolate caliente, Leendert casualmente mencionó que había escuchado a Nollie decir que si le preguntaran si estaba refugiando a un judío respondería que sí. En su opinión, el noveno mandamiento de no dar falso testimonio no le dejaba otra alternativa. Dios era plenamente capaz, consideraba ella, de hacerse cargo de la situación que surgía de su obediencia.

Al escuchar los comentarios de Leendert, Eusi se le acercó hecho una furia.

—Dime que no te escuché correctamente —dijo en voz alta—. Dime que entendí mal. ¿He escuchado que preferirías sacrificar vidas antes que mentir?

Antes de que Leendert pudiera responder, Corrie ya había llegado.

—Shhh, silencio, silencio. Eusi, por favor toma asiento y hablemos de esto.

—¿De qué quieres hablar? Hay vidas en juego, ¿y tú quieres hablar?

—Conoces los mandamientos de Dios —dijo Corrie—. No debemos dar falso testimonio, y así como nosotras…

—Sí, sí, esperaba que pasara esto. Exasperado, Eusi comenzó a dar una larga lección sobre el Antiguo Testamento, recordándole a Corrie sobre Rahab y las parteras de los hebreos, todas las cuales mintieron para honrar las causas de Dios. Corrie escuchó sin responder y Eusi dio por concluida su lección.

—Pero aquí estamos, bajo tu techo. Te hemos confiado nuestras vidas, Tante Kees. Exijo que nos digas ahora que no nos traicionarás si puedes evitarlo. Si no puedo confiar en ti, debo encontrar otro lugar para quedarme.

Corrie y Eusi se sentaron en la mesa del comedor y Corrie tomó las manos del hombre.

—Eusi, te prometo que no traicionaré a ninguno de ustedes si puedo evitarlo.

Ambas partes entendían que decir «si puedo evitarlo» era una vaguedad en el mejor de los casos, pero Eusi se apaciguó.

—Gracias, Tante Kees. Te creo y confío en ti.

Más tarde, reflexionando sobre el incidente, Hans escribió: «Muchos cristianos holandeses se enfrentaron a cambios radicales durante aquellos meses de verano de 1943. Hasta entonces, mentir, robar, matar y chantajear eran crímenes ante Dios y ante la sociedad holandesa. Pero un régimen demoniaco había poseído a nuestro país y a nuestra civilización, y tuvimos que elegir: seguir sus instrucciones perversas o sufrir las consecuencias; ayudar desinteresadamente a aquellos que lo necesitaran o quedarnos al margen. Sin importar qué tanto tiempo intentáramos evitar tomar una decisión… el momento de la verdad llegaría finalmente».

Cada miembro de la familia Ten Boom sería puesto a prueba en este camino una y otra vez.

Peter, el hijo de Nollie, por su parte, invitaba y aceptaba al peligro. Dado que las cartillas de racionamiento robadas por Corrie no podían alimentar a todos los judíos de la zona, él buscó otra forma de ayudar. Los judíos sin tarjeta tenían que comprar comida en el mercado negro, pero ¿con qué dinero?

Un día, mientras tocaba el piano en casa, pensó: «¿Qué tal si organizo un concierto para familiares y conocidos para recaudar dinero para los judíos?». Le contó la idea a sus padres y ellos la aprobaron. Flip y Nollie advirtieron, sin embargo, que tal empresa sería peligrosa porque no se podían celebrar conciertos públicos —ni siquiera reuniones grandes— sin obtener un permiso especial de las autoridades nazis. Peter tenía la respuesta: un concierto privado en un lugar secreto.

Tenía un amigo que era dueño de un pequeño auditorio y, efectivamente, el hombre accedió a que fuera usado con ese fin. Con la ayuda de sus padres, Peter envió varias invitaciones secretas a familiares y amigos. Cuando llegó la tarde del concierto, se puso la ropa de su hermana sobre la suya y se dirigió al auditorio. Entró por una puerta trasera, se quitó su vestimenta femenina, subió al escenario y sonrió.

Ante él estaba sentado un público de unos 100 invitados, casi el número exacto de invitaciones que había enviado. Ocupó su lugar en el banco del piano y comenzó el concierto. Minutos después se escuchó un sonido de golpes desde la entrada principal del auditorio y entonces las puertas se abrieron con violencia.

Una docena de soldados alemanes entraron con los rifles alzados y alguien detrás de Peter lo tomó por el brazo. Se dio la vuelta para ver a un oficial alemán sosteniendo una de las invitaciones.

—¡Todos los hombres jóvenes están bajo arresto! —gritó el hombre—. Caminen hacia la esquina y entreguen sus tarjetas de identificación al oficial.

La multitud corrió hacia las puertas, pero había soldados custodiando cada salida. Peter hizo una mueca. En 24 horas estaría en una fábrica en Alemania. Mientras se dirigía hacia el oficial de identificación, pudo ver algo por el rabillo del ojo: ¡una puerta sin vigilancia! Hecha de madera oscura, tenía dibujada una cruz blanca, lo que quizás hizo creer a los alemanes que no era una salida. Al recordar la forma en que Mels se había «desviado» cuando fue a robar pan, Peter adoptó la misma conducta inocente y se dirigió hacia allí.

Nadie pareció percatarse de él cuando la abrió y se deslizó en la oscuridad total. Tanteó el camino hasta un tramo de escaleras que conducía hacia abajo. Al fondo sus ojos se acostumbraron y se dio cuenta de que estaba en un sótano.

Un sótano sin salidas.

Al ver un horno contra una pared, se escondió detrás y esperó. Sabía que al cabo de unos minutos los alemanes buscarían detrás de cada puerta y lo descubrirían.

Arriba reinaba el caos mientras los soldados arrojaban sillas y aventaban muebles.

—¿Dónde está ese hombre, Van Woerden? —gritó alguien.

De vuelta en el Beje, Corrie recibió su propia sorpresa. En medio de la noche alguien la despertó agitándola con violencia.

—¿Cuántos judíos tiene escondidos aquí? —ladró un hombre.

Aún adormilada, Corrie escupió:

—Cuatro.

CAPÍTULO 8
TERROR

Sabía que no tenía cómo escapar y Peter solo esperaba lo inevitable.

Después de unos cuantos minutos, la puerta del sótano se abrió y luego se escucharon unos pasos bajando las escaleras.

—¿Peter?

Peter respiró profundamente y se puso de pie; la voz era de su amigo, el propietario del edificio.

—Sal de aquí, rápido, hijo. Se fueron los soldados.

Por fortuna, Peter había bajado al sótano con su disfraz de mujer, así que se puso la mascada de su hermana en la cabeza, se abrigó con su chaqueta y salió de prisa.

Ya había esquivado dos balas en todos esos meses.

Corrie abrió los ojos. El hombre que la sacudía no era un agente de la Gestapo sino Leendert. Más temprano aquella tarde, Hans, Henk y los otros refugiados se habían percatado de que, mientras Corrie les tomaba el tiempo en los simulacros a la guarida de los ángeles, nadie estaba poniéndola a *ella* a prueba. Y ya que ella era la primera línea de defensa, su respuesta a cualquier redada tenía que ser impecable.

—Yo me encargaré de eso —había dicho Leendert y, en efecto, su modo abrupto de despertar a Corrie había probado que también ella necesitaba mejorar.

—Tienes que volver a hacerlo —dijo Corrie después de su prueba—. Necesito mejorar mi reacción.

Así que Leendert, Hans y Henk empezaron a despertarla en medio de la noche de la misma manera. Después de varias pruebas, Corrie perfeccionó una respuesta adormilada donde aparecía con una inocencia indignada.

Y Corrie siguió realizando simulacros para los refugiados hasta que todos llegaron a la guarida de los ángeles en su nuevo tiempo récord: 70 segundos. La combinación del cartel de Alpina, el sistema de alarma y la velocidad para esconderse hicieron que el Beje fuera prácticamente infalible. Pero había más pruebas en puerta.

A principios de julio, la Gestapo intensificó las redadas y las detenciones. Corrie y los refugiados sabían que esto aumentaba el peligro, pero habían agotado todas sus precauciones defensivas.

La tarde del 5 de julio, Hans, Leendert, Henk y Eusi charlaron en el baño de los chicos y ayudaron a Leendert con algunos trabajos de matemáticas. Poco antes de medianoche, un coche se detuvo frente al Beje con hombres que hablaban alemán. Alguien encendió la luz y Hans corrió por el pasillo hasta el baño de las chicas y llamó a su puerta.

—¡La alarma! ¡Los alemanes se acercan!

Las chicas se apresuraron a entrar en acción y la conmoción despertó a Corrie. Hans le susurró algo sobre los alemanes y ella preparó el panel corredizo. Después de que todos los refugiados entraran en la guarida de los ángeles, Corrie cerró el panel, deslizó las cajas de costura en su lugar y esperó. Aunque escuchaba voces, nadie golpeó la puerta del Beje. Bajó al salón y miró a través de una rendija en la cortina opaca de la ventana.

Un camión del ejército alemán.

Todos en la guarida de los ángeles miraron sus relojes. Habían pasado 30 minutos, pero no escuchaban nada que sugiriera una redada. Al fin, alguien entró en la habitación y luego sonó la voz de Corrie:

—Es un camión del ejército alemán, aparentemente tienen problemas con el motor… ustedes quédense adentro hasta que se hayan ido, solo para estar seguros.

No fue sino hasta las dos de la mañana —cuando remolcaron al camión del ejército— que Corrie abrió el panel y los dejó salir.

Sin embargo, la práctica resultó útil porque comenzó a circular el rumor de que los alemanes estaban planeando arrestos masivos en Haarlem durante el fin de semana.

Comenzaron el viernes 9 de julio. Durante todo el día, soldados alemanes y camiones del ejército pasaron de un lado a otro por delante del Beje. El espectáculo ponía los nervios de punta, pues la Gestapo casi siempre realizaba sus redadas fuera de Ámsterdam. ¿Por qué estaba aquí la Wehrmacht?

Hans, Leendert y Henk decidieron montar una vigilia que duraría toda la noche. Por turnos, cada uno vigilaba las calles en periodos de dos horas y media. La última guardia de Hans empezó a las cuatro y media de la mañana y una hora más tarde los soldados alemanes pasaron corriendo en motos y coches patrulla. Hans les pasó esta información a los demás y luego regresó a su puesto.

Betsie bajó y preparó el desayuno para todos, y a las ocho Hans vio a Henny, la dependienta de la tienda, corriendo hacia el Beje en su bicicleta. Corrie fue a la puerta trasera y Henny dijo las siguientes palabras con suma rapidez:

—Invasión. ¡Invasión en Italia!

Henny estaba cerca, pero en la mañana, cuando les llegaron las noticias de la BBC, escucharon que la invasión era en Sicilia, no en la capital. Fue un poco decepcionante, pero al menos los Aliados estaban haciendo algún progreso.

Una semana más tarde, se sumaron dos buceadores al Beje: Henk Wiedijk y Jop. Con un metro y 90 centímetros de altura, Henk era demasiado alto para entrar en cualquiera de las camas de la casa, así que dormía en un colchón en el suelo. Su movilidad era aún más significante, pues todos se preguntaban si lograría entrar a través de la pequeña entrada de la guarida de los ángeles. Él aceptó practicar, sin embargo, continuó la preocupación.

Jop era el aprendiz de la relojería de los Ten Boom. Viajaba a diario desde los suburbios para llegar al trabajo y en dos ocasiones escapó por poco del arresto en una razia. Después del segundo encuentro cercano, los padres de Jop le preguntaron si podía quedarse en el Beje y los Ten Boom estuvieron de acuerdo.

Sin embargo, los recién llegados implicaban riesgos adicionales. Si bien la guarida de los ángeles se había construido para esconder a ocho —el número actual de refugiados—, pasar a todos a través de la entrada secreta en 70 segundos resultó ser un desafío. Aun así, Corrie no quería negarle a nadie el refugio.

Cuando los refugiados no estaban nerviosos por las sospechas de redadas, los invadían la soledad y el aburrimiento. Ninguno de ellos podía salir, salvo un corto tiempo a la azotea, y todos anhelaban ver a sus seres queridos.

Para pasar el tiempo decidieron que cada persona debía compartir su talento o conocimiento sobre un tema con todo el grupo. Así que se turnaban durante las noches: Hans enseñaba astronomía y constelaciones, Henk Wessels los entretenía con trucos de magia, Leendert destacaba en literatura holandesa moderna, y Mary les daba conferencias sobre la cultura y lengua de Italia. Dado que Mary también tenía una voz excelente y sabía tocar el piano, dirigía al grupo para cantar, haciendo homenaje a Schubert, Beethoven, Brahms y Bach. Eusi, que tenía una voz fuerte, siempre era quien hacía temblar las ventanas.

Thea, sin embargo, se sentía un poco fuera de lugar.

—La mayoría de ustedes sabe tantas cosas e interpretan muy bien —dijo una tarde—. ¿Qué puedo yo hacer que ustedes no puedan?

Pero resultó que Thea tenía una habilidad invaluable y pronto comenzó a enseñarles a todos primeros auxilios. Durante una hora el salón se convertía en un hospital y todos practicaban la aplicación de vendas y curaciones en heridas falsas.

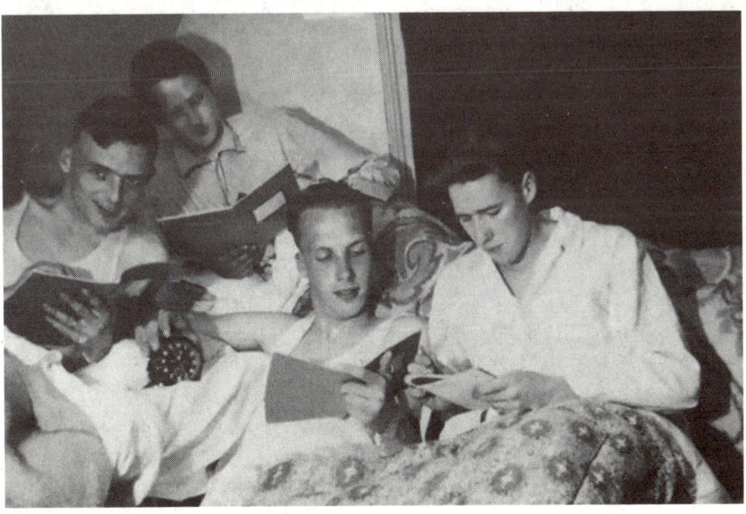

La habitación de los chicos del Beje. De izquierda a derecha: Leendert, Henk Wiedijk, Henk Wessels y Hans.

Los domingos por la tarde los visitaba Peter, y casi siempre interpretaba un concierto de sus himnos favoritos y composiciones personales. Sin embargo, cuando llegaba el lunes, aparecía de nuevo la tensión.

Una tarde, mientras todos estaban reunidos para el *lunch* en el comedor, escucharon el sonido de un rasguño en la ventana.

—No se den la vuelta —dijo Nilsl, un trabajador clandestino que estaba de visita. Tenía el rostro pálido—. Alguien está mirando al otro lado de la cortina.

Corrie no podía creerlo. Estaban en el segundo piso y el Beje no tenía escalera de incendios.

—Está en una escalera —agregó Nils—. Limpiando las ventanas.

—Yo no ordené que se limpiaran las ventanas —dijo Betsie.

Justo en ese momento, el hombre se asomó a través de las cortinas de encaje y agitó una mano.

Todos se congelaron. Tenía que tratarse de un agente de la Gestapo o de un informante, y claramente podía ver a los Ten Boom en una habitación llena de gente. Eusi agitó la mano de vuelta y dijo con voz muy baja:

Los Ten Boom y los refugiados permanentes del Beje, julio de 1943. Enfrente, de izquierda a derecha: Mary, Betsie, Opa, Corrie y Thea. Atrás, de izquierda a derecha: Henk Wiedijk, Leendert, Eusi, Henk Wessels y Hans.

—Actúen como si todo fuese normal. En unos momentos más cantaremos «Feliz cumpleaños».

Cuando el grupo terminó de cantar, el limpiador de ventanas —que seguía trabajando en la misma ventana— se rio y volvió a saludar con la mano.

Corrie no podía soportar la incertidumbre. Bajó las escaleras y fue hacia el callejón.

—¿Qué está haciendo? —preguntó mientras miraba al hombre—. No pedimos que se lavaran nuestras ventanas. ¡Y mucho menos durante nuestra fiesta!

El hombre sacó un papel de su bolsillo.

—¿No son ustedes los Kuipers?

Corrie negó con la cabeza. Le dijo que la tienda de dulces Kuipers estaba cruzando la calle.

—Pero de cualquier modo... venga adentro y celebre con nosotros.

El hombre rechazó la invitación y Corrie observó mientras cruzaba la calle con su escalera y su cubo.

No pasó nada esa tarde, pero el misterio del hombre hizo que el resto de la velada fuera miserable. En momentos como estos, los refugiados escapaban de la presión subiendo al tejado en busca de aire fresco y a mirar el paisaje. El espacio para caminar era pequeño —dos metros por seis—, pero proporcionaba un refugio necesario y algo de consuelo.

Hans recordaría más tarde el respiro que ofrecía este pequeño lugar: «A menudo iba allí a pelar un bote de papas y, una vez terminado el trabajo, me acostaba boca arriba, miraba pasar las nubes y soñaba. Anhelaba la libertad y los cielos abiertos y la suave luz del atardecer que se inclinaba sobre los espaciosos pólderes de Zelanda [...] También sentía nostalgia por mi amor, tan querido pero tan lejos de mi alcance. Anhelábamos un futuro juntos y, sin embargo, nos enfrentábamos a un mañana tan incierto y sombrío.

»En las horas del crepúsculo, después de cenar y lavar los platos, cuando el cielo oscurecía y las estrellas aparecían lentamente, algunos nos sentábamos en silencio y escapábamos por un corto tiempo de la prisión de nuestra sombría existencia».

La azotea, sin embargo, era más que un lugar de descanso; también se convirtió en una especie de centro de terapia: los refugiados escuchaban las historias de los demás y ofrecían consuelo o condolencias. La tarde del 18 de julio, Hans subió al tejado y presenció una escena surrealista: bajo el zumbido de innumerables bombarderos de la RAF que se dirigían a Ámsterdam o Alemania, la oscura cruz de la iglesia católica romana parecía brillar en el Nieuwe Groenmarkt. «Dos rayos de reflector destellaron hacia el sureste», recordó, «haces de luz buscando, entrecruzándose casi juguetonamente contra el pacífico cielo nocturno».

A las 11 sonó la campana de la antigua iglesia de San Bavo y Hans miró al cielo. Mientras se maravillaba ante la Osa Mayor, Orión y las siete Pléyades, empezó a pensar en Mies —reflexionando sobre su situación— cuando se abrió la puerta de la azotea.

Mary salió de las sombras y dijo que necesitaba hablar con alguien sobre sus circunstancias. Hans escuchó con simpatía cómo Mary describía su amor: un italiano llamado Antonio Sanzo. Se habían conocido a principios de la década de 1930, dijo, mientras estaban de vacaciones en Roma. Él tenía una carrera prometedora en el Banco de Roma y se comprometieron. Sin embargo, en 1935, el dictador fascista Benito Mussolini prohibió el matrimonio entre italianos y judíos, por lo que pospusieron la boda hasta que las cosas cambiaran.

Le dijo a Hans que hacía un año que no veía a Antonio.

—No sé dónde está, si está en el ejército o incluso si está vivo. Quizás sea demasiado peligroso para él asociarse con una judía. No sé si debería intentar enviarle un mensaje. Hans, no sé qué hacer. A veces me siento tan desesperada. Y hoy es el aniversario de nuestro compromiso.

—Dios mío —dijo Hans—, ¿por qué no nos contaste antes? ¿No estamos dispuestos a compartir nuestras penas tanto como nuestras alegrías juntos?

—Pero ¿qué puedes hacer?, ¿qué pueden hacer ellos?

—No lo sé. No tengo una respuesta para tu pena, Mary, pero escucha, ¿por qué no le escribes una carta inocente a tu prometido? Al menos dale muestras de que aún estás viva. Podríamos pedirle a Kik Ten Boom que la envíe desde algún lugar lejano a Haarlem la próxima vez que venga a visitar. Y podrías firmarla como «Mary d'Italia».

Ella sonrió.

—¿De verdad crees que podría funcionar?

—¿Por qué no? Solo ten cuidado de que no puedan rastrearla ni vincularla con este lugar.

Esperanzada, Mary dijo que lo intentaría.

Sin embargo, en todo Haarlem las cosas empeoraban. Al día siguiente Hans se enteró de que habían arrestado a los amigos de sus padres junto con otros nueve judíos a los que ofrecían refugio. Los refugiados del Beje estaban preocupados, pero Corrie les aseguró que los ángeles protegían la casa.

Refugiados del Beje tomando sol y aire fresco en el tejado mientras hacen labores. De izquierda a derecha: Mary, Leendert, Henk Wessels, Hans, Eusi y Thea.

Ese mismo día, Ana Frank registró lo sucedido con los bombarderos de la RAF que Hans había escuchado la noche anterior: «El norte de Ámsterdam fue fuertemente bombardeado el domingo», escribió en su diario. «Aparentemente hubo mucha destrucción. Hay calles enteras que están en ruinas y les llevará un tiempo desenterrar todos los cadáveres. Hasta el momento ha habido 200 muertos e innumerables heridos; los hospitales están a reventar. Nos han hablado de niños que buscan con tristeza a sus padres muertos entre las ruinas humeantes. Todavía me hace temblar el pensar en el zumbido apagado y distante que indicaba la destrucción que se avecinaba».

Irónicamente, Hitler se reunió con Mussolini en el norte de Italia el día 19, para insistir en que los italianos aumentaran sus esfuerzos bélicos.

Mientras estaban en conferencia, 700 bombarderos aliados arrojaron 1 100 toneladas de bombas sobre Roma. Mussolini fue arrestado por su propia gente seis días después.

Los aliados continuaron el ataque sin ceder. El 27 de julio, la RAF bombardeó Hamburgo con 2 300 toneladas de bombas incendiarias. El infierno resultante mató a 40 000 residentes. Dos días después, la ciudad recibió otras 2 300 toneladas de bombas.

En total, el Comando de Bombarderos de la RAF arrojó 16 000 toneladas de bombas sobre objetivos en Alemania, Francia y Noruega en julio, mientras que la Octava Fuerza Aérea de Estados Unidos sumó otras 3 600.

Un concierto en el Beje. De izquierda a derecha: Henny Van Dantzig (en el piano), Eusi, Mary, el señor De Vries (tocando el violín), Betsie, Henk Wiedijk, Mirjam de Jong, Corrie y Opa. La inscripción al reverso indica que la fotografía pudo haber sido tomada por Hans Poley.

Sin embargo, el Beje continuó en pleno apogeo. Hacia finales de mes, Leendert y Henk Wessels se mudaron a otra casa segura, y Corrie acogió a un judío elegante e inmaculadamente vestido, el señor De Vries. Unos días después, Kik, el hijo de Willem, llegó con dos amigos. Al enterarse de que los tres eran activos clandestinos, la Gestapo había allanado su lugar, pero lograron escapar. Como todas las camas del Beje estaban ocupadas, acordaron dormir en el suelo del salón. La guarida de los ángeles, sin embargo, planteaba un problema: con siete en el espacio, solo podían meter a una persona más, no a tres. Kik y sus amigos decidieron que, si ocurría una redada, correrían al tejado y saltarían de casa en casa para escapar.

Como era de esperarse, continuaron las redadas y persecución, especialmente en Ámsterdam. Llegaron noticias hasta el Beje informando que los nazis estaban enviando judíos a Polonia en transportes regulares, que la Gestapo seguía con los arrestos en masa de chicos de 18 y 19 años, y que los trabajadores de la Resistencia holandesa estaban siendo ejecutados.

En Haarlem, la Gestapo seguía persiguiendo todas las pistas sobre habitantes locales que escondían judíos, y la brecha de información finalmente se cerró.

La mañana del 14 de agosto arrestaron a Nollie.

CAPÍTULO 9
RESISTENCIA

Aquella tarde, Corrie estaba sentada en el comedor almorzando cuando vio algo a través de la ventana: una figura solitaria de pie en el callejón que daba al Beje. Corrie sabía que solo había dos opciones sobre quién podría ser: un trabajador de la Resistencia o la Gestapo.

Se acercó a la ventana para ver mejor y abrió la cortina. La figura era Katrien, la sirvienta de Nollie y Flip. Corrie bajó corriendo las escaleras y abrió la puerta del callejón.

—¡Katrien! —gritó mientras la tomaba por el brazo para que entrara a la casa—, ¿qué haces aquí? ¿Por qué estás parada ahí sin hacer nada?

—¡Se ha vuelto loca! —comenzó a llorar la criada—. ¡Su hermana se volvió loca!

—¿Nollie? Oh, ¿qué ha pasado?

—¡Vinieron! ¡La SD! No sé qué sabían o quién les dijo. Su hermana y Annaliese estaban en la sala y la escuché.

Annaliese era una de las judías que los Van Woerdens estaban escondiendo en aquel momento. Corrie sintió que se le elevaba la temperatura.

—¿Qué escuchaste?

—¡Escuché lo que les dijo! Señalaron a Annaliese y dijeron «¿es judía?» y su hermana dijo «sí».

Corrie tembló. Ese era, precisamente, el escenario que Eusi había temido. ¿Por qué Nollie no pudo mentir solo esta vez? Ahora ella y la mujer judía —tal vez también los otros judíos a los que escondían— estaban casi con total certeza en prisión.

—¿Y luego?

—No sé. Salí corriendo por la puerta de atrás.

Flip había salido, siguió contando Katrien, y Peter escapó por el techo. Luego confirmó los miedos de Corrie: no habían arrestado solo a Annaliese, sino a la otra mujer que estaba quedándose con la familia.

Corrie corrió a la tienda y cerró la puerta principal, luego le dijo a Henny que la abriera solo para los clientes. Después corrió la voz por toda la casa y Hans empezó a llamar a contactos clandestinos.

—Mantente lejos unos días —advertía—, aquí tenemos un brote de gripe. No nos contactes.

Sabiendo que Pickwick había vivido en las Indias Orientales Holandesas, Hans le dio el mensaje en malayo. A partir de entonces, el teléfono estuvo prohibido y los refugiados, incluidas Thea y Mary, se turnaban durante la noche para vigilar la calle.

Ámsterdam

Nollie estaba agazapada en la camioneta de la policía en un compartimento pequeño y oscuro, preguntándose con preocupación a dónde la llevarían. Mientras la camioneta avanzaba, un fino rayo de luz entró en su celda e inundó la pared. Sacando un lápiz que tenía escondido en el pelo, escribió: «¡Jesús Vencedor!». No era mucho, pero tal vez el próximo cautivo se animaría al leerlo.

Cuando llegaron a la comisaría, alguien metió a Nollie a empujones en una celda que se encontraba en un sótano a oscuras. Al parecer, los nazis creían que la oscuridad desanimaría a sus prisioneros, tal vez haciendo que se volvieran más dóciles. Ella no aceptaría nada de esto, y se puso a cantar.

—¿Cómo puedes cantar? —preguntó una voz desde las sombras.

Antes de que Nollie pudiera responder, la mujer comenzó a llorar.

—No pierdas el valor —le dijo Nollie—. Dios aún está en el trono. No estamos solas.

El domingo un policía holandés de confianza pasó por el Beje para anunciar que Nollie había sido interrogada en la comisaría. Dada su relación con los judíos, dijo, y el peligro de que revelara nombres bajo tortura, el grupo clandestino estaba considerando una redada para liberarla.

Los refugiados del Beje se estremecieron. La Gestapo no se detendría ante nada, y la idea de que Nollie revelara información sobre ellos pesaba mucho. Todos se reunieron en el salón para discutir el mejor plan de acción y los refugiados estuvieron de acuerdo: tendrían que irse de inmediato. Esa mañana, uno por uno, huyeron: Hans llevó a Mary a su casa, Eusi y Thea se escondieron en casas de amigos y Henk desapareció en casa de familiares.

El martes, Mary regresó sigilosamente al Beje para una visita apresurada y lo que escuchó la conmovió. A pesar de todo, Opa, Corrie y Betsie le dijeron que extrañaban a todos y que querían que regresaran lo antes posible.

Sin embargo, Hans y los demás sabían que era demasiado arriesgado regresar, por lo que Mary y Thea decidieron actuar como mensajeras, yendo a varios lugares para transmitir noticias, mensajes y solicitudes.

Una semana después del arresto de Nollie, llegó aviso de que la Gestapo había hecho redadas en la casa de los Leeuws —a quienes tanto los Ten Boom como los Poleys conocían—, y habían arrestado a 19 judíos a los que refugiaban. Aún peor, algunos de los judíos arrestados conocían a Eusi y era probable que uno o dos supieran que estaba escondiéndose en el Beje, por lo que los refugiados tenían motivos para mantenerse alejados por al menos otras dos semanas.

El 24 de agosto Nollie fue transferida a la prisión federal de Ámsterdam. Esta noticia fue especialmente perturbadora, pues las ss dirigían prisiones controladas por los alemanes, lo que significaba que la Gestapo la interrogaría día y noche. Las historias de los trabajadores clandestinos que habían pasado por ahí eran aterradoras: a algunos prisioneros la Gestapo les ofrecía libertad a cambio de información; a otros los amenazaba con arrestar a sus cónyuges, hijos y padres; a otros más —si las tácticas psicológicas no funcionaban— la Gestapo los torturaba directamente.

Corrie, fuera de sí, comenzó una campaña para liberar a su hermana apelando a todos sus conocidos: policías, soldados, contactos subterráneos. Al final fue Pickwick quien tuvo la mejor solución. El médico alemán que supervisaba el hospital de la prisión, dijo, a veces se encargaba de dar el alta médica de los prisioneros.

Corrie consiguió la dirección de su casa y apareció sin previo aviso. Una criada la dejó entrar y Corrie esperó unos minutos en el vestíbulo mientras tres dóberman la olían. Cuando entró el médico, Corrie comenzó una plática casual sobre los perros, que aparentemente eran el pasatiempo del hombre.

El médico pareció encantado de hablar del tema y Corrie le dijo que su perro favorito era el *bulldog*.

—La gente no se da cuenta —respondió él—, pero los *bulldogs* son muy cariñosos.

Después de 10 minutos de calentamiento, Corrie fue al grano.

—Tengo una hermana en prisión aquí en Ámsterdam. Me preguntaba si… No creo que se encuentre bien.

—¿Cómo se llama?

—Nollie Van Woerden.

El médico revisó sus registros.

—Sí. Es una de nuestros recién llegados. Cuénteme algo sobre ella. ¿Por qué está en prisión?

Corrie dijo que Nollie había sido arrestada por ocultar a una judía, pero que era madre de seis hijos; si permaneciera encarcelada, los niños se convertirían en una carga para el Estado.

—Bueno, ya veremos.

Encaminó a Corrie hacia la puerta sin hacer más comentarios.

Una semana se convirtió en dos y Corrie no podía soportarlo más. Volvió a la casa del doctor.

—¿Cómo están sus perros? —le preguntó al doctor.

—Señorita Ten Boom, no parece confiar en que estoy dispuesto a ayudar a su hermana. Por favor, déjelo en mis manos.

Corrie se mantuvo firme.

—Si ella no está con nosotros en una semana, vendré a preguntarle de nuevo sobre sus perros.

A inicios de septiembre los aliados comenzaron a bombardear el norte de Francia, Bélgica y el suroeste de Holanda. El día ocho, Italia se rindió[1] y cinco días después, el 13 de septiembre, Nollie salió de

1. Los italianos firmaron el acta de rendición el 3 de septiembre, pero no se hizo el

prisión. De vuelta en el Beje, anunció que una de las niñas judías que los Van Woerden habían albergado también se había salvado; al parecer, un grupo clandestino había asaltado el camión que la llevaba a Ámsterdam.

La semana siguiente, Hans, Mary, Eusi y Henk regresaron al Beje. Thea había encontrado un nuevo lugar donde esconderse, y su lugar en el Beje fue rápidamente ocupado cuando llegó Mirjam de Jong, de 18 años. Para sorpresa de todos, Eusi ya la conocía.

—Bien, bien —dijo cuando Betsie comenzó su presentación—, esperamos al Mesías y mira quién llegó. ¿No es esta la encantadora Mirjam, la hija de mis buenos amigos?

—Señor Mossel, no esperaba encontrarlo bajo estas circunstancias. Con usted cerca, ahora me siento en casa.

Eusi sonrió.

—Esta es Mirjam de Jong, hija de uno de los hombres más importantes en nuestra *mishpoche*[2] en Ámsterdam.

Mirjam se volvió rápidamente parte de la familia del Beje y ella y Opa crearon un vínculo especial. Aquella noche, cuando Opa terminó la oración de la tarde, encomendó a Mirjam y a su familia al cuidado de Dios.

—Gracias —susurró Mirjiam en su oído mientras le daba un beso de buenas noches.

Sin embargo, la alegría que trajo Mirjam se desvaneció cuando llegaron las malas noticias por la mañana. El padre de Henk Wessels había sido arrestado por la Gestapo, informó un trabajador clandestino, junto con una mujer judía y un bebé que había estado escondiendo. Fue otro golpe más para los refugiados del Beje. Los Wessels y los Ten Boom pertenecían a la misma red de la Resistencia e intercambiaban a menudo información, direcciones y tarjetas de racionamiento.

Esa tarde pasó otro mensajero con un informe aún peor: los padres de Mirjam también habían sido atrapados en la redada de Ámsterdam la noche anterior. La noticia fue devastadora, ya que los testigos confirmaron que los judíos fueron llevados directamente a la estación

---

anuncio sino hasta el 8 de septiembre (N. del A.).

2. Sinagoga familiar.

de tren y cargados en vagones de ganado con destino a Polonia. Los padres de Mirjam morirían en unos días. Betsie, Hans y Mary estaban en la cocina preparando el almuerzo y escucharon la noticia. Corrie sugirió que no le contaran a Mirjam sobre sus padres, solo sobre la redada en general.

La familia Ten Boom con sus «invitados», septiembre de 1943. Primera fila: Henk Wiedijk, Mirjam y el padre de Henk Wessels. Segunda fila: Opa, Hans y Mary. De pie: "Verdonck", Tante Kees, Mr. Ineke, Henny Van Dantzig, Tante Bep y Eusi.

Como era de esperarse, Mirjam asumió lo peor.

Después del almuerzo, Opa tomó su mano y comenzó a leerle el salmo 23: «Aunque camino en el valle de la oscuridad y la muerte, no temo al mal, pues Tú estás conmigo».

Mirjam comenzó a llorar y Opa siguió leyendo y sosteniendo su mano. Cuando terminó, puso sus manos sobre Mirjam y rezó por ella y por todos los refugiados.

Más tarde, mientras Hans y Mirjam lavaban los trastes, escucharon que también la madre de Henk había sido arrestada en la redada.

—Y él aún no lo sabe —dijo Mirjam—, no sabe que sus padres están en las manos de la Gestapo.

Hans se dio la vuelta, no tenía palabras. Aquí estaba Mirjam preocupándose por Henk y su familia, sin saber que sus propios padres también habían sido arrestados y se enfrentaban a una suerte aún peor. Hans ordenó sus pensamientos y volvió a mirarla de frente.

—Tú no sabes dónde están tus padres y nosotros no sabemos qué pasará con nosotros. Ni siquiera sabes si llegarás sana y salva a tu nuevo lugar y yo no sé si me arrestarán esta noche. Todo es muy incierto para todos nosotros. Pero ¿recuerdas lo que nos leyó Opa después del almuerzo? Nunca estamos solos, Mirjam. Nuestro Dios estará con nosotros incluso en este valle de muerte. Tenemos que confiar en Él porque ya no podemos manejar esto nosotros mismos.

Betsie, que había escuchado a Hans desde la sala, entró a la cocina y abrazó a Mirjam.

—Esa es la respuesta —les dijo a ambos—. Si confiamos en Él, Dios está con nosotros a donde quiera que vayamos y en lo que sea que hagamos. Opa nos dijo que Dios nos da más fuerza cuando nuestras cargas son mayores. Él nos cargará en alas de águila si es necesario, para llegar directo a Sus brazos.

Los refugiados necesitaban semejantes palabras, pues aquella noche tuvieron que irse una vez más debido a una advertencia de redada. Mirjam planeaba regresar a la casa de la familia Minnema en Heemstede, Eusi tenía intención de esconderse con los Vermeer y Hans y Mary decidieron regresar a la casa de su familia.

Al darse cuenta de que había llegado el momento, Corrie le contó en voz baja a Mirjam sobre sus padres. Mirjam lo tomó con calma, sin decir palabra, y luego subió a estar sola. Sabiendo que Mary había sufrido la misma tortura, Corrie le pidió que fuera a la habitación de Mirjam para consolarla.

Al poco rato bajaron y Mirjam se despidió de todos con un beso. Cuando llegó junto a Opa, cayó en sus brazos llorando.

Opa la abrazó como si fuera su propia hija:

—Dios te bendiga, hija mía.

Continuaron los avisos de redadas cerca del Beje, por lo que durante dos semanas los refugiados esperaron en sus alojamientos temporales. Desde sus distintos lugares escuchaban noticias e informes: más incursiones de la Gestapo en Haarlem, detenciones masivas en Ámsterdam y rumores de una invasión de los aliados. Las señales diarias de ataques aéreos confirmaron que los aliados estaban enviando más aviones para bombardear las fábricas alemanas.

Sin embargo, el comienzo de octubre trajo noticias devastadoras: en venganza por el asesinato de dos agentes de la Gestapo, los nazis ejecutaron a 19 trabajadores de la Resistencia de Haarlem.

Diez días después, otros 140 fueron fusilados.

CAPÍTULO 10
EL JEFE

A mediados de octubre, Mary y Eusi volvieron al Beje, pero Mirjam —cuyos anfitriones habían sido obligados a volverse clandestinos— había encontrado otro hogar. Uno de los refugiados dijo que mientras estaban fuera, la Gestapo hizo una redada a una granja donde había sido asesinado un notable oficial nazi. Se produjo un tiroteo, según la historia, y unos 50 judíos fueron arrestados. Como resultado, los alemanes planearon otra ronda de redadas.

Mientras estaba con sus padres, Hans había reflexionado sobre el miedo que le provocaba la Gestapo y sobre su falta de poder para hacer algo. Un día se encontró con unos buceadores que habían formado su propio grupo de Resistencia y decidió unirse a ellos.

La pena por ser atrapado era la muerte.

Poco después, un trabajador clandestino tomó prestado el documento de identidad de Hans para falsificarlo. Su fecha de nacimiento sería alterada, dijo el hombre, así como su ocupación. Si se convertía en Hans Poley, un ministro asistente de 24 años de la Iglesia Reformada holandesa de Haarlem —con un certificado que llegaría más tarde—, sería menos vulnerable a ser arrestado.[1] Cuando llegó el documento, le informó a Corrie de su decisión, pues pondría en riesgo a los Ten Boom y al resto de refugiados. Para su sorpresa, ella le pidió que operara desde el Beje para poder ayudar. Hans supo que sería mensajero y transportaría información y tarjetas de racionamiento. Y, dado que el Beje pasaría a formar parte de la red de la Resistencia,

1. En un inicio, los nazis eximían a los clérigos holandeses de ser enviados a Alemania para hacer trabajos forzados (N. del A.).

Corrie podría supervisar la afluencia regular de visitantes clandestinos y sus necesidades.

Días después, Hans se enteró de que su padre, un líder de la Resistencia, había estado a punto de ser ejecutado. El grupo del señor Poley se había estado reuniendo periódicamente y llamaba a sus reuniones «el Intercambio». El 13 de octubre, un colega de la red le pidió que asistiera a la reunión del grupo en Hoorn, a unos 32 kilómetros al norte de Ámsterdam. Sabiendo que una gran reunión conllevaba riesgos innecesarios, el señor Poley se negó. Sus instintos resultaron ser acertados, pues la Gestapo había sido avisada sobre la reunión y los sorprendió con una redada. Peor aún, todos los miembros clandestinos capturados fueron ejecutados.

Unas noches después, mientras los Ten Boom se reunían alrededor de la mesa para cenar, sonó el timbre de la tienda. «¿Un cliente después del toque de queda?», se preguntó Corrie. «¿Quién sería tan atrevido?».

Bajó, se dirigió a la puerta principal y escuchó.

—¿Quién está ahí?

—¿Me recuerda? —preguntó un hombre en alemán.

Corrie volvió a preguntar de quién se trataba.

—Un viejo amigo, vine a visitar. ¡Abra la puerta!

Corrie quitó el seguro de la puerta y la entreabrió para encontrarse frente a un soldado alemán. Antes de que pudiera hacer sonar la alarma, el hombre la empujó para entrar. Cuando se quitó el sombrero, el corazón dc Corrie dio un salto.

—¡Otto!

Habían pasado casi cinco años desde la última vez que había visto a su aprendiz nazi.

—Capitán Altschuler. Han cambiado nuestras posiciones, señorita Ten Boom, ¿no lo cree?

Corrie no vio nada en el uniforme de Otto que indicara su rango, pero no dijo nada.

—Mismo lugarcito lleno de cosas —Otto movió la mano hacia el interruptor de la luz, pero Corrie lo detuvo.

—¡No! ¡No tenemos cortinas opacas en la tienda!

—Bueno, vayamos arriba para hablar de los viejos tiempos. ¿Sigue por aquí el viejo que limpiaba relojes?

—¿Christoffels? Murió el invierno pasado cuando la falta de combustible.

—¡Buen viaje, entonces! ¿Qué fue del viejo piadoso lector de la Biblia?

Corrie comenzó a caminar con lentitud hacia el mostrador. Los nueve refugiados tendrían que amontonarse en la guarida de los ángeles antes de que Otto comenzara a husmear.

—Mi padre está muy bien, gracias —dijo apretado el botón de la alarma detrás del mostrador.

Otto se dio la vuelta.

—¿Qué fue eso?

—¿Qué fue qué?

—¡Ese sonido! Escuché una suerte de zumbido.

—Yo no escuché nada.

Otto caminó hacia el fondo de la tienda para subir las escaleras y Corrie se apresuró para pasar frente a él. En el comedor, Opa y Betsie estaban terminando su cena.

—¡Opa! ¡Betsie! —dijo Corrie antes de entrar—, les daré tres... no, eh... ¡seis oportunidades para adivinar quién está aquí!

Otto la empujó hacia un lado y entró. Jaló una silla para sí mismo y se sentó con Opa y Betsie a la mesa.

—¡Bueno! Las cosas pasaron tal como yo lo predije, ¿no es así?

—Así parece —respondió Opa.

Corrie le pidió a Betsie que sirviera un poco de té y cuando Otto lo probó, soltó:

—¿¡De dónde sacaron té de verdad!? Nadie más en Holanda tiene té.

Corrie hizo una mueca; el té se los había dado Pickwick, quien lo obtuvo de manera clandestina.

—Si debe saberlo —dijo ella—, viene de un oficial alemán. Pero no debe hacer más preguntas al respecto.

Otto pareció creerlo, pero se quedó un rato más, aparentemente buscando algo que evidenciara que los Ten Boom estaban ayudando a los judíos y buceadores. Al cabo de 15 minutos recogió su sombrero y se fue, satisfecho de haber humillado a la familia.

Los Ten Boom habían evitado el desastre, pero con cada día llegaba más peligro. Cada arresto, cada redada, cada visitante aumentaba las posibilidades de que la Gestapo los descubriera.

Durante la última semana de octubre, el Beje aceptó otros dos refugiados: Nel, una joven buscada por la Gestapo, y Ronnie Gazan,[2] un judío que había estado huyendo durante 14 meses. La pareja se adaptó inmediatamente. Nel, que ocuparía el antiguo lugar de Thea en la casa, era una mujer delgada pero trabajadora, siempre dispuesta a ayudar con cualquier cosa.

Ronnie también causó una muy buena impresión. Al presentarse en la casa con una corbata de mariposa, rápidamente reveló que tenía modales a la altura. Guapo y tranquilo, siempre se ofrecía a ayudar en cualquier cosa. Además, Ronnie se llevó bien con Eusi, quien se deleitaba con sus historias y los chistes judíos.

Mientras tanto, Hans estaba desesperado por ayudar a la Resistencia y se volvía cada vez más inquieto e irritado. Aún no llegaban sus papeles de identidad falsos y extrañaba a Mies; el único contacto que había tenido con ella durante los últimos seis meses había sido a través de cartas y ansiaba verla. Se acercaba el cumpleaños de Mies, así que una noche Hans le escribió una carta para celebrar. Mary, con quien Hans constantemente hablaba sobre Mies, escribió también una carta.

Mies y Hans.

2. Ronnie también tenía un nombre de gentil: Tom Van Sevenhuysen (N. del A.).

Cuando Hans bajó las escaleras, Corrie preguntó qué habían estado haciendo y él le mostró la carta para Mies.

—¡Es maravilloso! —respondió ella—. ¡También quiero escribirle!

Corrie escribió una pequeña nota en una libreta:

> Querida Mies:
>
> Ansío conocerte. Tienes un novio muy agradable, pero ¡no le digas que te lo dije! Todos lo queremos mucho. Te envío mis mejores deseos de cumpleaños. Dios te bendiga con buena salud y en la escuela, pero especialmente con la maravillosa certidumbre de que eres de Jesús.
>
> Los más cálidos saludos de tu Tante Kees

Luego fue Ronnie quien tomó la libreta, puso su propia nota y se la pasó a Betsie, quien escribió sus saludos y se la dio a Opa, quien terminó con «También yo me uno enviando mis más sinceras felicitaciones». Opa se disculpó y subió las escaleras. Después de unos pocos minutos, volvió y le entregó un folleto a Hans.

—Toma, hijo, envíaselo, es un pequeño regalo de parte de un viejo para tu prometida.

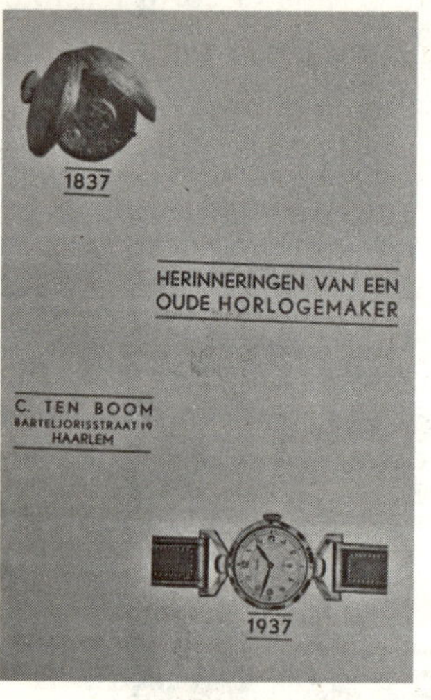

Memorias de un viejo relojero *por Casper Ten Boom.*

Hans miró el panfleto y se sintió conmovido. Se titulaba *Herinneringen van een Oude Horlogemaker (Memorias de un viejo relojero)*, y Opa lo había escrito en 1937 por el aniversario número 100 de la relojería Ten Boom. A Hans no le alcanzaban las palabras. Este abuelo a quien amaba y respetaba tanto siempre parecía ofrecer un gesto amable, una palabra de ánimo en el momento apropiado.

—Te queremos mucho —agregó Opa—, así que también la queremos a ella, y este es mi modo de decirlo.

Hans, al igual que el resto de refugiados, estaba aprendiendo día a día el profundo, duradero e incondicional amor de los Ten Boom.

Mientras tanto, el Beje hizo todo lo posible para ayudar a la clandestinidad. Comenzó a formar parte de la Landelijke Organisatie, una red nacional. Las cartillas de racionamiento —muchas más que las primeras 100 que Corrie recibió de Koornstra— encabezaban la lista de necesidades, seguidas por hogares donde los refugiados pudieran esconderse. Hans tomó la iniciativa para obtener más tarjetas, mientras Corrie buscaba otros escondites. Sin embargo, encontrar cartillas de racionamiento resultó sumamente difícil. Los alemanes vigilaban cuidadosamente la distribución de las tarjetas, y la Resistencia solo tenía una opción para obtener un número suficiente: asaltar los centros de distribución a punta de pistola.

En noviembre, estos grupos de asalto robaron 317 000 tarjetas nuevas solo en Holanda septentrional. Una vez conseguidas, la clandestinidad enviaría mensajeros a diferentes áreas para su distribución. El peligro al realizar los robos era bastante importante, pero las represalias nazis eran peores. Para contrarrestar los robos y la ocultación de innumerables judíos y buceadores, la Gestapo recurría ahora a amenazas y torturas para erradicar a los involucrados. El ritmo implacable y la presión pasaron factura y Corrie se sintió abrumada. El administrar la tienda al mismo tiempo que a los refugiados del Beje, además de buscar pistas para encontrar nuevos hogares, la sobrepasaba y a veces perdía sus notas, que contenían nombres y direcciones de los trabajadores de la Resistencia.

La primera regla del espionaje es no poner nada por escrito, pero Corrie no tenía formación profesional. Sus notas, de ser descubiertas por la Gestapo, significarían una muerte segura para todos los implicados.

Finalmente, el 21 de noviembre, Hans recibió su documento de identidad falsificado. El tratamiento fue impecable; la tinta parecía la misma que la original y no había rastro de manipulación. Junto con su certificado del clero, la nueva identidad añadía una capa más de protección contra arrestos.

Corrie no perdió el tiempo para aprovechar el nuevo estatus de Hans; lo envió de inmediato a distribuir cartillas de racionamiento y mensajes. Sin embargo, a pesar de sus nuevas credenciales, salía a realizar viajes de mensajería vestido como mujer. Pronto estas misiones se fueron volviendo más peligrosas y le exigían llevar refugiados a nuevas casas de seguridad o notificar a los distritos clandestinos sobre redadas de la Gestapo. Con el tiempo, Hans encontró un lugar para encontrarse con otros mensajeros: el pasillo de entrada del Brouwershofje (residencia para ancianos).

Ahora era un agente de la Resistencia.

Un día a finales de noviembre, un trabajador clandestino apareció en el Beje con un piloto británico. Le habían disparado al aviador, le contó a Henny, quien lo recibió. Incapaz de confirmar su identidad, Henny presionó la alarma y Corrie bajó corriendo las escaleras.

Corrie simpatizaba con la difícil situación del hombre, pero un reciente edicto nazi convertía en delito capital el ayudar a los pilotos aliados caídos, y las ejecuciones a menudo se producían sin juicio. Traerlo sumaba demasiado riesgo. Le pidió ayuda a Hans y él llamó al único hombre que siempre tenía una respuesta: Pickwick. Minutos más tarde, Hans y el piloto partieron hacia Aerdenhout, un suburbio de Haarlem.

La dirección que dio Pickwick los llevaría a una vieja cancha de tenis, había dicho, y junto a ella había una casa club, cuya puerta estaría abierta. Llevar a un piloto a escondidas por la ciudad, ya sea de día o de noche, implicaba un riesgo significativo e, incluso si lo lograban, Hans tenía que correr el desafío nuevamente en su regreso al Beje.

Llegaron a Aerdenhout sin incidentes y encontraron el lugar que Pickwick había mencionado. Hans le dijo al aviador que pasara la noche allí. Al día siguiente, dijo, otro trabajador clandestino lo buscaría y lo llevaría a una línea de escape piloto, que iba a Bélgica, Francia y luego a un lugar seguro en España.

Con cada misión exitosa, la clandestinidad ampliaba las funciones de Hans. Una mañana le pidieron que siguiera a un famoso agente de la Gestapo y registrara sus citas y paradas habituales. Hans supo que la Resistencia estaba considerando la posibilidad de asesinar a aquel hombre.

Días después le dieron una pistola.

Las cosas estaban volviéndose desesperadas en Haarlem, y a los trabajadores disponibles de la Resistencia se les pedía que pelearan contra los alemanes. Esto último significaba asesinato. Pero el solo hecho de tener un arma en *posesión* significaba la muerte.

Hans aceptó su tarea y el riesgo como parte de sus obligaciones. Escondió el arma en la casa de sus padres, en el librero de su antigua habitación.

En diciembre el Beje celebró otro cumpleaños, esta vez para la dependienta de la tienda, Henny Van Dantzig. Henny había trabajado en la tienda de relojes Ten Boom durante 12 años y Corrie, Betsie y Opa querían que su día fuera especial. En los días laborales normales, las tareas de Henny comenzaban a las ocho en punto, pero hoy los Ten Boom le pidieron que se presentara a las nueve. Cuando llegó, todos la saludaron con la canción de cumpleaños «Long May She Live» y Betsie la sorprendió con un ramo de crisantemos.

Luego llegó el tributo de Opa. Comenzó con recuerdos del día en que Henny se unió a ellos por primera vez y de cómo los Ten Boom habían llegado a amarla. Luego le entregó un certificado de agradecimiento y un regalo personal. Después, la abrazó y Henny lloró. Como tantos otros, amaba al anciano.

Mientras tomaban café y dulces, Opa le dijo a Henny que tenía el día libre.

La gracia y el amor de Opa, su tranquila gentileza y consideración conmovían a todos los que lo rodeaban. El 23 de diciembre envió una carta a Bob Van Woerden, uno de los hijos de Nollie.

Mi muy amado nieto:

La guerra sigue haciendo estragos allá afuera. Por esa parte estamos agitados y plagados por todo tipo de tristezas y rumores problemáticos. Por otro lado, aquí dentro de la casa nos regocijamos en muchas experiencias maravillosas. Aquí estamos protegidos por la más extraordinaria providencia.

Tus tías y yo gozamos de buena salud y tenemos suficiente comida… no tengo nada de qué quejarme. Solo lamento no poder trabajar más en mis relojes. Estoy demasiado débil como para trabajar mucho y mis manos no siempre están firmes. Pero, después de todo, he cumplido mi tiempo en la relojería y la nueva vida que estoy viviendo también es buena.

Día tras día recibo regalos inmerecidos. Solo espero poder ver, con todas mis facultades, la libertad de nuestra gente y nuestra patria. Del modo que sea, ¡tengo mucho que agradecer! Estoy disfrutando el favor de Dios y el futuro me es perfectamente claro.

Al acercarse la Navidad, Hans también recibió una bendición especial: la noticia de la llegada de Mies. Planearon que se quedara con sus padres en Haarlem durante las vacaciones, pero ella pasaría todos los días con él. La recogió en la estación de tren y la presentó a todos en el Beje.

—¡Hemos escuchado mucho sobre ti! —le dijo Corrie—. Sentimos que ya eres una de los nuestros.

Hans le dio a Mies el tour de la casa y ella se fijó en cada detalle: las pesadas cortinas moradas, el reloj de sol y, lo más importante, la gran fotografía del abuelo Willem Ten Boom. Luego la llevó arriba para enseñarle la habitación de los muchachos y la guarida de los ángeles, donde él dormiría aquella noche.

El día de Navidad, Hans quedó conmovido por la celebración familiar. «Compartimos las buenas nuevas», recordó, «oraciones e himnos, y celebramos la llegada de la Luz a este mundo oscuro, cantando sobre la paz en la tierra y la buena voluntad hacia los hombres, mientras la guerra hacía estragos a nuestro alrededor, mientras tantos seres queridos se habían ido, y mientras vivíamos temiendo por nuestras propias vidas».

El Beje, Navidad de 1943. De izquierda a derecha: Hans, Mies, desconocido, desconocido, señor Hischemöller (de espaldas), Eusi, Nel y desconocido.

Después de la cena, Corrie leyó la historia de Tolstoi sobre el zapatero del pueblo de Awdjewitsch. El mensaje era claro: donde reina el amor está Dios. Mary tocó el piano, dejando a todos escapar del peso de la ocupación por unos minutos.

Cuando terminaron las vacaciones, Hans llevó a Mies de vuelta a la estación, le dio un beso de despedida y miró, con el corazón latiendo a toda velocidad, cómo ella ondeaba la mano y desaparecía con el tren.

Enero de 1944

A medida que se aproximaba el Año Nuevo, la Gestapo se acercaba cada vez más al Beje. Hacia finales de enero, un leal policía holandés pasó por la tienda e informó a Corrie que los nazis habían planeado una redada en una casa subterránea en Ede esa misma noche. Preguntó si Corrie tenía a alguien que pudiera ir para advertirle a la familia.

Ella respondió que no tenía mensajeros disponibles, pero Jop —que había escuchado la conversación— se ofreció a ir.

—Entonces apresúrate, muchacho —dijo el oficial—. Debes ir de inmediato.

Le dio la dirección a Jop y Corrie ayudó a disfrazarlo de mujer. Dada la distancia, el viaje a Ede le tomaría el día entero, pero Jop podía fácilmente volver antes del toque de queda de las siete.

Dieron y pasaron las siete, pero Jop nunca volvió.

Una semana más tarde, Corrie recibió una carta del jefe de la policía de Haarlem. El papel contenía una sola oración: «Vendrás a mi oficina esta tarde».

Corrie asumió lo peor. Seguramente se había descubierto su trabajo alojando y escondiendo refugiados, junto con su participación en las cartillas de racionamiento. Se lo informó a los trabajadores de la Resistencia que estaban en la casa en aquel momento y uno por uno se fueron silenciosamente. Los refugiados permanentes vaciaron las papeleras y prepararon la casa para una búsqueda. Corrie recogió los documentos incriminatorios y los quemó.

Ella iría a enfrentar la situación. Se bañó y luego recogió en una bolsa lo que Nollie le había sugerido para la cárcel: su Biblia, un peine, un cepillo de dientes, jabón, un lápiz, una aguja y un hilo. Se vistió con varias capas de ropa, abrazó a Opa y Betsie y luego se fue a la reunión.

En la comisaría le mostró la carta del jefe al policía que la atendía y él la condujo a la oficina del hombre. Detrás del escritorio la saludó un hombre calvo y de pelo gris rojizo.

—Bienvenida, señorita Ten Boom.

El jefe cerró la puerta y le pidió a Corrie que tomara asiento.

—Lo sé todo sobre usted —dijo—. Sobre su trabajo.

Corrie se enderezó.

—Como relojera, quiere decir. Probablemente está pensando más en el trabajo de mi padre que en el mío.

—No, quiero decir su *otro* trabajo.

—Ah, ¿se refiere a mi trabajo con niños especiales? Sí, déjeme contarle...

—No, señorita Ten Boom. No estoy hablando de su trabajo con niños especiales. Estoy hablando de su otro trabajo...

El jefe sonrió y Corrie le devolvió una sonrisa tímida.

—Ahora, señorita Ten Boom, tengo una petición.

Se levantó de su asiento y dio la vuelta al escritorio, sentándose al borde de este. En un susurro le dijo que trabajaba con la Resistencia.

Corrie mantuvo la calma, sin decir nada. Era precisamente así como la Gestapo atrapaba a la gente.

Había un traidor en el departamento de policía filtrando información para la Gestapo, siguió diciendo el jefe, y luego añadió:

—No tenemos modo de lidiar con este hombre.

Corrie intentó no mostrar ninguna emoción. De nuevo pensaba que la mejor manera de responder era con su silencio.

—¿Qué alternativas tenemos? —preguntó el jefe—. No podemos arrestarlo, no hay prisiones que no estén controladas por los alemanes. Pero si sigue entre nosotros, muchos otros podrían morir. Por eso es que me preguntaba, señorita Ten Boom, si en su trabajo *usted* podría conocer alguien que pudiera…

—¿Matarlo?

—Sí.

CAPÍTULO 11
LA MISIÓN

Los patriotas holandeses preferían llamarlo «liquidación».

Al principio, los líderes clandestinos no estaban de acuerdo en si una violencia tan extrema estaba justificada, pero a medida que se intensificó la brutalidad de la policía alemana, disminuyó la oposición a los asesinatos. En los primeros meses de 1943, la Resistencia había atacado a peligrosos traidores —líderes holandeses que se habían unido al NSB—,[1] comenzando con la liquidación del general Hendrik Seyffardt, el comandante testaferro de una unidad holandesa de las SS en el frente oriental. El siguiente fue Hermannus Reydon, secretario general del Departamento de Propaganda y Artes del NSB, y luego F. E. Posthuma, miembro de la Secretaría Política de Estado del NSB.

Más tarde, ese mismo año, los grupos de la Resistencia mataron a varios agentes alemanes, así como a miembros de menor rango del NSB. Entre febrero y septiembre, eliminaron a unos 40 líderes nacionalsocialistas, incluidos los jefes de policía de Nijmegen y Utrecht.[2]

Corrie se reclinó en su silla. Había entrado a algo que los jugadores de ajedrez llaman «tenedor»: cualquier movimiento que hiciera tendría consecuencias devastadoras. Si reconocía tener un papel activo en la clandestinidad y resultaba que el jefe trabajaba para la Gestapo, la arrestarían y enviarían a prisión. Por otro lado, si el jefe fuera un holandés leal y ella le siguiera el juego, se estaría presentando como cómplice de asesinato. Con la historia de torturas de la Gestapo para arrancar confesiones a los trabajadores clandestinos, el posi-

---

1. Nationaal-Socialistische Beweging in Nederland (Movimiento Nacionalsocialista en los Países Bajos) (N. del A.).

2. En 1944 la clandestinidad holandesa asesinaría a más de trescientos líderes del NSB (N. del A.).

ble descubrimiento de la conexión de Corrie con el asesinato resultaría en su propia muerte.

Miró al jefe.

—Señor, siempre he creído que mi papel es el de salvar vidas, no destruirlas. Sin embargo, entiendo su dilema y tengo una sugerencia. ¿Es un hombre religioso?

—¿No lo somos todos, en estos tiempos?

—Entonces oremos juntos ahora para que Dios toque el corazón de este hombre de manera que no siga traicionando a sus compatriotas.

El jefe asintió y Corrie oró para que el traidor holandés se percatara no solo de su valor ante los ojos de Dios, sino del valor de cada persona. Cuando terminó, el jefe le agradeció y ella volvió al Beje con su kit de prisión.

Había esquivado el arresto, pero ¿por cuánto tiempo? Si el jefe de policía de Haarlem sabía lo que estaba haciendo, ¿quién no lo sabía?

Ese mismo punto quedó claro cuando se enteró de que Jop había sido arrestado mientras viajaba como mensajero. Cuando llegó a la dirección de Ede, la Gestapo lo estaba esperando. Así que ahora volvía el riesgo de siempre: si la Gestapo lo torturaba, probablemente hablaría. Y, como mínimo, descubrirían dónde trabajaba.

El Beje volvió a ser peligroso.

Días después llegó otra advertencia cuando Kik, el hijo de Willem, visitó el lugar. Mientras él y Corrie estaban sentados hablando en la escalera del Beje, sonó el timbre y él se puso rígido.

—¿Por qué tienes miedo? —preguntó Corrie.

Pero ella no sabía que Kik estaba profundamente involucrado con la Resistencia y trabajaba de cerca con el Ejército Británico. Para ayudar a los pilotos de la RAF, había construido una cabaña en el bosque y los escondía activamente.

—Tante Corrie, estás en peligro, mucho más peligro del que puedes imaginar.

—Kik, ¿no crees que nos protege el Señor junto con todos sus ángeles?

Kik se encogió de hombros.

—A veces sí, a veces no.

Para complicar las cosas, en enero aparecieron dos refugiados más en el Beje. La casa ya estaba llena, pero Corrie no podía rechazarlos. Meta y Paula Monsanto, dos hermanas, luteranas en su teología pero de ascendencia judía, conocían a Corrie de la iglesia. Ella les había dicho que siempre tenían un lugar con los Ten Boom, así que cuando un policía holandés informó a las hermanas que estaban en la lista de arrestos de la Gestapo, ellas huyeron.

Meta, a quien todos llamaban «Tante Martha» porque tenía aproximadamente la misma edad que Corrie y Betsie, era una mujer delgada, tranquila y modesta. Al igual que los Ten Boom, tenía una fe inquebrantable y era servicial y afectuosa. Incluso Eusi, que veía a los cristianos judíos como apóstatas, admitió que la quería y la respetaba.

Paula, en cambio, era todo lo contrario; era extrovertida y hablaba abiertamente por la frustración que le ocasionaba la pérdida de su libertad. Sin embargo, también ella encajó en el grupo.

Tras la llegada de las hermanas Monsanto, se abrieron las compuertas. Al parecer, todos veían al Beje como su mejor oportunidad de supervivencia. «Nuestro refugio, tan conocido ahora, atraía a aquellos que necesitaban desesperadamente un lugar donde quedarse o que necesitaban comida, cupones o dinero», recuerda Hans de aquella época. «Aunque la casa estaba a rebosar, los Ten Boom nunca rechazaron a nadie que no tuviera un lugar a dónde ir[...] Al parecer, todos los días guiaban a alguien a un nuevo escondite».

Conversación en la sala de visitas del Beje, enero de 1944. De izquierda a derecha: Eusi, desconocida, Mary, Hans, señor De Vries y Nel.

Cuando los Ten Boom no estaban buscando lugares para la gente, estaban ocupados buscando y distribuyendo cartillas de racionamiento. Mientras tanto, Hans se hundía más profundamente en la clandestinidad. Como Haarlem necesitaba desesperadamente más cartillas de racionamiento, la Resistencia planeó una incursión armada en el centro de distribución. Hans, junto con otros agentes, practicó simulacros, exploró rutas de escape y perfeccionó el plan de robo. Sin embargo, en el último momento se suspendió la acción.

Hans nunca supo por qué, pero los cambios de última hora eran típicos del trabajo clandestino. Todo, al parecer, ocurría de improviso.

La mañana del 14 de enero, Corrie llamó a su hermano. Fue extraño, pero la voz que respondió el teléfono no era la de Willem ni la de Kik. Tartamudeó y entonces lo comprendió. La *Gestapo*. Había llamado durante una redada.

Sin identificarse colgó el teléfono y corrió escaleras arriba.

—Tomen sus cosas y llévenlas al escondite, rápido —les dijo a Hans, Eusi y los otros chicos—. Y quédense arriba... Prepárense para moverse en cualquier momento.

Los chicos se apresuraron a trasladar sus pertenencias a la guarida de los ángeles y Corrie se apresuró a notificar a las chicas. No le preocupaba que se rastreara la llamada —hasta donde sabían, la Gestapo no podía hacer eso—, pero a menudo allanaban las casas de familiares al mismo tiempo.

Durante más de 12 horas todos esperaron arriba, listos para entrar en la guarida de los ángeles. Pero no fue necesario. Más tarde descubrieron que Willem había logrado salir del peligro.

En medio de la tensión provocada por rumores, redadas y alarmas aéreas, la familia del Beje se llevó una grata sorpresa en enero: la esposa de Eusi, Dora, había dado a luz a su tercer hijo. Eusi corría por todos lados, cantaba alabanzas, citaba pasajes del Antiguo Testamento y oraba por su familia. Conociendo los peligros de visitar a Dora, le rogó a Hans que fuera. A Hans no le entusiasmó la idea —ya corría bastante peligro con sus actividades clandestinas—, pero Betsie y Mary lo convencieron.

Así que Hans se fue —en su trabajo como mensajero esta vez tenía que entregar flores y bendiciones—. Regresó al Beje sin incidentes, pero cada viaje del mensajero aumentaba dramáticamente sus probabilidades de ser arrestado.

Durante la última semana del mes recibió la parte final de su nueva identidad: un certificado de trabajo como pastor en la Iglesia Reformada holandesa. Con sus credenciales profesionales y la identificación falsa que había recibido antes, Hans creía que ahora podría aceptar trabajos más arriesgados. No tuvo que esperar mucho.

5 de febrero de 1944

Hans sintió que alguien lo sacudía. No había dormido por más de unas pocas horas y tardó en entender qué estaba pasando.

—¡Hans, Hans, despierta! —decía Corrie—. Vístete y baja. Tienes que ir en una misión urgente. Te prepararé té y unos sándwiches mientras te alistas.

Hans se vistió y bajó las escaleras. Mientras tomaba el desayuno, Corrie le dio los detalles. La Gestapo había allanado la casa de la señora Van Asch la noche anterior, le dijo. Entre sus cosas encontraron la dirección de un trabajador clandestino de Soest. Su nombre era Van Rijn y la Gestapo planeaba arrestarlo esa misma mañana, a menos que Hans pudiera advertirle primero.

—Será mejor que tomes el primer tren a Ámsterdam —dijo Corrie—. Ahora, oremos para que vuelvas sano y salvo.

Corrie hizo una rápida oración y le dio a Hans la dirección de Van Rijn. El tren de las cuatro de la mañana en dirección a Ámsterdam, añadió, le llevaría a la casa del hombre mientras todavía estaba oscuro.

Hans tomó el tren, pero en Ámsterdam no había un tren con conexión a Soest sino hasta las seis.

Cuando era de día.

No tuvo más remedio que esperar. Al desembarcar en Soest, vio a dos hombres con gabardinas que parecían lugareños. Les preguntó cómo llegar a Vredehofstraat, la calle en la que vivía Van Rijn, y le dieron indicaciones. Unos 15 minutos después tocó el timbre de la puerta del hombre. Van Rijn abrió la puerta, todavía en pijama.

—¿Quién es usted? ¿Qué pasa?

Hans explicó lo que Corrie le había dicho y, mientras hablaba, apareció la esposa de Van Rijn, quien comenzó a llorar ante la noticia. Hans recalcó de nuevo que el hombre debía marcharse inmediatamente y le deseó suerte.

Mientras caminaba por el camino de entrada, vio dos figuras.

Los hombres en gabardina.

—¡Alto ahí! —gritó uno de ellos—. ¡Gestapo! ¿Quién es usted y qué hace aquí tan temprano en una mañana de sábado?

—Les traje un mensaje a estas personas, de parte de sus parientes en Amersfoort.

Los agentes de la Gestapo no le creyeron. Llevaron a Hans hasta la puerta y la golpearon. Después de interrogar a Van Rijn, arrestaron y esposaron a ambos hombres. Llorando de nuevo, la señora Van Rijn dijo que su marido tenía una enfermedad cardiaca y les rogó que no lo llevaran. También admitió que Hans había venido a advertirles.

Adiós cubierta.

En el tren de regreso a Haarlem, Hans trabajó mentalmente en su historia. Sería, en el mejor de los casos, arriesgada. Los agentes se identificaron como Willemse y Smit, y el primero comenzó la rutina del «policía bueno». Tenía influencia en la sede de la Gestapo, dijo, y si Hans cooperaba, podría sacarlo de allí. Pero cooperar significaba contar toda la historia, incluyendo quién le había dado el mensaje y cómo se involucró.

Vredehofstraat 23, Soest, donde la Gestapo arrestó a Hans.

—Además —dijo Willemse—, como ministro asociado no debe mentir.

Hans no había descubierto cómo evitar implicar a Corrie o al Beje, así que compró algo de tiempo.

—No tengo nada que decir.

Willemse rio.

—Tendrás que cambiar ese tono cuando empecemos a trabajar contigo. Pero será mejor que pienses dos veces, mientras aún pueda ayudarte. Cuando te tengan en los cuarteles de Nassauplein, no podré hacer nada por ti.

Hans se mordió la lengua y el hombre dejó de insistir.

Mientras los agentes lo escoltaban hasta la comisaría de policía de Haarlem y luego hasta su celda, Hans volvió a pensar en su historia. Quizás podría mantener a los Ten Boom fuera de esto, pero ¿qué pasaría con sus padres? Peor aún, si los agentes registraran la casa de sus padres, seguramente encontrarían el arma que había escondido detrás de los libros en una de las estanterías de su habitación.

El pensamiento le atravesó el cerebro: *la posesión de un arma de fuego se castigaba con la muerte.*

Una hora más tarde, Willemse regresó para llevarlo al cuartel general de la Gestapo. Hans sabía lo que le esperaba. Nassauplein era para Haarlem lo que Prinz-Albrecht-Strasse era para Berlín: una cámara de tortura diseñada para extraer confesiones y nombres.

Willemse esposó a Hans y lo acompañó al interior del edificio. Lo llevó a una habitación grande pero vacía en su mayor parte: la primera parada para el interrogatorio. En una mesa larga con sillas a ambos lados, Smit estaba sentado estudiando algunos papeles.

—¡Ah, ahí está nuestro ministro!

Willemse condujo a Hans a una sala adyacente, le quitó las esposas y luego lo esposó de nuevo, esta vez a la calefacción central.

—Oh, cuando llamé para verificar sus documentos de identidad —dijo Smit por sobre el hombre—, me encontré con que los idiotas esos del registro civil ya se habían ido a su descanso del fin de semana.

Hans suspiró aliviado. Si los empleados hubiesen estado, los registros habrían revelado que el verdadero cumpleaños de Hans era en una fecha distinta a su documento de identidad y, por lo tanto, que el documento había sido alterado.

Después de un rato, Willemse regresó y acompañó a Hans de regreso a la sala principal. Esposó a Hans a una silla y los agentes se pusieron a trabajar. Una y otra vez le preguntaron a Hans su verdadera identidad, cómo había recibido el mensaje para dar aviso a Van Rijn, quiénes eran sus contactos, cuál era su dirección clandestina, el tipo de trabajo de la Resistencia que estaba haciendo y durante cuánto tiempo. Cuando Willemse y Smit se sintieron frustrados por las respuestas indiferentes de Hans, recurrieron a gritos y amenazas.

Hans sintió que tenía su historia bajo control, pero mantuvo a los agentes a raya el mayor tiempo posible; cada minuto ganado podría dar tiempo a sus padres o a los del Beje para huir cuando se dieran cuenta de que había sido arrestado.

Y entonces comenzó el espectáculo. Uno de los agentes presionó un interruptor y una luz poderosa iluminó directamente los ojos de Hans, cegándolo. Con las luces del techo apagadas, la habitación estaba a oscuras salvo por el haz de interrogatorio. Las preguntas surgieron rápidamente.

¿Quién eres?
¿Quién te reclutó?
¿Quién es tu supervisor clandestino?
¿Quién te envió a dar aviso a Van Rijn?
¿Con quién más trabajas?
¿Dónde está tu cuartel clandestino?

A pesar de que estaba hambriento, cansado y mareado, Hans se apegó a sus respuestas evasivas.

Frustrados, los agentes le advirtieron a Hans que sería torturado y que arrestarían a sus parientes. Asumiendo la efectividad de sus presiones, Willemse y Smit se alternaron para bombardearlo con más preguntas. Hans siguió evasivo, a pesar de que sabía que la tortura —y probablemente su muerte— estaban a solo unos minutos de distancia.

Dijo una oración rápida y silenciosa pidiendo guía y se le ocurrió una idea. Cuando se presentó la oportunidad, fingió derrumbarse, desplomándose bajo la presión, y rogó a los agentes que se detuvieran. Willemse y Smit, desconcertados, dejaron de hacer preguntas. Sin embargo, dejaron una luz en el rostro de Hans mientras contaba la historia que había inventado.

Tenía un amigo, les dijo a los agentes, a quien se había acercado en diciembre para involucrarse en la clandestinidad. Por razones que desconoce, el hombre nunca restableció el contacto. Luego, anoche alguien tocó el timbre de su puerta y cuando fue a abrir, solo encontró una nota que le decía que diera aviso a Van Rijn. Memorizó la dirección, dijo, y luego quemó la nota.

En ese momento, los agentes le preguntaron el nombre de su contacto y Hans estaba listo: Evert Van Leyenhorst. Leyenhorst era en realidad un trabajador clandestino, pero Hans sabía que la Gestapo lo había matado en diciembre, por lo que Willemse y Smit llegarían a un callejón sin salida. Los agentes hicieron algunas preguntas más, pero Hans se ciñó a su historia y les dijo que no sabía nada más.

—¿Te das cuenta de que ahora iremos a tu casa para verificar la historia? —preguntó Smit.

Hans asintió y Willemse lo devolvió a su sitio —amarrado al calefactor—. Luego desaparecieron los dos agentes.

«Así comenzó la hora más oscura de mi vida», recordó Hans. «Sabía que la historia o comentarios de mis padres podrían exponer la mía como un montón de mentiras. Estaba seguro de que saquearían nuestra casa en busca de material incriminatorio. Sabía que encontrarían mi arma y sabía que ese sería el final, porque la posesión de un arma… invariablemente significaba el pelotón de fusilamiento. Había llegado al final de mis posibilidades. La sombra de la muerte caía sobre mí».

En un lapso de minutos, Hans lo había perdido todo: a Mies, a sus padres, su futuro. El temor y la angustia se apoderaron de él y rezó para que Dios estuviera con él durante la prueba que seguiría. Un momento después lo invadió un sentimiento de calma y confianza.

«La paz que me invadió venció las otras emociones —puro terror y enojo hacia mí mismo— que daban vueltas en mi interior. Pasara lo que pasara ahora, yo era Suyo y estaba en Sus manos y a salvo. Ya nadie podría hacerme daño. Me sentí fuera de mis preocupaciones y agonía; estaba sentado sobre una roca donde ningún poder mundano podría alcanzarme… Seguía esposado a la calefacción, pero me sentía libre, más libre de lo que me había sentido nunca antes».

De vuelta en casa de los Ten Boom, Corrie y los refugiados entraron en acción. Cuando Hans no regresó, sospecharon que lo habían arrestado y que en cualquier momento podría producirse un allanamiento en la casa. Una vez más limpiaron el lugar de papeles incriminatorios y efectos personales de los refugiados. Eusi, Mary, Tante Martha y Ronnie huyeron a otras casas y los Ten Boom hicieron todo lo posible para que la tienda y la casa volvieran a parecer «normales».

Esa tarde, un amable policía holandés pasó por allí e informó a Corrie que, efectivamente, Hans había sido arrestado y se encontraba en la comisaría. Corrie, Betsie y Opa finalizaron los preparativos para la visita de la Gestapo que, indudablemente, se produciría pronto.

Hans esperó todo el día y hasta bien entrada la noche antes de que Willemse y Smit volvieran. Cuando regresaron, aumentó su ansiedad. *¿Habían arrestado a sus padres? Tal vez estaban encerrados en la cárcel de Haarlem en ese mismo momento.*

Willemse le quitó las esposas y lo llevó a la mesa en el cuarto principal de interrogaciones.

—Bueno, probablemente ya sabes qué es lo que encontramos —dijo Smit—. Y probablemente sabes lo que eso significa para ti.

CAPÍTULO 12

SEISCIENTOS FLORINES

Hans miró a Smit complaciente; su destino era un hecho consumado. Estaba al fin del camino. Sería ejecutado y nunca sabría qué pasó con sus padres. O con Mies.

Elevó una rápida oración: «¡Dios, quédate conmigo, dame valor!».

Smit dejó un maletín sobre la mesa y mostró lo que habían encontrado durante la búsqueda: algunos documentos clandestinos y un cuchillo de *boy scout*.

Hans miró los objetos con incredulidad. Era demasiado bueno para ser verdad. Por supuesto, los documentos significarían prisión o campo de concentración, pero no ejecución. «¿Cómo fue que Willemse y Smit no encontraron mi arma?», se preguntó. «¿No registraron su librero?».

De hecho, los alemanes habían registrado el librero. Contenía 24 estantes y habían tirado al suelo los libros de 21. Su arma permaneció detrás de uno de los tres estantes intactos.

El corazón de Hans se hinchó. En verdad, Dios lo había librado del foso de los leones. Ante los agentes de la Gestapo, sin embargo, fingió culpabilidad e inclinó la cabeza.

—Lo que tus padres admitieron corrobora tu historia —dijo Willemse—. Eso lo hace más sencillo para nosotros.

Para Hans, esto significaba que había ganado dos veces: no habían arrestado ni a sus padres ni a los Ten Boom. Con el corazón agradecido, acompañó a los agentes de vuelta a la estación de policía.

El domingo por la mañana, Hans escuchó pasos que se acercaban a su celda. No podía ver a nadie, pero escuchó una voz tranquila:

—Hans, saludos de parte de Tante Kees.

Se quedó helado. ¿Era una trampa? ¿Por qué Corrie arriesgaría su vida para venir a visitarlo? Si la voz pertenecía a una mujer que operaba para la Gestapo y él la reconocía, implicaría a Corrie, Betsie y Opa. Decidió ir a lo seguro.

—No sé de quién habla.

Luego otra voz:

—Pregunta si puede hacer algo por ti.

La mente de Hans iba a mil por hora. Si Corrie realmente estaba allí, ¿por qué necesitaba que alguien más hablara por ella? ¿Y por qué no podía simplemente aparecer frente a él para que pudiera verla? No tenía sentido.

—¡Déjeme en paz!

Los pasos retrocedieron.

Por la tarde aparecieron Smit y Willemse, que lo llevaron de nuevo a la sala de interrogatorios de Nassauplein. Una y otra vez pusieron a prueba su historia, tratando de encontrar alguna inconsistencia. Repitió lo que ya les había dicho y finalmente los agentes quedaron satisfechos; lo llevaron de vuelta a la comisaría.

Una hora más tarde, Hans volvió a oír la voz. *El susurro desconocido.*

Consideró lo que la Gestapo podría saber. Hasta donde él sabía, ni los Ten Boom ni los del Beje habían sido implicados o expuestos. Esperó sin responder y la suave voz continuó. Todavía no podía decir si la mujer era Corrie, pero quienquiera que estuviera hablando mencionó nombres clandestinos y detalles que solo Corrie o alguien de la clandestinidad conocería. Aun así, el riesgo existía.

—Dígales que no se preocupen por mí —dijo—. Estoy bien, pero pídale al abuelo que rece por mí.

Los pasos retrocedieron.

A partir de ese momento, Hans se quedó solo. Solo con emociones intermitentes de esperanza, desesperación, miedo y soledad. Constantemente le dolía el estómago ante la idea de que sus padres, Corrie y Mies corrían el riesgo de ser interrogados —tal vez incluso torturados— sobre sus actividades.

Días después cayó el primero: Kik, el hijo de Willem, fue arrestado.

Poco después llegó un guardia para informar a Hans que lo iban a transportar a prisión. Lo tomó como una victoria. Si hubieran arrestado a sus padres, Corrie o Mies, razonó, lo habrían retenido en la comisaría para someterlo a más interrogatorios. Al parecer, la Gestapo había cerrado su caso.

Lo que no podía saber en ese momento era que la Gestapo tenía mucho más en sus manos que unos pocos trabajadores advenedizos de la Resistencia holandesa. Desde el momento en que Hitler llegó al poder en 1933, los líderes militares alemanes habían conspirado para acabar con él, ya fuera mediante asesinato o arresto y juicio. En 1938, el llamado *complot de los generales* para derrocar o matar a Hitler involucró a los más altos dirigentes del ejército alemán. En marzo de 1943 intentaron asesinar a Hitler dos veces, y otras seis veces entre septiembre de 1943 y enero de 1944.

Sin embargo, ahora, en febrero de 1944, los conspiradores habían adquirido una velocidad y organización admirables. Mientras que tres conspiradores civiles —el pastor Dietrich Bonhoeffer, el abogado Hans von Dohnanyi y el diplomático y doctor Josef Müller— habían sido arrestados 10 meses antes, la Gestapo no tenía aún ninguna prueba consistente de conspiración en contra del Führer. También tenían sospechas sobre el general Hans Oster, segundo al mando del almirante Wilhelm Canaris en la Abwehr. Al darse cuenta de que la Gestapo podría asaltar su oficina, Oster destruyó los documentos incriminatorios en el último momento. En diciembre de 1943 la Gestapo le obligó a dimitir de la Abwehr y lo puso bajo arresto domiciliario.

La Gestapo también desconfiaba del propio Canaris —profundamente involucrado en la conspiración—, pero no lo arrestó. Y así cobró impulso el complot de los jefes militares.[1]

En enero de 1944, los conspiradores habían sumado a sus líneas a

---

1. Hacia finales de 1943, entre quienes organizaban el movimiento para derrocar a Hitler se encontraban el general Ludwig Beck, exjefe del Estado Mayor del Ejército; el general Friedrich Olbricht, de la Oficina General del Ejército; el general Hellmuth Stieff, jefe de la Rama Organizativa del Alto Mando del Ejército (OKH); el general Eduard Wagner, primer intendente general del Ejército; el general Erich Fellgiebel, jefe de señales del OKH; el general Fritz Lindemann, jefe de la Oficina de Artillería; el general Paul von Hase, jefe del Kommandantur de Berlín; y el coronel Freiherr von Roenne, jefe de la Sección de Ejércitos Extranjeros (N. del A.).

su mayor arma: el mariscal de campo Erwin Rommel, el hombre más popular de Alemania. Ese mismo mes había sido nombrado comandante del Grupo de Ejércitos B en occidente, con la tarea de derrotar un desembarco aliado en Francia. Como parte de su nuevo trabajo, Rommel pasó un tiempo considerable con dos viejos amigos, el general Alexander von Falkenhausen, gobernador militar de Bélgica y el norte de Francia, y el general Karl-Heinrich von Stuelpnagel, gobernador militar de Francia. Ambos generales formaban parte de la conspiración antihitleriana y convencieron a Rommel de unirse.

Hacia finales de febrero, Rommel se reunió con otro amigo, el doctor Karl Stroelin, alcalde de Stuttgart, en la casa de Rommel en Herrlingen. Stroelin también fue uno de los conspiradores, e informó a Rommel que varios altos oficiales del ejército al este proponían arrestar a Hitler y obligarlo a anunciar por radio que había abdicado. Rommel dijo que lo aprobaba, pero Stroelin quería más.

—Usted es el único —le dijo al mariscal de campo— que puede evitar una guerra civil en Alemania. Debe prestar su nombre al movimiento.

Rommel reflexionó durante varios momentos y luego dijo:

—Creo que es mi deber ir al rescate de Alemania.

Sin embargo, se opuso a asesinar a Hitler y enfatizó que el Führer debía ser arrestado por la Wehrmacht y juzgado ante un tribunal alemán por crímenes contra su propio pueblo y en las tierras ocupadas.

Al parecer, en Alemania y en todos los países ocupados había una antorcha encendida.

En Arnhem, Audrey Hepburn y su familia habían estado esperando durante un largo tiempo a que los alemanes tomaran su casa; ya habían tomado más de 100 villas en el área de Arnhem-Velp.

En efecto, los soldados alemanes habían tocado a su puerta un día, no para tomarla, sino para poner una estación de monitoreo de radio en el ático. Mientras que Audrey y su familia sentían el alivio de no quedarse sin hogar, tener una radio en su casa significaba que había soldados entrando y saliendo a todas horas del día.

La tercera semana de febrero trajo un espectáculo aterrador pero alentador a las ciudades de Arnhem, Nijmegen, Haarlem y Ámsterdam. A partir del 20 de febrero, las Fuerzas Aéreas Estratégicas de Estados Unidos en Europa, junto con el Comando de Bombarderos de la RAF de Gran Bretaña, comenzaron la operación Argumento, más conocida como «Gran Semana»: una serie de bombardeos de seis días para destruir la industria aeronáutica alemana, incluidos los pilotos de combate. Durante el día, Estados Unidos envió unos 3 800 bombarderos con escoltas de cazas y, durante la noche, la RAF envió 2 351 bombarderos. Dado que la Luftwaffe tenía una base de combate no lejos de la casa de Audrey en Velp, ella y su familia fueron testigos de algunas de las peleas aéreas más crueles de la guerra. También en Haarlem, todos en el Beje vieron innumerables oleadas de aviones aliados sobre sus cabezas, con cañones antiaéreos alemanes o cazas persiguiéndolos. Cada día caían del cielo aviones estadounidenses, británicos y alemanes en llamas, a menudo con un paracaídas detrás. El día 23, debido a las inclemencias del tiempo, bombarderos estadounidenses atacaron accidentalmente Nijmegen, matando a unos 200 civiles.

Pero la campaña tuvo éxito: al final de la semana, la Fuerza Aérea de Estados Unidos y la RAF habían lanzado casi 20 000 toneladas de bombas sobre fábricas alemanas de municiones y cazas, destruyendo casi el 40% de sus aviones. Durante el mes mataron a 434 pilotos de combate enemigos. Pero los aliados también sufrieron pérdidas terribles: más de 400 aviones, cuyas tripulaciones de paracaidistas fueron capturadas por los alemanes u ocultas por la Resistencia holandesa.

Muchos de los pilotos heridos terminaron en el hospital de Velp, no lejos de donde vivía Audrey, que se había convertido en un improvisado cuartel general de la Resistencia. Resultó que todos los médicos que trabajaban allí escondían a judíos en sus casas.[2] Un médico especialmente activo en la clandestinidad era el doctor Hendrik Visser't Hooft, de 39 años, a quien Audrey empezó a ayudar. En ese momento solo tenía 14 años y la mayoría de sus tareas eran de baja categoría. Sin embargo, poco después de cumplir 15 años, decidió contribuir más activamente a la Resistencia. Audrey, un prodigio

2. Por ejemplo, el doctor Wim Op te Winkel escondió a 13 judíos y buceadores holandeses en su hogar, mientras que el doctor Willem Portheine y el doctor Vince Haag también escondieron judíos (N. del A.).

del *ballet*, comenzó a ofrecer espectáculos de danza privados en hogares cercanos y donó las ganancias a los grupos clandestinos.

Hacia el 26 de febrero, el Beje permanecía en un relativo silencio. Casi demasiado silencio. Muchos de los refugiados regulares habían regresado y la casa era, una vez más, un centro de la Resistencia.

Una tarde, varios trabajadores clandestinos se reunieron en la sala de visitas, entre ellos se encontraba Reynout Siertsema (alias «Arnold») —líder de la Resistencia de Haarlem— para discutir sus planes. Mientras hablaban, Corrie irrumpió en la habitación.

—Escuchen, se nos termina el dinero. Incluso algunas personas aquí lo necesitan con desesperación. ¿Se unirán a mí para rezar por ese dinero?

Los miembros de la Resistencia se miraron los unos a los otros. Este no era el modo en el que usualmente solucionaban los problemas. Sin embargo, estaban en el Beje, y Corrie era libre de ayudar a su manera. Todos inclinaron la cabeza.

—Hacemos este trabajo como siervos Tuyos —rezó Corrie— y a Tu servicio. Si no logramos completar nuestro trabajo por falta de dinero, es Tu causa la que sufre.

Mientras Corrie seguía orando, sonó el timbre de la puerta y Martha fue a responder. Para cuando Corrie terminó, Martha volvió sosteniendo un sobre que alguien había dejado.

Contenía 600 florines.

Ese dinero, sin embargo, sería entregado después a una destinataria sorpresiva.

La mañana del 28 de febrero fue fría y lluviosa, y Corrie yacía en cama enferma con gripe y le dolía todo: la cabeza, las articulaciones, la garganta. Eusi entró a guardar ropa de cama y pijamas en la guarida de los ángeles, seguido por Mary y Thea con sus cosas. Cuando se fueron, Corrie intentó volver a dormirse, pero apareció Betsie con té caliente.

—Lamento despertarte, Corrie. Pero hay un hombre abajo, en la tienda, que insiste en hablar contigo.

—¿Quién es?

—Dice que es de Ermelo. Nunca lo había visto.

Corrie se sentó para dar un sorbo al té. Después de un minuto se vistió y se encaminó para bajar. Sin embargo, al inicio de las escaleras sintió una oleada de vértigo. Se aferró al barandal y comenzó a bajar lentamente hasta que llegó a la tienda, donde un hombre pequeño con cabello arenoso dio un paso adelante.

—¡Señorita Ten Boom!

Corrie intentó verlo a los ojos, pero este estaba mirándole los labios.

—¿Sí? ¿Se trata de algún reloj?

—No —respondió él—. ¡Es algo mucho más serio!

Corrie intentó verlo a los ojos una vez más, pero estos estaban ahora mirando el resto de su cara.

—Señorita Ten Boom, mi esposa fue arrestada en Alkmaar. Hemos estado escondiendo judíos, ¿sabe? Si la interrogan, nuestras vidas estarán en peligro.

—No sé cómo puedo ayudar *yo*.

—Necesito 600 florines. Hay un policía en la estación de policía de Ermelo al que puedo sobornar por esa cantidad.

La historia era extraña. Las ciudades de Alkmaar y Ermelo estaban a unos 115 kilómetros de distancia. Si su esposa era arrestada en Alkmaar, ¿cómo podía ayudar un guardia de Ermelo?

—Soy un hombre pobre —siguió él— y me han dicho que usted tiene ciertos contactos.

—¿Contactos?

El hombre guardó silencio y Corrie preguntó si podía brindarle referencias para asegurarse de que era de confianza.[3] No podía.

---

3. Cuando los trabajadores clandestinos se encontraban, había dos medidas de seguridad para asegurarse de que una persona recién llegada no era un informante o agente de la Gestapo. Diet Eman, una agente joven de la Resistencia en Ámsterdam, recordaba una reunión a la que fue citada durante la primavera de 1943: «Cuando llegué al lugar por primera vez, tuve que dar algunas frases cifradas para identificarme como alguien confiable. Toqué el timbre y dije las palabras correctas, luego una mujer[...] me invitó a pasar. El espacio era muy pequeño, era un departamento de una sola persona[...] Tenía una sala pequeña, un dormitorio minúsculo, una cocineta, una regadera y un baño[...] Y en ese pequeño lugar se escondían 27 judíos». Si no se tenían palabras clave, se podían dar nombres de

—¡Señorita Ten Boom! ¡Es una cuestión de vida o muerte! Si no consigo el dinero de inmediato, la llevarán a Ámsterdam y entonces será demasiado tarde.

Corrie se detuvo un momento. Si su esposa había sido atrapada por esconder judíos, *sería* llevada a Ámsterdam y una vez ahí, *sería* demasiado tarde. Le dijo al hombre que regresara en media hora y que entonces tendría el dinero.

El hombre le agradeció y Corrie envió a un mensajero al banco para sacar 600 florines y dárselos al hombre cuando volviera. Hecho esto, subió lentamente las escaleras. Sin embargo, desafortunadamente, su fiebre ahora se había convertido en escalofríos. Se desvistió, rellenó su vaporizador y volvió a meterse en la cama.

Una vez más se le había pedido que tomara una decisión rápida para ayudar a la clandestinidad y ahora solo quería dormir. Mañana sería otro día y podría volver a conseguir cartillas de racionamiento. Mientras tanto, probablemente había salvado a la esposa de ese hombre.

Pero todo lo que el hombre dijo era mentira.

---

otras personas clandestinas. Corrie no recibió ni palabras clave ni nombres del hombre frente a ella (N. del A.).

CAPÍTULO 13
ATRAPADOS

Zzzzzst. Zzzzzst. Zzzzzst. El zumbido de una alarma.

Mientras Corrie se encontraba entre el sueño y la realidad, escuchó el movimiento de pies y luego un susurro:

—¡Rápido! ¡Rápido!

Se incorporó y vio a los refugiados pasar corriendo junto a su cama. Martha y Ronnie entraban arrastrándose en la guarida de los ángeles cuando llegó Eusi. Tenía el rostro pálido y la pipa y el cenicero tintineaban en su mano. Entonces Mary entró corriendo, seguida por dos agentes de la Resistencia visitantes, Arnold y Hans.[1] Contó rápidamente —seis— y cerró el panel corredizo. Abajo oyó portazos y luego pasos en las escaleras.

Al mirar por la habitación vio su maletín, que contenía nombres y direcciones de trabajadores clandestinos. Lo tomó, levantó la puerta corrediza, la empujó hacia adentro y la cerró de golpe otra vez. Su «bolsa de prisión» yacía a su lado, así que la arrojó frente al panel, se quitó la bata y saltó a la cama.

Segundos después, la puerta de su dormitorio se abrió de golpe.

—¿Cómo se llama? —gritó un hombre alto y robusto.

Vestía un traje azul y Corrie asumió que era de la Gestapo.

—¿Qué? —preguntó ella, sentándose.

—¡Su nombre!

—Cornelia Ten Boom.

—Tenemos a otro aquí, Willemse —gritó el hombre hacia la puerta. Se volvió a Corrie—. ¡Levántese! ¡Vístase!

Corrie tomó su ropa y el agente miró a sus propias notas.

—¡Así que usted es la líder! Dígame, ¿dónde esconde a los judíos?

1. Hans Van Messel era un operador clandestino que ayudaba a Siertsema (N. del A.).

—No sé de qué me está hablando.

El agente se rio.

—Y tampoco sabe nada sobre el trabajo clandestino. ¡Ya veremos!

Corrie se puso la ropa sobre la pijama y el agente volvió a ladrar.

—¿Dónde está su habitación secreta?

Una vez más, Corrie fingió ignorancia.

—No importa. Sabemos que tiene judíos escondidos aquí y vamos a encontrarlos. Buscaremos y le daremos la vuelta a esta casa. ¡La vigilaremos hasta que se mueran de hambre o se conviertan en momias!

Corrie estaba a punto de tomar su bolso de prisión, pero ya que lo había dejado frente al panel secreto, decidió no llamar la atención en aquella dirección. Salió de la habitación sin nada para el calvario que sabía que se avecinaba. Aún sintiendo los efectos de la gripe, volvió a bajar lentamente las escaleras. Pero el agente de la Gestapo la empujó por detrás y ella tropezó.

Cuando llegaron abajo, la sala estaba llena: Opa, Betsie, Willem, Nollie, el señor Ineke y Henny Van Dantzig, junto con los invitados que habían venido para el estudio bíblico de Willem. Willemse, el agente de la Gestapo que había interrogado a Hans Poley, estaba ocupado rebuscando en la plata y las joyas que había puesto sobre la mesa del comedor.

Al mirar a su derecha, Corrie notó que el letrero de vigilancia de Alpina —el código de «es seguro pasar» del Beje para los clandestinos— todavía estaba en la ventana del callejón. Corrie fingió tropezar y tiró el cartel del alféizar. Willemse lo escuchó caer al suelo y se acercó.

—Es una señal, ¿no?

Lo devolvió a la cornisa.

La trampa permanecería abierta.

El agente que había empujado a Corrie por el corredor, luego le dijo a Willemse:

—Mi informante dice que ella es la líder de todo el movimiento.

Willemse miró a Corrie y luego hacia atrás.

—Kapteyn, ya sabes qué hacer.

Kapteyn tomó a Corrie del brazo y la empujó por las escaleras que conducían a la tienda. Un soldado hacía guardia en la puerta principal y Kapteyn le ordenó que se quitara las gafas. Cuando lo hizo, la empujó contra la pared.

—¿Dónde están los judíos?

—Aquí no hay judíos.

Kapteyn la abofeteó.

—¿Dónde escondes las tarjetas de racionamiento?

—No sé de qué…

Kapteyn la golpeó de nuevo, con más fuerza. Las rodillas de Corrie se doblaron. Recuperó el equilibrio apoyándose en el reloj astronómico, pero antes de que pudiera pronunciar palabra, él la abofeteó una y otra y otra vez.

—¿Dónde están los judíos?

Otro golpe.

—¿Dónde está tu habitación secreta?

Corrie podía sentir el sabor de la sangre en la boca, y los golpes, junto con la gripe, le estaban haciendo perder el conocimiento. Le zumbaban los oídos por los golpes y gritaba:

—¡Señor Jesús, protégeme!

Kapteyn, a punto de asestar otra bofetada, se detuvo en el aire:

—¡Si vuelves a decir ese nombre te mato!

La cabeza de Corrie latía con fuerza mientras luchaba por permanecer de pie. Kapteyn abandonó el interrogatorio, murmurando sobre un «flaco» que hablaría. La empujó escaleras arriba y la sentó en una silla en el comedor. Luego, Kapteyn tomó a Betsie y la sacó de la habitación.

Arriba, Corrie podía escuchar golpes y el arrastrar de muebles mientras la Gestapo registraba su hogar. Luego sonó el timbre del callejón. Willemse corrió para responder y Corrie escuchó el intercambio.

—¿Ya escucharon? —preguntó una mujer—. ¡Tienen a Oom Herman!

Corrie se echó hacia atrás. Pickwick. Tenían al líder de la clandestinidad de Haarlem y querido amigo de los Ten Boom.

Willemse siguió el juego para convencer a la mujer de que le diera detalles, luego la arrestó y la llevó arriba.

En ese momento Betsie entró tambaleándose en la habitación. Tenía los labios hinchados y un moretón en la mejilla.

—¿Te golpearon? —preguntó Nollie desde el otro lado de la habitación.

—Sí —dijo Betsie, secándose la sangre del labio— y siento mucha lástima por el hombre que me golpeó.

—¡Los prisioneros guardarán silencio! —gritó Kapteyn.

Un momento después, otro alemán trajo de la tienda una caja de relojes pertenecientes a judíos, y luego aparecieron dos agentes más que bajaban las escaleras con la radio escondida en los escalones.

—Ciudadanos respetuosos de la ley, ¿verdad? —Kapteyn sonrió—. ¡Tú! —dijo, señalando a Opa—. Veo que crees en la Biblia. Dime, ¿qué dice ahí sobre obedecer al gobierno?

Opa sabía que se refería a la advertencia de Pablo a los romanos[2] de que obedecieran a las autoridades gobernantes, pero había más que eso.

—Temor a Dios, honor a la reina.

—Eso no es verdad; la Biblia no dice eso.

—No, dice «Temor a Dios y honra al rey», pero en nuestro caso hay una reina.

Justo entonces sonó el teléfono y Willemse tomó por la cintura a Corrie y la arrastró hacia sí.

—¡Responde! —ordenó, sosteniendo el teléfono de manera que ambos pudieran escuchar al interlocutor.

Corrie intentó responder con tanta firmeza como le fuera posible.

—Residencia y relojería Ten Boom.

—¡Señorita Ten Boom! —explotó el interlocutor—, ¡está en terrible peligro! ¡Arrestaron a Herman Sluring! ¡Lo saben todo! ¡Tenga cuidado!

Tan pronto como colgó la persona que había llamado volvió a sonar el teléfono. Willemse continuó sosteniéndola tanto a ella como al teléfono y Corrie repitió el rígido saludo.

—Han llevado a Oom Herman a la comisaría —dijo la persona al teléfono—. Eso significa que están al tanto de todo.

Corrie colgó y Willemse la devolvió al comedor. Otro agente de la Gestapo, a quien Corrie no había visto antes, entró y dijo:

2. Romanos 13:1 dice: «Todos deberán obedecer a las autoridades gobernantes, pues no hay mayor autoridad que aquella establecida por Dios» (N. del A.). (NVI)

—Hemos registrado todo el lugar, Willemse. Si aquí hay una habitación secreta, la construyó el mismo diablo.

Willemse miró a Betsie, luego a Opa y luego a Corrie.

—Hay una habitación secreta. Y la gente la está usando o lo habrían admitido. Está bien. Pondremos una guardia alrededor de la casa hasta que se hayan convertido en momias.

Willemse ordenó a todos que se pusieran de pie y otro agente trajo a Willem y a los que estaban en su estudio bíblico. Juntos, informó Willemse, el grupo arrestado caminaría hasta la comisaría de policía en Smedestraat, a unos 100 pasos del Beje.

Afuera, en el frío glacial, Corrie se estremeció de camino a la estación. Cuando llegaron, notó que había un número significativo de soldados alemanes en el vestíbulo, aparentemente esperando para trasladar a los arrestados a prisión. Willemse condujo al grupo a una gran sala que alguna vez se usó como gimnasio y les dijo que se sentaran en las colchonetas esparcidas por ahí. Acurrucados en varios grupos a su alrededor, Corrie vio a varios de sus vecinos, pero no a Pickwick.

—¿Quién está ahí?

Uno a uno, Martha, Mary, Eusi, Ronnie, Arnold y Hans susurraron sus nombres. Después de unos momentos buscaron suministros y fue lamentable: mantas, sábanas y algunas galletas. No había agua ni comida real. Intentaron ponerse cómodos pero el espacio era tan reducido que dos tuvieron que estar de pie mientras los otros cuatro estaban sentados.

Así que iban y venían, moviéndose y cambiando de lugar durante horas. Y había otra cosa que habían descuidado: con todos sus simulacros metiéndose en el escondite, nunca habían previsto estar encerrados durante horas, o cómo abordarían las necesidades corporales sin un baño.

Al caer la noche, la desesperación se apoderó de ellos. ¿Cómo lograrían salir? Corrie, Betsie, Opa y todos los que estaban en la casa durante la redada habrían sido arrestados, y nadie más sabía que se escondían en la guarida de los ángeles.

En ese momento sonó el timbre del callejón del Beje. Llegó en el código previsto para cuando lo visitara un trabajador clandestino de confianza: tres timbres cortos. Toda persona que llegara a la casa de esta manera sería arrestada por la Gestapo que estaba esperando, pero no había forma de advertirles.

Peter soltó el timbre y retrocedió hacia las sombras.

Un hombre con voz profunda abrió la puerta y lo invitó a pasar. Peter no lo conocía, pero los trabajadores de la Resistencia a menudo respondían a la entrada del callejón. El hombre lo condujo escaleras arriba hasta la sala de estar. La mayoría de veces en que hacía visitas al Beje, Peter encontraba a los Ten Boom y a varios judíos leyendo o escuchando la radio. Sin embargo, frente a él ahora había un grupo de extraños. Uno a uno, se presentaron como miembros de la clandestinidad. Invitaron a Peter a sentarse y unirse a la conversación.

—Tenemos una noticia muy triste —dijo uno de ellos—. Parte de la organización ha sido descubierta y nuestros planes se han hecho añicos en muchos lugares. Los nazis se han enterado de nuestro trabajo y, para empeorar las cosas, han capturado al tío Herman.

Peter miró alrededor de la habitación. Todos parecían estar mirándolo, esperando su respuesta. Algo andaba mal. Recordó que ni siquiera lo habían examinado como miembro clandestino. No dijo nada y no mostró ninguna reacción.

—¡Tenemos que hacer algo rápido! —añadió otro—. ¿Qué opinas sobre un atraco en la prisión donde se encuentra el tío Herman?

Peter permaneció en silencio.

—Sólo hay un problema en intentar sacar al tío Herman de la cárcel —dijo el primer orador, volviéndose hacia Peter—. No tenemos suficientes armas para gestionar con éxito tal empresa. ¿Quizás podrías ayudarnos a conseguir algunas?

Peter entró en papel.

—Lo siento, señor. ¿Está seguro de que no ha habido algún malentendido? Yo soy asistente de un ministro. Ahora, si pudiera ayudarle con algo en ese sentido, estaría encantado. Realmente lamento no poder ser de ayuda. Si me disculpan, debería irme. Tengo algo de trabajo por hacer.

Peter se puso de pie de un salto y se dirigió hacia la puerta cuando un hombre se paró frente a él, con el revólver listo.

—Creo que será mejor que te sientes, amigo. Eres un prisionero.

Peter tomó asiento e hizo una mueca al escuchar el timbre del callejón sonar una y otra vez con el código secreto: más trabajadores clandestinos que serían arrestados. Más tarde esa noche, él y varios otros miembros de la Resistencia fueron transportados a la comisaría. Mirando a su alrededor, vio a Opa, Corrie, Betsie, Willem y luego a otros 30 amigos que habían sido atrapados en la redada del Beje. Dio otro vistazo y tembló; su *madre* había sido arrestada.

—¡Silencio aquí! —gritó un policía holandés. Le dijo algo en privado a Willem y volvió a gritar—: los baños están en la parte trasera. Pueden ir uno por uno con una escolta.

Willem se acercó a Corrie y se sentó.

—Dice que podemos tirar por el inodoro los documentos incriminatorios si los trituramos lo suficiente.

Corrie revisó sus bolsillos, pero lo único que encontró fueron algunos pedazos de papel y un poco de dinero en su billetera.

Uno por uno se dirigieron a los baños. Henk Van Riessen estaba inquieto porque llegara su turno. Tenía los bolsillos llenos de notas de la Resistencia y, sorprendentemente, no lo habían registrado en el Beje. Una vez dentro del baño cerró la puerta y comenzó a tirar su contrabando en el inodoro. Pero puso demasiado papel y el inodoro se atascó. Tiró varias veces la palanca para poder deshacerse de la evidencia.

Cuando salió, un policía que estaba justo afuera de la puerta le preguntó si había podido deshacerse de todo. Al darse cuenta de que el oficial era un holandés leal, Henk revisó sus bolsillos y descubrió que se le había escapado tirar un papel: un chiste sobre Hitler.

—Dámelo, rápido —dijo el oficial—, y yo me desharé de él.

Henk se lo entregó y luego entró Peter al baño. Cuando cerró la puerta, se percató de que algunos de los papeles de Henk habían vuelto a la superficie y flotaban en el agua. Intentó volver a jalar la palanca pero no lograban irse, así que los empujó con su mano.

Más tarde, antes de que intentaran dormir, Opa llamó a los Ten Boom para que se reunieran a su alrededor y le pidió a uno de los guardias la Biblia que le habían confiscado a Willem. El guardia se la devolvió a Opa y le pidió a Willem que leyera el salmo 91 en voz alta.

—El que habita en el lugar secreto del Altísimo —comenzó Willem— morará bajo la sombra del Todopoderoso. Diré del Señor: Él es mi refugio y mi fortaleza: mi Dios; en él confiaré…

Cuando Willem terminó, Opa comenzó a orar, con tanta calma y paz como siempre. Le pidió a Dios que permaneciera al lado de cada uno de ellos, anticipando que pronto los separarían.

Sin embargo, Corrie seguía agitada e inconsolable. Después de todo, habían estado haciendo el trabajo de Dios, ¿dónde estaban los ángeles protectores? Empezó a llorar y Betsie, sentada a su lado, le recordó que Dios protegía a aquellos que confían en él, pero la protección es de sus *almas*, no de sus vidas ni de sus cuerpos físicos. Betsie le aseguró a Corrie que Dios estaría con ellos —incluso en el más profundo infierno— y les daría el valor para enfrentarse a la prisión.

Luego Betsie rezó por Corrie y por todos en el grupo.

Los seis atrapados se sentaban y se levantaban y mientras tanto las campanas de la iglesia de San Bavo tocaron dos veces: eran las dos de la madrugada. Entre el hambre y el hacinamiento, nadie podía dormir.

Desde algún lugar de la casa escucharon voces en alemán.

Unos momentos después, unos alemanes entraron en la habitación de Corrie y empezaron a golpearlo todo: las paredes, el suelo y, finalmente, el falso armario. Segundos después, los seis atrapados oyeron el sonido más aterrador que pudieran imaginar.

Madera que se astillaba.

CAPÍTULO 14

PRIVILEGIADO

La madera astillada significaba una sola cosa: la Gestapo estaba tirando el clóset. Todos quienes estaban dentro de la guarida de los ángeles contuvieron la respiración. No sabían qué tan profunda era la madera en la parte principal del armario, pero si los alemanes golpeaban la puerta del panel, todo estaría perdido.

Eusi comenzó a orar, susurrando en hebreo:

—Confiaré en Adonai, ¿quién podrá hacerme daño?

Alguien le tapó la boca.

—¡Silencio, Eusi! —susurró alguien más—. Tu ruido nos delatará.

Esperaron mientras continuaba el sonido de madera que se rompía, pero la entrada de la guarida de los ángeles permaneció intacta. Con el paso del tiempo se dieron cuenta de que la Gestapo estaba rompiendo el suelo de la habitación de Corrie. Esas eran buenas noticias, pero ¿por cuánto tiempo? Cuando los alemanes se dieran cuenta de que no había nada debajo del suelo, probablemente el armario sería el próximo.

A la mañana siguiente, con las primeras luces, un policía llevó panecillos para todos los que estaban en el gimnasio. Como había dormido tan poco aquella noche, Corrie intentó quedarse dormida nuevamente con la espalda contra la pared. Al mediodía los soldados entraron en la habitación y ordenaron a todos que se pusieran de pie. Todo el grupo arrestado debía subir a un autobús que estaba enfrente, dijo un oficial alemán.

Afuera, un gran grupo de vecinos de Haarlem se había reunido alrededor de la barricada policial. Corrie, Betsie y Opa caminaron juntos y, cuando la multitud vio al «Gran Anciano» de la ciudad, se produjo un estruendo de jadeos, murmullos y llantos. Delante de Corrie había un autobús verde con soldados detrás. Ella y Betsie sostuvieron a Opa de los brazos para ayudarlo a bajar las escaleras de la estación y luego se detuvieron.

Pickwick pasó junto a ellos, tambaleándose entre dos soldados. Su abrigo y sombrero habían desaparecido y su rostro estaba cubierto de moretones y sangre seca.

Armario con corte de ladrillo que revela la guarida de los ángeles.

Cuando Peter recorría el pasillo del autobús, encontró a Pickwick y se sentó a su lado. Se sintió aliviado de sentarse al lado de un amigo y espíritu afín, pero el hombre que conocía como tío Herman ahora mismo no parecía ser su propia versión más jovial. Pickwick puso su mano sobre la de Peter: un toque de consuelo y seguridad.

—Peter, he sufrido mucho. Me golpearon muchas veces; ya sabes cómo trabajan. Finalmente, todo se puso tan mal que oré en mi momento de debilidad para que el Señor me dejara morir. Entonces me di cuenta de que esa no era una oración para mí, un cristiano, y le pedí al Señor que me perdonara.

Mientras hablaba, Pickwick se volvió hacia Peter. Su rostro había sido tan brutalizado que era casi irreconocible. Herman buscó algo en su bolsillo y cuando abrió la mano, Peter jadeó.

Se trataba de varios dientes del tío Herman.

Todos con las raíces intactas.

En el Beje, las cosas se habían vuelto insoportables para los seis atrapados. Era el segundo día y la guarida de los ángeles parecía más bien una celda de castigo. Todos tenían sed y hambre, pero lo peor era la falta de instalaciones para ir al baño. Para evitar que el líquido se filtrara por las paredes, habían estado orinando sobre sábanas que habían hecho trizas. Para lo otro, tenían un pequeño cubo que Ronnie había tirado accidentalmente. El hedor era nauseabundo.

La tensión y la frustración elevaban la ansiedad a un nivel peligroso, pero Eusi y Martha calmaban a todos.

—Si confías en el Todopoderoso —decían—, Él estará contigo y protegerá tu alma.

Sin embargo, el mismo pensamiento rondaba las mentes de todos: ¿cuánto tiempo podían soportar?

Corrie, Betsie, Opa, Nollie y Peter miraban a través de las ventanas mientras el autobús se dirigía hacia el sur, alejándose de Ámsterdam —donde estaba la prisión—, pero ¿hacia dónde iba?

Dos horas más tarde llegaron a La Haya y el autobús se detuvo frente a un edificio nuevo. Entre los prisioneros se rumoraba que aquel era el cuartel general de la Gestapo para toda Holanda. Todos salieron y Corrie notó que Pickwick no estaba entre ellos.

—*Alle Nasen gegen die Mauer!* —gritó alguien—. Todos con las narices contra la pared.

Los Ten Boom obedecieron, dando la cara a un muro de piedra gris, y un soldado le dio una silla a Opa. Pasaron las horas y el grupo permaneció en sus lugares sin moverse y sin hablar.

—¡Peter, ruega por mí! —Nollie dijo a su lado—. No creo que pueda soportar más.

Manteniendo la nariz y los ojos pegados a la pared, Peter se estiró para tomar la mano de su madre y luego oró.

—Todo está bien ahora —dijo Nollie momentos después—. Gracias al Señor.

A última hora de la tarde, un guardia los condujo a una sala de procesamiento y Corrie notó que los oficiales que se encargaban de la administración eran Willemse y Kapteyn. Uno a uno, llevaron a los prisioneros ante ellos y nuevamente les preguntaron lo mismo de siempre: nombre, dirección, ocupación. Cuando cada persona terminaba, Willemse o Kapteyn le dictaban a un tercer hombre en una máquina de escribir.

El oficial de la Gestapo que estaba a cargo de la supervisión vio a Opa y señaló.

—¡Ese viejo! ¿Era necesario arrestarlo? ¡Tú, viejo!

Willem ayudó a Opa a acercarse al escritorio y el oficial dijo:

—Me gustaría enviarle a casa, viejo amigo. Tomaré su palabra de que no causará más problemas.

—Si me envía a casa hoy —dijo Opa en calma—, mañana le abriré mis puertas a cualquier hombre que venga a buscar ayuda.

El agente de la Gestapo enfureció.

—¡De vuelta a la fila! *Schnell!*

El procesamiento de los prisioneros continuó hasta bien entrada la noche, y luego todos fueron escoltados a la parte trasera de un gran camión militar. Opa estaba demasiado débil para subir a la plataforma del camión, por lo que dos soldados lo levantaron.

La oscuridad había caído cuando llegaron a su destino: la prisión de Scheveningen. Unas enormes puertas de hierro se cerraron detrás del autobús y luego se repitió todo de nuevo: entraron y se les dijo que se acercaran a la pared. Corrie permaneció cerca de su padre, a quien una vez más se le permitió sentarse en una silla.

Inclinándose hacia adelante, ella lo besó en la frente.

—Que el Señor esté contigo.

—Y contigo.

Opa tenía algo que lo hacía parecer angelical y Corrie recordó el intercambio anterior de su padre con alguien que le había advertido sobre albergar judíos.

—Si persistes… finalmente terminarás en prisión, y nunca podrías sobrevivir a ella en tu condición delicada.

—Si eso llegara a ocurrir —había respondido Opa—, seguiré considerando un honor dar mi vida en nombre del pueblo de Dios.

Justo entonces, Corrie escuchó a los guardias asignando las celdas de los Ten Boom: Betsie a la 314, Corrie a la 397, Opa a la 401 y Nollie a una celda indeterminada.

—¡Mujeres prisioneras, síganme! —gritó una voz áspera.

Betsie tomó la mano de Corrie y juntas caminaron detrás de un guardia por un largo pasillo, al final del cual había otra mesa de procesamiento. Ahí, un asistente recogió los objetos personales que les quedaban y Corrie le entregó su reloj, su billetera y algunos florines. El guardia señaló el anillo de oro que llevaba Corrie —un regalo de su madre— y ella también lo entregó.

Luego, otro guardia dirigió la fila por el pasillo y leyó de una lista la celda que ocuparía cada reclusa. Betsie fue una de las primeras en ser llamada y, antes de que Corrie pudiera despedirse, la puerta se cerró de golpe. Nollie fue la siguiente.

La línea continuó hasta que llegaron a la 397.

—Ten Boom, Cornelia.

Corrie entró en la pequeña celda, donde tres mujeres estaban sentadas sobre esteras de paja y otra estaba reclinada en el catre solitario.

—Denle el catre a esta —dijo el guardia—. Está enferma.

—¡No queremos una enferma aquí! —gritó una de las reclusas.

Haciendo caso omiso del comentario, el guardia cerró la puerta.

—Lamento tener que compartir su espacio tan limitado —dijo Corrie a sus compañeras de celda.

Sorprendentemente, las mujeres mostraron consideración —le ofrecieron pan y agua— y le permitieron usar el catre. Corrie comió y luego se reclinó envuelta en su abrigo. Se quedó dormida en minutos.

En la zona de espera, Peter y Opa esperaban su turno. Suponiendo que lo registrarían, Peter pensó en el Nuevo Testamento de bolsillo que había metido de contrabando. No podía llevarlo a su celda, pero no quería soltar la única cosa preciosa que necesitaba para ir a prisión. Cuando el guardia estaba ocupándose de otro prisionero, Peter metió la mano en el bolsillo trasero y arrancó un puñado de páginas del libro. La atención del guardia todavía estaba en otra parte, así que Peter apretó las páginas hasta formar una bola y, fingiendo rascarse el pie, insertó el fajo debajo del arco de su pie.

Minutos después escuchó anunciar su nombre y pronunció una rápida oración:

—Oh Señor, haz que no se fijen en mis zapatos.

El guardia le dio la vuelta a cada uno de sus bolsillos para registrarlos. Luego sacó el Nuevo Testamento de Peter, se burló y lo arrojó a un rincón.

Después encadenó a Peter a otro prisionero y comenzaron a caminar por el pasillo detrás del guardia. Antes de llegar al área de la celda, Peter vio a Opa, sentado tan pacíficamente como si estuviera en casa en su silla favorita, y tiró de la cadena para atraer al otro recluso.

Besó la cabeza de Opa y susurró:

—Ahora voy a mi celda. Adiós.

Opa miró hacia arriba con una sonrisa tranquila.

—Dios te bendiga, hijo mío. ¿No somos una familia privilegiada?

A Peter le costaba ver la vida en prisión como un privilegio, pero todavía estaba aprendiendo del Gran Anciano de Haarlem. Por el momento, sin embargo, lo único en lo que podía concentrarse era en el bulto que tenía en el zapato y que le hacía doloroso caminar. Cuando finalmente llegó a su celda y el guardia cerró la puerta, Peter sacó el montón de papel para averiguar qué páginas había logrado arrancar. Al alisar los papeles, descubrió que había tomado los primeros 12 capítulos del Libro de Hechos. Pensó que era apropiado, ya que esa sección contenía historias de la persecución de los cristianos del siglo I mientras vivían entre gente que despreciaba su fe.

Luego fue el turno de Opa, y un guardia lo llevó a la celda 401. Al igual que Corrie, él también tenía compañeros de celda, y todos se mostraron inspirados de inmediato por su compostura y su paz. Para Opa, la prisión fue como un puente, y allí hablaba de la muerte diciendo que significaría «ir a casa».

Miércoles, 1 de marzo de 1944
El Beje, Haarlem

Los seis atrapados estaban llegando a su límite. Habían permanecido ocultos en la guarida de los ángeles durante tres días. Estaban hambrientos, deshidratados, faltos de sueño, claustrofóbicos y su pequeña caja ahora apestaba como un desagüe subterráneo. Tenían que hacer algo. Si esperaban mucho más en este agujero infernal, morirían.

Los refugiados judíos querían intentar escapar. Irían por el techo, de acuerdo a su plan, y saltarían los dos metros y medio que había entre el Beje y la casa vecina. Arnold preguntó si las mujeres del grupo podrían con semejante salto, y creía que el grupo clandestino los rescataría en cualquier momento, por lo que era mejor esperar.

Así que hicieron un trato. Si nadie aparecía antes de aquella tarde, escaparían justo cuando llegara la oscuridad.

A las cuatro treinta de aquella tarde, escucharon pisadas que subían las escaleras y entraban a la habitación de Corrie. Todos permanecieron quietos y de pronto escucharon un golpeteo. No quedaba claro si el golpeteo había sonado en el armario o en la pared falsa. Luego sonó una voz.

—Siertsema… ¡Siertsema!

CAPÍTULO 15

PRISIÓN

Los seis susurraban rápidamente. La persona en la habitación había dicho «Siertsema», el verdadero apellido de Arnold y no el alias que había estado usando para el trabajo clandestino. Pero si bien quien estuviera del otro lado podría ser su salvador, también podría tratarse de agentes de la Gestapo que habían sobornado o torturado a alguien para que revelara el verdadero nombre de Arnold. Si permanecían en silencio, aún podrían escapar esa misma noche, pero el salto a la otra casa sería ruidoso y algunos podrían caer en el intento. En cualquier caso se enfrentaban a un riesgo.

—Está bien —susurró Arnold. En su opinión, las probabilidades de que la voz procediera de un trabajador clandestino eran mayores.

Deslizó la puerta del panel.

Al otro lado esperaban dos policías.

Los oficiales se inclinaron para echar un vistazo y luego retrocedieron, tambaleándose por el hedor. Arnold reconoció a uno de ellos como un hombre llamado Jan Overzet,[1] un holandés leal, y salió arrastrándose. Los demás lo siguieron uno por uno, y los policías les advirtieron que se mantuvieran en silencio, pues los guardias enemigos seguían abajo.

Los oficiales les dieron agua y Eusi —después de su primer trago desesperado— comenzó a alabar a Dios en voz alta.

—Shhh, Eusi —susurró uno de los otros—. No nos traiciones después de todo esto.

Los policías los reunieron y les explicaron el plan. Llevarían a Arnold y Hans al tejado para dar el salto a la casa de al lado, y luego bajarían por un tragaluz al ático. Una vez dentro, se dirigirían a la planta baja y saldrían a la calle a través de una tienda vacía.

1. El otro oficial era Theo Ederveen (N. del A.).

Luego, los oficiales esperarían hasta que oscureciera e intentarían sacar a los otros cuatro por la puerta del callejón sin revelar su presencia a los guardias. Una vez que los judíos estuvieran afuera, un trabajador clandestino los llevaría a nuevos escondites. Si los guardias los oyeran y se acercaran, los policías usarían sus armas.

Dicho esto, los holandeses escoltaron a Arnold y Hans hasta el tejado, dieron el salto y siguieron la ruta de escape. Mientras tanto, los judíos permanecieron sentados en la habitación de Corrie, rezando para que el plan funcionara. Los minutos se sentían largos como días, pero permanecieron en silencio y con esperanzas.

Esperaron durante dos horas. Finalmente, a las siete regresaron los policías y dijeron que ya era hora. Uno por uno, Eusi, Mary, Martha y Ronnie bajaron de puntillas las escaleras hasta la salida del callejón. Hasta ahora, todo bien.

Lentamente abrieron la puerta y salieron para encontrarse con trabajadores clandestinos que estaba esperándolos.

Eran libres.

Corrie despertó al amanecer para encontrarse con un guardia que repartía platos metálicos con una suerte de avena aguada. Aún sufriendo la influenza, le dio su plato a una de las otras mujeres.

Hacia la media mañana un guardia fue a recoger la «cubeta de sanitización» y volvió con agua limpia para lavarse. Cuando se fue, Corrie y sus compañeras de celda tuvieron una conversación para conocer un poco más de cada una.

La más joven —tenía solo 17 años— era una baronesa. Para superar el aburrimiento, caminaba de un lado a otro de la celda de 12 por 12 durante horas.

Otra compañera de celda llevaba dos años en la prisión de Scheveningen y conocía cada detalle del lugar. Por los pasos podía distinguir quién venía por el pasillo y sabía exactamente cuántas veces habían llamado a audiencias a las presas de celdas contiguas.

Corrie se sorprendió al descubrir que otra de sus compañeras era una mujer austriaca que había formado parte de la Wehrmacht. Sin embargo, las prisiones y los campos de concentración alemanes no eran dirigidos por la Wehrmacht, sino por el Partido Nazi de Hitler.

Como tal, todos los guardias y funcionarios eran miembros de las ss, una fuerza policial política improvisada, despreciada por los militares profesionales.

La conversación llevó los pensamientos de Corrie hasta su familia y amigos. Durante su primera semana en prisión, estuvo constantemente preocupada por su padre, Betsie, Willem y Pickwick. Opa, en particular, era muy preocupante. ¿Podría comer comida de prisión? Su propia condición también era grave. La gripe parecía haber migrado a algo peor; le resultaba difícil sentarse durante el día, la cabeza le daba punzadas, le dolían los brazos y empezó a toser sangre.

Mientras tanto, Peter, Opa, Betsie, Nollie, Flip y Hans languidecían en sus propias celdas. Al igual que los demás, Peter estaba rodeado por cuatro frías paredes grises, pero podía ver un poco del cielo a través de la ventana de arriba. Por un tiempo no hizo más que angustiarse por su difícil situación, pero una tarde notó que el sol se ponía en un ángulo donde sus rayos brillaban directamente en su celda. Sacó las páginas sueltas del Libro de Hechos y empezó a leer a la luz. Se maravilló de cómo los primeros cristianos esperaron la llegada del poder desde las alturas y cuando vino el Espíritu Santo proclamaron con valentía el Evangelio a quienes los rodeaban. Peter vio que había un equilibrio entre la espera y la acción.

«En la tranquilidad de mi celda», recordó, «esperé en el Señor. Oré preguntando a dónde y cómo era Su voluntad que fuera».

Lucas 14:33 seguía llegando a su mente y Peter luchaba con el texto: «Del mismo modo, cualquiera de ustedes que no renuncie a todo lo que tiene, no puede ser mi discípulo».

Todo. Parecía demasiado. ¿Podría abandonar su hogar, a sus padres y todo lo que amaba, si ese fuera el costo?

Había llegado a la encrucijada sobre la que Dietrich Bonhoeffer había escrito en su libro de 1937, *El costo del discipulado*. «Cuando Cristo llama a un hombre», había escrito Bonhoeffer mientras luchaba contra los nazis, «le pide que venga y muera».

Al igual que Bonhoeffer, Peter se había unido a la Resistencia para luchar contra Hitler y ambos estaban ahora encarcelados en prisiones de las ss. Pero el pastor y él también compartían la misma fuente de poder y liberación: su fe en Cristo.

Peter se arrodilló al lado del banco de su celda y oró:

—Señor, lo que sea que quieras, donde sea que lo quieras, cuando sea que lo quieras… ahí es a donde iré.

Se levantó y se adueñó de él una felicidad indescriptible. Recordó los pasajes donde Pablo y Silas cantaban en prisión y entonces empezó a hacer lo mismo.

La prisión de Amstelveenseweg

En Ámsterdam, Hans Poley hacía lo mejor que podía para alojarse con otras cuatro personas. Pero como solo había tres camas, dormía en el suelo, sobre un colchón de paja. Las comidas diarias también eran insuficientes: el desayuno consistía en pan y agua, el almuerzo en guiso o gachas aguadas de sémola y la cena en cuatro delgadas rebanadas de pan. Para evitar los dolores del hambre bebía tanta agua como podía.

Por fortuna, cada dos viernes la Cruz Roja les daba a los prisioneros una bolsa de papel café que contenía pan de trigo o de centeno, queso o mantequilla, chocolate o dulces y cigarrillos. «Los paquetes fueron lo más destacado de mi estadía en esa prisión», escribió más tarde, «y hacían maravillas con nuestra moral. Muchas veces bendije a la Cruz Roja por esa invaluable y visible señal de esperanza».

La prisión de Scheveningen

El 8 de marzo, Corrie fue llamada a su primera audiencia, pero los funcionarios le hicieron pocas preguntas y pronto regresó a su celda. Mientras tanto, en la celda 401, la frágil salud de Opa empeoraba a cada hora. Su mente empezó a divagar y sus compañeros de celda gritaron pidiendo ayuda médica. Al día siguiente, el personal de la prisión finalmente lo llevó a la clínica Ramar, pero perdió el conocimiento al llegar. En una camilla en el pasillo, Opa recibió el honor de dar su vida por los judíos.

Casper Ten Boom, el Gran Anciano de Haarlem, murió el 9 de marzo de 1944.

Lo enterraron en una tumba anónima en el cementerio de Loosduinen.[2]

El jueves siguiente, los guardias se percataron de la condición deteriorada de la salud de Corrie y anunciaron que la llevarían a la «oficina de consultas». Minutos más tarde la escoltaron hacia un auto que la esperaba afuera, junto con otros dos prisioneros enfermos, para viajar a la Haya. El conductor se detuvo en un edificio de oficinas y un guardia los condujo a lo que parecía ser algún tipo de clínica.

Corrie le preguntó a la enfermera de la recepción si podía lavarse las manos y la mujer la condujo a través de un pasillo y luego la siguió hasta el baño.

—Rápido, ¿puedo ayudar de alguna manera?

Corrie le preguntó si podía darle jabón, un cepillo de dientes y una Biblia.

—Haré lo posible.

Tras de una breve espera, el médico vio a Corrie y le anunció que tenía pleuresía[3] con derrame,[4] pretuberculosa. Escribió algo y le puso una mano en el hombro.

—Espero estarle haciendo un favor con este diagnóstico.

Corrie supuso que el documento era un pase de hospital.

Cuando se fue, la enfermera que había visto antes se acercó corriendo y le puso un pequeño objeto envuelto en la mano. Cuando Corrie regresó a su celda, encontró en el paquete dos pastillas de jabón y copias de los cuatro Evangelios.

Dos días después, un guardia apareció durante la noche.

2. La tumba de Casper fue localizada después de la guerra y lo exhumaron para enterrarlo en el Cementerio Nacional de Honores en Loenen, Países Bajos; un lugar de descanso designado para honrar a los luchadores de la Resistencia, prisioneros políticos y soldados de la Segunda Guerra Mundial (N. del A.).

3. Una inflamación de la pleura —el tejido que separa a los pulmones de las paredes del pecho— y que causa dolores punzantes, dificultad respiratoria y tos (N. del A.).

4. El derrame ocurre cuando el fluido se acumula entre la pleura y la pared del pecho. Cuando ocurren ambas condiciones, el simple hecho de inhalar causa dolor y este dolor ocurre con frecuencia en los hombros y la espalda (N. del A.).

—Ten Boom, Cornelia. Coge tus cosas.

Aliviada de ir al hospital, Corrie tomó su abrigo y se despidió de sus compañeras de celda. El guardia la acompañó por el pasillo, pero no hacia la entrada principal. Llegaron a una celda vacía y el guardia le indicó que entrara.

Número 384. Confinamiento solitario.

Corrie miró a su alrededor. La celda, similar a la que había dejado, tenía cuatro frías paredes de piedra gris y un catre, pero había una corriente de aire helada, aparentemente procedente de una tormenta que se avecinaba en el exterior. Conforme iba entrando, se percató de que el lugar tenía un olor penetrante, quizá hongos. Sin quitarse el sacó se sentó y tomó la cobija.

Alguien había vomitado en ella.

De inmediato sintió náuseas y se inclinó a la cubeta al lado de la puerta para hacer su propio depósito. Justo entonces, se apagó la luz y su celda se hundió en la más completa oscuridad.

Bienvenida a una prisión nazi.

Por la mañana la fiebre de Corrie había empeorado y no podía comer. Durante tres días los asistentes le llevaron la comida a su catre, pero su apetito era escaso.

Un día, una enfermera le trajo una medicina y Corrie le preguntó:

—¿Mi padre vive aún?

—No lo sé —dijo la trabajadora —y aunque lo supiera, no se me permitirá decírtelo.

Minutos después de que la enfermera desapareciera, la *Wachtmeisterin*[5] abrió su puerta.

—Si se te vuelve a ocurrir hacer algo como preguntarle al *Sanitäter*[6] sobre otro prisionero no volverás a recibir atención médica mientras estés aquí.

Esta era la parte más difícil: el odio. En los días siguientes Corrie intentó ser amable con la mujer, pero fue en vano. «Parecía estar completamente desprovista de sentimientos humanos», recordó

5. Guardia femenina (N. del A.).

6. Trabajador de la Cruz Roja (N. del A.).

Corrie, «y era al mismo tiempo dura, hostil y malvada. Aquellas mujeres eran tan duras y crueles… y eran los únicos humanos a los que podía ver. ¿Por qué siempre deberían hablarnos de ese modo y desdeñarnos? Siempre las saludaba con un agradable "buenos días", pero todo parecía resbalarse de su impenetrable armadura de odio».

Para superar el aburrimiento y las preocupaciones, Corrie empezó a cantar. Las reglas de la prisión, sin embargo, prohibían cantar. Cuando un guardia la escuchó, amenazó a Corrie con *Kalte-kost:* la pérdida de la única comida caliente de ese día, lo que significaba que el sustento del día sería solo un pequeño trozo de pan.

¿Qué era peor: su hambre o el hedor de la manta y almohada sucias? Además, su colchón de paja parecía estar fermentando. Unas cuatro veces por noche se levantaba para ajustar la paja, pero entonces se levantaba el polvo, lo que le provocaba tos y más sangre.

Sin embargo, a pesar de las condiciones, esta celda tenía una clara ventaja sobre la anterior: una ventana. Tenía siete barras de hierro y era demasiado alta para ver algo en el exterior, pero al mirar a través de ella, Corrie podía ver el cielo. En los días nublados, las nubes mostraban rastros de blanco, rosa y dorado, y durante horas las veía pasar flotando. Parecía un pedacito de cielo, y si el viento soplaba del oeste, se podía oír el mar.

En los días siguientes desapareció su enfermedad y comenzó a leer los Evangelios, lo que la hizo ver su encarcelamiento bajo una luz diferente. Pensó si sería que la guerra, la prisión y su celda fueran parte del plan de Dios. ¿El sufrimiento y la persecución sobre los que leyó en estas páginas de las Escrituras eran el patrón de la actividad y el propósito de Dios? «Todos estamos en la escuela», había observado Spurgeon casi un siglo antes, «y nuestro gran Maestro escribe muchas lecciones brillantes en la pizarra de la aflicción».

Aun así, le parecía peculiar. Corrie miró alrededor de su celda y se preguntó cómo podría ser posible que la victoria estuviera a la vuelta de la esquina.

También Nollie estaba leyendo. Había metido el capítulo doce de Hebreos de contrabando a su celda, escondido en su cabello. Mientras Corrie se sentía alentada gracias a los Evangelios y Peter por el Libro de Hechos, el ánimo de Nollie se levantaba a través del famoso pasaje de Hebreos: «Por lo tanto, ya que estamos rodeados por una nube de testigos tan grande, desechemos todo lo que nos detiene y el pecado que tanto nos abruma y corramos con perseverancia el camino trazado para nosotros. Fijemos nuestros ojos en Jesús, el autor y consumador de nuestra fe, quien por el gozo puesto delante de él soportó la cruz[...] Consideremos a aquel que soportó tal oposición de los hombres pecadores, para que no cedamos al cansancio ni a la desesperanza».

Cuando no estaba leyendo, Peter intentaba aprovechar su tiempo al máximo. Un día algo en su celda llamó su atención, un trozo de metal que reflejaba los rayos del sol, y resultó ser un viejo clavo oxidado. Lo sacó del cemento y comenzó a usarlo para arañar la pared todos los días. Al poco tiempo había escrito Romanos 8:31: «*Zo God voor ons is, wi ezal tegen ons zijn?*», (Si Dios está con nosotros, ¿quién puede contra nosotros?).

Por la noche, cuando los guardias eran menos propensos a vigilar las celdas, usaba el clavo para hacer un pequeño agujero en el suelo debajo de su mesa. Al cabo de un rato se abrió el agujero, vio luz al otro lado y se inclinó para echar un vistazo.

Un ojo estaba mirándolo.

CAPÍTULO 16

TENIENTE RAHMS

Su nombre era Gerard, dijo el hombre en la celda de abajo, y tenía cargos de espionaje, un crimen capital. Añadió que pronto lo ejecutarían, así que Peter comenzó a compartir el Evangelio con él. En poco tiempo Peter se puso a enrollar las páginas y las pasó hacia abajo.

«De este modo y de muchos otros», recordó, «viajaba la Palabra de Dios en lo que parecía ser una prisión sin esperanza. Le trajo ayuda y fuerza a los desesperanzados, seguridad a quienes dudaban y despertó la fe en aquellos de corazón temeroso».

Prisión de Amstelveenseweg

Hacia finales de marzo, le ordenaron a Hans Poley que recogiera sus cosas; iba a ser trasladado. Mientras los guardias reunían a los prisioneros y los escoltaban a la estación de tren, se corrió la voz sobre su destino: Amersfoort.

Hans se encogió. Amersfoort, un campo de tránsito de la Gestapo, era famoso por el hambre y sus atrocidades, y exigía que los prisioneros permanecieran afuera durante horas, independientemente del clima. Otras historias eran peores. A veces los prisioneros eran obligados a gatear boca abajo mientras los guardias de las SS saltaban sobre sus espaldas y los golpeaban con las culatas de sus rifles. Y cualquiera que fuera sorprendido intentando escapar o violando las normas penitenciarias era enviado a confinamiento solitario en el «Búnker», una celda subterránea tan oscura como la boca de un lobo. Aquí un prisionero podía permanecer en completa oscuridad durante uno, dos o incluso tres meses.[1]

1. En Ravensbrück, la espía de la SOE Odette Sansom estuvo confinada en una

Sin embargo, en aquel momento Hans tenía otros asuntos en mente. Anteriormente había escrito dos cartas —una a Mies y otra a su familia— y esta era su oportunidad de enviarlas. Cuando el tren ralentizó la velocidad al acercarse a un cruce, las arrojó por la ventana, rezando para que alguien las encontrara y las entregara.

Cuando llegaron a la estación de Amersfoort, Hans y los otros caminaron hacia la prisión. El lugar era estremecedor, con doble alambrada, torres de vigilancia con ametralladoras, reflectores y soldados patrullando con perros.

—¡Johannes Poley! —gritó alguien.

Hans dio un paso adelante y un guardia le puso en las manos un pedazo de tela con un número. Desde ese momento, Hans Poley dejó de existir.

Era simplemente el prisionero 9238.

Prisión de Scheveningen

El 11 de abril, Corrie envió una carta a casa dirigida a «Nollie y todos los amigos».

«Estoy bien», les decía a todos. «Tengo pleuresía severa, pero he mejorado mucho, exceptuando que sigo tosiendo. Milagrosamente me he ajustado a esta vida solitaria, pero estoy en comunión con Dios».

Sin saber que su padre había muerto, Corrie siguió su carta: «Lo más difícil para mí ha sido que no dejo de preocuparme por Betsie y especialmente por mi padre... Me preocupan los relojes de nuestros clientes [judíos escondidos en la guarida de los ángeles] que quedan en la casa vacía, pero el Salvador busca todo el tiempo evitar toda preocupación, temor y nostalgia; incluso el médico me dijo: "Siempre está alegre". Canto casi todo el día y tenemos mucho que agradecer: una celda con aire... tres emparedados de la Cruz Roja, media cacerola de avena extra y luego esta comunión continua con el Salvador.

»Las dimensiones de la vida aquí son muy extrañas», escribió como conclusión. «El tiempo es algo que hay que atravesar. Me sor-

---

celda del Búnker durante tres meses con ocho días. La luz de su celda se encendía durante cinco minutos cada día; por lo demás, la celda permanecía en total oscuridad (N. del A.).

prende que pueda adaptarme tan bien... Por favor, no se preocupen por mí. A veces puede que esté oscuro, pero el Salvador proporciona Su luz y eso es maravilloso».

Ese mismo día, Betsie le escribió una carta a Cocky, la hija de Nollie. «El diluvio de imponentes aguas vino hacia mí», le dijo a su sobrina, «pero no me desesperé ni por un momento. El Señor está cerca de mí como nunca antes en mi vida. Incluso en esos primeros días terribles pude sentir su cercanía... Desde el primer momento he podido adaptarme a mi celda y a la vida de la prisión. Duermo bien y no sufro de frío... Debido al nerviosismo, mi estómago no podía tolerar la comida de la prisión. Casi no comía nada y tenía hambre. Después de cuatro semanas pedí ver al médico y ahora estoy comiendo unas gachas deliciosas y todo va mejor.

»Estoy deseando mucho verte y recibir noticias de Willem, Peter y Corrie».

El 15 de abril, Corrie cumplió 52 años. Durante toda su vida, cumplir años significaba una fiesta, especialmente en el Beje. Pero ahora yacía en confinamiento solitario. Sin familia ni amigos. Sin pastel. Sin regalos. Sin cantos. Solo cuatro paredes grises y el silencio.

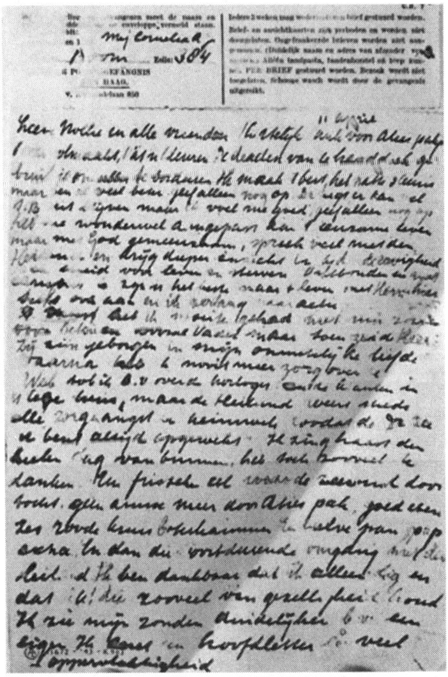

Carta de Corrie a Nollie, 11 de abril de 1944.

Carta de Corrie a Nollie (continuación).

Carta de Betsie a su sobrina Cocky, 11 de abril de 1944.

Carta de Betsie a Cocky (continuación).

Decidió que tendría una fiesta ella sola. Comenzó a cantar una canción infantil, «La novia del árbol de Haarlem», pero casi de inmediato alguien golpeó la puerta.

—¡Silencio ahí adentro! ¡Los prisioneros en confinamiento deben guardar silencio!

Para Corrie, la restricción fue especialmente dolorosa; durante 50 años había disfrutado del ruido, el canto y las risas en el Beje. Hoy, sin embargo, su cumpleaños pasaría en silencio. Sin embargo, dos días después experimentó el mejor lujo que había tenido desde su arresto: una ducha. La sala era grande, pero, como siempre, lo que reinaba era silencio. Aun así, Corrie disfrutó simplemente poder ver otras caras.

«La ducha… fue gloriosa», recordó, «agua tibia y limpia sobre mi piel supurada, chorros de agua a través de mi cabello enmarañado. Regresé a mi celda con una nueva resolución: la próxima vez que me permitieran ducharme me llevaría tres de mis Evangelios. El confinamiento me estaba enseñando que no era posible ser rica en soledad».

Una semana después, Corrie recibió su segundo regalo especial: tiempo al aire libre. Habían pasado nueve semanas desde la última vez en que había disfrutado del aire fresco y del sol, y lo aprovechó al máximo. Cuando el guardia abrió la puerta, Corrie entró, absorbiendo los colores lo más rápido que pudo: arbustos con flores rojas, prímulas brillantes, el cielo azul luminoso.

Sin embargo, mientras caminaba por el sendero, llamó su atención un agujero alargado al final del jardín. Continuó hacia allí y se dio cuenta de que era una tumba recién excavada. Sintió que el corazón se le hundía en el pecho. Más allá del pozo, un alto muro de piedra con fragmentos de vidrio en la parte superior se elevaba siniestramente. Miró a su alrededor y notó que este muro rodeaba el jardín.

Luego lo olió. Huesos quemados. Recordó que Kik había dicho que Scheveningen tenía tres crematorios y de pronto la abrumó el hedor. Segundos más tarde oyó al otro lado del muro el chirrido abrasador de una ametralladora.

De pronto todo fue muy claro. Scheveningen era la ciudad de los condenados y los muertos.

Sin embargo, casi de inmediato recordó Génesis 5:24: «Y Enoch caminó con Dios». Después de todo, no estaba sola; Dios estaba con ella. Ignorando la miseria a su alrededor, siguió caminando, disfrutando de nuevo los arbustos, las flores y el cielo. Lo que estaba absorbiéndola, pensó Corrie, era una metáfora: la tierra era como un jardín de prisión, y el cielo era la libertad de afuera, lleno de luz y vida.

Los últimos días de abril trajeron mejor suerte para los Ten Boom. Willem, Nollie y Flip habían sido liberados de Scheveningen, y Peter, Corrie y Betsie debían iniciar audiencias con el oficial que podría ponerlos en libertad.

Una mañana, un guardia escoltó a Peter hasta una pequeña oficina donde lo esperaba un alemán uniformado. Se trataba del teniente Hans Rahms, el *Sachbearbeiter* (juez) de la prisión. Peter comprendió inmediatamente el poder del hombre: Rahms determinaba si los prisioneros eran liberados o enviados a campos de concentración.

«Podría haber sido actor de un anuncio en una revista estadounidense», escribió Peter más tarde. «Era guapo, de rasgos regulares y pelo rubio. Sus manos eran de contornos fuertes, sus hombros anchos y su complexión masiva, por lo que fácilmente podría haberse catalogado en la categoría de un atleta».

—Siéntese, ¿quiere? —pidió Rahms con voz profunda y agradable.

Luego le indicó a Peter que le contara lo que había sucedido la noche de su arresto y Peter le explicó que había ido a hacer una simple visita para ver a su abuelo. Una vez dentro del Beje, sin embargo, un grupo de hombres de la Gestapo lo arrestaron y lo llevaron a prisión.

Rahms le sostuvo la mirada a Peter como si estuviese contemplando su alma.

—¿Sabías que tu abuelo refugiaba judíos en su casa?

Peter rezó para que se le concediera sabiduría. Esto iba a ser difícil.

—Bueno, sabía que mi abuelo siempre tenía abierta su puerta para cualquiera que lo necesitara. Ayudaba a quien fuera, sin importar si era alemán, holandés, un nazi o un judío, simplemente porque para él esa era su labor como cristiano.

—¿Usted también es cristiano?

—Sí, señor. Lo soy.

Rahms negó con la cabeza.

—No puedo entenderlo. No puedo entender qué ventaja hay en ser lo que tú llamas «cristiano». Admito que son buenas personas. Muchos de ustedes han sacrificado mucho por los demás. Pero basta con mirar los resultados. Al final, sufren por todo su trabajo. Tomemos, por ejemplo, lo que le pasó a tu familia. Tu abuelo, tu madre y tus tías han sido encarcelados. ¿Aún así sientes que realmente vale la pena ser cristiano?

Peter sonrió. Se suponía que la audiencia versaba sobre su culpabilidad al ayudar a esconder judíos, pero ahora tenía ante él la oportunidad de dar testimonio de su vida.

—No esperamos tener una vida fácil aquí en la tierra —le dijo a Rahms—. Dios nunca ha dicho en ninguna parte de la Biblia que todo sería fácil o que todo iría bien. Los problemas solo sirven para ponernos a prueba, fortaleciéndonos para lo que nos espera. Esperamos con ansias el día en que Jesucristo regrese. Ha prometido establecer su reino… Mientras tanto, nuestros corazones tienen la paz que Él les proporciona y podemos ser felices incluso en tiempos de sufrimiento y persecución, porque tenemos la seguridad de la salvación que viene al creer y aceptar a Cristo como nuestro Salvador personal.

Rahms parecía perplejo. Esta era, aparentemente, la primera vez que había escuchado el Evangelio y tenía muchas preguntas. Hablaron y hablaron sobre las creencias de los cristianos y sus motivos.

Pasaron las horas.

—¿Realmente crees que Cristo volverá a la Tierra? —preguntó Rahms.

—Sí, señor, ¡lo creo con certeza!

—¿Crees que Él vendrá durante mi tiempo de vida?

—No puedo responder eso con certeza. En la Biblia dice que no podemos saber cuándo será, pero también ha profetizado muchas cosas que podemos ver cómo se han cumplido hoy en día... Pero si viniera, ¿estaría usted listo?

La pregunta tomó a Rahms por sorpresa y con un gesto nervioso de sus manos, cambió el tema de conversación.

Peter y el alemán llevaban tanto tiempo discutiendo que un guardia tuvo que interrumpir para traer el almuerzo del teniente. Rahms le hizo un gesto para señalar a Peter.

—Traiga otra porción para el prisionero.

Peter celebró la abundante comida y conversaron mientras Rahms picoteaba su plato.

—Parece que no tengo mucha hambre, ¿le gustaría terminar lo que me queda?

Peter no podía creer su buena suerte. Era prisionero con raciones miserables y, ahora, tenía ante él dos comidas deliciosas y nutritivas. Mientras Peter devoraba ambos platos, Rahms se volvió hacia su máquina de escribir y comenzó a escribir un informe.

—Mi tiempo para hacer entrevistas casi ha terminado —dijo—. Dícteme su historia rápidamente.

Peter terminó las judías verdes y las papas y volvió a contar su inocente historia. Rahms la escribió tal cual fue descrita por Peter, sin ninguna pregunta.

Esa tarde, Peter salió de la prisión de Scheveningen.

En turno para visitar al teniente Rahms estaban las hermanas Ten Boom, empezando por Corrie. Por dos meses había temido una audiencia, pues un interrogatorio intenso podría llevarla a revelar detalles sobre su trabajo escondiendo judíos y buceadores, sobre las tarjetas de racionamiento y los incontables nombres de trabajadores clandestinos.

En una mañana fría y lluviosa se vistió y siguió a un guardia por largos pasillos hasta la puerta interior de la prisión. Aquí, otro guardia la condujo a lo largo de una hilera de pequeñas habitaciones construidas a lo largo de la pared exterior y hasta una oficina.

Detrás de un escritorio estaba sentado un oficial joven pero distinguido.

—Soy el teniente Rahms —acercó una silla para Corrie y cerró la puerta—. ¿Siente frío aquí? Deme un minuto y encenderé el fuego. Está enferma y no debemos permitir que se enfríe.

Rahms tomó un pequeño cubo de carbón y con las manos desnudas colocó varios trozos en una estufa.

—Espero que esta primavera no tengamos muchos más días tan fríos como este.

Sospechando que la bondad del alemán podría tratarse de una trampa, Corrie oró para que Dios protegiera sus labios.

Sin embargo, en lugar de comenzar con el interrogatorio, Rahms parecía querer tener una pequeña charla, tal vez como cortesía antes de pasar al asunto en cuestión. Durante un rato hablaron de flores y de cómo Rahms había plantado tulipanes contra el muro de la prisión.

—Es lo mejor que he plantado en mi vida —dijo—. En casa siempre tenemos bulbos holandeses.

Todo en este hombre parecía provenir de un lugar gentil y honesto, pero Corrie seguía preocupada de que todo fuera una estratagema psicológica.

—Ahora dígame —dijo él— qué es exactamente lo que ha hecho. Es posible que pueda hacer algo por usted, tal vez es posible que pueda hacer algo grande. Pero no debe esconderme nada.

Rahms indagó sobre su participación en la Resistencia y sobre su papel en el Beje. Al cabo de unos minutos, Corrie se dio cuenta de que la Gestapo creía que el Beje era el cuartel general donde se organizaban los robos a las oficinas de racionamiento. Durante casi una hora, el teniente hizo preguntas mordaces al respecto, pero la ignorancia de Corrie sobre los detalles pareció convencerlo de su inocencia.

—Sus otras actividades, señorita Ten Boom. ¿Qué quisiera contarme con respecto a ellas?

—¿Otras actividades? Oh, quiere decir... ¿quiere saber sobre mi iglesia para gente con retraso mental?

Antes de que Rahms pudiera responder, Corrie se sumergió en su trabajo con los discapacitados de Haarlem.

—¿No es eso una pérdida de tiempo? —preguntó—. Ciertamente es mucho más importante convertir a una persona normal que a una débil mental.

Rahms había sido adoctrinado en la filosofía nacionalsocialista de que los ancianos, los débiles y los discapacitados debían ser dejados de lado y eliminados, y Corrie vio ahí una oportunidad.

—¿Puedo decirle la verdad, teniente Rahms?

—Esta audiencia, señorita Ten Boom, se basa en el supuesto de que usted me hará ese honor.

Corrie tragó saliva y se lanzó hacia delante.

—El Señor Jesús tiene normas distintas a las humanas. La Biblia lo revela como alguien que tiene gran amor y misericordia por todos los perdidos y despreciados, por todos los pequeños, débiles y pobres. Es posible que a sus ojos una persona con deficiencia mental sea de mayor valor que usted o que yo misma. Cada alma humana es valiosa para Él.

Rahms se sentó en silencio durante un minuto, reflexionó y luego se puso de pie.

—Eso será suficiente por hoy.

A la mañana siguiente, Rahms pasó por la celda de Corrie y la acompañó no a su oficina, sino al jardín.

—Toma usted muy poco sol —dijo—. Podemos continuar con el examen aquí igual que adentro.

Corrie, conmovida por su amabilidad, observó cómo Rahms se apoyaba contra una pared, pensativo.

—No dormí en toda la noche —dijo—, pero pensaba constantemente en lo que me dijo acerca de Jesús. Cuénteme más sobre Él.

Los papeles se habían invertido, pensó Corrie. Atrás quedó el juez alemán que tenía autoridad divina para liberar a la gente o enviarla a la horca. Ante ella ahora había un hombre, simplemente un hombre común y corriente, que por primera vez se enfrentaba a su propia esterilidad espiritual.

—Jesucristo es una luz —dijo ella—, que vino al mundo para que todos quienes creen en Él no tengan que seguir en la oscuridad. ¿Hay oscuridad en su vida, teniente?

Rahms asintió.

—Hay mucha oscuridad en mi vida. Cada noche cuando me acuesto no me atrevo a pensar en el momento en que debo levantarme por la mañana. Cuando me despierto, le temo al día. Odio mi trabajo. Tengo una esposa e hijos en Bremen, pero ni siquiera sé si están vivos. Quién sabe; puede que una bomba los haya hecho pedazos durante la noche.

—Hay Alguien que los tiene siempre a la vista, teniente Rahms. Jesús es la Luz que la Biblia me muestra, la Luz que puede brillar incluso en una oscuridad tan profunda como la suya.

Rahms murmuró tan bajo que Corrie apenas pudo escucharlo:

—¿Qué puede usted saber de mi oscuridad…?

Regresaron a la celda de Corrie y Rahms hizo una pregunta más.

—No puedo entender cómo puedes creer que hay un Dios, porque si lo hay, ¿por qué permitiría que tú, una mujer valiente, seas encarcelada?

—Dios nunca comete errores —respondió Corrie—. Hay muchas cosas que no entenderemos hasta mucho después. Pero esto no es un problema para mí. Es la voluntad de Dios que por un tiempo esté a solas con Él.

Un día más tarde, Rahms llamó a Corrie a otra audiencia, esta vez de nuevo en su oficina. Para su sorpresa, él no tenía ni una sola pregunta sobre su participación en ocultar judíos o ayudar a la clandestinidad. En cambio, quería saber sobre su infancia, sus padres y sus tías.

Ella le contó que su padre había muerto en Scheveningen y Rahm enfureció; los expedientes no decían nada al respecto. Corrie preguntó por qué la habían puesto en confinamiento solitario y él le leyó el registro:

—La condición de la prisionera es contagiosa para los demás.

—¡Pero ya no soy contagiosa! He estado mejor desde hace semanas, y mi hermana está muy cerca. Teniente Rahms, ¡si tan solo pudiera ver a Betsie! Si pudiera hablar con ella por unos minutos.

Rahms sopesó la petición y Corrie pudo ver que había compasión y angustia en sus ojos.

—Señorita Ten Boom, es posible que yo pueda parecerle una persona poderosa. Tengo uniforme. Tengo cierta autoridad sobre aquellos que están a mi cargo. Pero estoy en prisión, querida señorita de Haarlem, una prisión más fuerte que esta.

Más tarde aquella semana, Rahm llamó a Corrie para otra audiencia, de nuevo para hablar de temas espirituales. Deseaba comprender por qué debían sufrir los cristianos.

—¿Cómo puede creer en Dios? —preguntó—. ¿Qué clase de Dios dejaría que ese pobre anciano muriera aquí en Scheveningen?

Corrie recordó lo que su padre había dicho sobre las preguntas complicadas: «Hay conocimiento que es demasiado pesado… no puedes cargar con él… tu Padre lo cargará hasta que tú seas capaz de hacerlo». Pero antes de que Corrie pudiera repetir estas palabras, entró un guardia.

Rahms se puso de pie.

—La prisionera Ten Boom ha completado sus audiencias —le dijo al guardia—, y ahora volverá a su celda.

Cuando Corrie pasó al lado de Rahms, este le dijo en voz baja:

—Camine despacio en el pasillo F.

CAPÍTULO 17

HUESOS

Corrie siguió al guardia y al dar la vuelta en el pasillo F, llegaron a la celda de Betsie. Entre varias mujeres, Betsie estaba de pie dando la espalda al pasillo, pero Corrie pudo verla y eso fue suficiente.

Unos días más tarde, el teniente Rahms llamó a Betsie. Ya que ella no era un personaje activo de los grupos clandestinos, volvió a su curiosidad espiritual y la interrogó sobre su fe cristiana. Hablaron durante cierto tiempo y luego Betsie dijo:

—Señor Rahms, es importante hablar sobre Jesús, pero es más importante hablar con Él. ¿Le molestaría si rezo con usted?

Rahms inclinó la cabeza.

Volvió a llamarla cuatro veces más a su oficina, y cada una de esas veces terminaban con una oración. De manera independiente, Peter, Corrie y Betsie pudieron verlo: Dios estaba trabajando en el corazón de aquel hombre. Y Rahms no podía escapar. Tenía que interrogar a todos los prisioneros de Scheveningen y los Ten Boom mantenían a Dios frente a él. Con cada entrevista quedaba más asombrado, perplejo y encontraba consuelo en todo lo que decían.

Tal vez había algo de cierto en lo que creían.

Una mañana, Rahms volvió a llamar a Corrie a su oficina. Sobre su escritorio había varios papeles: *sus* papeles. Incluían cartillas de racionamiento y las notas de actividades clandestinas que contenían los nombres y direcciones de amigos, judíos y trabajadores de la Resistencia. La Gestapo los había encontrado durante una búsqueda en el Beje y aparentemente se los acababa de entregar a Rahms.

—¿Puede explicar estas páginas? —preguntó Rahms.

A Corrie le retumbaba el corazón. Además de incriminarla por numerosos crímenes capitales, cada nombre en aquella lista estaba en peligro. Si la Gestapo los encontraba, los trabajadores secretos serían arrestados y enviados a campos de concentración o fusilados. Los judíos que aparecían en los papeles serían detenidos para luego enviarlos a un campo de exterminio. Pero ¿qué podía decirle al teniente? ¿Que esas no eran sus notas? No, este era el final. Para ella, para todos.

—No, no puedo.

Rahms siguió en silencio y miró los papeles durante varios momentos.

Luego se echó hacia adelante, los juntó todos en una pila, abrió la puerta de su estufa y los echó al fuego.

Corrie no tenía palabras. Rahms acababa de perdonar tanto su vida como las invaluables vidas de tantos otros. Mientras miraba, el fuego consumía sus faltas a la Gestapo y sus pecados; le vino a la mente Colosenses 2:14: «Anuló el acta de los decretos que había contra nosotros, y que nos era contraria, y la quitó de en medio, clavándola en la cruz».

El 3 de mayo, Corrie recibió una carta de parte de Nollie[1]:

«Qué felices nos sentimos con tu carta. Cuando supe que estabas sola me enojé mucho. Querida, tengo que decirte algo muy triste. Sé fuerte. El 10 de marzo,[2] nuestro querido padre se fue al Cielo. Solo sobrevivió nueve días. Murió en Loosduinen. Ayer recogí sus pertenecías en Scheveningen. Sé que el Señor te ayudará a soportar esto».

Corrie estalló en lágrimas. No es que su muerte fuera inesperada, pero la pérdida del hombre que había sido el ancla espiritual de los Ten Boom por casi 60 años le rompió el corazón. Corrie tocó la campana de emergencias y un minuto después entró una guardia humanitaria llamada Mopje.

—Por favor, quédate conmigo un par de minutos —suplicó Corrie—. Acabo de recibir la noticia de que murió mi padre. Por favor no me dejes.

1. Nollie había sido liberada de Scheveningen el 20 de abril (N. del A.).

2. En este punto Nollie aún no sabe que su padre murió el 9 de marzo y no el 10 (N. del A.).

Mopje le dijo que esperara y regresó con un sedante, que Corrie rechazó. Sentada junto a Corrie, Mopje no supo qué decir y permaneció en silencio. Después de unos minutos le recordó a Corrie que los Ten Boom estaban en prisión por lo que habían hecho.

—Realmente no deberías llorar —añadió—. Deberías estar feliz de que tu padre haya vivido tanto tiempo. Mi padre solo tenía 56 años cuando murió.

Mopje no le brindó a Corrie el consuelo que anhelaba, pero tenía razón: Corrie debería estar agradecida por los muchos años que había pasado con su padre.

Al día siguiente, Corrie le escribió una carta a Nollie, expresando sus emociones por la pérdida.

«Su muerte ha dejado un gran vacío en mi vida», escribió. «Por el amor y la ayuda que le di, el Señor me dará otra salida. Lo que recibí de él no puede ser reemplazado. Pero ¡qué privilegio es que lo hayamos disfrutado, consciente e intensamente, durante tantos años! Estuve inquieta por unos cuantos días, pero eso ya ha pasado... ¡qué bueno es el Salvador conmigo! No solo me ayuda a sostener mis cargas; también me sostiene a mí».

Poco después, Betsie escuchó la noticia de que Willem, Flip y Peter habían sido liberados y le escribió una carta a Nollie:

«Yo estoy bien», le dijo a su hermana. «Mi alma tiene mucha paz».

Le informó a Nollie sobre sus audiencias con el teniente Rahms y agregó: «No fue un interrogatorio, sino un testimonio maravilloso contando los motivos de nuestros actos. Por eso pude testificar constantemente el amor y la redención de nuestro Salvador, lo cual hago siempre en la celda.

»Escuché que Peter y Willem están libres y que mi padre fue liberado el 10 de marzo[...] Anhelo mucho verte, la libertad y el trabajo. Duermo como nunca he dormido en mi vida[...] La amistad que hemos hecho en la celda es tal que una a una he invitado a mis compañeras de celda a venir a nuestra casa».

Mientras tanto, en Amersfoort, Hans Poley se adaptaba a la vida carcelaria. Le habían afeitado la cabeza y vivía en una de las 10 barracas, cada una con unos 600 hombres, todos con raciones de comida para morir de hambre. Cada mañana, la mitad de los reclusos eran llevados a la ciudad para realizar trabajos forzados en una fábrica, y el resto permanecía en el campo para limpiar o trabajar en el taller de reparaciones.

Sin embargo, a Hans le resultaban especialmente difíciles tres cosas. La primera era un subcomandante de las ss llamado Kotälla, que pasaba lista todas las mañanas. Conocido como el «verdugo de Amersfoort», regularmente pateaba a los prisioneros en la ingle y, mientras caminaba entre las filas, gritaba e intimidaba tanto como podía.

—*Häftlinge, Die Augen, links*! (Prisioneros, ¡ojos a la izquierda!)

—*Augen gerade, aus!* (¡Ojos al frente!)

—*Abzählen!* (¡Cuenten!)

También los olores eran insoportables. Cada mañana llenaba el aire el hedor de la ropa cocinándose en la estufa —no solo para desinfectarla, sino para matarle los piojos—. Los viernes la Cruz Roja entregaba comida y los prisioneros comían demasiado o demasiado rápido. Y entonces, cada mañana de sábado las letrinas apestaban por el vómito y las heces.

Lo más preocupante de todo, sin embargo, era el sonido penetrante al amanecer: los pelotones de fusilamiento.

Sin embargo, en medio del terror y las privaciones, el campo recibió una bendición inusual de parte de una mujer a la que los prisioneros llamaban el «Ángel de Amersfoort». La señora Loes Van Overeem era la comandante de la Cruz Roja de la zona y proporcionaba los paquetes de alimentos todos los viernes. También supervisaba la distribución para que los guardias no confiscaran nada. Pero mejor aún, mediante intimidaciones, amenazas o chantajes, llegó a un acuerdo con el comandante de las ss. Inspeccionaría periódicamente el campo para comprobar la higiene y tendría acceso a todos los prisioneros, incluidos los que estaban en la enfermería. Si bien no podía evitar las ejecuciones ni las palizas rutinarias, sus esfuerzos evitaron gran parte de la violencia y el hambre.

Hacia finales de mayo, un guardia abrió la puerta de la celda de Corrie y dejó entrar al teniente Rahms. Corrie quiso saludarlo con una sonrisa y una palabra, pero Rahms estaba totalmente serio.

—Me acompañará a mi oficina. Ha venido el notario.

—¿Notario?

—Para dar lectura al testamento de su padre. Es la ley: debe haber familia presente cuando se abre un testamento.

Corrie siguió a Rahms por el pasillo, perpleja ante la idea cómica de que a los nazis les importara un pepino lo que decía la ley holandesa sobre los testamentos. No estaba familiarizada con ese procedimiento y su padre nunca había hablado al respecto. Y luego, ¿por qué Rahms tenía ese labio superior rígido?

El guardia caminó con ellos hasta el patio y luego se fue en otra dirección. Rahms condujo a Corrie hacia la brillante luz del sol y luego, cuatro oficinas más allá, abrió una puerta.

El corazón de Corrie se hinchó. Frente a ella estaban Willem, Tine, Betsie, Nollie y Flip.

Willem fue el primero en llegar hasta ella y la abrazó con fuerza.

—¡Corrie! ¡Corrie! ¡Hermanita!

Habían pasado 50 años desde la última vez en que la llamara así. Nollie y Betsie se unieron al abrazo, y Corrie quedó sorprendida por la apariencia de Willem: su rostro estaba demacrado, amarillo y fantasmal. Descubrió que dos de los ocho hombres en su celda habían muerto de ictericia, y su hermano no parecía muy lejos de ese destino.

También el rostro pálido y el cuerpo delgado de Betsie resultaban preocupantes.

Corrie volvió a mirar a Rahms, que parecía estar teniendo su propio momento privado contemplando una estufa apagada. Nuevamente quedó sorprendida por su amabilidad. La Gestapo nunca habría permitido una reunión de este tipo, y la actitud seria que había adoptado Rahms al ir a buscarla parecía haber sido para engañar al guardia.

Con indiferencia, Nollie puso una pequeña Biblia en la mano de Corrie. Estaba guardada en una pequeña bolsa con un cordón para poder colgarla del cuello. Rápidamente, Corrie se pasó el cordón por la cabeza y dejó caer la bolsa por su espalda, debajo de la blusa.

Willem se acercó y explicó que los refugiados atrapados en la guarida de los ángeles habían sido rescatados por policías holandeses leales. Añadió que la clandestinidad había encontrado nuevos escondites para los judíos y Corrie preguntó:

—¿Y ahora? ¿Están bien ahora?

Willem hizo una pausa para mirarla a los ojos.

—Están bien, Corrie, todos excepto Mary.

Mary Van Itallie, explicó, había sido arrestada un día mientras caminaba por la calle.

El teniente Rahms dio un paso adelante.

—Se acabó el tiempo.

Entonces se les unió un notario y comenzó a leer el testamento de Opa. El único inmueble significativo que poseía era el Beje, el cual heredó a Betsie y Corrie. Cualquier dinero que se derivara de la venta de la relojería o de la casa, decía el testamento, se distribuiría como Betsie y Corrie lo determinaran. Cuando terminó el notario, la habitación quedó en silencio y Willem comenzó a orar.

—Señor Jesús, te alabamos por estos momentos juntos bajo la protección de este buen hombre. ¿Cómo podemos darle las gracias? No tenemos poder para hacer nada por él. Señor, permítenos compartir también con él esta herencia de nuestro padre. Tómalo también a él y a su familia bajo Tu cuidado constante.

De vuelta en su celda, Corrie hizo un sumario de sus emociones en una libreta.

«Ahora realmente sé lo que significa depositar mis ansiedades en el Señor cuando pienso en el Padre. ¿Existe todavía un futuro para el Beje aquí en la tierra o iremos directamente hacia el regreso de Cristo? ¿O vamos a morir? Qué maravilloso es saber que el futuro está seguro, saber que el Cielo nos espera. A veces tengo autocompasión, especialmente por la noche, y entonces me duele mucho el brazo. Esto tiene que ver con la pleuresía, pero luego pienso en cuánto sufrió Jesús por mí y entonces siento vergüenza».

Corrie tuvo motivos para preocuparse aún más varios días después, cuando una nueva jefa de guardia apareció en su puerta. La mujer era conocida por los presos como «la General», y había sido directora de una prisión en Berlín, según alguien había dicho, y luego de otra en Oslo. Al parecer fue trasladada a Scheveningen para poner «orden».

La General tenía una postura alta, erguida con rigidez, tenía unos ojos fríos y penetrantes en su rostro duro y cruel. Corrie pensó que esta mujer era la persona con el aspecto más malvado que jamás había visto.

Corrie siguió el protocolo normal —ponerse de pie de un salto y pararse en firmes— mientras la General inspeccionaba su celda. Sin decir palabra, la mujer arrancó la pantalla de lámpara improvisada de Corrie y luego pasó a los pequeños botes que Corrie había recibido en un paquete de ayuda desde casa. Uno a uno, la General los puso boca abajo, aparentemente buscando contrabando, derramando vitaminas, galletas y pasta para sándwiches. Temerosa de la ira de la mujer, Corrie se encargó del frasco de puré de manzana y le dio la vuelta ella misma.

A continuación, la General inspeccionó la cama de Corrie. Le quitó las mantas y luego miró debajo del colchón, pero, sorprendentemente, no encontró los folletos evangélicos que Corrie había guardado. Luego, todavía sin decir palabra, la General giró sobre sus talones y se fue.

Durante los días siguientes, la General habló poco, excepto dar órdenes tajantes y mordaces. En una celda no lejos de la suya, Corrie escuchó a la General regañar a una anciana por no levantarse de inmediato cuando llegó.

«Si es que había algo bueno» recordó Corrie, «o algo humano en su carácter, siempre seguiría siendo un misterio para mí».

—¡Junten sus cosas! —gritó alguien una mañana—. ¡Alístense para evacuar!

A Corrie le subieron los ánimos. *¿Evacuar?* ¿Estarían cerca los aliados? ¿Quizá estaban por poner en libertad a la prisión? Era el 6 de junio, después de todo, y tal vez una división norteamericana o británica había llegado a Holanda. Corrie no tenía modo de saber sobre el desembarco de Normandía, pero el comportamiento frenético de los guardias sugería que los alemanes habían recibido órdenes de emergencia.

Empacó sus pocas pertenencias y esperó en su catre. Pasó una hora. Luego dos. Tres. No fue hasta el final de la tarde que un repentino alboroto reveló que había llegado el momento. Las puertas de las celdas se abrieron de golpe y los guardias se pusieron a trabajar.

—¡Todos afuera! *Schnell!* ¡Todos afuera! ¡Sin hablar!

Alguien abrió la puerta; Corrie salió al pasillo y, por primera vez, vio a las mujeres de las celdas a su alrededor.

—In-va-sión —todas movían la boca sin pronunciar realmente la palabra.

Los guardias obligaron a los prisioneros a formar filas de cinco y luego comenzaron a conducir al grupo hacia autobuses y camionetas que los esperaban. Corrie abordó el tercer autobús con la esperanza de encontrar a Betsie, pero fue en vano. Dentro del autobús habían quitado los asientos, lo que obligó a todos a quedarse de pie, y las ventanas habían sido pintadas para que nadie pudiera ver el exterior. En el autobús corrían rumores de que se dirigían a Alemania.

Después de aproximadamente una hora, el convoy de transportes llegó a su destino: una estación de tren en las afueras de La Haya. Todos desembarcaron y formaron filas. Al otro lado del andén, Corrie finalmente vio a Betsie, pero no pudo llamar su atención. Los prisioneros permanecieron en formación durante horas, y cuando llegó el tren ya era de noche.

Mientras el grupo era canalizado hacia los vagones, Corrie se retrasó para poder encontrar a Betsie y abordar con ella. Finalmente lo logró, encontraron asientos juntos y, cuando la locomotora arrancó, se tomaron de la mano y lloraron. Sin importar cuán malo fuera todo, Corrie estaba agradecida de reunirse con la persona que había sido su alma gemela de toda la vida.

Durante 12 horas Corrie estuvo sentada al lado de su hermana. A las cuatro de la madrugada, el tren finalmente se detuvo en Vught, una ciudad del sur de Holanda, a unos 100 kilómetros de La Haya. Parecía haber un poco de caos, sin suficientes guardias para manejar a la multitud. En medio de la confusión, varios prisioneros escaparon hacia la oscuridad.

Los alemanes comenzaron a gritar, maldecir y empujar mientras desembarcaban a las mujeres y las conducían hacia su nuevo destino. Más tarde, Corrie recordaría la experiencia:

«Frente a nosotras había un bosque con muchos, muchos soldados con cascos y metrallas apuntándonos[…] Muchos reflectores apuntaban directamente hacia nosotras y brillaban sobre los árboles los cascos y las armas; todo parecía una película espantosa. Después de esperar mucho tiempo, nos ordenaron comenzar a caminar en filas de cinco[…] Nos apresuraban a través de la oscuridad. Lo único que escuchamos fueron insultos, furia y gritos. Un soldado pateó a varias mujeres en la espalda porque intentaban evitar pasar por sobre un charco enorme, oh, noche de terror».

Y era el terror. A diferencia de Scheveningen, una prisión holandesa que existía previamente, Vught era un campo de concentración construido específicamente para prisioneros políticos y judíos.

Los guardias llevaron a las 150 mujeres a un gran salón en las afueras del campo, donde esperaron otras 12 horas —ya habían pasado 24 horas desde que las prisioneras habían comido o dormido— y los soldados las llamaron en grupos de 20 para ducharse. Los alemanes contemplaron los cuerpos mientras las mujeres se desnudaban, y Corrie y Betsie se encogieron.

—No, Señor, eso no.

Después de que algunos grupos pasaron, los soldados se dieron cuenta de que no había suficientes batas para las prisioneras y detuvieron el procedimiento. En ese momento, una joven judía se acercó a Corrie.

—¿Puede consolarme? Estoy muy asustada.

Corrie la consoló y luego Betsie oró por ella.

Después, los soldados llevaron a todos al cuartel 4, fuera del campo de concentración, pero las reglas y actividades coincidían con las del interior del campo. El pase de lista empezaba a las cinco de la mañana del día siguiente, y Corrie se estremeció cuando escuchó la voz estridente que gritaba órdenes.

La General.

Aquí la General gobernaba con mano de hierro, incluso más que en Scheveningen. Con su rostro cruel y sus castigos despiadados, mantenía a las prisioneras en un estado constante de miedo. Para aumentar su miseria, la General las mantenía alertas por horas. Durante una asamblea matutina, una mujer embarazada se desplomó y se golpeó la cabeza con un banco al caer al suelo. La General apenas se dio cuenta y siguió leyendo nombres.

Después de nueve días en la barraca 4, Corrie, Betsie y una docena de otras mujeres fueron llamadas al frente durante el pase de lista. La General les dio algunas formas y les dijo que se reportaran en la administración de las barracas en tres horas.

—¡Son libres! —les dijo una trabajadora en el comedor durante el desayuno—. ¡Esos uniformes rosas significan libertad!

Corrie y Betsie no podían creerlo. *¿Libertad?*

A las nueve descubrieron que la barraca de administración era un laberinto de procedimientos: sellar formularios, ir de oficina en oficina, entre interrogatorios y tomas de huellas dactilares. Pasaron horas y Corrie notó que el número de prisioneras en su grupo había llegado a 40 o 50. Entraron en otra oficina, donde se devolvían los objetos de valor de los prisioneros —el reloj Alpina de Corrie y el anillo de su madre— y luego el grupo salió, a través de hileras circulares de alambre de púas, y entró en el campo. En un mostrador de registro, un empleado les dijo que entregaran las posesiones que acababan de recibir.

Corrie se dio cuenta de que no las estaban liberando; las estaban convirtiendo en prisioneras documentadas en el campo. Una vez más, los soldados las reunieron y comenzaron a moverlas a todas por una calle llena de barracas en los extremos. Corrie tomó el brazo de Betsie mientras el grupo se dirigía hacia un edificio gris sin rasgos distintivos. Su nuevo hogar.

El interior era muy parecido a la barraca en la que se habían alojado fuera del campamento: una habitación grande con mesas y bancos, pero esta también tenía literas. Sin embargo, a nadie se le permitió sentarse, pues otro asistente comenzó a revisar los papeles de todas.

Corrie ya había tenido suficiente tiempo de pie por un día.

—Betsie, ¿cuánto tiempo tomará esto?

—Tal vez mucho, mucho tiempo. Tal vez muchos años. Pero es el mejor modo en que podríamos pasar nuestras vidas.

Corrie miró a su hermana.

—¿De qué estás hablando?

—Estas jóvenes. La chica en las barracas. Corrie, si a la gente se le puede enseñar a odiar, ¡también se le puede enseñar a amar! Debemos encontrar el modo, tú y yo juntas, sin importar nada.

Corrie solo pudo negar con la cabeza. Esa hermana suya —tal vez era realmente un ángel— vestía el altruismo como estandarte. Se dio cuenta de que Betsie había tomado el lugar de su padre como guía y líder espiritual.

Con la visión y dirección de Betsie, comenzó oficialmente el ministerio Ten Boom del campamento. Corrie reconoció la responsabilidad y escribió en una nota: «Ahora teníamos asociación con muchas personas. Tendríamos que compartir su dolor, pero también tendríamos el privilegio de ayudarlos y alentarlos».

Como los prisioneros no tenían nada que hacer en todo el día, se quejaban, discutían y criticaban. Betsie tenía la cura: una sociedad de estímulo.

—Quien desee convertirse en miembro —le dijo a Corrie— debe prometer hacer todo lo posible para no quejarse, ni hablar mal de nadie, por el contrario, solo deben hablar de manera alentadora a las demás. Además, deben obedecer todas las órdenes de los asistentes de la barraca.

Al poco tiempo formaron un grupo pequeño donde las mujeres rezaban para que mejorara el ambiente de la barraca.

Unos días más tarde vino un médico a examinar a los prisioneros. Le dio un diagnóstico sorprendente a Corrie:

—Tienes tuberculosis; debes quedarte en cama de ahora en adelante.

Lo que Corrie no sabía era que ese diagnóstico a menudo significaba un billete de ida a las cámaras de gas.

CAPÍTULO 18

SEÑORA HENDRIKS

Dado que la doctrina nazi despreciaba a los enfermos y a los débiles, muchos campos de concentración utilizaban la tuberculosis como excusa para la ejecución. Aún quedaba por ver si Vught cumplía con la pena.

A la mañana siguiente, después del pase de lista, Corrie fue a ver a la General. Siguiendo las órdenes del médico, preguntó si podía acostarse cerca de una ventana.

—Hoy vas a trabajar —espetó la General—. Y trabajarás duro, así desaparecerá tu tuberculosis.

Corrie no sentía que tuviera tuberculosis, pero le dolió la respuesta insensible de la General. El odio de tantos guardias de las SS era inexplicable e inaceptable. Sin embargo, aunque parecía que el antagonismo nazi no podía ser peor, alguien estaba trabajando detrás de escena para liberarla.

El teniente Rahms.

El 20 de junio, Nollie envió una carta alentadora a Corrie: «Después de que estuvimos juntas en Scheveningen, el notario y algunos otros fueron a ver a los caballeros que ahora están a cargo de tu caso, y el resultado fue que la casa y la tienda han sido liberados».

Aún más importante, había escrito Nollie, Rahms la había llamado el 9 de junio para notificarle a la familia que aún trabajaba en el caso de Corrie y que había enviado una carta a los altos mandos; estos habían dictaminado que sería libertada. Unos cuantos días después, había llamado a Nollie para decirle que era incapaz de encontrar al trabajador encargado del caso de Corrie, pero reiteró que había enviado la carta solicitando su liberación.

Nollie le recordó a su hermana que quizá la providencia estaba trabajando en ello. «Una vez escribiste: "No estaré aquí ni un momento más de lo que Dios quiera". Creo que tal vez aún estás siendo una bendición para las otras o tal vez aún tienes que aprender algo».

Corrie sabía que Nollie tenía razón, pero aún así era tranquilizador saber que el teniente Rahms estaba trabajando por su libertad y probablemente por la de Betsie.

Mientras tanto, Corrie y Betsie hicieron lo mejor que pudieron para disfrutar de las pequeñas cosas: un paseo juntas entre alambres de púas, un trozo de pan que les regaló una compañera de prisión, un cielo brillante. Sin embargo, un domingo recibieron una agradable sorpresa cuando una niña se les acercó y las invitó a un servicio de adoración. La «iglesia», una pequeña parcela de césped entre barracas, inspiró a las Ten Boom a orar junto con otras creyentes.

El servicio comenzó cuando una mujer leyó un pasaje de la Biblia y luego otra se acercó para leer un sermón. Siguieron los cantos, y después uno de los líderes le preguntó a Corrie si podía cerrar la celebración en acción de gracias.

«Mientras oraba», recordó Corrie más tarde, «un gran gozo llenó mi corazón. ¡Qué maravilloso fue hablar juntos con el Señor, para expresarle nuestras necesidades en común! Nunca antes había orado como ahora. Había mucho dolor entre estas prisioneras, que habían tenido que dejar atrás a sus maridos, hijos y otros seres queridos, y sobre cuyas cabezas todavía pendía una amenaza terrible. Y yo hablé con Aquel que entendía, que nos conocía y nos amaba. Él podía quitarnos nuestras cargas».

Corrie dirigió el servicio del domingo siguiente y también coordinó una discusión grupal durante la tarde.

Mientras tanto, Betsie intentaba mantener la perspectiva. El 30 de junio, escribió en su diario: «Ayer hubo muchas bendiciones[…] Fui a revisión con un doctor y un dentista. Jan me dio mantequilla y queso. La Cruz Roja, un sándwich con tocino[…] Devociones nocturnas[…] A Corrie le va bien en Philips. Disfrutamos juntas las maravillas de la naturaleza, los cielos. El clima es frío. Perfecto. Cada día hay algo de sol. Recibimos fuerzas extraordinarias para esta vida tan dura. Sufro mucha hambre. Corrie me trae una comida caliente de Philips y la como mientras es el pase de lista».

Dos semanas después, Corrie le envió una carta a Nollie y otros miembros de la familia, expresando fuerza y alegría:

«Bep y yo estamos muy bien. La vida es dura, pero hay salud[...] Por favor no vean como algo terrible el que estemos aquí. Nosotras podemos aceptarlo. Estamos en la escuela de entrenamiento de Dios y aprendemos mucho. Es 10 veces mejor que estar en una celda en prisión. Bep envejece rápido, pero lucha con coraje[...] Estamos muy felices juntas, especialmente cuando hacemos duelo por papá. Mis pulmones han sanado. Escríbannos con noticias de los niños[...]

»Anhelamos la libertad, pero tenemos una fuerza inusual[...] Durante el pase de lista a menudo viene una alondra y canta en el cielo sobre nuestras cabezas, por eso tratamos de levantar el corazón. Aquí hay mucha comunión con los santos[...] La tristeza más grande la cargamos con ayuda de Dios».

En otra carta a todos en casa, Corrie reveló un poco del otro lado de la moneda: «A veces escuchamos tiros por la noche desde nuestra barraca. Sabemos lo que eso significa. Luego oramos por los familiares en duelo, y también por aquellos que puedan ser los siguientes[...] Han pasado muchas cosas en estos últimos días. Algunos hombres fueron llamados a abandonar las filas durante el pase de lista y fueron fusilados unos minutos más tarde[...] La señora Boileu trabaja en la misma fábrica que yo. Es una persona espléndida, una auténtica aristócrata. Ella lo ha sacrificado todo. Sus dos hijos fueron fusilados».

En secreto, Corrie alternaba entre la añoranza por su hogar, el duelo por la muerte de su padre, esperanza y alegría. Unos días después de las cartas que envió a su familia, escribió en su diario:

«Hace calor y las cobijas pican muchísimo. Cierro los ojos y sueño con una cama con sábanas. Estoy caminando en nuestra casa en el Beje. Acaricio el poste de la barandilla al pie de las escaleras. Luego miro el retrato de mi padre y mis ojos cerrados se llenan de lágrimas. Pienso nuevamente en los nueve días que papá tuvo que pasar en esa celda, pero rápidamente cambio y me pierdo en pensamientos de la gloria del Cielo, que ahora disfruta. Estoy colmada de alegría. Nos volveremos a encontrar en los tiempos de Dios».

Mientras tanto, en Amersfoort, Hans Poley recibió un encargo inesperado. A mediados de julio le pidieron que se uniera al Schreibstube, o administración del campo, para mantener el recuento y los movimientos de los prisioneros. Si bien era un trabajo monótono, el seguimiento determinaba la distribución y asignación crítica de alimentos y paquetes de la Cruz Roja. El beneficio personal fue que le dieron un uniforme, le permitieron dejarse crecer el cabello para llevar un casquete corto y estaba lejos de situaciones peligrosas. Parecía ser el trabajo más seguro del campo.

Un día, mientras tabulaba las cifras, interceptó una lista de prisioneros consignados para ser trasladados a Alemania a realizar trabajos forzados. Al leer los nombres con detenimiento, se detuvo de repente. Allí, incluido con los demás presos que sufrirían esta pena de muerte, estaba el último apellido que esperaba encontrar.

Poley, número 9238.

Hans corrió a la enfermería y le explicó su situación al doctor Kooistra, médico y amigo.

—Preséntese en el pabellón de enfermos para un chequeo médico mañana por la mañana —le dijo Kooistra.

Hans entendió que esto significaba que el doctor planeaba ayudarlo y, a la siguiente mañana, el doctor Kooistra llenó un formato para ser firmado por el médico en jefe.

Decía que Hans había sido diagnosticado con tuberculosis.

En Alemania el caos no podría haber sido mayor. El 20 de julio, los conspiradores que habían estado planeando el asesinato de Adolf Hitler estuvieron cerca de su objetivo, pero la bomba que el oficial de la Wehrmacht, el conde Claus Schenk von Stauffenberg, había colocado en la Guarida del Lobo de Hitler[1] no logró matar al Führer. Prácticamente todos los generales o mariscales de campo de alto rango habían estado involucrados o habían dado su aprobación explícita o tácita,[2] pero, como era de esperar, los líderes del golpe eran cristianos

---

1. La Guarida del Lobo de Hitler era el cuartel general en Rastenburg, Prusia (hoy en día Ketrzyn, Polonia) (N. del A.).

2. Los aduladores de Hitler, el mariscal de campo Wilhelm Keitel y el general Alfred Jodl, fueron dos excepciones notables (N. del A.).

devotos. Consideraban que era su deber acabar con el mal que causaba la muerte de millones de personas y llevaba a su país a la ruina.

Entre los conspiradores se encontraban el general Franz Halder, jefe del Estado Mayor del Ejército; su predecesor, el general Ludwig Beck; el mayor general Henning von Tresckow, jefe de operaciones del Grupo de Ejércitos Centro; el almirante Wilhelm Canaris, jefe de la Abwehr; el mariscal de campo Erwin Rommel, y von Stauffenberg, un devoto católico romano.

Cuando la explosión no logró matar o siquiera herir a Hitler de gravedad, la Gestapo inició una investigación despiadada que incluyó torturar a muchos para que confesaran. Para cuando hubo terminado la ira y la venganza, unos 5 000 oficiales alemanes habían sido ejecutados o se habían suicidado, entre ellos 12 generales y tres mariscales de campo.

Era la última oportunidad que tenía Alemania para salvarse.

Los aliados estaban acercándose a París y al este la Wehrmacht había ido perdiendo terreno constantemente ante el Ejército Rojo. Ahora, con el control indiscutible del ejército por parte de Hitler, Alemania estaba condenada.

Mientras tanto, Corrie sufría de los aspectos más despreciables y denigrantes de la vida en un campo de concentración. Apenas tres días después del desafortunado golpe de Estado de la Wehrmacht, escribió una entrada titulada «Mercado de esclavos».

«Se nos ordena presentarnos ante el personal a cargo del escuadrón penitenciario de la fábrica Philips. En la barraca 2 esperamos en el pasillo para saber qué tipo de trabajo se seleccionará para nosotras. Las mujeres más jóvenes ya han sido llamadas a sus puestos. El resto tenemos más de 40 años y algunas incluso 50 años o más. Los alemanes desprecian a los ancianos[…]

»Entra un grupo de hombres y nos mantienen de pie en el centro. Uno de los hombres es el Oberkapo o jefe. Tiene labios gruesos y el labio inferior sobresale, dándole a su rostro una expresión cruel. Ha matado a golpes a muchos judíos. Antes de la guerra era un asesino profesional y él mismo fue condenado a 16 años en prisión».

Luego, los gerentes de fábrica evaluaban la fuerza de cada mujer para el trabajo. Las mujeres más jóvenes, y las que parecían más fuertes, eran mejor valoradas que las prisioneras mayores y más débiles.

«De repente me siento como una esclava en el mercado de esclavos»,[3] sigue Corrie. «Me señalan y me ordenan pasar al frente. Un ligero escalofrío recorre mi espalda y, aun así, lo experimento como algo totalmente irreal[...] Recordaré por mucho tiempo estos momentos en el mercado de esclavos».

Sin embargo, el 27 de julio, Corrie experimentó algo aún peor. En una entrada de su diario titulada «Señora Hendriks» escribió: «En la lavandería de la barraca 42 hay una bolsa con sándwiches. Los preparó la señora Hendriks esta mañana para dárselos a su marido, quien trabaja en la misma barraca que ella. Es una mujer delicada con un rostro fino, inusual e intelectual. También carga a un bebé bajo el corazón, su primer bebé.

»Anoche fusilaron a la señora Hendriks».

---

3. Viktor Frankl, al reflexionar sobre su propio tiempo en un campo de concentración, escribe algo similar: «Prácticamente éramos vendidos como esclavos: la firma les pagaba a las autoridades del campo un precio fijo por día, por prisionero» (N. del A.).

CAPÍTULO 19
RESUMEN DE JUSTICIA

A medida que avanzaba el verano, Corrie y Betsie se adaptaban a trabajar como esclavas. La fábrica Philips, donde las prisioneras clasificaban tornillos o ensamblaban piezas, era el destino principal de la mayoría de las mujeres, mientras que a otras se les asignaban tareas como coser. Sin embargo, independientemente del lugar de trabajo, el peligro siempre estaba presente. El 28 de julio, Betsie escribió en su diario que Corrie había sido sorprendida a principios de semana hablando con un trabajador no prisionero, una actividad estrictamente prohibida. Se puso una nota negativa en su expediente penitenciario y a las hermanas les preocupaba que enviaran a Corrie al Búnker. Al día siguiente llamaron a Corrie a la oficina administrativa, pero por fortuna solo recibió una advertencia.

Betsie también escribió que toda su barraca tuvo que unirse a las prisioneras de al lado, en la barraca 23B. Con 160 mujeres hacinadas en una habitación, la atmósfera era sofocante. Sin embargo, a pesar de las dificultades, pudo escribir: «Somos continuamente protegidas por la más extraordinaria Providencia para poder resistir a pesar de la vida dura».

La mayoría de los días, Corrie era enviada a la fábrica de Philips, mientras que Betsie normalmente trabajaba en la sala de costura, remendando 100 camisas y camisetas por día. La fábrica, situada en otra barraca al interior del campo, estaba dispuesta con mesas y bancos de trabajo de un extremo al otro. Sobre las mesas había miles de pequeños componentes de radio y a cada prisionero se le asignaba una tarea individual.

En su primer día de trabajo, Corrie midió pequeñas varillas de vidrio y las dispuso en montones según su longitud. Un trabajo tedioso pero no agotador.

Por ahora, al menos, Corrie tenía trabajos seguros y sencillos, y se había acostumbrado a una rutina diaria.

Ámsterdam

En la capital holandesa, la Gestapo continuó arrestando a los judíos que hasta el momento habían escapado de la captura. El 4 de agosto, un gran sedán aparcó frente al número 263 de Prinsengracht, donde se encontraba el anexo en el que se escondía la familia Frank. Un oficial de las ss, junto con varios miembros holandeses de la policía de seguridad, entraron y arrestaron a ocho judíos, entre ellos Otto y Edith Frank y sus hijas, Margot y Ana.

Todos fueron enviados a campos de concentración.

Vught

La segunda semana de agosto, Corrie envió una carta a Nollie para compartir más sobre la vida bajo el encarcelamiento nazi. «Hay tanta amargura y comunismo,[1] cinismo y profunda tristeza», escribió. «Lo peor para nosotros no es lo que sufrimos nosotros mismos, sino el sufrimiento que vemos a nuestro alrededor». Le aseguró a su familia que ella y Betsie estaban de buen humor. Aunque su cabello se había vuelto gris, observó Corrie, había ganado 22 libras. Pero no estaba compartiendo todo.

En una entrada más personal, al siguiente día hizo un resumen del comportamiento de las mujeres prostitutas: «Rostros bonitos pero anodinos, voces fuertes, gestos atrevidos[…] Nunca parecen tener miedo. Cuando todas están en completo silencio, escuchando las amenazas y la furia de nuestros superiores, ellas gritan respuestas audaces. Saben que están a salvo si los guardias son hombres. Son las últimas en presentarse para al pase de lista».

1. La mayoría de los campos incluían a prisioneros rusos, muchos de los cuales eran seguidores de Marx (N. del A.).

Prisión Amersfoort

El 15 de agosto, mientras trabajaba en la oficina administrativa, Hans encontró una lista de prisioneros que iban a ser liberados. No podía creerlo, pero ahí estaba: *Poley, número 9238*. El doctor Kooistra tenía razón; las ss se negaron a permitir la entrada a Alemania de prisioneros con tuberculosis y, en lugar de ejecutar a Hans por delitos relativamente menores, lo iban a liberar.

Al día siguiente, exactamente seis meses después de su arresto, salió del campo como un hombre libre.

Vught

El tercer día de Corrie en la fábrica de Philips, un prisionero-capataz, el señor Moorman, se acercó a su banco de trabajo. Dijo que había escuchado que Corrie había recorrido toda la línea de montaje para saber qué había pasado con sus pequeñas varillas.

—Usted es la primera trabajadora que ha mostrado algún interés en lo que hacemos aquí.

—Estoy muy interesada. Soy relojera.

Moorman pensó por un momento y luego acompañó a Corrie al extremo opuesto de la fábrica, donde los prisioneros ensamblaban interruptores de relé. Moorman dijo que sería un trabajo más complejo, aunque no tan complejo como la reparación de relojes. Corrie lo disfrutó y su jornada de 11 horas de trabajo se pasó con mayor rapidez.

De vez en cuando, Moorman iba a supervisarla, y actuaba más como un hermano mayor que como supervisor. A menudo aconsejaba y animaba a los prisioneros angustiados y encontraba trabajos más fáciles para los cansados. Su amabilidad se volvió más significativa cuando Corrie descubrió que a su hijo de 20 años le habían disparado en el campo la semana en que ella y Betsie llegaron. Ni una sola vez vio amargura, tristeza o tragedia en sus ojos. Pero era un patriota.

Un día pasó por su banco y observó la fila de interruptores de relé que ella había completado.

—¡Querida relojera! ¿No recuerda para quién está trabajando? ¡Estas radios son para los aviones de combate!

Corrie observó mientras él empezaba a sabotear su trabajo, arrancando un cable o torciendo un tubo.

—Ahora, suéldelos mal. ¡Y no tan rápido! Ya superó la cuota diaria y aún no es mediodía.

El mediodía era una hora importante. A diferencia de Scheveningen, en este campo se almorzaba —una papilla insípida de trigo y chícharos—, pero de todos modos era abundante y nutritiva. Después de comer, los prisioneros tenían media hora para pasear por el recinto y disfrutar del aire fresco y del sol. La mayoría de los días, Corrie se tumbaba junto a la valla e intentaba dormir. «La brisa de las granjas alrededor del campamento llegaba con dulces aromas de verano», recordó. «A veces soñaba que Karel[2] y yo caminábamos de la mano por un camino rural».

Después de casi 40 años, Corrie no había olvidado a su primer y único amor.

Cuando terminaba el trabajo a las seis en punto, se hacía otro pase de lista y luego los prisioneros regresaban penosamente a sus cuarteles. Sin faltar un solo día, Betsie esperaba a Corrie en la puerta, y un día la recibió con noticias acerca de otra prisionera en el cuarto de costura. La mujer era de Ermelo y su marido, el hombre responsable de haber traicionado a los Ten Boom. Según le dijo una señora a Betsie, era el mismo hombre que había engañado a Corrie con los 600 florines. Su nombre era Jan Vogel y había trabajado con la Gestapo desde el primer día de la ocupación, y finalmente había hecho equipo con Willemse y Kapteyn.

Corrie se enfureció. «Llamas de fuego parecieron saltar alrededor de ese nombre en mi corazón», recordaría más tarde. «Pensé en las últimas horas de mi padre, solo y confundido, en el pasillo de un hospital. De las obras clandestinas tan bruscamente detenidas. Pensé en Mary Itallie arrestada mientras caminaba por la calle. Y sabía que si Jan Vogel se paraba frente a mí en aquel momento, podría haberlo matado».

Esa noche, mientras las mujeres se reunían para hacer oración alrededor de su litera, Corrie le pidió a Betsie que ella se encargara de

2. De adolescente, Corrie se había enamorado de un joven holandés, llamado Karel, y había guardado la esperanza de casarse algún día con él. Ese sueño se rompió cuando apareció en el Beje un día para presentar a su prometida (N. del A.).

dirigir, argumentando que le dolía la cabeza. Pero fue más un *dolor de corazón*. Esa noche no pudo dormir. Ahora podía ponerle un nombre —Jan Vogel— a la traición que había llevado a la muerte de su padre y al encarcelamiento de su familia.

Corrie tuvo el estómago revuelto por días, así que una noche le preguntó a Betsie cómo podía estar tan tranquila.

—¿No sientes nada por Jan Vogel? ¿No te molesta?

—¡Oh, sí, Corrie! ¡Terriblemente! Lo siento por él desde que lo supe y rezo por él cada vez que me viene a la mente su nombre. ¡Qué terrible sufrimiento debe estar pasando!

Esa Betsie, siempre enseñando con un ejemplo tranquilo y humilde. Parecía ser de otro mundo. ¿Y qué era exactamente lo que Betsie estaba enseñando? ¿Que Corrie era tan culpable como Jan Vogel?

«¿No estábamos él y yo juntos, ante un Dios que todo lo ve, condenados por el mismo pecado de asesinato?», se preguntó. «Porque lo había matado con mi corazón y con mi lengua».

Condenada, oró, diciéndole a Dios que había perdonado a Jan Vogel y suplicando que la perdonara. «Le he hecho un gran daño», continuó. «Ahora bendícelo a él y a su familia».

Aquella noche descansó por primera vez durante toda una semana.

Mientras tanto, la vida en los campos de concentración seguía su curso. La hora de despertarse era a las cinco de la mañana para pasar lista a las seis, pero si un solo prisionero había llegado tarde al *check-in* la noche anterior, o se había cometido cualquier otra infracción menor, se levantaba a todo el cuartel de la cama para pasar lista a las tres y media o cuatro de la mañana, a menudo de pie bajo la lluvia durante horas. A las cinco y media era el desayuno, que consistía en pan negro y café soluble. Después de pasar lista, se dirigían a las seis y media hacia la fábrica de Philips. Cuando los prisioneros regresaban a sus cuarteles, el tiempo que pasaban fuera requería de un «permiso para caminar».

Luego estaba la letrina, ubicada dentro del cuartel. Contenía 10 retretes, tres de los cuales normalmente estaban fuera de servicio. «En el campo», escribió Corrie en una nota, «la letrina es el lugar donde tenemos nuestras discusiones políticas más interesantes[...] Ahí es donde me encuentro con mis conocidas. Se transmiten noticias peligrosas[...] Sentadas, una al lado de la otra, en las letrinas hay comunistas, criminales, testigos de Jehová, cristianas reformadas, liberales, prostitutas».

Cuando un guardia se dirigía a la fábrica, a la barraca o a la letrina, sonaban las palabras clave «nubes densas» o «aire denso» para que todas fingieran estar ocupadas o escondieran cualquier contrabando.

Lo más desalentador era la justicia sumaria del campo. «Si alguien transmite una noticia o un aviso», escribió en una entrada de su diario el 19 de agosto, «es fusilado».

Sin embargo, más tarde ese mes, Corrie y Betsie presenciaron los primeros signos de una posible victoria de los aliados. Durante varios días se extendió en el campo el rumor de que la Brigada de la Princesa Irene —parte de las fuerzas holandesas que habían escapado a Inglaterra antes de que Holanda capitulara— se estaba acercando a Vught. No mucho después se despertaron una noche con el estruendo de miles de aviones sobre sus cabezas. Momentos después, las bombas explotaron muy cerca del campamento; aparentemente los aliados apuntaban a puentes cercanos. El estruendo era tan grande que las prisioneras tenían que mantener la boca abierta para proteger sus tímpanos.

Luego, el 23 de agosto, la batalla de los cielos ocurrió directamente sobre el campamento. A la hora del almuerzo, cientos de aviones sobrevolaban la zona, acompañados por el crepitar de los disparos de ametralladoras mientras se desarrollaba un combate aéreo a baja altura. Las prisioneras observaban esperanzadas y Corrie se reclinó en el suelo para asimilarlo. Cuando las balas y los fragmentos de proyectiles levantaron tierra a su alrededor, corrió a refugiarse cerca de una barraca, pero permaneció afuera para seguir observando. Otras tuvieron menos suerte: cinco mujeres heridas tuvieron que ser hospitalizadas.

En efecto, los aliados estaban avanzando. El 25 de agosto, el general Dietrich von Choltitz, el prusiano que era gobernador militar de París en Alemania, desobedeció a Hitler y se negó a destruir la ciudad antes de retirarse. En su lugar, se rindió y entregó la ciudad a las fuerzas de la Francia Libre con nada más que algunos disparos esporádicos. Por ello sería apodado el «Salvador de París».

Pero las victorias aliadas tuvieron consecuencias devastadoras para los prisioneros en los campos de concentración. Heinrich Himmler, que supervisaba todos los campos, ordenó ejecuciones masivas —primero de prisioneros enfermos y ancianos, luego de prisioneros sanos— para aligerar el viaje en retirada.

Vught no se salvaría. La mañana del 3 de septiembre, Corrie estaba trabajando en la fábrica Philips cuando a media mañana se ordenó a los prisioneros que regresaran a sus barracas. Cuando llegaron a la barraca 35, Betsie estaba esperando afuera.

—¡Corrie! ¿Ha venido una brigada? ¿Somos libres?

—No. Aún no. No lo sé. Oh, Betsie, ¿por qué tengo tanto miedo?

En ese momento sonó el altavoz en el campo de hombres que estaba al lado. Curiosamente, a los hombres se les ordenó presentarse para pasar lista, pero a las mujeres no. Luego, uno por uno, los prisioneros fueron llamados. Las mujeres que rodeaban a Corrie —muchas de las cuales tenían maridos o parientes en la sección de los hombres— se estremecían al escuchar cada nombre. Las mujeres subían a bancas o marcos de ventanas para ver lo que estaba pasando.

—Puedo ver a mi esposo —dijo una mujer con el rostro pálido—, ¿creen que será la última vez que lo vea?

Pasaron algunos momentos y otra dijo:

—Ahora están llamando a los hombres hacia adelante… ahora están marchando fuera de las puertas. Oh, seguramente los están transportando a Alemania.

Eran tantos hombres que las mujeres podían escuchar el sonido de sus pasos y, después de unos cuantos minutos, volvió el silencio.

De pronto, el sonido de una descarga de rifle perforó el aire. Luego otra. Y otra. Las mujeres en la barraca empezaron a llorar. Cada disparo significaba la muerte de un esposo, padre, hijo o hermano. Las ejecuciones siguieron por dos horas.

Las ss asesinaron a 180 hombres holandeses.

CAPÍTULO 20
RAVENSBRÜCK

Corrie reposó su cabeza sobre el hombro de su hermana.

—Betsie, no puedo soportarlo. Oh, Señor, ¿por qué permites que pase esto?

Betsie no respondió, pero mantuvo un rostro sereno, compuesto.

Aquella noche, Corrie no pudo dormir, pero su corazón estaba en paz. «Dios no comete errores», concluyó más tarde. «Todo parece ser un trabajo confuso de bordado, sin sentido y horrible. Pero eso es solo por el revés. Algún día veremos el lienzo desde el frente y estaremos maravillados y agradecidos».

De algún modo, con cada tragedia Corrie se parecía más a su hermana.

A las seis de la mañana siguiente, los guardias ordenaron a todas las que estaban en la barraca que recogieran sus efectos personales. Corrie y Betsie todavía tenían las fundas de almohada que habían traído de Scheveningen, y dentro de ellas estaban las pocas pertenencias que tenían: cepillos de dientes, aguja e hilo, aceite vitamínico que habían guardado de un paquete de la Cruz Roja y un suéter. Como había hecho anteriormente, Corrie puso su Biblia en la pequeña bolsa con el cordón enrollado y la colgó de modo que cayera en su espalda.

Afuera, las prisioneras recolectaban mantas y luego marchaban fuera del campo. Mientras avanzaban por el bosque sobre un camino de tierra, Corrie notó que Betsie respiraba con dificultad. No era la primera vez que pasaba esto; Betsie tenía dificultades cada vez que tenía que caminar aunque fuera una distancia corta, pero esta vez era más inquietante.

Corrie estiró el brazo bajo el hombro de su hermana y juntas caminaron con los demás otros cuantos metros hasta la estación de tren. Cuando llegaron a la plataforma, encontraron al menos 1 000 mujeres en su grupo. Más adelante se reunieron los prisioneros varones, aunque era difícil identificar el número. Corrie vio su transporte; no se trataba de un tren de pasajeros, sino uno de carga, y sobre cada pocos vagones había montadas ametralladoras. Los soldados comenzaron a abrir las puertas, pero era imposible ver lo que había dentro; sin iluminación ni ventanas, los vagones estaban a oscuras.

Los guardias empujaron a las mujeres hacia delante y Corrie ayudó a Betsie a subir. Cuando sus ojos se acostumbraron a la penumbra, pudo distinguir en un rincón una gran pila de pan.

Se dirigían a Alemania.

La adición de más prisioneras hizo que las hermanas Ten Boom tuvieran que moverse a la parte trasera del vagón, y Corrie calculó que lo máximo que podría contener eran 40 mujeres. Sin embargo, los guardias siguieron empujando, maldiciendo y gritando, hasta que reunieron a 80. La puerta se cerró de golpe y las mujeres comenzaron a llorar, algunas incluso se desmayaron. Al cabo de unos minutos, la temperatura en el interior del furgón empezó a subir y el hedor del olor corporal penetró en el aire atrapado. Si bien el vagón tenía dos pequeños ventiladores de parrilla, estos eran insuficientes para proporcionar aire fresco. Corrie sintió náuseas.

—¿Sabes por qué estoy agradecida? —preguntó Betsie—. ¡Agradezco que papá esté hoy en el cielo!

Betsie. Solo *ella* podía encontrar alegría en tiempos como aquellos.

Pasaron horas, pero el tren nunca se movió. Muchas mujeres habían arreglado acuerdos entre ellas en los que algunas podían sentarse si ponían las piernas alrededor de la persona de enfrente, mientras que otras hicieron hoyos con frenesí en la madera para que entrara algo de aire. Una mujer al lado de Corrie encontró un clavo y lo usó para hacer un agujero. Eventualmente se hicieron suficientes como para permitir que entrara un poco de aire, de modo que las mujeres se tomaban turnos frente a ellos.

Sin embargo, el vagón no tenía baños y pronto el hedor pudo más que el aire fresco que entraba por los agujeros. Tampoco tenían agua.

El tren dio una sacudida y empezó a avanzar lentamente. A lo largo del día y hasta el anochecer se detenía, esperaban una hora y luego volvía a ponerse en marcha. Corrie y Betsie lograron sentarse, reclinándose sobre la persona que estaba a su lado, y Corrie sintió una mujer apoyada contra ella; la mujer fue amable y cambió de posición para que Corrie pudiera estirar las piernas. Entablaron conversación y Corrie descubrió que la mujer era una prostituta que había sido arrestada por infectar a un soldado alemán con una enfermedad venérea.

Corrie le contó sobre Jesús y le dijo:

—Si alguna vez necesitas mi ayuda, ¿vendrás a verme? Vivo…

Se le rompió la voz. ¿El Beje aún era su hogar? ¿Volvería a verlo algún día?

Se recostó hacia atrás, cerró sus ojos y dormitó. Pronto soñaba que estaba en el Beje y podía escuchar granizos golpeando las ventanas. Se despertó con lo que parecía algo que golpeaba el vagón.

—¡Son balas! —gritó alguien—. ¡Están atacando el tren!

Las ametralladoras alemanas comenzaron a devolver el fuego y Corrie se preguntó si la brigada holandesa los estaba rescatando. Las balas continuaron golpeando el tren y ella tomó la mano de Betsie. Después de unos minutos, cesó el tiroteo y el tren permaneció inmóvil durante una hora antes de volver a ponerse en marcha. En el vagón de enfrente, Corrie escuchó a alguien cantar:

—*Adieu*, amada Holanda, querida patria, adiós.

Luego se dio cuenta: ningún miembro de su familia sabía a dónde se encaminaban ella y Betsie. Encontró un pequeño trozo de papel y escribió sus nombres, añadiendo que estaban siendo transportadas a Alemania. Escribía una petición a quien la encontrara para que le enviara la nota a Nollie y luego la metió a través de una grieta en la pared del vagón. Quizás algún holandés patriota transmitiría su mensaje.

Al cabo de un rato volvió a quedarse dormida y se despertó al amanecer cuando alguien anunció que pasaban por Emmerich, una ciudad en el lado occidental del Rin.

Habían entrado a Alemania, pero no estaban ni cerca de su destino. Al día siguiente las mujeres empezaron a rogar que les dieran agua. Cuando el tren volvió a detenerse, un soldado les pasó una cubeta, pero las prisioneras más cercanas a la puerta se la bebieron toda. Por la tarde y a la mañana siguiente, los guardias les dieron más agua, pero cada vez las mujeres al frente la bebían toda. Ya era el tercer día y Corrie y Betsie no habían recibido ni una sola gota de agua. La sed había dejado a Corrie delirante.

La siguiente vez que el tren se detuvo, el agua finalmente llegó a la parte trasera y Betsie acercó una taza a los labios de Corrie. Bebió largamente, trago tras trago, y luego decidió que sería mejor reservar un poco para esa noche. Momentos después cayó en estupor y su imaginación la llevó a un hospital.

—Enfermera, por favor deme un poco de agua —intentaba decir.

Corrie durmió y no despertó hasta la mañana del cuarto día. El tren se había detenido en una ciudad llamada Fürstenberg, a unos 40 kilómetros al norte de Berlín. Después de un tiempo considerable, se abrió la puerta del vagón y se ordenó a las prisioneras que salieran. Una a una, las mujeres gatearon y tropezaron para salir. Afuera había aire fresco y sol, y estos, combinados con lo que parecía ser un oasis verde frente a sus ojos, les levantaron el espíritu. Cuando Corrie saltó del tren vio un hermoso lago azul y, al otro lado, entre sicomoros, una pequeña iglesia y una abadía.

Cuando todas hubieron bajado del tren, los guardias les gritaron que se reunieran en grupos de cinco. Corrie miró a los soldados que las vigilaban y que eran apenas alrededor de una docena —la mayoría con no más de 15 años—. Pera ellas estaban débiles, frágiles y con una deshidratación severa, así que no planteaban mucho riesgo de oposición. Las mujeres comenzaron a marchar y cuando llegaron al lago, pasaron cubetas para que las prisioneras bebieran.

Corrie bebió hasta saciarse y luego se desplomó sobre la hierba exuberante. Mientras observaba el lago resplandeciente y los campos más allá de este, le vino a la mente el comienzo del salmo 23: «El Señor es mi pastor, nada me faltará. En verdes pastos me hace reposar, me conduce junto a aguas tranquilas».

El salmo era acertado, ya que Corrie y Betsie estaban a punto de caminar por el valle de la sombra de la muerte: Ravensbrück. Este era el nombre más temido para las mujeres de toda Europa. Un campo de concentración para prisioneras que era famoso por su crueldad, brutalidad y ejecuciones.

Después de un rato, los niños soldados llamaron a las mujeres a formación y emprendieron la marcha una vez más. Rodearon el lago alrededor de kilómetro y medio y luego empezaron a hacer el ascenso por una colina. Pasaron al lado de varios aldeanos, en su mayoría familias, y Corrie se deleitó al ver a los niños pequeños con los ojos muy abiertos. Los adultos, sin embargo, aparentemente advertidos de no hablar con las prisioneras, miraron para otro lado.

Corrie y Betsie se apoyaron una en la otra para la subida y cuando llegaron a la cima, lo vieron. En medio de un bello entorno, interminables hileras de barracones grises, rodeados por un alto muro de hormigón con torres de vigilancia. En un extremo, salía un humo grisáceo a través de una chimenea.

—Ravensbrück —gritó alguien desde la primera línea.

La palabra fue pasando de boca en boca por el grupo: habían llegado al infierno.

Cuando se acercaron al campo, la inmensa puerta de hierro se abrió y todas entraron entre hileras de guardias de las ss. Tan pronto como hubiesen entrado todas, una prisionera holandesa comenzó a cantar:

No dejamos que el coraje nos falle jamás,
Nuestras cabezas mantenemos en lo alto,
Nunca lograrán minar nuestro ánimo,
Aunque mucha astucia tengan los más.
¡Oh, sí! ¡Oh, sí!, mujeres holandesas conmigo,
¡Mirada en alto, mirada en alto, mirada en alto!

Observando la procesión estaba el mismo Fritz Sühren, comandante del campo. Aunque estaba en sus 30 años, parecía demasiado joven para dirigir un campo. La cara de niño de Sühren y sus ojos azul claro desmentían su inclinación por la crueldad.

—No entiendo a estas holandesas —le dijo a un ayudante—. Las encierras durante tres días en vagones y entran marchando a mi campo con las cabezas en alto como diciendo «no me lastimas; nunca lograrás derrotarme».

Una vez dentro, Corrie observó su entorno: altos muros, torres de vigilancia y el omnipresente alambre de púas tendido en la parte superior de cada muro y en el suelo. Cada pocos metros, había carteles con calaveras indicando que la cerca estaba electrificada.[1] Barracas grises y opacas se extendían por metros y metros, sin nada entre ellas excepto arena o ceniza. Increíblemente, el campamento no tenía árboles, arbustos, plantas... ni siquiera color.

Corrie y varias prisioneras notaron una hilera de grifos y se apresuraron a beber y lavarse. En segundos apareció un equipo de guardias de las SS —mujeres en uniformes azul oscuro—, tenían corte militar y gritaban. Nadie tenía permitido salir de sus filas, gritaron, y Corrie y las otras volvieron de inmediato con el grupo principal.

Los guardias las condujeron por una calle entre barracas, donde se extendían manos esqueléticas por todas partes, pidiendo comida. Corrie y otras cuantas comenzaron a arrojarles pan que habían guardado del tren, pero los guardias alejaron a golpes a las prisioneras demacradas.

El hambre era parte del plan de Ravensbrück para mantener el servilismo.

Pronto terminaron ante una enorme tienda de campaña de lona con un suelo de paja improvisado. Se quedarían aquí por el momento, les dijeron, y Corrie y Betsie se hundieron en la paja. Pero inmediatamente se pusieron de pie y comenzaron a rascarse.

¡Piojos! ¡Pulgas!

Extendieron la manta sobre la paja infestada y se sentaron encima. Para mantener los piojos lejos de sus cabezas, las mujeres se pasaban tijeras para cortarse el cabello unas a otras. Un par de tijeras llegaron a las manos de Corrie, que le cortó el cabello a Betsie, llorando.

Después de un rato, las guardias llamaron a todas y las condujeron a una zona arenosa lejos de la tienda y el cuartel. Se les dijo que se pusieran nuevamente en formación, pero al final de la tarde algunas comenzaron a sentarse. Al anochecer las guardias desaparecieron y se hizo evidente que las holandesas debían dormir en el suelo

1. La manera más común de suicidio en Ravensbrück era lanzarse contra la malla electrificada (N. del A.).

bajo las estrellas. Corrie y Betsie se tumbaron en el suelo desnudo y se cubrieron con la manta.

Corrie admiró el trabajo de Dios con las estrellas algunos minutos y Betsie se quedó dormida.

A la mitad de la noche comenzó a llover.

Cuando despertaron, Corrie y Betsie se encontraron acostadas sobre charcos de agua. La manta estaba empapada y cuando la exprimían, una guardia llamó a todas a hacer una fila para tomar café instantáneo. Además, a cada prisionera le dieron una pequeña porción de pan negro.

Ese era el desayuno en Ravensbrück.

Por la tarde recibieron un cucharón de sopa de nabos y una pequeña papa cocida. Luego regresaron al área donde habían dormido para volver a ponerse en fila. Si alguien necesitaba un descanso para ir al baño, tenía que pedir permiso a una guardia para utilizar las instalaciones, que no eran sino una zanja.

Esperaron durante horas afuera, solo para descubrir al anochecer que volverían a pasar la noche allí mismo. Sin embargo, la manta todavía estaba húmeda y Betsie empezó a toser.

A la mañana siguiente tuvo calambres intestinales y tuvo que pedir permiso varias veces para utilizar las «instalaciones sanitarias». Luego fue más de lo mismo: estar de pie durante horas esperando sus siguientes órdenes. Cuando cayó la tarde y las mujeres se prepararon para su tercera noche afuera, las guardias las condujeron a un centro de procesamiento. Corrie y Betsie avanzaron poco a poco en una fila que conducía a un escritorio y una pila de pertenencias personales. Aquí cada prisionera tenía que renunciar a su manta, funda de almohada y todos los artículos que habían traído al campo. Corrie miró más allá y contuvo la respiración. En un segundo escritorio, las mujeres se desnudaban, renunciando hasta el último detalle de su ropa, y caminaban desnudas junto a una docena de guardias masculinos de las SS hacia el cuarto de baño. Al salir les entregaban un traje de prisión, una camiseta y un par de zapatos de madera.

Betsie comenzó a temblar y Corrie tenía el rostro pálido. Se acercó a su hermana y rezó: «Oh, Dios, sálvanos de este mal; Betsie es muy frágil».

Luego le preguntó a Betsie si estaba preparada para ofrecer este sacrificio si Dios se lo pedía.

—Corrie, no puedo hacerlo.

Corrie rezó de nuevo, pidiéndole fuerzas a Dios. A su lado, una mujer mayor lloraba.

Segundos más tarde, resonó una voz detrás de ellas:

—¿Tienen alguna objeción en entregar sus ropas? Vamos a enseñarles a estas holandesas cómo es Ravensbrück.

—No puedo —repitió Betsie.

Corrie volvió a orar y finalmente Betsie dijo que estaba lista. Antes de entregar su vestido, Corrie le preguntó a un guardia dónde estaban los baños.

Este hizo una señal con la cabeza hacia las duchas.

—¡Usa el desagüe!

Corrie condujo a Betsie adentro.

—Rápido, quítate la ropa interior.

Betsie lo hizo y Corrie se quitó la Biblia que escondía dentro del vestido, la envolvió en la ropa interior de ambas y la puso en una esquina. Sentía que no podrían sobrevivir sin una Biblia, y esperaba poder escabullirse de vuelta por ella después de recibir su nueva ropa para recuperarla.

Regresaron a la fila, se desnudaron y se ducharon. Después de recibir su vestimenta de prisionera —marcada con una X—, Corrie se retrasó para acercarse a donde había escondido la Biblia. Rápidamente se la puso alrededor del cuello y debajo del vestido y oró: «Señor, haz que ahora tus ángeles me rodeen; y que hoy no sean transparentes, porque los guardias no deben verme».

A la salida, los guardias registraron a todos los prisioneros para ver si se habían atado algo debajo de la ropa. Corrie y Betsie observaron las manos recorriendo a cada mujer: por delante, por detrás y por los costados. Delante de Corrie, un guardia encontró un chaleco de lana escondido debajo del vestido de una mujer y la obligó a quitárselo.

Corrie fue la siguiente. Sabía que la Biblia hacía un bulto visible, pero siguió adelante con confianza. Inexplicablemente, los guardias la ignoraron. No la registraron ni le hablaron, y simplemente la dejaron seguir adelane. Detrás de ella, un guardia registró cuidadosamente a Betsie.

Afuera, sin embargo, las guardias registraron a cada prisionero por segunda vez. Una vez más, Corrie mantuvo la calma y paseó tranquilamente, intacta.

Luego, ella y Betsie se dirigieron a la barraca 8, que era el edificio de cuarentena. En el interior, se horrorizaron por la disposición para dormir: literas de tres niveles, de dos plazas y cada cama de tan solo 27.5 pulgadas de ancho. Para una sola persona no serían un problema, pero por cada dos camas se asignaban de cinco a siete mujeres. Cuando encontraron su cama en el centro de la habitación, ya había tres mujeres ocupándola. Ahora serían cinco, compartiendo solo tres mantas.

Esa noche fue imposible dormir, pues las compañeras de litera no lograban encontrar un arreglo que funcionara. Primero intentaron dormir a lo largo, pero el colchón de paja se inclinaba hacia un lado, lo que provocó que las dos de ese lado se cayeran. Dormían tan entrecruzadas, tan juntas que si una se daba la vuelta, las otras cuatro tenían que hacerlo también.

—¡Todas afuera! —gritó una guardia en la oscuridad—. ¡Fórmense para pase de lista!

El abuso diario comenzaba a las 4:30 a. m. Para comenzar la deshumanización, en los campos de las ss no se utilizaban los nombres de los prisioneros, solo números; el número de Corrie era 66 730.[2]

La mayoría de los días, especialmente cuando aún no se habían delegado las asignaciones de trabajo, el grupo de Corrie, formado por unas 100 mujeres, permanecía en fila durante horas. A menudo escuchaban lamentos horribles provenientes de una barraca de

---

2. «Un ser humano contaba solo porque tenía un número de prisionero», recuerda Viktor Frankl acerca de Auschwitz. «Uno se convertía literalmente en un número: vivo o muerto… eso no tenía importancia; la vida de un "número" era completamente irrelevante. Lo que había detrás de ese número y de esa vida importaban aún menos: el destino, la historia, el nombre de ese ser humano» (N. del A.).

castigo que estaba al lado. Este edificio era un espacio particularmente atroz de Ravensbrück, un infierno dentro del infierno mismo.

Cuando una mujer era sorprendida en cualquier infracción «grave» —un delito que parecía variar según el guardia— se le decía que se presentara en un cuartel de castigo específico a una hora determinada. Aquí le ordenaban que subiera a un bastidor donde le encadenaban los pies a una abrazadera de madera. Luego la inclinaban sobre el estante, y le tapaban la cabeza con su propio vestido. También le colocaban una manta sobre la cabeza para ayudar a amortiguar los gritos y le ordenaban que contara los golpes. El número típico de latigazos sobre sus nalgas desnudas era 25. Si no podía contar los golpes, los contaban por ella. Si se desmayaba durante el procedimiento, le arrojaban un balde de agua fría en la cara para reanimarla y continuaba el castigo. Para que ningún guardia de las SS estuviera personalmente implicado en las palizas, otras prisioneras, a las que sobornaban con cigarrillos o comida, eran quienes cometían el acto.

Algunas veces, los latigazos ocurrían durante el pase de lista, y Corrie y las otras podían escuchar cada grito, cada lamento. Con las manos temblando a los costados —estaba prohibido cubrirse los oídos— escuchaban cada golpe. Al final de pase de lista, cada una corría de vuelta a la barraca para disminuir la intensidad de la pesadilla.

Por si esta intimidación y horror no fueran suficientes, los exámenes médicos traían consigo una forma única de humillación. Cada viernes, las prisioneras eran llevadas a la enfermería en grupos y les ordenaban que se desnudaran. Mientras estaban desnudas frente a guardias que las miraban lascivamente, los exámenes se realizaban en una línea de montaje: un médico examinaba la garganta de cada prisionera, otro miraba entre sus dedos y un dentista examinaba sus dientes. La prueba era especialmente dolorosa para las hermanas Ten Boom, pero Corrie encontró consuelo al saber que Jesús había sido colgado desnudo en la cruz y compartía su carga.

Mientras las prisioneras de Ravensbrück sufrían física y mentalmente, los aliados luchaban con sus propios reveses. Los días 6 y 7 de septiembre, 47 agentes de la SOE que habían sido capturados después de lanzarse en paracaídas a Holanda fueron enviados al campo de concentración de Mauthausen y ejecutados. Luego, del 17 al 25 de septiembre, la operación Market-Garden del mariscal de campo británico

Bernard Montgomery —la colosal operación para capturar los puentes en Nijmegen y Arnhem—[3] resultó en un estrepitoso fracaso.

El rescate no llegaría.

Pero las consecuencias fueron mucho mayores para los holandeses. Como parte del Market-Garden, Londres había pedido a los holandeses que implementaran una huelga ferroviaria para paralizar los transportes de la Wehrmacht. Cuando la operación fracasó, los alemanes respondieron bloqueando los envíos de alimentos desde el este rural de Holanda hacia las zonas industriales del oeste. La comida desapareció para los residentes de lugares como Ámsterdam y Haarlem. Lo único que quedaba para comer eran bulbos de tulipán y betabel. Este bloqueo se prolongó durante meses y esa época pasó a ser conocida como el invierno del hambre en Holanda.

Durante la segunda semana de octubre, Corrie, Betsie y otras mujeres fueron trasladadas a un hogar permanente en la barraca 28. Parecía que la mitad de las ventanas habían sido rotas y reemplazadas con trapos. Dentro había alrededor de 200 mujeres tejiendo.

Otra prisionera las condujo a la habitación contigua, el área de dormir. De pronto volvieron los olores hediondos que Corrie recordaba del vagón. En algún lugar en el edificio fallaban las tuberías y la ropa de cada litera estaba sucia y rancia.

Al igual que en la barraca 8, las literas eran de tres niveles, pero aquí estaban mucho más apretadas entre sí. Todas juntas tenían la apariencia de un laberinto de ratas. La guía encontró la cama que compartirían Corrie y Betsie y se la señaló hacia la mitad de una hilera. Dado que no había espacio entre las camas, tuvieron que gatear sobre otros colchones para llegar a su lugar. Corrie trazó el camino y Betsie la siguió.

—¡Pulgas! —gritó Corrie— . ¡El lugar está infestado!

Betsie oró y luego le pidió a Corrie que sacara su Biblia y leyera en

3. El objetivo de Market-Garden era que paracaidistas aliados aterrizaran en Países Bajos para capturar numerosos puentes, lo que abriría el paso a través del Rhin, creando así una ruta para la invasión del norte de Alemania. La operación se detalla en *Un puente demasiado lejos* de Cornelius Ryian, que más tarde, en 1977, tuvo una adaptación fílmica (N. del A.).

voz alta el pasaje que habían estudiado esa misma mañana, Tesalonicenses 1, 5:14-18: «Animen a los tímidos, ayuden a los débiles, tengan paciencia con todos. Asegúrense de que nadie devuelva mal por mal, pero traten siempre de ser amables unos con otros y con todos los demás. Estén siempre alegres, oren continuamente; den gracias por todo, porque esta es la voluntad de Dios para con ustedes en Cristo Jesús».

Esa iba a ser su respuesta a la barraca 28, dijo Betsie.

—¡Podemos comenzar ahora mismo a agradecer a Dios por cada detalle de esta nueva barraca!

Corrie miró a su alrededor y luego a Betsie.

—¿Cómo cuál?

—Como el estar aquí juntas... Como lo que tienes en tus manos.

Corrie miró su Biblia y asintió. De hecho, el estrecho espacio significaría que más mujeres podrían escuchar cuando Corrie o Betsie leyeran, o tal vez podrían leer la Biblia ellas mismas. Corrie dio gracias a Dios por ello y luego Betsie prosiguió, dando gracias incluso por las pulgas.

Corrie no podía creer lo que oía. ¿Pulgas? Seguramente Betsie estaba equivocada en eso.

Cuando cayó la tarde, las mujeres de la barraca 28 empezaron a volver de sus trabajos. Entraron por cientos, llenas de sudor y sucias. Su barraca había sido diseñada para albergar a 400, sin embargo, ya que estaban transfiriendo a prisioneras desde Austria, Polonia, Francia y Bélgica, habían asignado 1 400. Y, para todas las residentes, había solo ocho baños, varios de los cuales estaban tapados.

A la hora de dormir, Corrie y Betsie descubrieron que otras siete mujeres estarían compartiendo su espacio. Sin embargo todas hicieron lo mejor que pudieron para acomodarse, y lograron dormir un poco.

Esa mañana, a las 4:00 a. m., un silbido estridente despertó a las mujeres. El desayuno, la pequeña ración de pan y café, las esperaba en medio de la habitación. Después, todo el mundo tenía que estar fuera para pasar lista a las 4:30 a. m. Junto con otras 35 000 mujeres de las barracas circundantes, Corrie y Betsie se apresuraron a salir y a formar filas. Se leyeron las cifras de prisioneros y se anunciaron los equipos de trabajo. Las hermanas Ten Boom, junto con miles de otras mujeres, recibieron la peor parte: la fábrica.

Los guardias las hicieron marchar fuera del campo y recorrieron una carretera de dos kilómetros y medio hasta llegar a un complejo de fábricas y terminales ferroviarias. Aquí se ordenó a Corrie y Betsie que empujaran un enorme carro hasta la vía del ferrocarril, donde descargarían pesadas placas de metal de un vagón, las cargarían en el carro y luego lo llevarían hasta una puerta de recepción en la fábrica. El trabajo era agotador y suponía un reto para las jóvenes y en forma; para dos hermanas débiles de unos 50 años, fue una tortura.

Estuvieron durante 11 horas en ese trabajo, deteniéndose solo al mediodía para comer una patata hervida y una sopa instantánea. Cuando regresaron a la barraca estaban magulladas, llenas de ampollas y golpes. Sus piernas hinchadas atestiguaban que Siemens era trabajo forzado. Las condiciones de Ravensbrück eran tan agotadoras que 700 mujeres morían o eran asesinadas cada día.

Después de varias semanas, Corrie supo que ella y Betsie tenían que encontrar otro trabajo. Una compañera prisionera le dijo que podían reportarse con las tejedoras —las mujeres a quienes había visto haciendo calcetines el primer día—. Y en efecto, cuando Corrie y Betsie se reportaron, les dieron agujas de tejer y lana y se pusieron a trabajar. Era un respiro que les salvó la vida.

Unas noches después, una secretaria apareció en su litera y les dijo que tenían que reportarse en la fábrica Siemens por la mañana.

—Eso es imposible —respondió Corrie—. Las dos estamos en el grupo de tejido.

La trabajadora tachó sus nombres de la lista y le dio una tarjeta roja a cada una. Esas tarjetas las clasificaba como incapaces de realizar labores pesadas, les dijo.

Por la mañana Corrie descubrió por otra prisionera lo que la secretaria no les había dicho.

Cuando el campo estaba saturado —*como ocurría ahora*—, quienes sostuvieran esas tarjetas rojas iban a la cámara de gas.

CAPÍTULO 21
ASESINATO

Haarlem

Una mañana de octubre, Hans Poley escuchó un alboroto en la calle. Dado que había sido liberado de Amersfoort solo seis semanas antes, le pareció mejor quedarse adentro. Miró por una ventana y vio soldados reunidos en Westergracht, a solo 300 metros de la casa de sus padres. Los Poley pronto se enteraron de que allí mismo, unas horas antes, habían disparado a un oficial de la Gestapo.

Mientras los alemanes recorrían el vecindario para encontrar a los agentes de la Resistencia que habían cometido el crimen, Hans y sus padres ocultaron rápidamente todo lo que pudiera ser incriminatorio.

Esa tarde, Hans vio nubes de humo que se elevaban desde los edificios al final de la calle.

Al no poder encontrar a los autores del asesinato, la Gestapo se vengó incendiando varias casas. Los Poley esperaban que la suya no fuera la siguiente.

Ravensbrück

La cena en la barraca 28 significaba un cucharón de sopa de nabo. Después, cuando los guardias se iban, Corrie y Betsie hacían servicios de adoración en el área de las literas; usualmente empezaban cantando. Asistían decenas de mujeres de todas las nacionalidades, y en una noche cualquiera podía escucharse un himno cantado por los luteranos, el *Magnificat* cantado en latín por los católicos romanos o un canto sencillo de los ortodoxos orientales. Cuando terminaba el canto, Corrie o Betsie leían la Biblia, primero en holandés y luego en alemán. Con cada verso hacían una pausa, permitiendo que sus palabras fueran traducidas al francés, ruso, polaco y checo a medida que pasaban entre la multitud. Durante los días siguientes, la asistencia aumentó y, a menudo, celebraban un segundo servicio después de pasar lista por la noche.

El 1 de noviembre las mujeres de la barraca 28 recibieron noticias alentadoras. Por alguna razón —tal vez porque había sido bombardeada— no habría más equipos de trabajo para la fábrica Siemens. En su lugar, los guardias las pusieron a hacer otro trabajo: nivelar el terreno. Si bien sus tarjetas rojas eximían a Corrie y Betsie de realizar trabajos pesados, las guardias aparentemente consideraban que palear era un trabajo sencillo y las enviaron a trabajar cerca de los límites del campo. Por qué sería necesario nivelar el terreno era un misterio, pero el trabajo era realmente agotador.

Betsie se ponía más débil cada día y una mañana apenas pudo levantar un pequeño trozo de césped. Gritándole que trabajara más rápido, una guardia le arrebató la pala y comenzó a mostrar el puñado de tierra que había en ella a los demás equipos.

—¡Miren lo que lleva la señora baronesa! ¡Seguramente está ejercitándose demasiado!

Otros guardias y algunas prisioneras se rieron y Corrie sintió que la ira se apoderaba de ella. Miró a su hermana y vio, sorprendentemente, que Betsie también se reía.

—Esa soy yo —le dijo Betsie a la guardia—. Pero será mejor que me deje tambalear con mi pequeña paleada, de lo contrario tendré que parar por completo.

La guardia sacó su fusta de cuero y se la puso a Betsie entre el pecho y el cuello.

—¡Yo decidiré quién puede parar!

Corrie tomó su pala y corrió hacia la guardia, pero Betsie se puso delante de ella.

—¡Corrie! —gritó bajando el arma de su cuerpo—. ¡Sigue trabajando!

Corrie se aferró con fuerza a la madera de su pala, respirando con dificultad. Betsie tomó el mango, se lo quitó y enterró la pala en el suelo. Al mirar el cuello de su hermana, Corrie notó una mancha carmesí en la piel de Betsie y había sangre manchando su cuello.

Betsie cubrió la herida con la palma de su mano.

—No lo mires, Corrie. Mira solo a Jesús.

A inicios de noviembre, los guardias dieron a las prisioneras abrigos de invierno, aparentemente todos tomados de soldados rusos muertos. Sin embargo, a mediados de mes llegaron las lluvias de otoño y la ropa adicional hizo poco para compensar el frío. A menudo llovía durante el pase de lista de las 4:30 a. m., pero los prisioneros se veían obligados a permanecer al exterior en filas de diez y durante horas esperaban en el lugar designado, incluso si se había formado un gran charco de agua. Muchas mañanas, Corrie se encontraba hundida en charcos con el agua hasta los tobillos.

Pero a Betsie le tocó la peor parte. Junto con su tos, comenzó a escupir sangre y Corrie la llevó a la enfermería del campo. La temperatura de Betsie era de 38 °C, insuficiente para ser ingresada para recibir atención. Su condición empeoró y Corrie siguió llevándola, hasta que la temperatura de Betsie alcanzó el umbral de 40 °C. Aunque estuvo ingresada en una habitación, Betsie no recibió atención ni medicamentos. Cuando regresó a la barraca, tres días después, Corrie pudo sentir que todavía tenía temperatura alta.

Sin embargo, continuaron los «servicios religiosos» Ten Boom, que ahora estaban en auge, y Corrie y Betsie agregaron servicios individuales: comenzaron a visitar a mujeres enfermas de la barraca y oraban por ellas. Luego oraban por todos los prisioneros de Ravensbrück y, alentadas por Betsie, también por los guardias.

Una noche, cuando Corrie se acostó al lado de su hermana, Betsie comenzó a hablar de qué pasaría con su ministerio después de la guerra. Tenía que haber un lugar donde las personas pudieran recuperarse y sanarse, pensó, física, emocional y espiritualmente, a su propio ritmo.[1]

---

1. Viktor Frankl, un psiquiatra que había sido prisionero en Auschwitz y en Dachau, escribió después de su liberación en 1945: «Sería un error pensar que un prisionero liberado ya no necesita cuidado espiritual. Tenemos que considerar que un hombre que ha estado bajo semejante presión mental por tanto tiempo naturalmente corre un cierto grado de peligro tras su liberación, especialmente porque la presión ha sido liberada de manera tan repentina. Este peligro [...] es la contraparte psicológica del aeroembolismo. Así como la salud física del trabajador de un pozo de cimentación estaría en peligro si abandonara repentinamente su cámara de buzo[...] así el hombre que repentinamente ha sido liberado de la presión mental puede sufrir daños en su salud moral y espiritual» (N. del A.).

Además del peligro de las «aeroembolias», observó Frankl, los prisioneros

—Hemos aprendido mucho aquí —dijo— y deberemos ir por todo el mundo para decirle a la gente lo que ahora sabemos: que la luz de Jesús es más fuerte que la más profunda oscuridad. Solo los prisioneros pueden saber qué es estar desesperado en esta vida. Podemos decir por experiencia que ningún pozo es demasiado profundo, porque los brazos eternos de Dios siempre nos sostienen.

»Debemos alquilar un campo de concentración después de la guerra», continuó Betsie, «donde podamos ayudar a los alemanes desplazados a conseguir un techo. He oído que el 95% de las casas en Alemania han sido bombardeadas. Nadie querrá estos campos de concentración después de la guerra, por eso debemos alquilar uno y ayudar al pueblo alemán a encontrar una nueva vida en una Alemania destruida».

No solo eso, dijo Betsie, sino que también debían tener una casa en Holanda para recibir a los holandeses que habían estado en campos de concentración. Ellos también necesitaban recomponer sus vidas.

Un día después, Betsie describió su visión con mayor detalle.

—Es una casa tan hermosa —le dijo a Corrie—; todos los pisos son de madera con incrustaciones, con estatuas colocadas en las paredes y una amplia escalera que desciende. ¡Y jardines! Jardines a su alrededor donde pueden plantar flores.

Corrie intentó procesar en su mente los elaborados planes de Betsie.

—¿Debemos quedarnos en ese campo o podemos quedarnos en la casa para exprisioneros en nuestro hogar en Holanda?

—Ninguna. Debes viajar alrededor del mundo y decirle a quien sea que quiera escuchar lo que hemos aprendido aquí: que Jesús es una realidad, que Él es más fuerte que los poderes de la oscuridad. Diles. ¡Dile a quien quiera escuchar! Él es nuestro mejor Amigo, nuestro refugio.

El sueño parecía poco realista, pero llenó a Corrie de esperanza. Con el tiempo empezó a creer que realmente lo harían realidad. Mientras tanto, tenían que soportar el campo.

---

liberados también tenían que ser curados o protegidos de la amargura y la desilusión (N. del A.).

Hacia el fin de mes, la barraca 28 recibió una nueva Aufseherin (supervisora). Siempre era delicado cuando llegaban nuevos guardias o policías al campo, cada uno con su propia forma de crueldad y temperamento. Esta dejó su marca desde el inicio.

El día de su llegada golpeó a una prisionera hasta matarla.

Diciembre trajo consigo temperaturas más frías, lo que hizo que pasar lista fuera una tortura. En las filas matutinas y vespertinas, las prisioneras golpeaban el suelo con los pies, creando casi una cadencia de marcha. Para añadir calidez a sus escasos abrigos, Corrie y Betsie los rellenaron con papel de periódico. Dormir también era peligroso, ya que los cristales rotos dejaban entrar ráfagas de viento helado. Alguien había echado una manta sobre la mayoría de las ventanas desnudas, pero eso no sirvió de mucho para bloquear el frío.

Una noche gélida, Corrie rodeó a Betsie con sus brazos para calentarla y se sorprendió de lo que sintió: el pulso de Betsie era débil y rápido.

Durante la segunda semana de diciembre, los guardias le dieron a cada prisionera una cobija extra, pero duró poco para las Ten Boom. Al siguiente día llegaron prisioneras de Checoslovaquia, y una de ellas fue asignada al área de cama de Betsie y Corrie. La mujer no tenía ninguna cobija y Betsie insistió en darle una de las suyas.

Aproximadamente una tarde más tarde, durante el pase de lista, Corrie vio a un grupo de mujeres dóciles salir del Nacht-und-Nebelbarak, la barraca de detención «Noche y niebla» de al lado. El nombre inofensivo enmascaraba el terror que enfrentaban quienes estaban dentro. En esta barraca se encontraban mujeres condenadas a muerte, algunas de las cuales fueron utilizadas como Kanienchen («conejillos de indias») para experimentos médicos. Cada rincón de Ravensbrück, al parecer, fue construido para crear terror y conmoción, desde la fábrica Siemens hasta las salas de castigo, desde el Búnker hasta el Nacht-und-Nebelbarak.

A la mañana siguiente, Corrie, Betsie y las otras mujeres del grupo de tejido pasaron por un edificio peculiar. Si bien todos los cuarteles eran lúgubres y grises, este lugar parecía ser mucho peor; construido a modo de caseta de vigilancia, tenía un patio cercado con rejas de hierro. Básicamente, era una celda al aire libre. Corrie descubrió que estas mujeres realizaban el trabajo más duro: construir carreteras, transportar carbón o cortar leña.

Un día, Corrie vio a una joven, esquelética y enfermiza, sola en el patio. Como un animal herido, se acurrucó contra el costado del edificio. Corrie sabía que se estaba muriendo, y que ocurriría muy pronto.

A nadie se le permitía hablar con las que estaban en el patio, por lo que Corrie oró en silencio:

«Oh, Salvador, lleno de piedad, toma a esta pobre niña en Tus brazos; consuélala y hazla feliz». Era una oración que podía ofrecer para muchas en Ravensbrück.

Como la vieja señora Leness que, mortalmente enferma y débil, una mañana no logró pararse para el pase de lista y permaneció en cama. Las Lagerpolizei —prisioneras que servían como policías del campo— aparecieron y levantaron a la señora Leness. Pero, como no podía mantenerse en pie, la golpearon. Cuando volvieron las prisioneras de la barraca 28, encontraron a la señora Leness tirada en el suelo. Corrie y otras se apresuraron a llevarla a la cama y Corrie preguntó si podían conseguir una camilla para llevarla al hospital. No vino nadie, por lo que un grupo de mujeres holandesas decidió ayudar a la señora Leness a ir al baño.

Sin embargo, en el camino, la señora Leness se ensució y un guardia la golpeó sin piedad. Llovieron los golpes una y otra vez, uno tras otro, hasta que la señora Leness dejó de moverse.

Estaba muerta.

Esta crueldad no se detenía nunca. Unas mañanas más tarde, el pase de lista de la barraca 28 comenzó a las 3:30 a. m.,—una hora antes— porque tres mujeres habían llegado tarde el día anterior. Mientras Corrie esperaba en la gélida oscuridad, notó un par de faros que rebotaban sobre la nieve. Eran camiones de plataforma que se dirigían al hospital del campo. Durante el pase de lista no dejaron de circular los susurros.

Momentos después se abrió la puerta del hospital y salió una enfermera con alguien apoyada de su brazo. La mujer ayudó a la paciente a subir al primer camión, y luego otras enfermeras la siguieron con más pacientes. Por lo que Corrie pudo ver, se trataba de pacientes ancianas, enfermas o con discapacidades mentales, y las enfermeras ayudaban gentilmente a cada una a entrar. Pronto las enfermeras trajeron a más pacientes, una de los cuales Corrie conocía: una madre con un hijo pequeño que también estaba en el hospital del campo. Sin embargo, no estaba enferma, y Corrie supuso que la habían llevado al hospital debido a sus incesantes peticiones de tener a su hijo cerca.

Al cabo de unos minutos, habían subido a unas 100 mujeres y luego llegaron camillas con pacientes tan enfermas que tuvieron que ser cargadas para abordar los camiones. Pero ¿a dónde iban? ¿A un hospital de verdad?

—¡Transporte de enfermos! —susurró alguien cerca de Corrie.

Sonaron murmullos a través de toda la multitud, pero no tenían sentido a oídos de Corrie. Si estas mujeres enfermas y ancianas no estaban siendo transportadas a un hospital, ¿entonces por qué eran tan dulces y gentiles las enfermeras con ellas?

Miró a los camiones comenzar a moverse y dirigirse directamente al crematorio.[2]

---

2. El 16 de diciembre de 1946, Odette Samson —quien había sido transferida del Búnker de Ravensbrück a una celda cerca del crematorio— testificó en el juicio en Hamburgo contra los crímenes de guerra de Ravensbrück que escuchaba los gritos de las mujeres que eran llevadas al crematorio. Las puertas se abrían y cerraban, le dijo a los jueces, y escuchaba más gritos y luego silencio. Viktor Frankl describió una escena similar luego de su entrada a Auschwitz: «para la gran mayoría de nuestro transporte, alrededor del 90%, significaba la muerte[...] Aquellos que eran enviados a la izquierda marchaban de la estación directo al crematorio» (N. del A.).

CAPÍTULO 22

EL ESQUELETO

A lo largo de finales del otoño y hasta diciembre —conforme los aliados se acercaban—, Heinrich Himmler visitó varios campos de concentración para ordenar un aumento de las ejecuciones. Sabía que algunos campos tendrían que trasladarse a nuevos lugares, y muchos prisioneros no podían viajar. En Ravensbrück se reunió con el comandante Fritz Sühren y le ordenó que las prisioneras enfermas, viejas o incapacitadas para trabajar fueran eliminadas. Para acelerar las matanzas, ordenó la construcción de un segundo crematorio, así como una cámara de gas.

En Ravensbrück y en otros campos, los prisioneros sabían que sus posibilidades de supervivencia disminuían con cada día que pasaba. Todos veían cómo se llevaban los cadáveres cada mañana, y luego el humo que se elevaba desde el crematorio. Muchos se suicidaron.[1]

Corrie nunca contempló quitarse la vida; más bien, consideró lo que había visto en otros prisioneros y miró en lo profundo de su propia alma. «La angustia enseña a algunos a orar», escribió más tarde. «Endurece a otros. La dureza es un mecanismo de defensa que también a mí me ofrecía sus tentaciones. Si uno no puede soportar contemplar el sufrimiento, intentará construir una armadura sobre su corazón. Pero esto también hace a la gente insensible a las buenas influencias».

Ni siquiera Betsie fue inmune a la desesperación. Una mañana, mientras la barraca 28 sufría con otro pase de lista a las 3:30 a. m., todas temblaron en la oscuridad. Cuando sonó la sirena para que el

1. Después de la guerra, Viktor Frankl escribió que casi todos los prisioneros habían contemplado el suicidio. «Nació de la desesperanza de la situación», recordó, «el peligro constante de la muerte se agazapaba sobre nosotros día a día y a todas horas, y la cercanía de las muertes sufridas por tantos de los otros» (N. del A.).

grupo se separara, las mujeres se apresuraron a regresar al relativo calor de la barraca, solo para descubrir que estaba cerrado con llave. Continuaría su sufrimiento en el frío intenso.

Una mujer intentó entrar por una ventana, pero una policía del campo la atrapó y la golpeó. Quizás angustiada por ver la golpiza, una niña con discapacidad mental justo frente a Corrie perdió el control de sus intestinos y se ensució. Los guardias la golpearon brutalmente. Entonces apareció una señora mayor en la puerta del cuartel suplicando que la dejaran entrar. Cuando el guardia se negó, la mujer se desmayó y cayó al suelo.

Betsie se reclinó en los brazos de su hermana.

—Oh, Corrie, esto es el infierno.

Para Corrie, vivir en el infierno tuvo una ganancia inesperada: un campo donde difundir el Evangelio y brindar esperanza. En particular, sentía la obligación especial de ministrar a las jóvenes. Las literas de la barraca 28 estaban apiladas en tantas filas que en la cama de arriba una no podía sentarse sin golpear el techo. Las niñas más jóvenes y ágiles solían ocupar estas literas, y comenzaron a aflojar y quitar tablas para que una pudiera sentarse erguida. Esta plataforma se convirtió en el Areópago de Corrie,[2] permitiéndole enseñar, dar testimonio y sabiduría.

Corrie sabía que el sufrimiento omnipresente obligaba a todas las prisioneras a contemplar las cuestiones más importantes de la vida. ¿Por qué Dios permite que exista el mal? ¿Cómo pudo Dios permitir que se creara un lugar tan atroz como Ravensbrück? ¿Qué elementos esenciales de la vida son necesarios para la felicidad?

Betsie veía el panorama general —la providencia de Dios—, y un día le dijo a Corrie:

—Toda tu vida ha sido un entrenamiento para el trabajo que estás haciendo aquí en prisión…, y para el trabajo que harás después.

2. El Areópago era una colina rocosa en Atenas dedicada al dios Ares (o Marte) y era también el nombre de un grupo de filósofos estoicos y epicúreos que se encontraban allí. Desde este monte fue que enseñaba y debatía el apóstol Pablo. Ver Hechos 17:19-34 (N. del A.).

Corrie también veía esta providencia en acción en el campo. Un día una muchacha le dijo:

—No ha sido un error que Dios haya encaminado mi vida hacia Ravensbrück. Aquí, por primera vez, aprendí realmente a orar. La angustia aquí me ha enseñado que las cosas nunca van del todo bien en la vida a menos que una esté completamente entregada a Jesús. Siempre fui bastante piadosa, pero había áreas de las que Jesús estaba completamente excluido. Ahora Él es Rey en cada esfera de mi vida.

Otra niña se hizo eco del sentimiento y dijo:

—Nunca antes me había dado cuenta de la seriedad de la existencia hasta que llegué aquí. Cuando sea liberada, mi vida va a ser distinta… Le he dado gracias a Dios por enviarme a Ravensbrück.

Cuando la niña se fue, otra le preguntó a Corrie si podía dar un mensaje bíblico al grupo de niñas que había en distintas partes de la barraca. Corrie lo hizo.

Ese domingo dio nueve veces el Evangelio.

Mientras que el Evangelio que daba Corrie florecía, la salud de Betsie iba de mal en peor. Para la segunda semana de diciembre, el frío severo le había hecho algo en las piernas. Muchas veces, al amanecer, encontraba que no podía moverlas y Corrie y otra la cargaban al pase de lista. Betsie había perdido tanto peso que apenas y alcanzaba la constitución de un infante. Mientras se leían sus nombres, Betsie no podía golpear sus pies contra el suelo para mantener la sangre moviéndose, de manera que, al volver dentro, Corrie le restregaba los pies y las manos.

Unos días después, Betsie despertó ahora también incapaz de mover los brazos, y Corrie corrió con un guardia.

—¡Por favor! ¡Betsie está enferma! ¡Oh, por favor, necesita ir al hospital!

—En firmes. Diga su número.

—Prisionera 66730 reportándose. ¡Por favor, mi hermana está enferma!

—Todas las prisioneras deben presentarse para el conteo. Si está enferma puede registrarse en el conteo de enfermos.

Otra mujer ayudó a Corrie a sacar a Betsie. Caminaron con mucho trabajo sobre la nieve y cuando estaban a medio camino del hospital, Corrie vio que se había formado una fila en la puerta, y que se extendía alrededor de la esquina del edificio. Junto a una pared, tres prisioneras yacían en la nieve, probablemente muertas. Corrie no podía dejar que su hermana sufriera la misma suerte, así que la llevaron de regreso para pasar lista y luego la arroparon nuevamente en la cama.

Corrie intentó consolarla, pero el discurso de Betsie se volvía débil y dificultoso.

—Un campo, Corrie… pero nosotras… estamos a cargo… —Betsie descansó un momento y luego continuó—: será muy bueno para ellos ver crecer las cosas. La gente puede aprender a amar mirando las flores.

Corrie preguntó sobre lo que había dicho Betsie antes sobre un campo y una casa.

—¿Vamos a tener este campo en Alemania? ¿En lugar de la casa grande de Holanda?

—Oh, no. Sabes que la casa es primero.

Betsie empezó a toser y Corrie vio sangre en la cama.

—¿Estaremos juntas, Betsie? ¿Haremos todo eso juntas?

—Siempre juntas, Corrie. Tú y yo… siempre juntas.

A la mañana siguiente, Corrie volvió a intentar llevar a Betsie al hospital, pero un guardia la hizo volver.

«¿Cómo pueden ser tan crueles?», pensó Corrie. Devolvió a Betsie a la cama y luego se presentó para pasar lista. Cuando regresó a la barraca, dos enfermeros estaban colocando una camilla junto a la cama de Betsie. El guardia que había hecho regresar a Corrie minutos antes los supervisaba.

—La prisionera está lista para ser transferida.

Mientras Corrie seguía la procesión hasta la puerta, una amiga polaca en común vio a Betsie y se arrodilló, haciendo la señal de la cruz. Afuera caía aguanieve y Corrie trató de formar un escudo para evitar que golpeara a su hermana mientras caminaban. Dentro del hospital, los enfermeros colocaron la camilla en el suelo y Corrie se inclinó para escuchar algo que Betsie intentaba decir.

—... debemos decirle a la gente lo que hemos aprendido aquí. Debemos decirles que no hay pozo tan profundo como el amor de Dios. Nos escucharán, Corrie, porque estuvimos aquí.

Nos escucharán. Las palabras resonaron en la mente de Corrie. Las enfermeras vinieron y trasladaron a Betsie a un catre junto a una ventana. Corrie sabía que no podía seguirla, así que salió corriendo y corrió alrededor del edificio hasta que encontró la ventana de la habitación de Betsie. Intercambiaron sonrisas silenciosas y luego un guardia le gritó a Corrie que regresara a su barraca.

Lo hizo, pero siguió pensando en lo que Betsie había dicho.

Nos escucharán.

La tarde siguiente, Corrie pidió un pase para visitar a Betsie y, sorpresivamente, el guardia se lo dio. Sin embargo, en el hospital, la enfermera a cargo no dejaba pasar a Corrie, sin importar el pase que portaba. Golpeó entonces el cristal de la ventana hasta que atrapó la mirada de su hermana.

—¿Estás bien? —dijo Corrie moviendo los labios sin pronunciar sonido.

Betsie asintió, pero no intentó hablar. Tenía los labios azules.

—Necesitas un buen descanso.

Betsie empezó a murmurar algo y Corrie se inclinó hacia delante.

—... hay tanto trabajo que hacer...

Corrie volvió a la barraca e intentó conseguir otro pase en la tarde y luego al anochecer, pero ambas veces el guardia se lo negó. A la mañana siguiente, Corrie ni siquiera preguntó; después del pase de lista corrió hacia la ventana de Betsie. Miró hacia adentro con las manos contra el vidrio, pero una enfermera tapaba el rostro de la paciente. Un momento después, entró otra enfermera y se detuvo a los pies de la cama y entonces Corrie se dio cuenta de que había un cuerpo desnudo entre las enfermeras. O no tanto como un cuerpo... era más como una escultura de marfil con costillas protuberantes.

Cuando las enfermeras levantaron el cuerpo, Corrie le vio el rostro.

Betsie.

CAPÍTULO 23
LA LISTA

El día en que murió Betsie, el 16 de diciembre de 1944, Hitler inició su ataque más audaz y desesperado de toda la guerra. A las cinco y media de la mañana, comenzó el asalto a lo largo de un frente occidental de 130 kilómetros en la región de las Ardenas de Bélgica y Luxemburgo con tres ejércitos alemanes —el Sexto Ejército Panzer, del general de las ss Sepp Dietrich; el Quinto Ejército Panzer, del general Hasso von Manteuffel, y el Séptimo Ejército, del general Erich Brandenberger—. Dos días después, el general Manteuff sitió la posición aliada en Bastogne y finalmente rodeó a la Décima División Blindada y a la 101.ª División Aerotransportada estadounidenses.

Aunque los alemanes avanzaron mucho sobre la línea aliada, creando una cuña de 113 kilómetros de profundidad y 80 kilómetros de ancho (de ahí el nombre posterior de «batalla de las Ardenas»), el avance fue frustrado finalmente cuando llegó el Tercer Ejército, del general George S. Patton.

Este fue el principio del fin para el Tercer Reich.

Las prisioneras de Ravensbrück desconocían el éxito de la defensa y el contraataque de los aliados, pero el bombardeo previo de la fábrica Siemens, junto con la visión recurrente de los aviones estadounidenses sobre sus cabezas, les dio esperanza.

Que Corrie y tantas otras pudieran soportar, esa era otra historia. En la barraca contigua a la de Corrie, hubo un brote de tifus[1] y cien-

1. El tifus no fue exclusivo de Ravensbrück, sino que afectó a todos los campos. Viktor Frankl escribió sobre la situación en Auschwitz: «En el invierno y primavera de 1945 hubo un brote de tifus que infectó a casi todos los prisioneros. El índice de mortalidad fue alto entre los débiles, quienes tuvieron que seguir con los trabajos forzados tanto tiempo como pudieron. Los cuarteles para los enfermos eran de lo más inadecuado, prácticamente no había ni medicina ni médicos» (N. del A.).

tos de mujeres tuvieron que hacer cuarentena. Los piojos —que abundaban en cada barraca— eran los portadores de la enfermedad y esta se multiplicaba a cada hora.

Por la mañana, las mujeres en fila colapsaron y morían justo donde iban cayendo.

Dos días después de la muerte de Betsie, surgió un problema durante los pases de lista de las mañanas: faltaba un número en la barraca 28. Los guardias devolvieron a las mujeres de las otras barracas, pero las de la 28 permanecieron en su sitio hasta que se encontrara a la prisionera faltante. Estuvieron de pie por horas, hasta mucho después de que el sol estuviera en lo alto, a Corrie se le habían hinchado los tobillos y las piernas, evidencia de edema.[2] Para cuando llegó el mediodía, ya no sentía ninguna pierna, pero se negó a caer. A última hora de la tarde, finalmente pudieron retirarse. Se enteraron de que la prisionera desaparecida había sido encontrada muerta en una plataforma superior.

En medio del dolor por perder a Betsie y las dificultades actuales de Ravensbrück, Corrie mantuvo su resistencia espiritual a través de la oración y la escritura; redactó este poema:

Enséñame la carga a soportar,
Oh, Señor, en este día oscuro.
No dejes mis quejas a otros llegar
De mi camino solitario y duro.

Cada tormenta es por Tu voluntad,
sean de tierra o mente y corazón.
Para encontrar la verdadera paz
debo encomendarme a tu razón.

Así que sufro, así en el silencio,
Así que a Tu voluntad me rindo.
Así en mi debilidad aprendo:
Enséñame, Padre, yo te sigo.

2. El edema es común en casos de inanición, pues quien lo padece tiene proteína insuficiente. Dado que la proteína juega un papel importante en el balance de agua del cuerpo, su falta causa que áreas como el abdomen o las piernas acumulen y retengan agua (N. del A.).

Sin embargo, en las entrañas de la administración de Ravensbrück, se extendía la oscuridad. El comandante Fritz Sühren y uno de los médicos del campo, el doctor Richard Trommer, habían tenido reuniones diarias para abordar la orden de Himmler de que todas las mujeres que estuvieran enfermas o que no podían marchar fueran asesinadas. Cada día hacían una lista de las destinadas a la cámara de gas.

Para mantener dóciles a las víctimas previstas, Sühren creó un subterfugio. A las prisioneras de la lista se les diría que las iban a trasladar a «Mittwerda» —un campo ficticio— y luego, por la noche, las subirían a un camión y las llevarían a un centro de despiojado, lo que no era una actividad desagradable para las mujeres que durante meses habían tenido que luchar contra la invasión de piojos y pulgas. Después de que las mujeres se desnudaran y fueran llevadas al interior, la puerta se cerraría detrás de ellas. Luego se arrojaría gas venenoso desde el techo y comenzarían los lamentos.

Sin embargo, había tantas prisioneras por ejecutar que Sühren y Trommer tuvieron que distribuir el cronograma de ejecuciones a lo largo de varias semanas. Primero se debía eliminar a las enfermas y débiles, y después a todas las mujeres mayores de cincuenta años.

El grupo de Corrie.

Cerca de Navidad, llegó una mujer nueva a la barraca 28, una rusa llamada Marusha. Sin embargo la barraca estaba llena y Marusha no tenía cama. Cuando cayó la noche, Corrie la vio dando vueltas sin rumbo entre las hileras de camas, buscando un lugar donde dormir. Si no encontraba ninguno, tendría que dormir en el piso sin colchón, almohada o cobija alguna. Las rusas no eran bien recibidas por las otras prisioneras, y a donde sea que Marusha dirigiera la vista, las mujeres negaban con la cabeza.

Corrie consideró la difícil situación de la mujer. «Qué terrible sería para una prisionera de un campo de concentración no tener un lugar donde dormir», pensó. Al ver los ojos desesperados y atormentados de Marusha, Corrie le indicó que se acercara. Corrie movió su cobija y señaló el lugar que había sido de Betsie. Sonriendo, Marusha entró bajo la cobija.

Mientras la rusa se reclinaba y apoyaba la cabeza en la almohada, Corrie se preguntó si habría alguna forma de comunicarse con esta persona que tenía a solo unos centímetros de distancia. No sabía ruso y, al parecer, Marusha no sabía nada más. Seguramente tenía que haber una manera de unir las lenguas.

—¿Jesoes Christoes? —dijo finalmente Corrie.

—¡Oh! —los ojos de Marusha brillaron e hizo la señal de la cruz, luego abrazó a Corrie y la besó.

Corrie escribió más tarde: «La que había sido mi hermana durante 52 años, con quien había compartido tantas buenas y malas, me había dejado. Una mujer rusa ahora reclamaba mi amor; y habría otros también que serían mis hermanas y hermanos en Cristo. Me preguntaba si el Señor me brindaría más oportunidades para darle a otros el amor y el cuidado que mi padre y Betsie ya no necesitaban».

Sin embargo, también Corrie necesitaba de amor y cuidados. Después del día en que ella y todas las de la barraca 28 se vieron obligadas a permanecer de pie en el frío punzante durante más de 12 horas, cinco mujeres, incluida Corrie, enfermaron de muerte. Nadie sabía si era tifoidea o algo más.

Al cabo de 10 días, las otras cuatro mujeres estaban muertas.

Una mañana helada de finales de diciembre, un guardia gritó:

—¡Prisionera 66 730!

—Ese es mi número —respondió Corrie.

—Ten Boom, Cornelia.

—Ese es mi nombre.

—Acércate.

Corrie rompió filas con la mente a mil por hora. *¿Esto es todo?* ¿Sería la cámara de gas o tal vez otro campo de concentración? ¿O tal vez solo la castigarían por algo?

El guardia volvió a gritar.

—¡66 730!

Corrie dio unos pasos más hacia adelante y dio la respuesta apropiada:

—*Schutzhäftling Ten Boom, Cornelia, meldet sich.* (Prisionera Ten Boom, Cornelia, presente).

El guardia señaló hacia el final de las filas.

—Toma la primera posición en el pase de lista.

Cuando Corrie caminaba hacia el lugar indicado, un viento helado y frígido atravesó su vestido. Se mantuvo ahí sola por varios minutos y luego una mujer joven fue enviada a acompañarla en el puesto contiguo. Como vio que a Corrie le temblaban las manos, ella se las frotó mientras los guardias no miraban.

Conforme seguía el pase de lista, Corrie se dirigió a ella.

—¿Por qué debo estar en este puesto?

La chica dijo en voz baja y calma:

—Sentencia de muerte.

CAPÍTULO 24

EDEMA

Corrie hizo una oración corta en voz baja.

—Tal vez pronto te veré frente a frente, tal como lo hace Betsie, Señor. No dejes que sea una muerte cruel. No el gas, Señor, ni la horca. Prefiero fusilamiento. Es rápido. Ves algo, escuchas algo y se ha acabado.

Se volvió a la chica y le preguntó su nombre.

—Tiny.

—Yo soy Corrie. ¿Cuánto tiempo has estado aquí?

—Dos años.

—¿Alguna vez has leído la Biblia?

—No, nunca.

—¿Crees que Dios existe?

—Sí. Desearía saber más sobre Él. ¿Lo conoces?

Corrie dijo que sí y durante las tres horas que siguieron —de pie en el pase de lista con Tiny— presentó el Evangelio.

—Mi hermana murió aquí —le dijo a Tiny—. Sufrió mucho. También yo he sufrido. Pero Jesús siempre está con nosotras. Él hizo un milagro al quitarme todo el odio y amargura que sentía hacia mis enemigos.

Tiny parecía receptiva y Corrie le pidió que rezara al Señor, a «el Amigo que nunca te deja sola».

Sonó la sirena para indicar que había terminado el pase de lista y un guardia les gritó que empezaran a trabajar. Las mujeres se dispersaron en todas direcciones y también Tiny desapareció.

Corrie permaneció en el puesto número 1 y esperó. ¿Contestaría el Señor su oración con una muerte rápida?

«Cuando estás muriendo», reflexionó más tarde, «cuando estás frente a las puertas de la eternidad, ves las cosas desde una perspectiva distinta a cuando piensas que puedes vivir por mucho tiempo. Llevaba muchos meses parada frente a esa puerta, mientras vivía en la barraca 28, a la sombra del crematorio. Cada vez que veía el humo saliendo de las horribles chimeneas sabía que eran los últimos restos de alguna pobre mujer… A menudo me preguntaba: "¿Cuándo será el momento de que me maten o de que muera?"».

Y en efecto, Tiny había tenido razón sobre la sentencia de muerte; Corrie descubrió más tarde que la chica había sido ejecutada poco después de terminado el pase de lista, pero ¿cuál era el destino de Corrie?

El guardia que la había llamado reapareció y le dijo a Corrie que la siguiera al cuartel administrativo. Corrie se unió a una corta fila de prisioneras de pie frente a un escritorio y observó cómo un empleado sellaba los papeles de una mujer y decía:

—¡*Entlassen!*

¿*Entlassen*? ¿Liberada? ¿Podría ser? Momentos después el hombre anunció:

—Ten Boom, Cornelia.

Corrie se acercó y el hombre hizo un garabato en un papel, lo selló y se lo entregó. Miró hacia abajo y vio una palabra en negrita: *Entlassungsschein* («Certificado de alta»).

Siguiendo la fila hasta otro escritorio, recibió un pase de tren para viajar a los Países Bajos y luego un guardia le señaló el pasillo hacia otra habitación. En el interior, las mujeres que habían estado delante de Corrie en la fila se desnudaron.

—*Entlassen* físico —le dijo un administrador de la prisión.

Corrie asintió. Una humillación más. Se quitó la Biblia del cuello, se quitó el vestido y arrojó ambos a la pila de pertenencias del prisionero.

Cuando Corrie se acercó, se sorprendió ante la juventud del médico: un niño pecoso que podría haber sido uno de sus sobrinos. Su comportamiento, sin embargo, era profesional. Conforme las mujeres se iban poniendo de pie frente a él, les pedía que se inclinaran, se dieran la vuelta y extendieran los dedos.

Corrie se puso delante de él y los ojos del médico se posaron inmediatamente en sus piernas y pies hinchados.

—Edema —anunció—. Hospital.

El doctor la acompañó al hospital y Corrie preguntó:

—Entonces… no vamos a… ¿no vamos a ser liberadas?

—Supongo que lo serás, tan pronto como baje la hinchazón de tus piernas. Solo te liberan si estás en buenas condiciones.

Tenía sentido. Las ss no querían sufrir mala prensa por maltratar a los prisioneros, por lo que cualquiera que fuera liberado tenía que parecer relativamente sano. Tendría que esperar.

Pero el hospital estaba abarrotado. Un grupo de mujeres esperaba en la fila de llamadas de enfermas, pero habían traído docenas de nuevas prisioneras con heridas terribles. Un tren de prisioneras que se dirigía a Ravensbrück había sido bombardeado, supo después, y las mujeres estaban despedazadas. A un lado, yacía una paciente sobre una mesa con un médico y cuatro enfermeras trabajando a su alrededor. Gritaba de dolor y los estridentes aullidos atravesaban el corazón de Corrie.

Justo entonces, una mujer esquelética entró a la habitación. Sus piernas eran tan delgadas que apenas y podía caminar y sus ojos sobresalían, traumatizados. Pidió ayuda, pero uno de los trabajadores le respondió que podía caminar bien por sí misma.

Corrie suspiró. ¿Es que no había un fin al sufrimiento en Ravensbrück?

Cerró los ojos e intentó bloquearlo todo, pero no pudo: el terror y la crueldad reinaban en todo a su alrededor.

Finalmente, un doctor la condujo a través de una puerta y hasta una habitación con literas. Se le asignó la cama superior y Corrie se impulsó para subir y elevó las piernas contra la pared. Sin embargo, aquella noche fue imposible dormir, pues toda la noche las pacientes pedían bacinillas a gritos. Corrie bajó de su cama, sin importarle el edema, y se acercó a consolar a quienes padecían más dolor.

Antes del amanecer tres pacientes habían caído de sus camas y estaban muertas en el suelo.

Era Navidad.

En Haarlem, Peter Van Woerden recordaba a los Ten Boom. Desde que tenía memoria, siempre había compartido el día de Navidad en el Beje con Opa y el resto de la familia.

«El carácter dulce de ese viejo caballero hacía que lo amaran todos quienes lo conocían», recordó Peter, «especialmente su familia». Este año las cosas serían distintas. Su ausencia se sentiría profundamente.

Pero las fiestas de Navidad eran lo último que tenían los holandeses en la mente. El bloqueo alemán de alimentos había durado tanto tiempo que cientos de personas morían de hambre cada día.[1] Más allá de los betabeles y tulipanes, no había nada que comer.

«La miseria, el hambre y las enfermedades estaban por todas partes» observó Peter.

Y la muerte siguió tocando a quienes lo rodeaban.

Su viejo amigo Piet, que también era el prometido de su hermana Aty, fue la siguiente víctima. Piet había estado activo en la clandestinidad y un día partió para una reunión en el cuartel general de la Resistencia. La reunión, sin embargo, era una trampa de la Gestapo y lo llevaron a la prisión de Ámsterdam.

Fue ejecutado por un pelotón de fusilamiento.

Cuando Corrie terminó sus «llamados al ministerio», regresó a su litera. Frente a ella descansaban dos húngaras, una de las cuales tenía un pie con una grave gangrena. Acostada en diagonal, había una joven que aparentaba unos 15 años, pero tenía el desarrollo mental de una niña de ocho. Tenía un rostro dulce, pero todo su cuerpo estaba demacrado. Cuando la niña se giró, Corrie notó una cicatriz reciente, evidencia de que había tenido algún tipo de operación de espalda. Dada la condición mental de la niña, probablemente se tratara de un experimento médico.

Su nombre era Oelie y a menudo lloraba por su madre. Corrie asumió el papel de madre adoptiva y evangelista, explicándole el Evangelio en los términos más sencillos.

—Oelie, mami no puede venir, pero ¿sabes quién está dispuesto a venir contigo? Ese es Jesús —Oelie pareció entender.

—Le pediré a Jesús que me haga valiente cuando tenga dolor —dijo la niña—. Pensaré en el dolor que sufrió Jesús para mostrarle a Oelie el camino al cielo.

---

1. Durante aquel verano, murieron 16 000 holandeses de inanición (N. del A.).

Luego, Corrie oró con ella y le pareció claro por qué necesitaba pasar la Navidad en Ravensbrück.

Esa noche la temperatura cayó en picada y Corrie notó que las ventanas del hospital estaban completamente congeladas. Estaban a -7 ºC.

Por la mañana, Corrie fue por una reevaluación de su condición.

—Edema en los pies y tobillos —volvió a decir el doctor.

De vuelta al área de dormitorios, Corrie vio a una mujer joven muerta sobre la nieve. Sus manos delicadas estaban dobladas como si estuviera orando pero sus rodillas estaban muy juntas, como si hubiera muerto con mucho dolor. Tenía un rostro dulce y su cabello oscuro se arremolinaba alrededor de su cabeza como un halo.

Corrie observó y se dio cuenta de lo que había pasado. La mujer había sido forzada a esperar para poder entrar al hospital, pero el aire bajo cero la había consumido antes de que se le permitiera entrar.

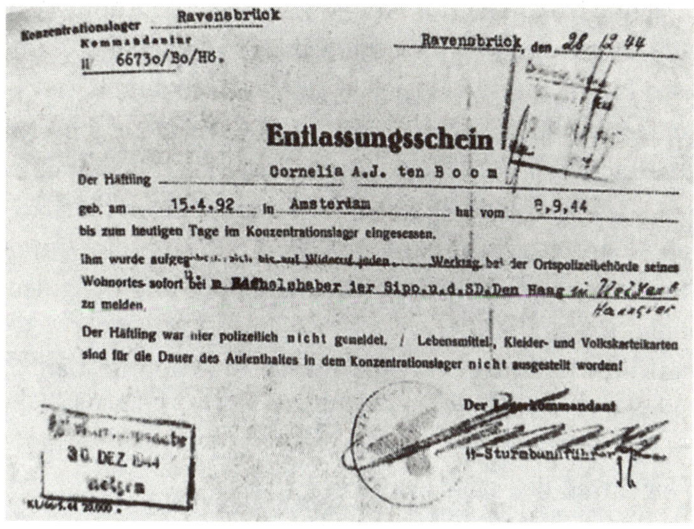
Konzentrationslager Ravensbrück
Kommandantur
II 66730/Bo/Hö.

Ravensbrück, den 28 12 44

Entlassungsschein

Der Häftling Cornelia A.J. ten Boom

geb. am 15.4.92 in Amsterdam hat vom 8.9.44

bis zum heutigen Tage im Konzentrationslager eingesessen.

Ihm wurde aufgegeben, sich bis auf Widerruf jeden Werktag bei der Ortspolizeibehörde seines Wohnortes sofort bei m Befehlshaber der Sipo.u.d.SD.Den Haag

zu melden.

Der Häftling war hier polizeilich nicht gemeldet. / Lebensmittel-, Kleider- und Volkskarteikarten sind für die Dauer des Aufenthaltes in dem Konzentrationslager nicht ausgestellt worden!

Der Lagerkommandant

SS-Sturmbannführer

30. DEZ. 1944

KL/6/5.44 20.000.

Alta oficial de Corrie de Ravensbrück.

Dos días después, el 28 de diciembre, Corrie pasó el examen médico y el doctor selló su acta de alta. En una pequeña cabaña cerca de la puerta exterior del campo, un guardia le entregó ropa nueva: ropa interior, una falda de lana, una blusa de seda, un sombrero, un abrigo y zapatos casi nuevos. Luego recibió un paquete que contenía la ropa que había traído de Scheveningen, así como algunas de las cosas de Betsie. Aquí también tuvo que firmar un formulario en el que declaraba que nunca había estado enferma en Ravensbrück, que nunca había tenido ningún accidente y que el trato había sido bueno.

Junto con un pequeño grupo —de dos holandesas y ocho alemanas—, Corrie se dirigió hacia la puerta. Como si necesitara un recordatorio más de la vida en Ravensbrück, la otra holandesa mencionó que la señora Waard y la señora Jensen, dos mujeres con quienes Corrie y Betsie habían orado, estaban muertas.

Fuera de la puerta, otro guardia las condujo a una pequeña oficina donde Corrie recibió una ración de pan y cupones de alimentos para tres días. También recuperó su dinero, su reloj y el anillo de oro de su madre.

Un Aufseherin las escoltaría hasta la estación de tren, le dijeron al grupo, y Corrie volvió sobre el camino que había recorrido al entrar al campamento. Subieron una pequeña colina y recordó el hermoso lago por el que habían pasado, solo que ahora estaba completamente congelado. Al otro lado, el antiguo castillo y la abadía resaltaban el pintoresco Fürstenberg; a lo lejos, el campanario de la iglesia brillaba como un faro de liberación.

En la estación el guardia se fue y Corrie hizo inventario de sus pertenencias. Los dolores del hambre se apoderaron de ella y buscó el pan en su abrigo. Curiosamente, tanto este como los cupones de alimentos habían desaparecido. ¿Los había perdido o alguien se los había robado?

Frenética, se levantó de un salto y miró alrededor del banco, luego volvió sobre sus pasos hacia la estación. Nada. Después de sobrevivir con raciones de hambre en Ravensbrück, ¿moriría de hambre ahora que iba en el tren de regreso a casa?

En el andén esperó con las otras mujeres hasta última hora de la tarde, cuando llegó un tren de correo. Sin embargo, dos paradas después, le dijeron a todo el grupo que descendiera para dejar espacio para un envío de alimentos.

Alimento.

La mera mención de la palabra aumentó el hambre de Corrie.

Finalmente llegó otro tren y Corrie abordó junto con las otras, pero no había comida. Exhausta y débil, se quedó dormida. Muchos días y muchos trenes después, despertó una tarde cuando bajaban en la terminal de Berlín. Era la media noche del Año Nuevo de 1945.

Corrie bajó del tren con sus nuevos zapatos rígidos y se preguntó cómo encontraría su conexión. Tenía que ir a Uelzen, pero en la plataforma no había señales. Había un anciano recogiendo los escombros de una bomba no muy lejos de allí, y ella le pidió ayuda. Amablemente, la acompañó tomándola del brazo hasta el andén correcto, pero el tren no partiría sino hasta dentro de varias horas, según descubrió Corrie. Aun así, subió a bordo. Estaba mareada por el hambre, pero sabía que si se desmayaba podría perderse la partida.

Finalmente arrancó el tren y en la primera parada Corrie bajó y siguió a otros pasajeros hasta la cafetería de la estación. Le dijo al empleado que había perdido sus cupones de comida, pero que podía pagar con florines holandeses. Corrie abrió la mano para mostrar el dinero y la mujer se burló.

—¡Esa es historia pasada! ¡Sal de aquí antes de que llame a la policía!

Corrie regresó al tren. Tal vez vería a Betsie y a su padre antes de lo esperado. El tren arrancó después de un tiempo, pero durante incontables kilómetros avanzó muy lentamente. Al parecer, los aliados habían bombardeado varias vías y estaciones, y Corrie tuvo que bajar de varios trenes y abordar otros. Desde cada ventana veía la devastación de lo que alguna vez fuera la hermosa Alemania. Por todas partes, edificios y casas destruidos, y millones de familias alemanas sin hogar.

En una estación, Corrie preguntó a un oficial del andén si había alguna posibilidad de conseguir comida. Tal vez reconociendo que estaba al borde del colapso, llamó a un niño que trasladaba el equipaje en un carrito motorizado. Lo siguiente que supo Corrie fue que ella y el oficial viajaban en el vehículo hacia una pequeña casa cercana.

Le dijo algunas palabras a la mujer que vivía allí y, momentos después, Corrie tenía pan, mermelada y café delante de ella. Fue el acto más bondadoso que había presenciado desde su llegada a Alemania.

Tan pronto como Corrie terminó, sonó una sirena de ataque aéreo y el oficial dijo que debían regresar a la estación de inmediato. Aproximadamente un día después, tras de lo que parecieron semanas de viaje, Corrie llegó a la estación en Bad Nieuweschans, una ciudad holandesa a media milla de la frontera alemana.

Finalmente había regresado a Holanda. Al ver a numerosos soldados alemanes a lo largo de las vías, sin embargo, se recordó a sí misma que esta era una Holanda *ocupada*. Un amable hombre holandés vio a Corrie cojeando desgarbada y la ayudó a subir a otro tren aún. Sin embargo, este solo llegaba hasta Groningen —a unos 50 kilómetros al occidente de la frontera—, pues las vías más allá habían sido bombardeadas.

Cuando llegaron, Corrie supo de un lugar llamado la Casa de la Diaconisa, que era un híbrido entre hospital y casa de convalecencia, y que estaba tan solo a unas calles de distancia. Con sus últimas fuerzas, se arrastró hasta el lugar y pidió asilo y si podía hablar con la encargada.

—La hermana Tavenier no puede venir en este momento —dijo la mujer que la recibió—, pues está en un servicio religioso en uno de los pabellones. Me temo que tendrá que esperar.

—¿Sería posible que yo también asistiera?

La enfermera dijo que sí.

—¿Tiene algo para beber?

La enfermera le trajo té y una tostada, y le dijo que eso era lo mejor para su condición actual. Por un momento Corrie se había olvidado de que estaba coja y delgada como un espantapájaros, y aquí había una mujer a la que en verdad le importaba cuidarla.

Después de unos minutos de iniciado el servicio religioso, un ministro de edad avanzada los condujo para entonar los himnos. Corrie reproducía al fondo de su mente, una y otra vez, los cantos en la barraca 28 sucia e infestada de piojos. Cuando terminó el servicio, volvió la enfermera.

—Ahora, ¿qué hacemos contigo?

Corrie se encogió de hombros. Por más de un año no se le había permitido tomar ninguna decisión, solo podía seguir órdenes.

—No lo sé, hermana.

—Ya sé.

La mujer tocó una campana y entró una enfermera joven.

—Hermana —dijo la mayor—, lleve a esta dama al comedor de las enfermeras y dele una comida caliente.

La chica tomó el brazo de Corrie y la condujo a través de un pasillo.

—¿A dónde irá después? ¿Dónde es su casa?

—Voy hacia Haarlem.

—Oh, Haarlem. ¿Conoce a Corrie Ten Boom?

Corrie miró a la chica y entonces la recordó. Era una de las líderes de la YWCA con quien había trabajado antes de la guerra.

—¡Truus Benes!

—Pues sí, ese es mi nombre. Pero no creo conocerla a usted.

—Soy Corrie Ten Boom.

Truus se detuvo y miró con detenimiento el rostro de Corrie.

—Oh, no, eso es imposible. Conozco muy bien a Corrie Ten Boom. He estado muchas veces con ella en campamentos para niñas. Es mucho más joven que usted.

Y ahí estaba: más pruebas de lo que Corrie había vivido en Ravensbrück. Envejecida y demacrada, irreconocible. Consideró lo que veía la joven: una mujer enfermiza con ojos hundidos, cabello gris y rostro delgado y pálido.

—Pero en verdad, yo soy Corrie Ten Boom.

Truus volvió a mirarla y tomó la mano de Corrie.

—Sí… sí… eres tú. ¡Eres tú!

Fueron al comedor y Truus le llevó plato tras plato de carne con salsa, papas, coles de Bruselas, una manzana y pudín con jugo de grosellas. Con cada bocado, Corrie podía sentir que su cuerpo respondía llenándose de energía y sanación.

En una mesa cercana, otra enfermera le susurró a su compañera:

—Nunca había visto a nadie comer con tanta intensidad.

Después de cenar, Truus acompañó a Corrie por el pasillo hasta una habitación grande donde podía tomar un baño caliente. De una bañera blanca y reluciente salía vapor y Corrie se hundió hasta la barbilla; el agua limpia y tibia calmó su piel llena de piquetes de piojos y cubierta de costras.

Truus regresó más tarde y llamó a la puerta.

—¡Cinco minutos más! —suplicó Corrie.

Truus la dejó cinco minutos más, pero cada vez que volvía, Corrie volvía a pedir otros cinco minutos. Después de todo tenía 10 meses de suciedad que lavar, y no sabía cuándo volvería a tener la oportunidad de gozar este lujo. Finalmente, Corrie cedió y salió; Truus le dio una bata de noche. Caminaron por el pasillo hacia un dormitorio acogedor, asignado para una enfermera que estaba de permiso.

Corrie se detuvo en la entrada. Colores. Lo único que había visto durante casi un año era gris y aquí había un brillante despliegue de colores coordinados. Miró la cama, con gruesas mantas de lana dobladas hacia atrás para revelar sábanas blancas y frescas. Dejó que sus manos se deslizaran sobre el algodón suave, de un lado a otro. Truus la invitó a recostarse en la cama, le puso una almohada debajo de los pies y luego la dejó descansar.

Corrie miró alrededor de la habitación y continuó absorbiendo y disfrutando su nuevo refugio. Frente a la cama había un estante lleno de todo tipo de libros, y afuera podía escuchar los sonidos familiares de Holanda: el silbido de un barco en un canal, niños jugando y llamándose unos a otros en la calle y, a lo lejos, un coro cantando con las campanadas de un carillón.

Hogar.

CAPÍTULO 25

DÉJÀ VU

Aquella tarde pasó una enfermera y llevó a Corrie hacia otra habitación donde se quedaría unos días. En algún lugar cerca, una radio tocaba una composición de Bach. Era la primera música que Corrie escuchaba en 10 meses.

Vencida, se dejó caer al suelo y sollozó. Dios le había devuelto la vida. Ella había sido prisionera y el Señor la había rescatado y puesto en libertad. Tenía que haber un propósito en todo esto, pensó, y de ahora en adelante, como Saulo de Tarso después de su conversión, tendría una nueva misión. Ravensbrück había sido su camino a Damasco.

Pero primero tenía que notificar a Willem y Nollie de su liberación y después debía llegar a Haarlem. Sin embargo, había una prohibición de viajes que le impedía regresar a casa y el servicio telefónico era limitado. Se recuperó durante 10 días en la Casa de la Diaconisa y finalmente alguien consiguió que la transportaran en un camión de comida clandestino. Lo estaban desviando de un envío a Alemania, por lo que tendrían que viajar de noche, sin luces.

Durante horas, el camión dio tumbos en la oscuridad y, cuando llegaron a Hilversum, Corrie le dio indicaciones al conductor hasta la casa de Willem. Momentos después, Willem, Tine y dos de sus hijas estaban en los brazos de Corrie.

Corrie les habló sobre la enfermedad y muerte de Betsie y a Willem se le descompuso el semblante.

—Casi desearía tener las mismas noticias sobre Kik. Sería bueno para él encontrarse con Betsie y padre.

No habían tenido noticias de su hijo, le dijo a Corrie, desde que Kik había sido deportado a Alemania.

Corrie se quedó con ellos dos semanas, en parte para adaptarse otra vez a la vida normal, pero sobre todo para disfrutar del tiempo con su hermano y su familia. Pudo ver que Willem había sufrido mucho en su propio encierro; ahora caminaba con un bastón y cojeaba. Él también estaba muriendo. Había contraído tuberculosis en prisión y los efectos nocivos eran evidentes en su cuerpo demacrado.

Primero padre, luego Betsie, probablemente Kik y pronto Willem. Pero su hermano no prestaba atención a sus dolencias. Tenían 50 pacientes en el asilo de ancianos que él dirigía, y Willem los cuidaba y consolaba a todos.

Después de varios días, Corrie notó algo más. Willem había contratado a decenas de mujeres jóvenes para ayudar a administrar el hogar, algunas como asistentes de enfermeras, otras como trabajadoras de cocina y otras como secretarias. Sin embargo, no se trataba de muchachas en absoluto, sino de jóvenes varones que se vestían como mujeres para escapar de los campos de trabajos forzados alemanes. Si bien sus capacidades eran limitadas, Willem seguía ayudando a la Resistencia.

Sin embargo, Corrie anhelaba ver a Nollie y a su amado Beje, y Willem consiguió transporte. Sería otro viaje ilegal, pero encontró un coche que podía recorrer los 50 kilómetros desde Haarlem para recogerla. Las autoridades alemanas habían permitido a Willem utilizar el coche de su residencia de ancianos hasta los límites de la ciudad, por lo que organizaron el traslado en un lugar secreto de Hilversum.

Cuando llegaron, Corrie vio una enorme limosina negra esperando en la nieve al lado del camino. Tenía placas del gobierno y cortinas cubriendo las ventanas traseras. Le dio un beso de despedida a Willem y entró al extraño automóvil.

—¡Herman!

—Mi querida Cornelia —dijo Pickwick—, Dios me permite volver a verte.

La última vez que Corrie lo había visto fue cuando iban camino a La Haya, herido y sangrando. Ahora se veía normal, como si no le hubiese pasado nada, de no ser por los dientes que le faltaban.

Como siempre, Pickwick tenía las últimas noticias. Los grupos clandestinos seguían activos, dijo, pero muchos de los hombres jóvenes estaban escondidos. Corrie preguntó sobre los judíos a los que había dejado en la guarida de los ángeles y él le contó que todos estaban bien, excepto Mary Van Itallie, a quien habían arrestado y enviado a Polonia.

La limusina pasó por el puente Spaarne que conducía al centro de Haarlem y Corrie quedó cautivada por la vista de la iglesia de San Bavo.[1] Esta majestuosa iglesia gótica —construida entre 1245 y 1520— contaba con una aguja de 75 metros y albergaba al órgano del renombrado Christian Müller.[2] Cuando se construyó, en 1738, era el órgano más grande del mundo. Cubre todo el muro occidental de la iglesia y se eleva casi 30 metros de altura, además, está adornado con 25 estatuas, todas talladas por Jan Van Logteren, un escultor de Ámsterdam. En el pináculo se encuentran dos leones dorados que sostienen el escudo de armas de Haarlem.

Al enterarse de este órgano, Georg Friedrich Händel empezó a tocarlo entre 1740 y 1750. En 1766, 16 años más tarde, un niño prodigio de 10 años estaba en los pedales.

Wolfgang Amadeus Mozart.

Como la iglesia estaba tan cerca de su casa, Corrie la consideraba tan familiar como la relojería Ten Boom. Pero primero estaba el Beje. Cuando la limosina dio la vuelta en Barteljorisstraat, Pickwick le advirtió que la casa no era precisamente la misma. Después de que se quitara la guardia policiaca, le dijo, las autoridades instalaron a muchas familias ahí. Ahora estaba desocupada, aunque uno de sus colegas más leales, el señor Toos, había reabierto la tienda.

Corrie no podía llegar a la puerta del callejón lo suficientemente rápido y un momento después cayó en el abrazo de Nollie. Su hermana había llegado temprano esa mañana junto con sus hijas para limpiar el lugar para la llegada de Corrie. Recorrieron toda la casa y Corrie notó que habían robado varias cosas: cuatro alfombras orientales, su máquina de escribir, algunos libros y todos los relojes que habían dejado para reparar. Sin embargo, quedaban tres de sus posesiones más queridas: su piano, el retrato de Opa y su silla favorita.

1. A menudo se hace referencia a la iglesia como la Grote Kerk, que quiere decir «iglesia grande», o simplemente como iglesia de San Bavo (N. del A.).

2. Irónicamente, Müller era alemán (N. del A.).

En la cocina recordaron con qué meticulosidad Betsie disponía las tazas, y en la sala cómo Martha regañaba a Eusi por dejar su pipa fuera de lugar. Cuando entraron en la habitación de Opa, Corrie se desplomó sobre su cama, luchando contra las lágrimas. Ahora estaría sola en una casa que, desde que tenía uso de razón, había estado llena de la alegría de familiares, amigos e invitados.

Al día siguiente, Corrie fue a la Grote Kerk, la antigua iglesia que le traía tantos recuerdos preciados de juegos en la majestuosa catedral cuando era niña. Cada puerta vieja, escalera de caracol o armario oculto proporcionaba una aventura para jugar al escondite. También recordó las muchas veces que su tío Arnold había ido con la familia a escuchar el órgano gigante de Müller.

En la puerta, un anciano guardia le preguntó si podía darle un recorrido.

—Si no es problema —dijo Corrie—, me gustaría estar sola.

El chirrido de sus zapatos provocó un eco en el santuario vacío mientras caminaba sobre las lápidas que formaban el suelo de la iglesia. Encontró un asiento y recordó aquella vez en que era niña y jugaba con una amiga en ese mismo lugar. A medida que la tarde iba cayendo aquel día, la catedral se oscurecía. Un poco de luz se filtraba a través de las vidrieras y las lámparas de gas de las paredes laterales proyectaban sombras misteriosas y parpadeantes. Su amiga se había asustado, pero Corrie se sintió en paz. Había una Presencia entre ellas, había pensado: la Luz del Mundo.

Ahora, 45 años después, reflexionaba sobre el presagio.

Luz en medio de la oscuridad.

A medida que pasaban los días, Corrie se volvía más inqueta. Empezó a acompañar al señor Toos en la tienda, pero ya no sentía alegría en el trabajo. A veces se daba cuenta de que había estado mirando al vacío durante una hora. Incluso el Beje le proporcionaba poco calor. En un intento por reavivar la felicidad hogareña que había traído Betsie, Corrie compró plantas para cada alféizar de las ventanas.

Sin embargo, se olvidó de regarlas y murieron.

Había algo que faltaba. *Actividad.* Trabajo que importara realmente. Al fin y al cabo, la guerra aún continuaba y ella echaba de menos la clandestinidad.

No tuvo que esperar mucho. A principios de febrero llegó alguien al Beje con una petición muy familiar.

—Señorita Ten Boom, tengo un amigo en prisión —dijo el hombre—. Usted conoce al director de la prisión, es un buen holandés que está de nuestro lado. ¿Iría conmigo? ¿Me presentaría al director y le pediría que libere a mi amigo?

Corrie aceptó y cuando llegaron a la prisión y el director salió, a Corrie se le aceleró el pulso. Nunca en su vida había visto a aquel hombre. ¿Sería otra trampa de Quisling?[3] ¿La enviarían de vuelta a Ravensbrück? O tal vez se ahorrarían el problema y simplemente la fusilarían.

La sangre desapareció del rostro de Corrie cuando hizo la petición a nombre del prisionero.

—Espere un momento —dijo el director—. Haré una llamada a la Gestapo para ver si es posible aprobar esta petición.

---

3. Vidkun Quisling fue confundador del Nordisk Folkereisning noruego (el Despertar del Pueblo Nórdico) en 1931, un grupo que apoyaba la ideología nazi; fue jefe del gobierno títere controlado por los nazis que gobernó Noruega de 1942 a 1945. En 1939 había invitado a los nazis a ocupar su país y luego se reunió con la fuerza invasora en abril de 1940. Quisling inspiró al *London Times* a usar su nombre como eufemismo para todos los traidores y colaboracionistas (N. del A.).

CAPÍTULO 26
LA FÁBRICA

¿La Gestapo? *No, Dios, por favor.*

El director los llamó a su oficina, cerró la puerta y miró a Corrie.

—¿Es una trabajadora clandestina?

Corrie no respondió. Esto era una pesadilla que se repetía.

—Qué trabajo tan estúpido el que hace —dijo el hombre—. Nos pone a todos en peligro. Si hiciera lo que me pide, tendría que esconderme y esconder a mis ayudantes de inmediato.

Corrie permaneció en silencio y el director dijo:

—Le aconsejaré para que pueda liberar a ese joven, pero no vuelva nunca más.

Nunca se había sentido tan bien una llamada de atención.

En marzo la Gestapo comenzó otra ronda de redadas a las casas de Haarlem, una vez más intentando localizar a quienes tuvieran conexiones con grupos clandestinos. En la redada número 15, llegaron a la casa de los Poley y Hans se metió en un espacio oculto debajo del suelo de la sala de estar en el último momento. Sin embargo, la Gestapo no iba tras él. Interrogaron y golpearon a su padre, pero el señor Poley hizo el papel de un anciano débil e inocente y los alemanes se lo creyeron. Se trasladaron a otras casas, arrestaron, interrogaron y luego fusilaron a muchos de los vecinos de Poley.

Cuando Hans salió de su escondite, supo que era imperativo permanecer oculto. Sin embargo, había escuchado sobre el regreso de Corrie al Beje y quería desesperadamente hablar con ella. Una noche, cuando los alemanes no estaban, él y Mies fueron a visitarla. Corrie tenía mucho de que hablar —especialmente sobre los horrores de Ravensbrück— y les dijo que todavía se despertaba a la hora del pase de lista: las cuatro y media de la madrugada.

Hans emergiendo (con una radio robada) de un escondite bajo la sala de su casa.

Coincidieron en que el problema más apremiante ahora era la falta de alimentos en Holanda. Miles de personas ya habían muerto de hambre y, a finales de abril, los aliados comenzaron la operación Maná: un lanzamiento masivo diario de alimentos desde el aire.

A medida que pasaban las semanas, Corrie reflexionó sobre lo que Betsie le había dicho en Ravensbrück: «Debemos decírselo a la gente, Corrie. Debemos decirles lo que aprendimos». También recordó lo que Betsie había dicho sobre un lugar donde las personas destrozadas y desconsoladas por la guerra pudieran venir y rehacer sus vidas. Betsie había imaginado una casa hermosa, con madera pulida y amplios jardines para que los residentes pudieran plantar flores.

Corrie sintió que era hora de comenzar la evangelización. Comenzó a hablar en iglesias, clubes y casas privadas, contando a todos los que quisieran escuchar lo que habían pasado ella, Betsie y su padre, y lo que habían aprendido sobre la fe y el perdón. Finalmente, les habló de la visión de Betsie del hogar de convalecientes para personas emocionalmente destruidas.

Después de una charla, se le acercó una señora que vestía de manera elegante. Corrie reconoció a la mujer —la señora Bierens de Haan—; su casa en Bloemendaal era considerada una de las mejores de Holanda. La señora De Haan preguntó si Corrie todavía vivía en la antigua casa de Barteljorisstraat y Corrie dijo que sí. Corrie no sabía que la madre de la señora De Haan había visitado a menudo el Beje para reunirse con Tante Jans, la tía de Corrie, con quien hacía obras de caridad.

—Soy viuda —dijo la señora De Haan—, pero tengo cinco hijos en la Resistencia. Cuatro siguen vivos. Del quinto no hemos sabido nada desde que lo llevaron a Alemania.

Continuó diciendo que quería abrir su casa a la visión de Betsie y que invitaba a Corrie a echar un vistazo.

La finca, una mansión de 56 habitaciones rodeada de robles gigantes y jardines, era incluso más impresionante de lo que Corrie imaginaba.

—Hemos descuidado los jardines —dijo la señora De Haan—, pero pensé que podríamos volver a ponerlos en forma. ¿No cree que los prisioneros liberados podrían encontrar terapia en el cultivo?

Corrie se quedó sin palabras.

Miró hacia las ventanas gigantes y se recompuso.

—¿Hay pisos de madera con incrustaciones en el interior y una amplia galería alrededor de un salón central?

—¡Conque ha estado aquí antes!

—No, alguien me habló del lugar… —Corrie se detuvo, sin saber qué decir sobre la visión de Betsie—. Me habló del lugar alguien que ya ha estado aquí antes.

—Sí. Alguien que ya ha estado aquí.

Dentro, la señora De Haan recorrió los paneles con las manos.

—¿Ha visto lo hermoso que es este trabajo en la madera?

Corrie sonrió, recordando lo que Betsie le había dicho en Ravensbrück:

—Nuestra casa es tan elegante, con un trabajo igualmente hermoso en la madera… Y así deberá de ser porque ayudaremos a personas que necesitarán un ambiente así de atractivo para olvidar ese espantoso campo.

Este era el lugar.

El sábado 5 de mayo, en el pueblo de Wageningen, el general alemán Johannes Blaskowitz rindió las fuerzas que ocupaban Holanda al general británico-canadiense Charles Foulkes. Se esperaba que el Primer Ejército Canadiense llegara a Haarlem en cualquier momento, y banderas holandesas aparecieron por todo el Grote Markt.

El domingo por la mañana, Corrie fue a la Grote Kerk y se encontró con las bancas llenas. Fue el primer servicio en la Holanda liberada y, mientras sonaba el órgano Müller, la congregación cantó:

Si Dios no hubiese estado
Otorgándonos su fuerza,
Pronto habríamos fallado
Y perdido nuestra tierra.

Después de la última oración, el órgano resonó con el «Wilhelmus», el himno nacional y la tonada que había llevado a Peter a su arresto. Muchos cantaban, pero muchos otros, como Corrie, tenían un nudo en la garganta.

Se unió al mar de gente que salía de la iglesia y, una vez afuera, escuchó disparos. Un momento después vio varios coches a toda velocidad por Koningstraat. Desde su interior estaban soldados alemanes disparando contra la multitud. Corrie y otros cuantos corrieron a refugiarse en la adyacente Smedestraat. El ejército alemán se había rendido, pero el peligro persistía.

Sin embargo, dos días después, el 8 de mayo, los canadienses liberaron Ámsterdam y Haarlem. Hans y Mies volvieron a pasar por el Beje para visitar a Corrie, que estaba organizando un memorial a Opa en el escaparate de la relojería. Admiraron la exhibición: debajo del retrato de su padre, Corrie había colocado varias fotografías, recuerdos y una Biblia abierta en el salmo 91. Era un homenaje apropiado para un gran hombre.

Después de abrazos y recuerdos, Hans, Mies y Corrie decidieron unirse a la multitud que celebraba en el Grote Markt. Miles de personas cantaban y vitoreaban mientras banderas rojas, blancas y azules ondeaban en casi todas las ventanas.

La guerra había terminado. Los Países Bajos, como la mayor parte de Europa, estaban devastados. Más de 200 000 holandeses habían perdido la vida en la guerra, incluidos innumerables judíos y 16 000 holandeses que habían muerto de inanición. Miles de niños holandeses que habían sido enviados a trabajar a fábricas alemanas —como Kik Ten Boom— estaban desaparecidos. Del modo que fuera, reconstruir las vidas y ciudades llevaría años.

La reina Wilhelmina, sin embargo, se mantenía confiada.

—Aquel que nos guió a través del oscuro valle de la ansiedad y la opresión —le dijo a su pueblo en mayo— hacia la libertad y el espacio en el que podemos volver a ser nosotros mismos es capaz de hacer realidad la visión de un futuro mejor... No es una ilusión seguir confiados en esa nación excelente y mejorada que parecía estar a la vuelta de la esquina en el momento de la liberación; no nos guiamos por algo que nos gustaría que fuera verdad, sino por una experiencia profunda de la guía de Dios sobre las personas y las naciones.

Corrie comenzó su nueva vida. Se mudó a la casa de los De Haan en Bloemendaal, y pronto la siguieron innumerables supervivientes.

«Como había vivido tan cerca de la muerte», recuerda Corrie, «y la veía cara a cara día tras día, a menudo me sentía como una extraña entre mi propia gente, mucha de la cual consideraba el dinero, el honor de los hombres y el éxito como las cuestiones importantes de la vida. Estar frente a un crematorio, sabiendo que cualquier día podría ser tu día, le da a uno una perspectiva diferente».

Una y otra vez le venían a la mente las palabras de un viejo dicho alemán:

«Lo que gasté, lo tuve; lo que salvé, lo perdí; lo que di, lo tengo».

Era un resumen de su experiencia como prisionera, y sirvió también como lema para su nuevo ministerio. Y ella también necesitaba sanar. A seis meses del sufrimiento de Ravensbrück, Corrie decidió sellar su perdón a los enemigos. Todos los enemigos. Ya había perdonado a los alemanes, pero había otro que era más difícil: el holandés que la había traicionado ante la Gestapo —Jan Vogel—, «señor Seiscientos florines».

El 19 de junio de 1945 le escribió:

Estimado señor:

> Hoy escuché que probablemente usted haya sido quien me traicionó. Estuve 10 meses en un campo de concentración. Mi padre murió tras nueve días de encarcelamiento. Mi hermana también murió en prisión.
>
> El daño que usted planeó para mí se convirtió en una buena cosa para mí por gracia de Dios. Me acerqué más a Él. Para usted se aproxima un castigo severo. He orado por usted para que el Señor lo acepte si se arrepiente…
>
> Yo lo he perdonado por todo. También Dios lo perdonará si se lo pide… Si para usted es difícil orar, entonces pídale a Dios que le dé Su Espíritu, que trabaja con la fe en su corazón…
>
> Espero que el camino que tome ahora sirva para su salvación eterna.

Corrie Ten Boom

A finales de junio, la casa Bloemendaal había aceptado a más de 100 residentes, todos ellos heridos y con cicatrices. Algunos habían estado en campos de concentración, otros se habían escondido en áticos y armarios durante años, y otros habían perdido a toda su familia durante los bombardeos.

En este refugio, cada residente aprendió que muchos otros habían sufrido igual que ellos. Todos necesitaban la misma sanación. «Cada uno tenía un dolor que debía perdonar», recordó Corrie, «el vecino que lo había denunciado, el guardia brutal, el soldado sádico. Aunque parezca extraño, no fueron los alemanes ni los japoneses a quienes la gente tuvo más problemas para perdonar; sino a sus compatriotas holandeses que se pusieron del lado del enemigo».

Estos antiguos colaboracionistas eran ahora parias en toda Holanda. A muchos les afeitaron la cabeza y los hicieron desfilar por las calles. La mayoría habían sido expulsados de sus casas y apartamentos y no podían encontrar empleo. Todos fueron abucheados en público.

Corrie creía que ellos también necesitaban sanar, por lo que intentó admitir a algunos en la casa Bloemendaal, pero la ira que hervía dentro de aquellos a quienes habían hecho sufrir fomentó discusiones y peleas. Corrie dio un giro y trasladó a los colaboradores al Beje. El hogar que alguna vez había sido el centro de la resistencia clandestina ahora trabajaba para sanar a las mismas personas que los habían traicionado.

Pronto Corrie consiguió que médicos, psiquiatras y nutricionistas hicieran consultas gratuitas en la casa de Bloemendaal, e instaló servicios de oración matutinos y vespertinos. Los residentes podían entrar y salir cuando quisieran. Muchos de ellos se curaron plantando flores y vegetales en el jardín, tal como había predicho Betsie. Otros parecieron recuperarse dando largas caminatas en medio de la noche.

Los colaboracionistas del Beje, sin embargo, fueron un poco más difíciles. Nadie los visitaba y no recibían correo. Sin embargo, finalmente la sanación en Bloemendaal se manifestó con simples gestos amables hacia los marginados.

—Esas personas de las que nos hablaste… —le dijo una residente a Corrie—, me pregunto si querrán algunas zanahorias recién cosechadas.

Los planes de Corrie se habían hecho realidad: Bloemendaal y el Beje se convirtieron en centros eficaces para la sanación y el perdón.

Una noche, Corrie se sentía inquieta. Echaba de menos Haarlem y el Beje, pero había algo más, algo que no podía identificar.

Era más de medianoche cuando llegó a la calle Barteljorisstraat. Las farolas eran tenues y la luna y las estrellas formaban un majestuoso dosel. Cuando llegó al Beje, permitió que sus manos se deslizaran por la puerta principal de la tienda. La relojería había sido el único negocio que había conocido y el vínculo compartido entre su trabajo y su padre era más de lo que cualquier niño podría pedir. Pero ahora vivían otros en esa casa, y ese era el origen del malestar: el Beje era parte de ella.

Su padre se había ido. Betsie se había ido. El Beje se había ido. Dobló la esquina hacia el callejón lateral, el mismo sitio donde había admitido a innumerables judíos y buceadores, y puso sus manos sobre la fría piedra. Acercándose, apoyando su cara contra la pared, se acercó a ella.

Durante más de 50 años, el Beje había sido su propio escondite, su refugio. Pero Ravensbrück le había enseñado que esta magnífica casa —con todos sus recuerdos— no era más que una sombra; su verdadero refugio estaba en Cristo.

Mientras descansaba contra la piedra, empezaron a sonar las campanas de la Grote Kerk. Fueron oportunas y reconfortantes pero también nostálgicas, porque toda su vida había escuchado esta hermosa música día y noche. Se dirigió a Grote Markt y contempló la imponente catedral y la aguja de la iglesia. Mirando las estrellas, dijo:

—Gracias, Jesús, porque estoy viva.

En ese momento comenzaron a sonar las campanadas del clásico de Martín Lutero «Una fortaleza poderosa es nuestro Dios», y Corrie se encontró a sí misma cantando, no en holandés, sino en alemán. Qué irónico, parecía, que Dios le recordara su gracia y cuidado en un himno alemán.

Durante las semanas y meses siguientes, Corrie dio pláticas por toda Holanda y otras partes de Europa. Bloemendaal funcionaba con donaciones —que no eran pocas—, pero ella estaba ansiosa por difundir su mensaje.

En el otoño de 1945, Corrie sintió la necesidad de continuar su ministerio en Estados Unidos. El pasaje a Estados Unidos era casi impagable, pero un día preguntó sobre el viaje y se enteró de un carguero que partía la semana siguiente. Hizo el viaje y llegó a Nueva York con 50 dólares.

Encontró alojamiento en una YWCA y comenzó a establecer contactos. No conocía a nadie en Estados Unidos, pero tenía la dirección de un grupo de judíos cristianos que se reunían regularmente en la ciudad. Se puso en contacto con ellos y la invitaron a charlar. Cuando llegó, descubrió que la mayoría eran inmigrantes alemanes, por lo que les habló en su lengua materna.

Aproximadamente una semana después, fue a la oficina de la YWCA para pagar la factura. Para su sorpresa, el empleado dijo que el límite para invitados era de una semana; Corrie tendría que buscar otro lugar para vivir. Con poco dinero y sin amigos, tendría que ingeniárselas.

Cuando se dio vuelta para irse, el empleado la llamó y le dijo que tenía correo.

«¿Correo?», se preguntó Corrie. *Nadie sabe dónde vivo.*

Abrió el sobre y leyó: «La escuché hablar en la congregación judía», escribía una mujer. «Estoy consciente de que es casi imposible conseguir una habitación en Nueva York. Resulta que mi hijo está en Europa, así que es bienvenida a quedarse en su cuarto mientras siga en nuestra ciudad».

Durante las siguientes semanas, Corrie se reunió con varios ministros y líderes cristianos. Visitó a un hombre llamado Irving Harris, editor de una revista llamada *The Evangelist*. Le sugirió que concertara una cita para ir a ver a Abraham Vereide, un destacado líder cristiano que estaba en Washington D. C. Corrie cenó con Vereide varios días después, junto con tres profesores que él mismo había invitado, y durante toda la velada le hicieron preguntas. A la mañana siguiente, Vereide entró en acción y organizó una charla para Corrie esa misma tarde. Después, una de las asistentes le entregó un cheque.

—Corrie, este es tu mensaje. Compártelo dondequiera que vayas.

Vereide continuó haciendo llamadas de presentación y pronto Corrie recibió invitaciones para hablar por todo el país. Durante varios meses dio su testimonio en iglesias, prisiones, universidades, escuelas y clubes. Sin embargo, a medida que el año llegaba a su fin, se sintió llamada a regresar a Europa. Una y otra vez su mente volvía a lo que Betsie había dicho en Ravensbrück: que tendrían que dar el Evangelio en la propia Alemania.

«Corrie, hay tanta amargura», «había dicho Betsie. Este campo de concentración aquí en Ravensbrück ha sido utilizado para destruir muchísimas vidas. Hay muchos otros campos de este tipo en toda Alemania. Después de la guerra ya no les servirán. He orado para que el Señor nos dé uno en Alemania. Lo usaremos para reconstruir vidas».

En su momento Corrie había encontrado la idea repugnante. No quería volver a pisar Alemania en toda su vida. Pero las palabras de Betsie hacían eco en su mente: «Los alemanes son las personas más heridas de todo el mundo».

Corrie tomó en consideración el estado de Alemania: la tierra era escombros y ruinas, incontables esposos, padres y hermanos se habían ido, y alrededor de nueve millones de personas habían quedado sin hogar.

Tenía que ir.

Las oportunidades de hablar surgieron fácilmente en Alemania, y un día recibió una invitación para presentarse ante 100 familias que vivían en una fábrica abandonada. Habían colgado sábanas y mantas para crear habitaciones improvisadas, pero el llanto de un bebé o el arrebato de un residente resonaban por todo el edificio. A su alrededor, Corrie no podía ver nada más que miseria y desesperación. ¿Cómo podría evangelizar a estas personas? Ahora tenía su propia vida, viajaba y hablaba, pero las necesidades que encontró allí la agobiaban.

Se dio cuenta de que, si quería tener un impacto significativo, solo había una manera.

Tendría que vivir con ellos.

CAPÍTULO 27

AMAR AL ENEMIGO

Y de este modo, Corrie se mudó a la fábrica para compartir la difícil situación de los alemanes y soportar sus cargas. Durante meses los amó, consoló y cuidó sin pedir nada a cambio.

Un día, el director de una organización de ayuda visitó a Corrie en la fábrica. Había escuchado hablar de su trabajo, le dijo, y existía la posibilidad de otra locación para su ministerio especial.

—Hemos localizado un lugar para el trabajo. Era un antiguo campo de concentración que el gobierno acaba de liberar.

Corrie quedó anonadada. Otra parte de la visión de Betsie hecha realidad. Viajó con el hombre hasta Darmstadt, un campo de concentración en ruinas, y caminó a lo largo del alambre de púas hasta los edificios grises. Era demasiado familiar.

Dentro de un cuartel, Corrie decidió que todo tendría que ser transformado.

—Jardineras. Las tendremos en cada ventana… pintura verde. Verde brillante, del color de los retoños en primavera.

En 1946, un año después de su liberación en un campo como ese, Corrie inauguró Darmstadt para recrear lo que la casa Bloemendaal hacía en Holanda. Sin embargo, con el espacio extra, Darmstadt podría alojar a 160 residentes. Las instalaciones pronto llegaron a su capacidad máxima y tenían una lista de espera. La Iglesia luterana de Alemania aceptó ayudar con la administración, y otro grupo, el de las Hermanas Luteranas de María ayudaron con las residentes mujeres y con los niños. Corrie siguió dando pláticas para recaudar fondos para Darmstadt y en poco tiempo había pastores y miembros de numerosas iglesias construyendo hogares alrededor. Corrie ahora tenía tres guaridas de sanación.

Izquierda: Darmstadt como campo de concentración. Derecha: El centro de sanación Darmstadt de Corrie. Nótese las abundantes flores, incluyendo las que hay en jardineras bajo cada ventana.

En diciembre de 1946, llegaron malas noticias. Willem, quien había seguido sufriendo de tuberculosis, había muerto. Sin embargo, Corrie siguió con su trabajo, agobiada porque el número de muertos de la familia Ten Boom a causa de la guerra había llegado a cuatro: Opa, Betsie, Willem y seguramente Kik.

A inicios de 1947, Corrie habló en una iglesia de Múnich, la ciudad donde Adolf Hitler comenzó su carrera política con el desafortunado «*putsch* de la cervecería».[1] Cuando terminó, un hombre se abrió paso entre la multitud para hablar con ella. Era calvo y corpulento, vestía un abrigo y un sombrero de fieltro marrón. Sin embargo, cuando dio un paso adelante, lo que Corrie vio fue un uniforme azul, una gorra con un cráneo y huesos y una fusta de cuero.

Se le revolvió el estómago. Era él, sin duda, el primer guardia de las SS que había visto en las regaderas de Ravensbrück. La desnudez, el montón de ropa, los hombres burlones y lascivos, el rostro ceniciento de Betsie. De todos los sádicos guardias del campo, él era uno de los más crueles.

—Qué agradecido estoy por su mensaje, *Fraulein* —dijo el hombre—. Y pensar que, como usted dice, ¡Él ha lavado mis pecados!

---

1. El 8 y el 9 de noviembre, Hitler y los seguidores del grupo nazi llevaron a cabo un atentado en Múnich, esperando tomar el control del país. Fueron confrontados por la policía en una cervecería y se produjo un tiroteo; 14 nazis y cuatro policías murieron y Hitler fue arrestado. Acusado de traición, fue condenado a cinco años de prisión. Allí escribió su tratado ideológico, *Mein Kampf.* Fue puesto en libertad después de cumplir solo nueve meses (N. del A.).

Le extendió una mano, pero Corrie no le correspondió. ¿Cómo podría tocar esta alimaña?

—Usted mencionó Ravensbrück en su charla —continuó—. Yo era guardia allí. Pero desde entonces me he convertido en cristiano. Sé que Dios me ha perdonado las cosas crueles que hice allí, pero me gustaría escuchar el perdón también de sus labios.

Volvió a extender la mano.

—*Fraulein*, ¿me perdonaría?

Corrie luchó contra su amargura. Este hombre representaba lo peor del lugar que le había quitado la vida a Betsie. El perdón parecía imposible.

Sin embargo, al mismo tiempo recordó el mandato de Jesús: «Si no perdonas las ofensas de los hombres, tu Padre en el cielo tampoco perdonará tus ofensas». Había predicado la importancia del perdón durante los últimos 12 meses y había visto de primera mano en Bloemendaal y Darmstadt el impacto práctico: aquellos que eran capaces de perdonar a sus antiguos enemigos reanudaban sus vidas, mientras que aquellos que no lo hacían, iban por la vida siendo inválidos emocionales.

Corrie intentó sonreír, pero no sintió la más mínima chispa de calidez o caridad. Rápidamente pronunció una oración silenciosa: «¡Jesús, ayúdame! Puedo levantar mi mano. Eso es todo lo que puedo hacer. Tú dame el sentimiento».

Levantó el brazo de manera mecánica. Mientras tomaba la mano del hombre, pasó algo extraordinario: una corriente de energía pasó entre ambos y una calidez sanadora recorrió todo el cuerpo de Corrie. Más que perdón, Corrie de pronto sintió amor genuino hacia aquel hombre.

Se le llenaron los ojos de lágrimas.

—¡Te perdono, hermano! Con todo mi corazón.

Sostuvo su mano durante varios minutos. «Nunca conocí el amor de Dios de manera tan intensa como en ese momento», recordó más tarde. No olvidaría aquella lección: uno no puede perdonar a menudo sin el poder y la gracia de Dios.

Con el corazón en paz, Corrie decidió contarle su historia a una audiencia más grande, y más tarde aquel año publicó una autobiografía: *A Prisoner and Yet...*[2,3] Era un libro sencillo, pero compartía en él los elementos más destacados de su terrible experiencia: esconder a judíos y refugiados en el Beje, la traición y el arresto de su familia, la prisión en Scheveningen y la vida en los campos de concentración de Vught y Ravensbrück.

A inicios de 1951, casi siete años después de ser liberado de prisión, Peter fue a Bremen, en Alemania, como parte de un grupo que dirigía encuentros evangélicos. Oficialmente, era el intérprete de un orador estadounidense, pero también se encargaba de tocar la mayor parte de la música para los eventos. Una noche el tema fue la «Segunda Venida de Cristo» y el orador preguntó a la audiencia:

—Si Jesús viniera esta noche, ¿estarían listos?

Cuando terminó el servicio, un alemán se abrió paso hasta el frente de la sala. Al principio Peter no reconoció al hombre, pero luego recordó el rostro: Hans Rahms. El teniente había envejecido considerablemente y Peter podía notar que estaba o había estado enfermo.

—Señor Rahms, ¿me recuerda? Fui su prisionero hace siete años en Scheveningen.

El alemán asintió y Peter le preguntó qué había pasado con él después de la guerra. Rahms dijo que había sido prisionero durante varios años, pero que ahora trabajaba limpiando ventanas.

Hablaron durante varios minutos y luego Peter fue al grano.

—Recuerdo haberle preguntando en aquel entonces si estaría listo si Cristo llegaba. No me respondió. Esta noche me gustaría hacerle la misma pregunta. Si Jesús viniera esta noche, ¿estaría listo?

—Sí, Peter. Creo que estoy listo.

Algunos meses después, mientras Corrie estaba de gira por Alemania, también se encontró con el teniente Rahms. Sus pensamientos volvieron de nuevo al modo en que había liberado a Peter y a

---

2. El libro fue publicado en Canadá en 1947, pero la edición norteamericana aparecería hasta 1970 (N. del A.).

3. *Prisionera y aún así...* (N. del A.).

muchos de sus amigos, y al modo en que había arrojado sus documentos incriminatorios al horno, salvándole la vida.

—Nunca olvidaré las oraciones de tu hermana —le dijo Rahms. A través de las conversaciones y oraciones con Betsie, con ella y con Peter, explicó, se había convertido en cristiano.

Aquella noticia, dijo Corrie más tarde, «fue uno de los momentos más ricos de la vida para mí, porque ese día vislumbré un poco el lado de Dios en mi patrón de vida».

Durante los años siguientes, el ritmo de Corrie se intensificó. A lo largo de la década fue de iglesia en iglesia, de club en club, de casa en casa, hablando en más de 40 países. En 1954, mientras hacía un breve regreso a Haarlem, se resbaló en el pavimento mojado y sufrió una fuerte caída. Los transeúntes la ayudaron a subir a un taxi y luego apareció un policía.

—¿Cómo se llama?

—Corrie Ten Boom.

—¿Es usted miembro de la familia con ese apellido a la que arrestamos hace unos diez años?

—Así es.

Corrie con Hans Rahms en 1951.

Sin preguntar, Corrie supo que este hombre era un policía holandés leal, uno de los tantos con quienes había trabajado con el propósito específico de ayudar a prisioneros políticos.

—Lamento mucho su accidente, pero me alegro de volver a verla. Nunca olvidaré esa noche en la comisaría. Todos estaban sentados o acostados en el suelo de la estación. Su padre estaba allí con todos sus hijos y muchos de sus amigos. Le he contado muchas veces a mis colegas que esa noche había una atmósfera de paz y alegría en nuestra estación, como si en lugar de ir a prisión y a la muerte, fueran a ir a un banquete.

»Su padre dijo antes de intentar dormir: "Oremos juntos". Y luego leyó el salmo 91».

—¡Aún lo recuerda!

Diez años después del evento, este policía recordaba no solo lo sucedido esa noche, sino también el salmo exacto que Opa le había pedido a Willem que leyera. El improbable reencuentro le confirmó a Corrie que estaba haciendo lo correcto.

Corrie siguió viajando por el mundo sola durante tres años más, a menudo sin saber en dónde se quedaría o dónde hablaría. Llevaba 12 años con una agenda ininterrumpida y, a los 65 años, le pareció que había llegado el momento de contratar una ayudante y compañera de viaje. En una visita a Inglaterra conoció a una joven holandesa, Conny Van Hoogstraten, quien aceptó su invitación para unirse a su inusual ministerio. Con alguien encargándose de la logística, Corrie trabajó más duro que nunca.

En 1959 se unió a un grupo que viajaba a Alemania para honrar a las decenas de miles[4] de mujeres —entre ellas Betsie— que habían muerto en Ravensbrück. Mientras visitaba el campo, Corrie descubrió algo sorprendente: su liberación se debió a un error administrativo.

Una semana después, todas las mujeres mayores de 50 años habían sido ejecutadas en las cámaras de gas.

Durante 10 años, Corrie y Conny fueron inseparables. La simpatía y la personalidad tranquila de Conny hicieron que las transiciones de un hogar a otro fueran fluidas, y Corrie empezó a depender de ella.

4. Se desconoce el número exacto de mujeres muertas en Ravensbrück, pero el rango estimado es de entre 30 000 hasta 92 700 (N. del A.).

Sin embargo, a principios de 1967, Conny le dijo a Corrie que había conocido a alguien especial y que planeaban casarse ese mismo año. La noticia destrozó a Corrie, quien confió: «La amaba como a una hermana».

Oraron para que Dios proporcionara un reemplazo adecuado. Corrie tenía compromisos en Vietnam e Indonesia, y luego ella y Conny se reunieron en Ámsterdam para pasar sus últimos meses juntas. Allí conocieron a Ellen de Kroon, una enfermera holandesa alta, rubia y con una sonrisa contagiosa. Conny se casó el 1 de septiembre pero, como vivía no lejos de Corrie, venía a menudo para ayudar a Ellen durante la transición.

Poco después de Año Nuevo, Corrie supo que el Estado de Israel la había elegido para ser admitida como Justa entre las Naciones, un homenaje honorífico a los gentiles que habían arriesgado sus vidas durante la guerra para salvar judíos.[5]

Dos meses después surgió una oportunidad de lo más inusual. En mayo, mientras hablaba en una iglesia en Alemania, una pareja de escritores estadounidenses, John y Elizabeth Sherrill, se acercaron a ella. Habían leído su autobiografía, *A Prisoner and Yet…*, y estaban fascinados por su historia. Creían que era necesario volver a contar la historia de Corrie, por lo que le propusieron escribir un nuevo libro en conjunto. Sus credenciales eran excelentes, ya que en 1963 habían ayudado a David Wilkerson a escribir su famosa autobiografía, *The Cross and the Switchblade*, y en 1967 habían ayudado a Andrew Van Der Bijl («Hermano Andrew», como era conocido) a escribir sus memorias en *El contrabandista de Dios*. No solo eso, sino que planeaban lanzar su propia editorial, Chosen Books, y si aceptaba, el de Corrie sería su primer título. Así, con la historia de Corrie y los escritos de los Sherrill, Chosen Books publicó en 1971 el éxito de ventas *The Hiding Place*, que vendió tres millones de copias en los siguientes cuatro años.

En su última etapa de discursos públicos tras de la publicación del libro, a Corrie le gustaba terminar con una historia que llamaba «Blancos y negros». En enero de 1969, un amigo estadounidense

5. El nombramiento ocurrió en 1967, y la presentación se llevó a cabo en Jerusalén el 28 de febrero de 1968. Como parte de la ceremonia, Corrie plantó un árbol memorial en la Avenida de los Justos (N. del A.).

había pasado a visitarla. El hombre la conocía bien y se sintió con la libertad de tocar un tema delicado. Años antes, algunos compañeros cristianos se habían aprovechado de Corrie, el hombre lo sabía, y preguntó si había habido resolución y reconciliación.

—No pasa nada —dijo Corrie—. Todo está perdonado.

—Por ti, sí. Pero ¿qué hay de ellos? ¿Han aceptado tu perdón?

—¡Dicen que no hay nada que perdonar! Niegan que haya pasado algo. No importa lo que digan, de todos modos, yo puedo probar que se equivocan.

Corrie fue a su escritorio, abrió un cajón y sacó algunos papeles.

—Verás, ¡lo tengo en blanco y negro! Guardé sus cartas y puedo mostrarte donde…

—¡Corrie! —estirándose hasta donde estaba Corrie, cerró el cajón con suavidad—. ¿No eres tú aquella cuyos pecados están al fondo del mar? ¿Y no obstante guardas los pecados de tus amigos grabados en blanco y negro?

Corrie se detuvo. Había predicado por más de 20 años sobre el perdón y sin embargo había guardado —y *disfrutado*— la evidencia en blanco y negro que tenía contra sus colegas. Recordó de nuevo el pasaje: «Perdona nuestras ofensas», Jesús enseñaba «como también nosotros perdonamos a los que nos ofenden».

Su amigo estadounidense se fue, pero Corrie permaneció en su escritorio mirando los papeles. Papeles *incriminatorios*. Durante varios minutos sopesó el perdón y cómo abrazarse a él de modo genuino. Miró la chimenea y entonces lo supo.

Teniente Rahms.

Juntó todos los papeles y los echó al fuego.

EPÍLOGO

En 1975, cuatro años después de la publicación de *The Hiding Place*, World Wide Pictures lanzó una versión cinematográfica del libro. Si bien las proyecciones previas para grupos seleccionados, propietarios de salas de cine y medios de comunicación comenzaron en mayo, la película se estrenó el 29 de septiembre en el Teatro Beverly Hills. Jeannette Clift George interpretó a Corrie, mientras que Julie Harris interpretó a Betsie. Arthur O'Connell interpretó el papel de Casper, Robert Rietti interpretó a Willem y Paul Henley interpretó a Peter. Por su papel protagónico, George fue nominada a un Globo de Oro (como Mujer Revelación más prometedora).

Ese otoño, Corrie y Ellen fueron a Tulsa, Oklahoma, para un evento especial en la Universidad Oral Roberts. El capellán de la universidad, Robert Stamps, coordinó las presentaciones con Ellen y pronto surgió una profunda amistad, seguida de un romance. Siete meses después, en mayo de 1976, Bob y Ellen se comprometieron y Corrie tuvo que despedirse de su segunda asistente. Sin embargo, antes de que Ellen se fuera, Corrie encontró a Pamela Rosewell, una mujer inglesa que había sido secretaria personal del hermano Andrew durante ocho años. Pam aceptó el nuevo trabajo y comenzaron la transición.

En abril de 1976, apenas una semana antes de que Corrie cumpliera 84 años, el 15 de abril, tuvo una conmovedora despedida de Ellen. Corrie y Pam tenían previsto volar de nuevo a Estados Unidos para otra conferencia, y Ellen fue con ellas al aeropuerto de Ámsterdam. Durante nueve años, Corrie y Ellen habían entrado y salido de este aeropuerto viajando por el mundo, y todo ese tiempo pareció volver. Ellen recordó vívidamente lo que Corrie había dicho el día que se conocieron: «Estoy tan feliz de que Dios te entregue conmigo».

Ahora era una despedida agridulce y ni Corrie ni Ellen sabían exactamente qué decir. Corrie se acercó a Ellen y Pam y oró, y luego llegó el momento de abordar. Instintivamente, Ellen agarró las manijas de la silla de ruedas de Corrie tal como lo había hecho cientos de veces, y entonces se dio cuenta: ahora era el momento de Pam. Ellen soltó la silla, se hizo a un lado y observó cómo la nueva ayudante de Corrie la guiaba por la rampa.

Tan pronto como Ellen regresó al apartamento de Corrie, sonó el teléfono. Era alguien del aeropuerto con un mensaje de Corrie:

—Ellen, busca en el escritorio —dijo la persona que llamó—, encontrarás una notita.

Ellen miró el escritorio, preguntándose cuándo la habría dejado Corrie, y se apresuró a leer. La carta era típica de Corrie.

> Mi queridísima Ellen:
>
> Gracias por todo lo que has hecho y por quien has sido durante estos años tan importantes de mi vida.
>
> Sigue manteniendo a Jesús en el trono de tu corazón, así estarás siempre en los límites donde el amor de Dios pueda alcanzarte.
>
> Si tienes tiempo, ve y busca detrás de la pintura «Castillo de Brederode». Escribí algo especial al otro lado del cuadro.
>
> Que Dios te bendiga a ti y a Bob de manera muy especial.
>
> Tu muy agradecida Tante Corrie

Ellen sabía que el *Castillo de Brederode* era una herencia muy preciada de los Ten Boom. Era una hermosa representación de una escena cerca de Haarlem realizada por el pintor holandés A. Miolée. Quitó el marco de la pared y miró en la parte posterior la inscripción de Corrie:

> Para Ellen de Kroon de Tante Corrie:
>
> Como un pequeño recordatorio de los bendecidos años en que anduvimos como vagabundas del Señor por tantos países. Es maravilloso

saber que todo lo que hacemos en amor por el Señor nunca es en vano.

1 Corintios 15:58.

Corrie Ten Boom

La pintura ahora cuelga en el hogar de Ellen y Bob, y cada vez que Ellen lo contempla dice:

—Gracias, Señor, por haberme dado a Tante Corrie.

En 1977, a los 85 años, Corrie finalmente se jubiló y se mudó a Placentia, un pequeño pueblo en el norte de Orange County, California. Sin embargo, su salud se deterioró rápidamente y al año siguiente sufrió dos derrames cerebrales y perdió la capacidad de hablar.

En 1979, Corrie disfrutó quizás de su última bendición especial, cortesía del Reino Unido. Durante cinco noches, del 9 al 13 de octubre, se presentó el musical de *The Hiding Place* ante multitudes que agotaron las entradas en el Birmingham Hippodrome Theatre.

A principios de la década de 1980, Corrie siguió activa en las dos organizaciones ministeriales que fundó —Christians, Incorporated y la Asociación de Trabajadores Penitenciarios Cristianos— asistiendo a reuniones de la junta y presidiendo comités de planificación.

En 1983 sufrió un tercer derrame cerebral y el 15 de abril, cuando cumplía 91 años, murió en su casa de Placentia. Corrie probablemente habría dicho que era apropiado, ya que el salmo 91 había sido el pasaje favorito de ella y de su padre.

Visitó más de 60 países contando su historia de amor, perdón y gracia. Pocas personas han sido evangelistas tan incansables, y ella dio testimonio a todos: estudiantes en Uganda, agricultores en Cuba, trabajadores de fábricas en Uzbekistán, aldeanos en Siberia, prisioneros en San Quintín, funcionarios del Pentágono, incluso a una colonia de leprosos en una isla africana.

Los tres centros de convalecencia que creó —el Beje,[1] Darmstadt y Bloemendaal— gozaron de mucho éxito y ayudaron a miles de personas a reconstruir sus vidas. La biografía de Corrie, *The Hiding Place*, vendió más de cuatro millones de copias, dando lugar a su revista, también llamada *The Hiding Place*. Fue nombrada caballero por Juliana, reina de los Países Bajos,[2] honrada por el Estado de Israel, adoptada como hermana india por la tribu nativa americana hopi[3] y recibió un doctorado *honoris causa* del Gordon College.[4] Finalmente, en su ciudad natal de Haarlem, una calle lleva su nombre (Corrie Ten Boomstraat).

La verdad es que no hay mucho que no lograra.

Como las firmes campanadas de un reloj de pie, el legado de Corrie Ten Boom continúa transmitiendo su mensaje de fe, esperanza, amor y perdón.

---

1. El Beje ahora opera como el Museo Corrie Ten Boom (N. del A.).

2. El 4 de septiembre de 1947, la reina Wilhelmina abdicó al trono para que su hija, Juliana, pudiera comenzar su reinado (N. del A.).

3. Por su trabajo con la Fudación Christian Hope Indian Eskimo, a Corrie le dieron un nombre: «Lomasi», que significa «flor hermosa» en hopi (N. del A.).

4. Corrie recibió un doctorado *honoris causa* en Humanidades el 23 de abril de 1976 (N. del A.).

EL RESTO DE LA HISTORIA

Muchas personas desempeñaron un papel prominente en la historia de Corrie, y vale la pena señalar lo que pasó con ellas después de la guerra. La historia también debería marcar el destino o los logros de aquellos que no necesariamente están relacionados con los Ten Boom, pero que son fundamentales para la historia general holandesa de la Segunda Guerra Mundial.

Doctor Arthur Seyss-Inquart

Como comisionado del Reich en los Países Bajos durante el gobierno de Hitler, Seyss-Inquart supervisó y ordenó la deportación de unos 140 000 judíos holandeses a campos de concentración, de los cuales 117 000 fueron asesinados o los hicieron realizar trabajos forzados hasta morir. También fue responsable de la muerte de otros 2 000 a 3 000 holandeses no judíos que fueron ejecutados en Holanda, y de más de 20 000 que murieron en campos de concentración en los Países Bajos o Alemania. Estas cifras no incluyen las muertes de los soldados holandeses ni de los holandeses que murieron en campos alemanes de trabajos forzados.

Permaneció fiel al Führer hasta el final, y por ello Hitler (poco antes de su suicidio) lo nombró ministro de Asuntos Exteriores en el nuevo gobierno del almirante Karl Dönitz.

El 16 de octubre de 1946, Seyss-Inquart fue ejecutado en la prisión de Núremberg por atrocidades de guerra y crímenes contra la humanidad.

Hanns Albin Rauter

Como el más alto líder de las ss y de la policía, y como jefe de todas las tropas de las ss en los Países Bajos invadidos, Rauter implementó un reinado de terror rara vez visto en la historia. Ordenó la ejecución de cientos de miembros de la Resistencia holandesa y envió a miles a la muerte en campos de concentración.

El 6 de marzo de 1945, cerca de Apeldoorn, agentes de la Resistencia atacaron el coche en el que viajaba. Rauter fue el único superviviente del ataque, pero quedó tan herido que pasó el resto de la guerra en un hospital.[1] En mayo, los británicos lo capturaron en Alemania y lo entregaron a los holandeses, quienes lo juzgaron en 1948.

Rauter fue condenado a muerte y ejecutado en febrero de 1949.

Otto, Edith, Margot y Ana Frank

Tras su arresto el 4 de agosto de 1944, la familia Frank fue enviada al campo de concentración de Auschwitz. En octubre, Margot y Ana fueron trasladadas a otro campo, Bergen-Belsen, cerca de Hannover, Alemania. El 6 de enero de 1945, Edith (la madre de Ana) murió de hambre y agotamiento. Ese invierno estalló un brote de tifus en Bergen-Belsen y Margot y Ana murieron a causa de él aproximadamente dos meses[2] después del fallecimiento de su madre.

Milagrosamente, el padre, Otto, sobrevivió a Auschwitz, fue liberado por los rusos, y regresó a Ámsterdam el 3 de junio de 1945.

Audrey Hepburn

Después de la guerra, el 25 de abril de 1946, Audrey Hepburn volvió a Velp y ofreció un recital de danza para colectar dinero para la Cruz Roja. Ocho años más tarde, apenas un año después de su papel

1. En represalia por el ataque a Rauter, el general de las ss Karl Schöngarth ordenó la ejecución de más de 250 prisioneros. Después de la guerra, Schöngarth fue juzgado por crímenes de guerra por un tribunal militar británico el 11 de febrero de 1946. Fue declarado culpable y ahorcado en la prisión de Hamelin un mes después (N. del A.).

2. La fecha de muerte de ambas niñas generalmente se marca a finales de febrero o inicios de marzo de 1945 (N. del A.).

protagónico en *Roman Holiday*, regresó a Oosterbeek, Países Bajos, con su esposo, Mel Ferrer, para depositar una ofrenda floral en el monumento a la 1.ª División Aerotransportada británica.

Tres años después, en 1957, Audrey conoció a Otto, el padre de Ana Frank. Le contó que junto con la publicación del diario de su hija se filmaría una película sobre su historia. Le preguntó a Audrey si interpretaría el papel de Ana, pero ella le dijo que no podía.

Fritz Sühren

Como comandante de Ravensbrück, Fritz Sühren fue el responsable de las miles de mujeres que murieron en el campo, entre ellas Betsie Ten Boom. En un intento por salvar su propio pellejo en el último momento, tomó a una de sus prisioneras, la agente de la SOE Odette Sansom, y condujo un convoy de dos coches para rendirse ante los estadounidenses. Como parte de su propia historia para salvar su vida, Odette les había dicho a los alemanes que estaba casada con su compañero agente Peter Churchill, pariente de Winston Churchill. Si bien ella y Peter se habían enamorado, no estaban casados y él no era pariente del primer ministro. Sin embargo, los alemanes se lo creyeron todo y Sühren asumió que la liberación de la esposa de un Churchill lo pondría en buena posición ante sus captores.

Cuando llegaron a un puesto de avanzada estadounidense, Sühren fue arrestado y encarcelado para ser juzgado por crímenes de guerra, junto con otros del campo de concentración de Neuengamme. Sorprendentemente, escapó y se ocultó, huyendo de las autoridades durante años. Finalmente, el 24 de marzo de 1949, fue recapturado por tropas estadounidenses en Deggendorf y entregado a los franceses para su procesamiento.

El 10 de marzo de 1950 fue juzgado por crímenes de guerra y crímenes contra la humanidad por un tribunal militar en Rastatt, Alemania. Lo condenaron a muerte y Sühren fue ahorcado el 12 de junio en Sandweier, Baden-Baden.

Casper Ten Boom

El padre de Corrie fue aceptado en el Estado de Israel como Justo entre las Naciones en 2007, y a una calle de Haarlem se le puso su nombre (Casper Ten Boomstraat).

Elisabeth Ten Boom

Betsie fue aceptada en el Estado de Israel como Justa entre las Naciones con su padre en 2007.

Willem Ten Boom

Antes de su muerte en diciembre de 1946, Willem publicó varios libros, de los cuales el último fue un estudio sobre el sacrificio en el Antiguo Testamento. Sin embargo, en el primer plano de su mente siempre estaba su hijo Kik, de quien no se había sabido nada desde que fue deportado a un campo de concentración alemán. Poco antes de su último aliento, Willem le dijo a su esposa, Tine: «Está bien, está muy bien con Kik». Fue un momento conmovedor, pues Willem estaba citando el famoso himno de Horatio Spafford, *It Is Well with My Soul.*[3]

3. En el otoño de 1873, un abogado estadounidense y anciano presbiteriano, llamado Horatio Spafford, había planeado unas vacaciones en Inglaterra con su esposa Anna y sus cuatro hijas: Annic, de 12; Maggie, de siete; Bessie, de cuatro; y un bebé de 18 meses. Las demandas comerciales tardías impidieron que Horatio se fuera con su familia y los envió, prometiendo unírseles pronto. El 15 de noviembre, Anna y las niñas partieron hacia Inglaterra a bordo del barco de vapor francés *Ville du Havre*. En mitad de la noche del 21 de noviembre, el *Ville du Havre* chocó con el *Loch Erne*, un clíper de hierro británico, y se hundió en 12 minutos. Todos los niños de Spafford, junto con otros 222 pasajeros, murieron.

Un barco estadounidense cercano, el *Tremountain*, rescató a Anna y a 86 personas más. Al llegar a Inglaterra, Anna envió un telegrama a su marido que comenzaba con dos palabras: «Salvada sola». Horatio partió para unirse a ella en el siguiente barco y le preguntó al capitán si sabía dónde se había hundido el *Ville du Havre*. El capitán dijo que sí y Horatio pidió que le avisaran cuando llegaran al

Kik, al igual que las hijas de Spafford, aparentemente había fallecido, pero al igual que Horatio, Willem pudo decir: «Está bien».

Años después de la muerte de Willem, Peter Van Woerden visitó una sinagoga en Tel Aviv. Después del servicio, un amigo le presentó a un judío holandés que estaba entre los asistentes.

—¿Conoces el nombre Ten Boom? —le preguntó el hombre a Peter.

Peter le dijo que él era el hijo de Nollie y el hombre dijo que Willem lo había escondido en su casa durante la ocupación nazi. «Cuando llegó la Gestapo», explicó, «me escondí bajo el suelo del estudio del doctor Ten Boom. Cuando los soldados entraron, comenzó a regañarlos por perturbar la preparación de su sermón. Los soldados se sintieron intimidados por su actitud confiada y lo dejaron en paz. Tu tío me salvó la vida».

La escuela Ten Boom en Maarssen, Países Bajos, lleva el nombre de Willem.

Kik Ten Boom

Durante los siete años posteriores a la guerra, nadie supo qué le había pasado a Kik. Cuando el Ejército Rojo liberó el campo de concentración donde se encontraba Kik, en lugar de dejarlo ir, lo enviaron a un campo de trabajo ruso. Un niño que había escapado del campo en 1953 les llevó la noticia: Kik había muerto allí de hambre y abusos.

---

lugar exacto. A altas horas de la madrugada el capitán despertó a Horatio y le dijo que estaban en el lugar. Fue entonces, a la luz de las estrellas, que Horacio escribió:

> Cuando la paz del río viene hacia mí,
> Cuando la pena se mueve como las olas del mar,
> Como sea mi suerte, Tú me enseñaste a decir
> Está bien, está bien con mi alma (N. del A.).

En 2019, un argentino llamado Guillermo Font publicó una novela histórica sobre Kik, con el nombre *Kik Ten Boom: El nieto del relojero*. Durante años había estado fascinado por la historia de los Ten Boom y se sentía particularmente atraído por Kik, sobre quien había tan poca información. Font sabía que Kik había tenido una novia formal durante la guerra, llamada Hanneke Dekema, y se preguntaba si ella todavía estaría viva y estaría dispuesta a compartir recuerdos. En 2017 la encontró con su nombre de casada, Hanneke Vinke-Dekema. A los 91 años, la mente de Hanneke se mantenía alerta y compartió sus recuerdos sobre Kik en dos cartas:

> Ayer Marina me llevó al lugar donde Kik y yo estuvimos tantas horas el 18 de agosto de 1944, en medio de Lage Vuursche, un bosque cercano a Hilversum[...] Fue el último lugar donde estuvimos juntos. Una vez más, derramé lágrimas a pesar de que sucedió hace 73 años[...]
>
> La chica de 18 años ya no existe. Después de la guerra, había esperanza. Kik tenía una mente muy fuerte. Era tan ingenioso. Habría encontrado un modo de sobrevivir. Un modo de regresar. Esperé. Esperé mucho tiempo.
>
> Kik no regresó. No iba a regresar. No sé cuánto tiempo me llevó aceptar esta realidad. Cuando finalmente lo hice, mantuve a Kik firmemente guardado en mi corazón. Durante muchos años no permití que hubiera espacio para nadie más. Pero al mismo tiempo sabía que la vida me estaba esperando[...] Encontré el amor de nuevo. Me casé con un hombre maravilloso. Tres hijos y cuatro nietos han traído mucha felicidad a mi vida.
>
> Kik nunca salió de mi corazón. Y su recuerdo perduró en muchos otros. Una calle de Hilversum lleva su nombre. Su nombre apareció en muchos libros y estudios sobre la Resistencia holandesa. Les conté a mis hijos y nietos sobre él[...]
>
> Nadie puede contar la historia del amor que Kik y yo sentíamos el uno por el otro[...] La mayoría de los sentimientos y experiencias de este periodo no se pueden expresar con palabras. La desconcertante mezcla de enamorarse, sentir miedo, coraje y dolor[...] Reír[...] Tener esperanzas, expectativas, incertidumbre, pérdidas[...]

La calle en Hilversum nombrada en honor a Kik se llama Ten Boomstraat, y tiene una escultura de bronce de Kik en bajo relieve, hecha por un artista judío holandés llamado Johannes Gustaaf (Jobs) Wertheim, quien fue un superviviente de un campo de concentración en Theresienstadt, Checoslovaquia.

Peter Van Woerden

Al igual que Corrie, Peter, el hijo de Nollie, se sintió impulsado a combinar sus dones con los viajes. Mientras Corrie estaba al inicio de su vuelta al mundo con sus conferencias, Peter, su esposa y sus cinco hijos realizaron una gira por Europa y el Cercano Oriente como un grupo de canto familiar con un mensaje sencillo: el amor de Dios. Posteriormente, a partir de 1958, Peter comenzó a editar y coproducir la publicación bimestral de Corrie, *It's Harvest-Time*, muchas veces incluyendo sus propios artículos. A mediados de 1970, ayudó a Corrie con su segundo libro[4] sobre su padre: *Father Ten Boom: God's Man*, publicado en 1978.

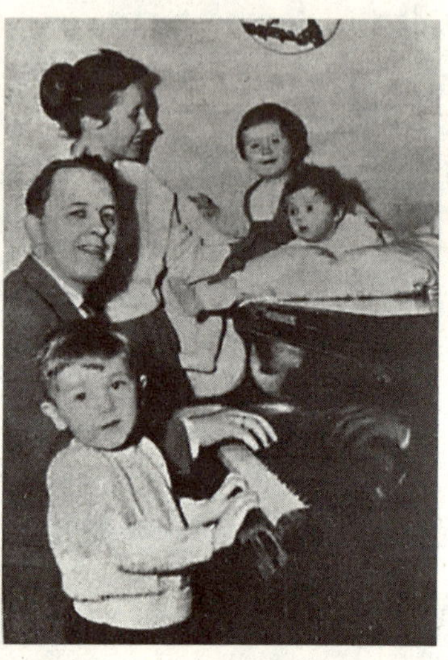

Peter y su familia al piano en Ginebra, Suiza, en 1960.

Debajo del retrato de Casper, Corrie y Peter revisan viejas cartas familiares y documentos en su hogar en Overveen, Holanda.

4. Su primer libro sobre Casper Ten Boom se llamó *In My Father's House* y fue publicado en 1976 (N. del A.).

Hans Poley

Eusi, Corrie y Hans juntos de nuevo en el Beje, 6 de marzo de 1974.

Después de la guerra, Hans recibió la Cruz Conmemorativa de la Resistencia Holandesa por su trabajo clandestino. Luego completó sus estudios en el Instituto Tecnológico de Delft, donde obtuvo un doctorado en Física. En febrero de 1949, él y Mies Wessels se casaron y durante los años siguientes tuvieron tres hijos.

El 6 de marzo de 1974, Hans, Mies, Eusi, Dora y Corrie tuvieron un conmovedor reencuentro en el Beje y las dos parejas firmaron el libro de visitas.

Hans tuvo una larga carrera de investigación física, y trabajó para el Consejo Holandés de Investigación de Defensa y para la División de Exploración y Producción Internacional de Royal Dutch Shell. Después de una temporada en Houston en la oficina estadounidense de Shell, se jubiló en 1984.

El libro de visitas del Beje. Encima de su firma, Hans citó Salmos 66:10-14, y a la derecha indica su tiempo de estadía en el Beje: de mayo del 43 a febrero del 44. Debajo de su nombre está la firma de Mies, junto con la de Anneke Poley. En la parte superior derecha está la firma de la esposa de Eusi, Dora, quien firmó justo debajo del nombre de Eusi.

Nueve años más tarde, en 1993, publicó *Return to the Hiding Place*, un recuento personal de sus nueve meses escondido en el Beje.

Leendert Kip

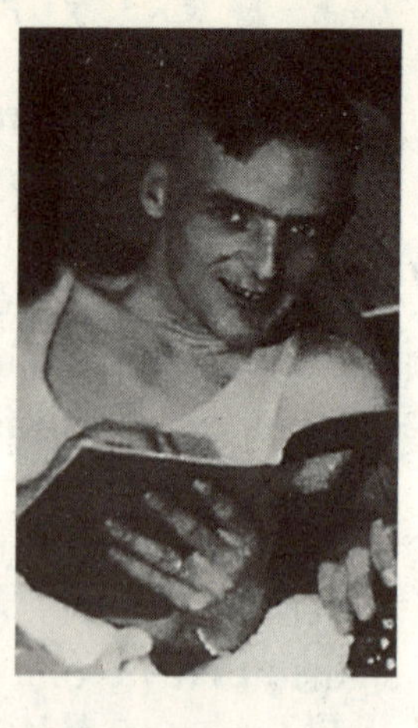

Después de la guerra, Leendert enseñó matemáticas en la Dreefschool, una primaria de Haarlem, y enseñó holandés y literatura en el colegio de maestros en Bloemendaal.

Mary Van Itallie

Como se señala en el texto principal, Mary fue arrestada poco después de mudarse a un nuevo escondite tras su liberación de la guarida de los ángeles. Con su falta de entrenamiento, salió a la calle y se encontró con un agente de la Gestapo que se hacía pasar por trabajador clandestino y le preguntó: «¿A quién debemos advertir?». El agente arrestó a las personas que ella mencionó y la envió a un campo de concentración para mujeres en Theresienstadt, donde murió.

En el techo del Beje, 1943. De izquierda a derecha: Henk Wiedijk, Thea, Hans, Mary y Eusi.

Cuando Hans y Eusi visitaron el Beje en 1974, escribieron y firmaron una nota colectiva en el libro de visitas: «Mary fue arrestada unos días después. Que su recuerdo sea una bendición».

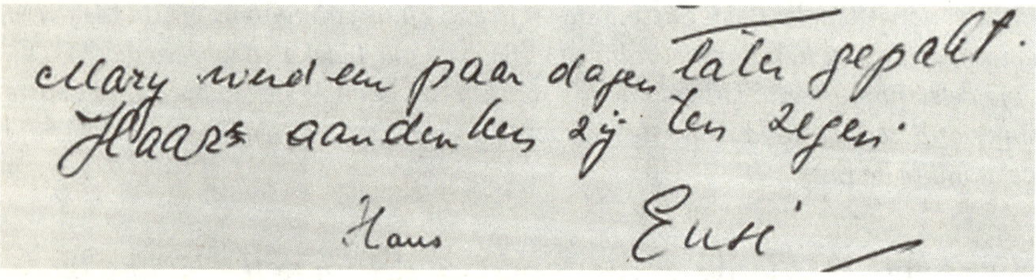

Mary werd een paar dagen later gepakt.
Haar aandenken zij ten zegen.
Hans Eusi

Del libro de visitas del Beje, 6 de marzo de 1974, la bendición de Hans y Eusi para Mary.

Mirjam de Jong

Hans, Mies y Henk Wiedijk se encontraron con Mirjam en el verano de 1945, y ella les contó que fue una de las pocas de su familia en sobrevivir a la guerra. Un año después, aproximadamente, Mirjam salió de Países Bajos para convertirse en residente judía temprana en la Palestina preisraelí.

Meta (Tante Martha) y Paula Monsanto

Las hermanas Monsanto se mudaron a La Haya tras la guerra, ambas con trabajo en el gobierno. Puesto que Hans y Mies se fueron a vivir cerca del área después de contraer matrimonio, se mantenían en contacto con las hermanas.

«Su amistad enriqueció nuestra familia durante muchos años», escribió Hans más tarde.

Hansje Frankfort-Israels (Thea)

No es claro qué paso con Thea después de la guerra, sin embargo se sabe que su marido no sobrevivió.

Reynout Siertsema (Arnold)

Reynout Siertsema sobrevivió a la guerra, y el 18 de marzo de 1976 volvió a visitar el Beje y firmó el libro de visitas. Al lado de su firma escribió: «"*Arnold*", *een van hen die in de engelenbak* [ilegible]». Traducido al español se lee: «Arnold, uno de los que están en la caja de los ángeles».

18 maart 1976 R. Siertsema ("Arnold", één van hen die in de "engelenbak" zaten)

Walter Süskind

Durante los 18 meses que Walter Süskind estuvo a cargo del Hollandsche Schouwburg, él y los trabajadores de la Resistencia que reclutó pudieron salvar a casi 1 000 bebés e infantes. En septiembre de 1943, Süskind y su familia fueron arrestados y pasaron tres noches en la prisión de Scheveningen. Walter fue liberado, pero su esposa y su hija no, y ambas fueron enviadas a Westerbork. Cuando Walter se enteró el 2 de septiembre de 1944 de que estaban programadas para su deportación al campo de concentración de Theresienstadt, decidió unirse a ellos. Todos fueron enviados a Auschwitz-Birkenau, y la esposa y la hija de Walter fueron gaseadas a su llegada. Walter también moriría en Auschwitz, aunque se desconocen los detalles de su muerte.

Jan Overzet y Theo Ederveen

Los oficiales de policía holandesa que salvaron a los refugiados atrapados en la guarida de los ángeles se llamaban Theo Ederveen (izquierda) y Jan Overzet (derecha); ambos sobrevivieron a la guerra.

Meijer Mossel (Eusi)

En abril de 1945, Eusi fue arrestado en su escondite en Sneek Friesland, a unos 130 kilómetros de Ámsterdam. Sin embargo, como los aliados habían penetrado profundamente en Alemania, Eusi no pudo ser transportado a un campo de concentración y fue liberado de su celda en la comisaría. Sorprendentemente, toda su familia sobrevivió a la guerra.

Eusi regresó a su sinagoga en Ámsterdam y luego se desempeñó como cantor y maestro en La Haya.

En su reunión del Beje el 6 de marzo de 1974, Hans y Eusi tuvieron que volver a subir aquella escalera inundados de emociones y recuerdos. Cuando llegaron a la habitación de Corrie, Eusi dijo: «Voy a cumplir mi promesa». Hans recordó que cuando estaban en la guarida de los ángeles después de un ataque de la Gestapo, 30 años antes, Eusi había dicho que si sobrevivía regresaría a este lugar para dar gracias y alabar a Dios. Y así, allí, en la habitación de Corrie, Eusi comenzó a cantar con la voz retumbante que Hans recordaba, elevando alabanzas al Todopoderoso.

Hans, Eusi y Corrie recordaron el pasado durante algún tiempo, y esa tarde Corrie llevó a todos al lugar donde el equipo de producción estaba filmando *The Hiding Place*. Cuando los actores supieron quiénes eran Hans y Eusi, los abrumaron con preguntas sobre los meses que habían pasado escondidos en el Beje.

En el techo del Beje, 6 de marzo de 1974. De izquierda a derecha: Hans, Mies, Eusi y Dora.

Antcs de irse, Hans, Mies, Eusi y Dora firmaron el libro de visitas.

«Hoy, tras 30 años de haber estado escondido en este lugar, estoy aquí de nuevo. En este escondite dije una doxología especial que nunca antes había dicho: "Alabado seas Tú, Eterno, Dios nuestro, Rey del mundo, Quien me has regalado un milagro en este lugar"», escribió Eusi.

Hans y Mies siguieron siendo amigos cercanos de Eusi hasta su muerte, cuando ayudaron a darle sepultura en Wassenaar, un suburbio de La Haya en el sur de Holanda.

Eusi firmando el libro de visitas.

Bellaart-6-'74.

vandaag na 30 jaren geleden, toen ik hier ondergedoken was, hier geweest. Bij de schuilplaats heb ik een lofzegging gezegd, die ik verder in mijn leven nog niet eerder uitgesproken had. en wel deze: „Geloofd zijt Gij Eeuwige onze God, Koning van de wereld, die aan mij een wonder gedaan heeft op deze plaats."

Eusi

APÉNDICE

Los refugiados del Beje pueden dividirse en dos grupos —los de corto plazo y los permanentes— y dos subgrupos: judíos y buceadores holandeses. Los invitados de corto plazo usualmente estaban escapando y se quedaban solo durante una o dos noches, mientras que los refugiados «permanentes» generalmente se quedaban durante semanas o meses.

Fecha de entrada	Nombre	Estatus
1942		
25 de mayo	Señora Kleermaker	Judía/corto plazo
27 de mayo	Pareja de ancianos	Judíos/corto plazo
28 de mayo	Pareja	Judíos/corto plazo
Finales de mayo	Varios, sin identificar	Judíos/corto plazo
1 de junio	Madre y bebé, otros niños	Judíos/corto plazo
1943		
13 de mayo	Hans Poley	Buceador/permanente
14 de mayo	Hansje Frankfort-Israels (Thea)	Judía/permanente
8 de junio	Mary Van Itallie	Judía/permanente
Mediados de junio	Henk Wessels	Buceador/permanente
Mediados de junio	Leendert Kip	Buceador/permanente
28 de junio	Meijer Mossel (Eusi)	Judío/permanente
Inicios de julio	Muchos, sin identificar	Poco claro/corto plazo
15 a 18 de julio	Jop (aprendiz de relojero)	Buceador/permanente
15 a 18 de julio	Henk Wiedijk	Buceador/permanente
19 de julio	Señor De Vries	Judío/permanente
Inicios de agosto	Kik Ten Boom con dos amigos	Buceadores/corto plazo
29 de septiembre	Mirjam de Jong	Judía/permanente
Mediados de octubre	Muchos, sin identificar	Corto plazo
Finales de octubre	Nel	Judío/permanente
Finales de octubre	Ronnie Gazan	Judío/permanente
1944		
Enero	Meta (Martha) y Paula Monsanto	Judías/permanentes
28 de febrero	Reynout (Arnold) Siertsema	Buceador/corto plazo
28 de febrero	Hans Van Messel	Buceador/corto plazo

NOTA DEL AUTOR

Winston Churchil dijo que «escribir un libro es una aventura: comienza como una forma de diversión, luego se convierte en una amante, luego un amo y, finalmente, un tirano».

Churchill tenía algo de razón. Tan pronto como aparece la diversión de comenzar a escribir un nuevo libro, aparece la tarea desalentadora de la investigación. Y la investigación para producir un libro de no ficción académico es cara, ardua y consume mucho tiempo. Entre 10 y 18 meses, montañas de archivos, documentos, artículos y libros se convierten en tu amante.

Luego, cuando terminas la investigación, te das cuenta de cuánto de lo que querías escribir es inadecuado o inexacto. Este corpus de archivos se convierte entonces en tu amo y guía tu escritura, a menudo como un tirano.

De este modo, antes de enviarle una propuesta a mi agente, siempre intento hacer tanto trabajo previo como me sea posible para evitar perseguir un proyecto que sea un callejón sin salida.

Cuando estaba investigando para escribir *Code Name: Lise* —la historia sobre la agente de la SOE Odette Sansom— mi amiga Susannah Hurt me repetía que leyera *The Hiding Place*. Yo estaba familiarizado con Corrie Ten Boom y su libro, pero nunca lo había leído: tenía el vago recuerdo de que los nazis habían encarcelado a Corrie y de que su libro había sido un gran éxito de ventas.

Sin embargo, hasta que Susannah lo mencionó, no tenía idea de que Corrie había sido encarcelada en Ravensbrück, el famoso campo de concentración para mujeres de las SS, mientras Odette Sansom estaba allí. Y Susannah tenía razón: *The Hiding Place* resultó ser una fuente primaria invaluable, ya que los recuerdos de Corrie sobre el campamento complementaron la perspectiva de Odette (gran parte de la cual la pasó recluida en el Búnker del campamento). Más importante aún, la historia de Corrie me pareció edificante y convincente. Cómo puede uno atravesar prisiones y campos de concentración y salir dispuesto a perdonar.

En febrero de 2020 entregué mi manuscrito de *The Princess Spy* y comencé a buscar otra historia. Quería permanecer dentro de mi limitado género —*thriller* de espionaje narrativo de no ficción sobre la Segunda Guerra Mundial—, pero me estaba quedando sin países y equipos de espionaje. Mi primer libro, *Into the Lion's Den*, trataba sobre Dusko Popov, el agente doble serbio del MI5/MI6 que sirvió principalmente en Portugal. Luego vino *Code Name: Lise*, con la agente de la SOE, Sansom, que servía en Francia, seguido de *The Princess Spy*, con la agente de la OSS Aline Griffith sirviendo en España. Así que ya había cubierto los cuatro equipos de espionaje aliados de occidente —MI5, MI6, SOE y OSS— y había escrito extensamente sobre lugares en Portugal, Francia y España.

Para mi cuarto libro quería un nuevo país y agencia. Mientras revisaba posibles temas de la Segunda Guerra Mundial, mi mente volvía una y otra vez a Corrie Ten Boom. Su historia traería no solo un nuevo país —Países Bajos—, sino también un ángulo de espionaje diferente —el de la Resistencia holandesa—. Sin embargo, dudé porque *The Hiding Place* ha vendido millones de copias y es casi sagrado en los círculos cristianos. Así que tuve que responderme una pregunta obvia: «¿*The Hiding Place* cuenta toda la historia o hay aún mucho más?».

Para mi sorpresa, *The Hiding Place* parecía contener menos del 10% de la historia completa. De hecho, las recopilaciones mismas de Corrie sobre su familia y la guerra estaban desperdigadas en no menos de seis libros: *A Prisioner and Yet* (1947), *The Hiding Place* (1971), *Tramp for the Lord* (1974), *Prison Letters* (1975), *In My Father's House* (1976) y *Father Ten Boom: God's Man* (1978). De los seis, solo *The Hiding Place* tenía amplia distribución pero no contenía una sola foto, le faltaba información valiosa encontrada en otros de sus libros y no incluía a muchos personajes importantes de la historia.

Y como Corrie no llevó un diario de guerra, sus recuerdos suelen ser vagos y sin fechas. Afortunadamente, el primer refugiado permanente en la casa de los Ten Boom, Hans Poley, llevó un diario y su publicación de 1993, *Return to the Hiding Place*, proporciona fechas y detalles que no se mencionan en los libros de Corrie. Además, el sobrino de Corrie, Peter Van Woerden, un personaje clave en la historia, publicó sus propias memorias en *The Secret Place*, en 1954.

Es más, descubrí que toda la colección de cartas, fotografías, pasaportes, álbumes de recortes, notas y publicaciones ministeriales de Corrie está contenida en los Archivos y Colecciones Especiales de la Biblioteca Buswell, como parte de los Archivos del Centro Billy Graham en Wheaton College.

Esta «tormenta perfecta» de material disperso era precisamente lo que estaba buscando, y con detalles adicionales de otro material de la Segunda Guerra Mundial —incluido el alemán—, supe que tenía el potencial para un libro fundamental. Igual de importante resulta el hecho de que lo que Corrie hizo después de la guerra —y el impacto que tuvo en millones de personas en más de 60 países— es más significativo que la horripilante parte de su historia en los campos de concentración. Una de las personas especialmente conmovidas por Corrie fue el reverendo Billy Graham, quien escribió sobre ella en un homenaje:

«Cuando la conocí por primera vez en la década de 1960, las historias sobre su testimonio del amor de Dios en medio de tremendas pruebas y el perdón que Él puede darnos para nuestros enemigos comenzaban a resonar por todo el mundo[...] Su resistencia me asombró. Podía hablar cuatro o cinco veces al día y aconsejar a la gente entre sesiones. Utilizó todos los medios de transporte conocidos, desde elefantes hasta *rickshaws,* para moverse con sus mensajes evangelizadores».

Mi objetivo con *La hija del relojero*, al igual que con todos mis libros, era presentar un trabajo académico preciso con la estructura de un *thriller*. Pero escribir sobre el mensaje de fe, esperanza, amor y perdón de Corrie fue una experiencia empoderadora y conmovedora para mí, y confío en que también lo ha sido para ti.

Uno podría resumir la experiencia de guerra y evangelización de Corrie con el credo de la Iglesia Reformada holandesa: *Post Tenebras Lux*.

Después de la oscuridad, luz.

Espero que esta biografía de Corrie Ten Boom —la hija de un relojero de Haarlem, Holanda— te haya dado una mirada significativa de la luz que ella proyectó a través de la oscuridad durante más de medio siglo.

Larry Loftis
1 de enero de 2022

AGRADECIMIENTOS

Mi primera deuda de gratitud es con mi vieja amiga y primera lectora, Susannah Hurt. Mientras realizaba una investigación para *Code Name: Lise* en 2017, Susannah insistió en que leyera *The Hiding Place* porque Corrie Ten Boom estaba encarcelada en el campo de concentración de Ravensbrück al mismo tiempo que Odette Sansom. Si Susannah no hubiera mencionado ese libro, hoy no tendrías este en tus manos. Además, inspiró la última línea de *La hija del relojero,* que resume toda la historia.

Muchas gracias también a Emily Banas de los Archivos y Colecciones Especiales de la Biblioteca Buswell, ubicada en el Centro Billy Graham del Wheaton College (Wheaton, Illinois). Si has leído alguno de mis libros, sabrás que la investigación intensiva es fundamental y que la fuente más importante suelen ser los archivos oficiales. Cuando comencé a investigar la historia de Corrie, no sabía que todos sus archivos —cartas personales desde prisión, pasaportes, fotografías, cuadernos, boletines y revistas del ministerio, informes anuales y los libros de visitas del Beje— se encuentran en las colecciones de Buswell. Pasé cuatro días en estos archivos revisando innumerables cajas y Emily sabía de memoria la ubicación y el contenido de cada una. En verdad, ella fue mi ángel de archivos.

A mi brillante editor, Mauro DiPreta, quien no solo defendió el libro desde la primera propuesta hasta el producto terminado, sino que también proporcionó innumerables mejoras y la dirección general a lo largo del camino.

A mi corrector con vista de águila, Tom Pitoniak, que captó todo lo que Mauro y yo no detectamos.

A Danielle Bartlett y Amelia Wood, mi destacada publicista y mi directora de *marketing*, respectivamente.

A Allie Johnston, que mantiene puntuales los trenes de Morrow; a Lauren Harms, que nos regaló esta portada espectacular; y a todos los que están detrás de escena en William Morrow y HarperCollins.

A mi incomparable agente literario, Keith Urbahn, creador de sueños y visionario omnisciente, y a Matt Carlini, agente extraordinario y director de derechos extranjeros de Javelin.

A mis hermanos, John Bill y J. D. López, por su eterno aliento.

A Dee DeLoy, quien creó el magnífico arte asociado con nuestros pedidos anticipados. Además de su talento, el entusiasmo de Dee por hacer correr la voz sobre *La hija del relojero* ha sido una maravillosa bendición.

Al reverendo Jim Henry, uno de los primeros e importantes modelos a seguir en mi vida, por su firme aliento y entusiasmo por el libro.

Finalmente, a Steve Price, a quien está dedicado este libro. Steve inspiró mi transición de abogado a autor al entregarme una novela de Vince Flynn en 2012, y desde entonces he escrito novelas de suspenso y no ficción. Más importante aún, él ha sido mi mentor espiritual —mi propio Casper Ten Boom, por así decirlo— durante más de 40 años. A él, mi agradecimiento infinito.

NOTAS

Prólogo

Página

13 *El teniente Hans Rahms, apuesto y de hombros anchos:* Peter Van Woerden, *In the Secret Place*, 98; Corrie Ten Boom, *A Prisoner and Yet*, 43; *The Hiding Place*, 147; *Prison Letters*, 89; «People We Meet: Hans Rahms», *It's Harvest-Time*, noviembre-diciembre 1964, 2-3. Ver también el folleto del Museo Corrie Ten Boom, «Welcome to The Hiding Place», ubicado en Papers of Cornelia Arnolda Johanna Ten Boom, 1902-1983, colección 78, caja 1, fólder 8, Buswell Library Archives and Special Collections, Wheaton College, Wheaton, IL (Buswell Library Collections).

13 sus *papeles:* Corrie Ten Boom, «People We Meet: Hans Rahms», *It's Harvest-Time*, noviembre-diciembre 1964, 2-3. Ver también el folleto del Museo Corrie Ten Boom «Welcome to The Hiding Place», ubicado en la colección 78, caja 1, fólder 8, Buswell Library Collections.

13 «Puede explicar»: Corrie Ten Boom, *He Sets the Captive Free*, 22-23; «A Rare Recording of Corrie Ten Boom», vol. 1, audio en vivo, 2019; *Prison Letters*, 89.

Capítulo 1: Los relojeros

15 *De Willem Ten Boom:* Corrie Ten Boom, *In My Father's House*, 11; *Father Ten Boom: God's Man*, 25; Corrie Ten Boom House Foundation, «History of the Ten Boom Family», www.corrietenboom.com (Corrie Ten Boom House Foundation).

15 *Geertruida Van Gogh:* Corrie Ten Boom, *Father Ten Boom*, 25; Corrie Ten Boom House Foundation; Stan Guthrie, *Victorious: Corrie Ten Boom and the Hiding Place*, 32.

15 «Sabes que las escrituras nos dicen»: *In My Father's House*, 11; Corrie ten Boom House Foundation.

15 *Elisabeth Bell: Father ten Boom*, 25-26; Corrie ten Boom House Foundation; Guthrie, 32.

16 «Hasta donde puedo recordar»: *In My Father's House*, 14, 16; *Father ten Boom*, 29, 39, 44; Corrie ten Boom House Foundation.

16 *Cornelia «Cor» Luitingh: Father ten Boom*, 40; Corrie ten Boom House Foundation.

16 *Arnolda:* Corrie ten Boom House Foundation.

16 *prematura y enfermiza: In My Father's House*, 17; Corrie ten Boom House Foundation.

16 «El Señor nos ha dado»: *Father ten Boom*, 53.

16 *cuando murió Willem, su abuelo. In My Father's House*, 18. Hay una ligera discrepancia sobre el año en que murió Willem, ya que la Corrie ten Boom House Foundation indica que Willem murió en 1891, el año previo al nacimiento de Corrie. Ya que Corrie es la fuente principal, su fecha (en la que indica que Willem murió seis meses después de su nacimiento) es más confiable.

16 *en 1897, Elisabeth: In My Father's House*, 18; Corrie ten Boom House Foundation.

16 *como aprendiz de Hoü: Father ten Boom*, 158; *In My Father's House*, 14.

16 *El grabado de un artista holandés: Father ten Boom*, 85.

17 *Universidad de Leiden: Ibid.*, 92.

18 *comenzó a instruirla: Ibid.*, 37.

18 «Estaba cautivado»: *Ibid.*, 102-103.

19 «Hija, confío en que»: *Ibid.*, 123, 126.

19 «Me gustaría conocer»: *Ibid.*, 129-130.

20 *El 17 de octubre de 1921 murió Cor, madre de Corrie: In My Father's House*, 107-8; Corrie ten Boom House Foundation.

20 «Este es el día más triste de mi vida»: *In My Father's House*, 107.

20 *primera mujer con licencia de relojera:* Corrie ten Boom House Foundation; Corrie ten Boom, *Clippings from My Notebook*, VII (Prólogo de Pamela Rosewell); Corrie ten Boom, «A Rare Recording of Corrie ten Boom», vol. 1, audio en vivo, 2019.

20 *Sociedad holandesa por Israel: Father ten Boom*, 103, 105.

20 *Institutum Judaicum: Ibid.*, 106-107; Corrie Ten Boom House Foundation; *In My Father's House*, 90-91 (aquí, sin embargo, Corrie lo tiene estudiando en Dresden, en el Delitcheanum).

21 «Creo que»: *Father Ten Boom*, 107-108.

21 *El 30 de enero de 1933:* I. C. B. Dear y M. R. D. Foot, eds., *The Oxford Companion to World War II*, 1321; Marcel Baudot *et al.*, eds., *The Historical Encyclopedia of World War II*, 527; John Thompson, *Spirit over Steel: A Chronology of the Second World War*, 13.

22 Viejo presidente Hindenburg»: H. R. H. Wilhelmina, Princess of the Netherlands, *Lonely but Not Alone*, 146.

22 *boicot de un día:* Martin Gilbert, *Kristallnacht: Prelude to Destruction*, 120; Mitchell G. Bard, *48 Hours of Kristallnacht*, 1; Baudot *et al.*, 16. Para una mirada más comprensiva del holocausto en general, ver el trabajo de cuatro volúmenes de Israel Gutman, ed., *Encyclopedia of the Holocaust*.

22 *SA:* Para antecedentes sobre la SA, ver Gutman, vol. 4, 1319-1321; Heinz Höhne, *The Order of the Death's Head*, 17, 19, 57, 94, y Dear y Foot, *Oxford Companion to World War II*, 974.

22 *Julie Bonhoeffer*: Gilbert, 120.

22 *no tenía intención alguna:* William Shirer, *The Rise and Fall of the Third Reich*, 4. Forma expresiva de Von Hindenburg, que originalmente acuñó el canciller a inicios de 1930 como «cabo bohemio» a causa de una confusión entre ciudades. Cuando se le dijo que la ciudad natal de Hitler era Braunau, Hindenburg asumió erróneamente que no era Braunau, Austria, sino una ciudad con exactamente el mismo nombre en Bohemia. Después de saber que Hitler era austriaco, Hindenburg comenzó a referirse a él como «ese cabo austriaco» (burlándose del rango militar de Hitler). Sin embargo, con el tiempo Hindenburg volvió a llamarlo «cabo bohemio», pues los ciudadanos de Bohemia eran considerados gitanos y menos cultos y refinados que los austriacos. Peter Margaritis, *Countdown to D-Day: The German Perspective*, XIII, XV. El apodo peyorativo e irrespetuoso para Hitler más tarde sería usado por muchos de sus oficiales principales del ejército, incluidos los mariscales de campo Gerd von Rundstedt, Erich von Manstein, y Friedrich Paulus. Margaritis, *Countdown to D-Day*, XV.

22 *practicar leyes y medicina:* Baudot *et al.*, 16. Esta represión fue especialmente significativa para la atención médica porque los judíos constituían el 20% de los médicos de Alemania. En 1932-1933, Alemania tenía aproximadamente 50 000 médicos autorizados, 10 000 de los cuales eran judíos. Bernt Engelmann, *In Hitler's Germany: Everyday Life in the Third Reich*, 13.

23 *diecinueve leyes nuevas:* Gilbert, 120, 122.

23 *Leyes de Nuremberg: Ibid.;* Bard, *48 Hours*, 1; Baudot *et al.*, 16; Gutman, vol. 3, 1076-1077; Shirer, *The Rise and Fall of the Third Reich*, 233.

23 *prohibido que los judíos se quedaran en hoteles:* Bard, *48 Hours*, 2.

23 *fueron tras los cristianos:* Eric A. Johnson, *Nazi Terror: The Gestapo, Jews, and Ordinary Germans*, 195-250. Para la persecución que los nazis hicieron de los cristianos y la Iglesia confesante alemana, ver John S. Conway, *The Nazi Persecution of the Churches*; Dietrich Bonhoeffer, *Letters and Papers from Prison*, y E. C. Helmreich, *The German Churches under Hitler: Background, Struggle, and Epilogue*. Ver también Theodore S. Hamerow, *On the Road to the Wolf's Lair: German Resistance to Hitler*, 146-162, 205-207, y Bernt Engelmann, *In Hitler's Germany: Everyday Life in the Third Reich*, 24 (en torno a una organización llamada Acción Católica). Un ejemplo temprano de persecución de cristianos fue el caso del sacerdote jesuita Josef Spieker. En un sermón titulado «Führers verdaderos y falsos» del 28 de octubre de 1934, Spieker declaró a su congregación en Colonia: «Alemania tiene un solo Führer. ¡Ese es Cristo!». Sin embargo, en los bancos había un funcionario nazi de nivel inferior que entregó sus notas sobre el sermón de Spieker a la Gestapo. Spieker fue inmediatamente arrestado y enviado a un campo de concentración. Johnson, *Nazi Terror*, 195.

23 *Martin Niemöller:* Gutman, ed., *Encyclopedia of the Holocaust*, vol. 3, 1061. Para ver la historia completa de Niemöller, ver J. Bradley, *Martin Niemöller*, y C. S. Davidson, *God's Man: The Story of Pastor Niemöller*. Ver también Robert S. Wistrich, *Who's Who in Nazi Germany*, 180-182; Augustino von Hassell

y Sigrid MacRae, *Alliance of Enemies: The Untold Story of the Secret American and German Collaboration to End World War II*, 51; Louis L. Snyder, *Encyclopedia of the Third Reich*, 248-249, y Dear y Foot, *Oxford Companion to World War II*, 801.

23 «Primero fueron»: Gutman, ed., *Encyclopedia of the Holocaust*, vol. 3, 1061.

24 *Princesa Juliana*: Werner Warmbrunn, *The Dutch Under German Occupation, 1940-1945*, 4.

24 *aniversario número cien: In My Father's House*, 11; *The Hiding Place*, 9, 57.

24 *183 000 judíos austriacos:* Bard, *48 Hours*, 2.

24 *29 de septiembre, primer ministro británico, Neville Chamberlain:* Gutman, ed., *Encyclopedia of the Holocaust*, vol. 3, 1001-1006; Bard, *48 Hours*, 2-3; Dear y Foot, 535; Baudot *et al.*, 527; Höhne, *The Order of the Death's Head*, XI.

24 «La pregunta principal era»: Wilhelmina Reina de los Países Bajos *Lonely but Not Alone*, 147.

24 *18 000 judíos alemanes:* Bard, *48 Hours*, 3; Gilbert, *Kristallnacht*, 23 (ubicando el número de arrestados y deportados en 12 000).

24 *familia Grynszpan:* Bard, *48 Hours*, 3; Gilbert, 23.

25 *Herschel:* Bard, *48 Hours*, 4; Gilbert, 24; Shirer, *The Rise and Fall of the Third Reich*, 430.

25 «Eres un asqueroso alemán»: Bard, 4; Gilbert, 24; Shirer, 430.

25 «Todos los periódicos alemanes»: Bard, *48 Hours*, 7, citando a Wolfgang Benz, «The Relapse into Barbarism», en *November 1938: From Kristallnacht to Genocide*, 1-43; Gilbert, 28-29.

26 «acciones contra los judíos»: Bard, *48 Hours*, 9.

26 *Colonia: Ibid.*, 10.

26 *2000 sinagogas: Ibid.*, portada de libro. Martin Gilbert estimó números similares: más de 1 000 sinagogas fueron incendiadas, miles de decenas de negocios judíos saqueados, 91 judíos asesinados, otros 30 000 hombres judíos arrestados y enviados a campos de concentración. Gilbert, 13. Ver también Shirer, *The Rise and Fall of the Third Reich*, 431.

26 *algunos protestaron:* Hans Poley, *Return to the Hiding Place*, 10.

26 *donaron 400 000 florines:* Louis de Jong y Joseph W. F. Stoppelman, *The Lion Rampant: The Story of Holland's Resistance to the Nazis*, 172.

26 *señor Ineke:* Poley, 27-28.

26 *Henny Van Dantzig: Ibid.*

27 «Dirección desconocida»: *The Hiding Place*, 58.

Capítulo 2: Juventudes Hitlerianas

28 *Casper Ten Boom, el mejor relojero de Holanda:* Corrie Ten Boom, *Father Ten Boom: God's Man*, 158; *In My Father's House*, 114.

28 *había anexado Austria y los Sudetes:* I. C. B. Dear y M. R. D. Foot, eds., *The Oxford Companion to World War II*, 279-280, 1091, 1308-1309, 1322; Richard J. Evans, *The Third Reich in Power*, 666-710; Shirer, *The Rise and Fall of the Third Reich*, 358 *et seq.*; John Thompson, *Spirit over Steel: A Chronology of the Second World War*, 24; Heinz Höhne, *The Order of the Death's Head*, XI. Para un excelente mapa que muestra fechas y los territorios y anexiones de Hitler, ver Evans, *The Third Reich in Power*, 710.

28 *empeñado en adquirir más:* En mayo de 1939, Hitler estaba decidido a atacar Bélgica y los Países Bajos. Werner Warmbrunn, *The Dutch Under German Occupation*, 6; Chester Wilmot, *The Struggle for Europe*, 21. El 23 de mayo de 1939, Hitler le dijo a sus generales: «Si Holanda y Bélgica son ocupadas con éxito y si también Francia es derrotada, las condiciones fundamentales para una guerra exitosa contra Inglaterra estarán aseguradas». Wilmot, *The Struggle for Europe*, 21.

28 *La reputación de Casper: Father Ten Boom*, 158.

28 *Otto Altschuler:* Corrie Ten Boom, «Not Lost, but Gone Before», *The Hiding Place*, edición conmemorativa, 5; Collection 78, Papeles de Cornelia Arnolda Johanna Ten Boom, 1902-1983, caja 2, fólder 2, Buswell Library Archives and Special Collections, Wheaton College, Wheaton, IL (Buswell Library Collections); *The Hiding Place*, 58-59. Nótese que el artículo de Corrie «Not Lost, but Gone Before» es el único lugar donde se menciona el apellido de Otto.

28 «alto y bien parecido»: Dear y Foot, *Oxford Companion to World War II*, 540-541. Para más detalles sobre las Juventudes Hitlerianas ver también Israel Gutman, ed., *Encyclopedia of the Holocaust*, vol. 2, 677-679; Peter Fritzsche, *Life and Death in the Third Reich*, 99-100, y Eric A. Johnson, *Nazi Terror: The Gestapo, Jews, and Ordinary Germans*, 262-276.

28 *Otto anunció con orgullo: The Hiding Place*, 58.

29 «Toda la juventud alemana»: Shirer, *The Rise and Fall of the Third Reich*, 253.

29 «En la presencia de…»: *Ibid.*

29 *Jungmadelbund: Ibid.*, 254.

30 *eran casi ocho millones: Ibid.*, 254-255. Ver también Fritzsche, *Life and Death in the Third Reich*, 100 (afirma que en 1939, siete millones de niñas y niños participaron en una competición deportiva nacional patrocinada por las Juventudes Hitlerianas). La eficacia de la ilegalización de todas las demás organizaciones juveniles alemanas se puede ver a la luz de las organizaciones juveniles católicas. Cuando Hitler llegó al poder en 1933, los grupos juveniles católicos, con 1.4 millones de miembros, eran más de 20 veces más grandes que las Juventudes Hitlerianas). Johnson, *Nazi Terror*, 268.

30 «El mundo verá»: *The Hiding Place*, 58.

30 «Probablemente el chico está»: *Ibid.* Las Juventudes Hitlerianas comúnmente cargaban armas para causar terror en las calles, entre otras llevaban bóxers y *blackjacks* (un objeto parecido de una linterna delgada que contiene en un extremo una bola de plomo o de acero). Bernt Engelmann, *In Hitler's Germany: Everyday Life in the Third Reich*, 21.

31 *con el señor Christoffels:* Corrie Ten Boom, *The Hiding Place*, 90. Corrie no menciona la fecha exacta de la muerte de Christoffels, pero ubica el evento antes de la primavera, y el mes más frío de Holanda es febrero.

31 «Es muy deliberado»: *Ibid.*, 59.

31 *la mirada más ominosa: Ibid.*, 59-60.

Capítulo 3: Persecución

32 *complot de los generales:* Fabian von Schlabrendorff, *The Secret War Against Hitler*, 99-119, 149-204, 220-292; Peter

Hoffmann, *The History of the German Resistance, 1933-1945*, 38-96; Klemens von Klemperer, *German Resistance Against Hitler*, 105-109; Louis L. Snyder, *Encyclopedia of the Third Reich*, 135-136, 182-183, 192-193, 230-231, 256, 294-295; B. H. Liddell Hart, *The German Generals Talk*, 33; Larry Loftis, *The Princess Spy*, 87-92. Ver Hans Bernd Gisevius, *To the Bitter End: An Insider's Account of the Plot to Kill Hitler 1933-1944*, y Anton Gill, *An Honourable Defeat: A History of German Resistance to Hitler, 1933-1945*.

32 *decidido a disparar contra el propio Führer:* Hoffmann, *History of the German Resistance*, 129. Ver también entradas para Halder y «Halder Plot» en Louis L. Snyder, *Encyclopedia of the Third Reich*, 135-136, y Liddell Hart, *The German Generals Talk*, 33.

32 «teoría del retroceso»: *Ibid.*

33 *coronel Hans Oster:* Klemperer, *German Resistance Against Hitler*, 194.

33 *La idea se le había ocurrido: Ibid.*

33 *mayor Gijsbertus Jacobus Sas: Ibid.*, 194-195. Para la relación y reuniones considerables entre Oster y Sas, y las advertencias de Sas a Goethals, véase también Harold C. Deutsch, *The Conspiracy Against Hitler in the Twilight War*, 91-101.

33 *3 de abril de 1940, Oster dio aviso:* Klemperer, 195. Para antecedentes en Müller, su relación con el Vaticano y sus advertencias al papa Pío XII, véase Deutsch, *The Conspiracy Against Hitler in the Twilight War*, 112-148, 319, 335-352.

33 «Querido amigo»: *Ibid.*, 195; Walter B. Maass, *The Netherlands at War: 1940-1945*, 28; Deutsch, *The Conspiracy Against Hitler in the Twilight War*, 328.

33 «el cerdo»: Klemperer, 194.

33 «Mañana al amanecer»: Werner Warmbrunn, *The Dutch Under German Occupation, 1940-1945*, 7; Maass, *The Netherlands at War*, 29.

34 *Georges Goethals:* Klemperer, 194-195; Deutsch, 91-101.

34 *29 veces:* Agostino von Hassell y Sigrid MacRae, *Alliance of Enemies*, 79; I. C. B. Dear y M. R. D. Foot, eds., *The Oxford Companion to World War II*, 785.

34 *lamentable:* Hassell y MacRae, 79; Dear y Foot, 785.

34 *3 a. m. del 10 de mayo:* Warmbrunn, *Dutch Under German Occupation*, 7; Dear y Foot, 784; William Shirer, *The Rise and Fall of the Third Reich*, 721; Maass, *Netherlands at War*, 30 *et seq.*; John Thompson, *Spirit over Steel: A Chronology of the Second World War*, 72-74; Richard J. Evans, *The Third Reich at War*, 123.

34 *solo 72:* Dear y Foot, 785. Ver también Maass, *Netherlands at War*, 16 (colocando los números del 116 y 23, respectivamente).

34 *El plan de Hitler:* Shirer, *The Rise and Fall of the Third Reich*, 721.

34 «Dios, danos fuerzas»: Corrie Ten Boom, *In My Father's House*, 179.

35 *la reina Wilhelmina fue a la radio:* Guillermina Reina de Países Bajos, *Lonely but Not Alone*, 151.

35 *mañana del 12 de mayo:* Shirer, 721-722.

35 *Hoek Van Holland:* Wilhelmina, 153. Para un resumen general de la línea de tiempo de la invasión, ver Marcel Baudot *et al.*, eds., *The Historical Encyclopedia of World War II*, 529.

35 «El poder de resistencia»: Shirer, 722.

35 *el destino de Varsovia:* James S. Corum, «The Luftwaffe's Campaigns in Poland and the West, 1939-1940», *Security and Defence Quarterly*, 173.

36 *el número de muertos en la ciudad fue de 2 100:* Shirer, 721-722; Maass, *Netherlands at War*, 38-42; Richard J. Evans, *The Third Reich at War*, 123; Thompson, *Spirit over Steel*, 74; Jong y Stoppelman, *The Lion Rampant*, 1-12; Dear y Foot, 785. Para el recuento de un testigo de los primeros días de la Guerra, ver también Diet Eman, *Things We Couldn't Say: A Dramatic Account of Christian Resistance in Holland During World War II*, 27-36.

36 «La hora más oscura»: Corrie Ten Boom, *In My Father's House*, 180.

36 *doctor Arthur Seyss-Inquart:* Shirer, 332; Dear y Foot, 783, 998; Baudot *et al.*, 11, 30; Robert S. Wistrich, *Who's Who in Nazi Germany*, 233-234; Snyder, *Encyclopedia of the Third Reich*, 320-321; Israel Gutman, ed., *Encyclopedia of the Holocaust*, vol. 4, 1344-1346. Ver también Jacob Presser, *Ashes in the Wind: The Destruction of Dutch Jewry.*

36 *Hanns Albin Rauter:* Warmbrunn, *The Dutch Under German Occupation*, 30-32; Dear, 783; Nikolaus Wachsmann, *KL: A History of the Nazi Concentration Camps*, 305, 369; Gutman, ed., *Encyclopedia of the Holocaust*, vol. 3, 1046. Para detalles sobre la carrera completa de Rauter, ver Presser, *Ashes in the Wind*.

37 *compañeros arios:* Warmbrunn, 23, 83. Para un resumen del movimiento nacionalsocialista en Países Bajos, ver Gutman, vol. 3, 1026, 1032-1033; Jong y Stoppelman, *The Lion Rampant*, 129-130, 160-163, 248-251, 258; Presser, *Ashes in the Wind*, 232-233, 356, 369, y Maass, *Netherlands at War*, 52-54, 57, 79, 132, 141.

37 *Hermann Goering les prometió:* Warmbrunn, 69.

37 *las tiendas locales experimentaron un enorme auge:* Robert Matzen, *Dutch Girl: Audrey Hepburn and World War II*, 52.

38 «Los soldados visitaban con frecuencia»: Corrie Ten Boom, *The Hiding Place*, 65

38 «Los alemanes intentaban ser»: Matzen, 27, 50.

38 «Una nación que tiene vitalidad»: Wilhelmina, 171.

38 *los funcionarios y profesores judíos:* Hans Poley, *Return to the Hiding Place*, 11; Dear y Foot, 782; Gutman, ed., *Encyclopedia of the Holocaust*, vol. 3, 1047; entrevista de historia oral con Louis de Groot, U. S. Holocaust Memorial Museum, número de acceso: 1999.A.0122.805 | RG Number: RG-50.477.0805.

38 *Universidad Tecnológica de Delft:* Hans Poley, *Return to the Hiding Place*, 11; Warmbrunn, 105. Para antecedentes de la persecución nazi en las universidades holandesas, particularmente en la Universidad de Leiden, así como sobre las reacciones de estudiantes y profesores, ver Jong y Stoppelman, *The Lion Rampant*, 252-261; y Presser, *Ashes in the Wind*, 28-29, 58-89.

38 *Universidad de Leiden:* Entrevista de historia oral con Louis de Groot; Dear y Foot, 782; Warmbrunn, 105.

38 *Los estudiantes comenzaron a boicotear sus clases:* Poley, 11; Gutman, vol. 3, 1047; Jong y Stoppelman, 252, 256-258.

38 *Delft y Leiden cerraron temporalmente:* Poley, 11; Dear y Foot, 782; Gutman, vol. 3, 1047; Jong y Stoppelman, 253-55.

38 *redadas en las universidades de todo el país:* Poley, 11.

39 *médicos, abogados y arquitectos:* Dear y Foot, 782.

39 *tarjetas de identidad:* Poley, 9-10; Presser, 39; Ana Frank, *The Diary of a Young Girl,* 8.

39 *se reportó a las filas para recibir una estrella de David:* Corrie Ten Boom, *Father Ten Boom,* 67.

39 *el racionamiento de alimentos:* Warmbrunn, *The Dutch Under German Occupation,* 11.

39 *los holandeses tuvieron un gran excedente de exportación:* Dear y Foot, 782.

39 *redirigió todas esas exportaciones: Ibid.;* Baudot *et al.,* 349.

39 «largos y prometedores reportajes»: *The Hiding Place,* 65.

40 «Esta es la única radio»: *Ibid.,* 66.

41 *El 28 de julio, Radio Oranje:* Matzen, *Dutch Girl,* 53.

41 «Medida para la Protección»: *Ibid.,* 53-54.

41 No se servirá a los judíos: *The Hiding Place,* 67.

42 «Padre»: *Ibid.,* 68.

43 *Fundada en 1940, la SOE:* Para la fundación y antecedentes de la SOE ver Loftis, *Code Name: Lise,* 6-7. También M. R. D. Foot, *S. O. E.: The Special Operations Executive, 1940-1946*; M. R. D. Foot, *SOE in France,* xx, y William Mackenzie, *The Secret History of SOE: The Special Operations Executive 1940-1945* (acerca de Holanda, 302-308).

43 «prender fuego a Europa»: Hugh Dalton, *The Fateful Years: Memoirs, 1931-1945,* 366.

43 «terroristas»: Foot, *S. O. E.,* 69; Philippe de Vomécourt, *An Army of Amateurs,* 66.

43 *Thys Taconis, experto en sabotaje, y H. M. G. Lauwers:* Hermann Giskes, *London Calling North Pole,* 68-80; Foot, *S. O. E.,* 179; Mackenzie, *The Secret History of SOE,* 305.

43 *febrero de 1942, el otro se perdió en el mar:* Mackenzie, 305.

43 *no fue de Lauwers:* Giskes, *London Calling North Pole,* 68-80; Mackenzie, 305; Foot, *S. O. E.,* 179-180.

Capítulo 4: Razias

44 *mayor Hermann Giskes:* Giskes, 39, 44-45, 51; Foot, *S. O. E.,* 179.

44 *Ridderhof:* Giskes, 39, 44-45, 51; Foot, *S. O. E.,* 179.

44 *6 de marzo, Lauwers:* Giskes, 64-80; Foot, 179.

45 *Corrie, Betsie y Opa fueron a un servicio:* Corrie Ten Boom, *The Hiding Place*, 74; Peter Van Woerden, *In the Secret Place*, 16-17.

45 «Mi espíritu patriótico»: Van Woerden, 17.

45 *había enviado 56 agentes*: William Mackenzie, *The Secret History of SOE*, 304; Pieter Dourlein, *Inside North Pole: A Secret Agent's Story*, 170.

46 *Muchos lloraron: The Hiding Place*, 75; Van Woerden, 17.

46 «Cantamos»: *The Hiding Place*, 75.

46 *el recién nombrado alcalde nazi de Velsen:* Van Woerden, 21.

46 «¡Peter! Despierta»: *Ibid.*, 20-21.

47 «Peter»: *Ibid.*, 21, 31.

47 *Oh, envuélvenos eternamente: Ibid.*, 23-24.

48 «listo Mels»: *Ibid.*

48 «¡Opa! ¡Tante Corrie!»: *The Hiding Place*, 76.

48 «Mi nombre es Kleermaker»: *Ibid.*

48 «En esta casa»: *Ibid.*, 77.

49 «Se está volviendo más difícil»: *Ibid.*, 77-78.

50 «Hay forma de»: *Ibid.*, 79.

50 «La prisión bajo un régimen nazi»: Van Woerden, 28-30.

51 «De pronto parecía»: *Ibid.*, 33-34.

51 «Mi amigo representó»: *The Hiding Place*, 79.

52 «Toma tu bicicleta»: *Ibid.*, 81.

52 *Herman Sluring: Ibid.*, 10, 17; Van Woerden, 69.

52 «la jefa de una operación»: *The Hiding Place*, 82.

53 «Nuestra Libertad fue»: Ana Frank, *The Diary of a Young Girl*, 1-8. Para una mirada más completa del Holocausto en general, ver el cuarto volumen del trabajo de Israel Gutman, ed., *Encyclopedia of the Holocaust*.

53 *El 15 de junio:* Van Woerden, 37-38. El 15 de junio es una fecha aproximada; Peter fue encarcelado el 12 de mayo y escribe que había estado en prisión «poco más de un mes».

54 *Bulbos de tulipanes: Ibid.*, 49-50.

54 «Guárdate»: *Ibid.*, 51-52.

Capítulo 5: Buceando

56 «Señor, solo un momento»: Van Woerden, 52.

56 «los agentes de la Gestapo que se encargaban de "reclutar"»: *Ibid.*, 56.

57 *onderduikers: Ibid.*, 69; Marcel Baudot *et al.*, eds., *The Historical Encyclopedia of World War II*, 350; Werner Warmbrunn, *The Dutch Under German Occupation 1940-1945*, 187-188.

57 *a deportar a los judíos a Alemania:* For a summary of the deportation of Dutch Jews, ver Israel Gutman, ed., *Encyclopedia of the Holocaust*, vol. 3, 1051-55.

57 *la Zentralstelle:* Warmbrunn, 166-67.

57 «Mi madre me llamó»: Frank, 21.

58 *263 de Prinsengracht: Ibid.*, 25.

58 «No poder salir me molesta»: *Ibid.*, 28.

58 «Anexo secreto»: *Ibid.*, 23.

58 «Iba a la estación»: Robert Matzen, *Dutch Girl: Audrey Hepburn and World War II*, 128-129.

59 *Hans Poley:* Hans Poley, *Return to the Hiding Place*, 11.

59 «Todos nuestros familiares y amigos judíos»: Frank, 54-55.

59 «Con gran atención»: Wilhelmina Reina de Países Bajos, *Lonely but Not Alone*, 188.

60 «Noche tras noche»: Frank, 72-73.

60 «debido a la falta de carbón»: Poley, 11-12.

61 *deportar a huérfanos, ancianos y enfermos:* Warmbrunn, 169.

61 «Afuera están sucediendo cosas terribles»: Frank, 82-83.

61 *todo lo que había era betabel, bulbos de tulipán: Ibid.*, 57.

62 «La batalla contra»: Poley, 12-13.

62 *su pequeña radio:* Carole C. Carlson, *Corrie Ten Boom: Her Life, Her Faith*, 82.

62 «Quiero hacer una protesta enérgica»: Wilhelmina, 188.

62 *fin de mes:* Poley, 12.

62 «Puede quedarse con nosotros»: *Ibid.*, 13.

63 *señora Helena T. Kuipers-Rietberg:* Warmbrunn, 188.

63 *Landelijke Organisatie: Ibid.*, 187-188.

63 *Tío Herman:* Van Woerden, 69.

63 *enviada a un campo de concentración alemán:* Warmbrunn, 188.

Capítulo 6: La guarida de los ángeles

64 *Hans Poley se dirigió hacia el Beje:* Hans Poley, *Return to the Hiding Place,* 15. Extrañamente, el nombre de Hans Poley se omite por completo en *The Hiding Place* (publicado en 1971). En las páginas 99 a 102, por ejemplo, la lista de refugiados permanentes incluye a Eusi, Henk, Leendert, Thea Dacosta (cuyo nombre real era Hansje Frankfort-Israels), Meta Monsanto, Mary Van Itallie y Jop (una asistente de la tienda). Esto es extrañamente particular por varios motivos. Para empezar, Hans fue el primer refugiado permanente aceptado en el Beje, y fue quien permaneció más tiempo que nadie: nueve meses. En su nota cuando firma el libro de visitas el 6 de marzo de 1974, Hans detalla el tiempo de su estadía al lado de su nombre: «Beje Mei '43-Feb. '44». Colección 78, Papeles de Cornelia Arnolda Johanna Ten Boom, 1902-1983, caja 1, fólder 8, Buswell Library Archives and Special Collections, Wheaton College, Wheaton, IL (Buswell Library Collections); Poley, 202-203.

En segundo lugar, en la autobiografía de Corrie de 1947, *A prisioner and Yet,* menciona cinco veces a Hans como parte de los huéspedes permanentes (páginas 15, 18, 19, 20), los otros son Eusi, Mary, Martha (Meta Monsanto), Peter (su sobrino, aunque no era un residente permanente sino un visitante regular), y Leonard (seguramente el nombre anglicano de Leendert) (19). También menciona a «Jim» como uno de los refugiados (18), escribiendo: «Él podía[...] darle un programa mágico a las tardes». Dado que los del Beje nunca tuvieron un refugiado llamado Jim, aparentemente se refiere a Henk Wessels, a quien Hans Poley atribuyó los trucos de magia. Poley, 65. Ver mi Apéndice para conocer las fechas en que cada refugiado llegó al Beje.

En tercer lugar, de las fotografías existentes que muestran a refugiados en el Beje, Hans aparece en la mayoría (nueve). Incluye seis fotografías en *Return to the Hiding Place,* junto con dos fotografías de una reunión: él, Corrie y Eusi en el Beje en 1974. Emily S. Smith, quien escribió *More Than a Hiding Place: The Life-Changing Experiences of Corrie Ten Boom* en nombre de la Corrie Ten Boom House Foundation, incluye seis fotografías (31, 33, 34, 36 y 81) de Hans en el Beje (tres de las cuales no aparecen en *Return to the Hiding Place* de Poley). Los archivos de Corrie en las colecciones de la biblioteca Buswell (colección 78, caja 1) contienen originales de dos fotografías de Hans (ambas aparecen en Smith, una de las cuales aparece en Poley).

También hay que tener en cuenta que la primera edición de *The Hiding Place* no contenía fotografías, y *A Prisoner and Yet* contenía solo una fotografía: la de los visitantes del Beje durante la guerra, cuyo reverso contiene una leyenda que dice que Hans Poley pudo haber tomado la fotografía. La foto original se encuentra en la colección 78, caja 1, Boswell Library Collections.

Finalmente, en el recorrido en video de la Corrie Ten Boom House Foundation, se cita extensamente a Hans Poley sobre su estadía con los Ten Boom (visitevirtualtour.corrietenboom.com).

La ausencia de Hans en *The Hiding Place* parece haber ocurrido porque el libro no fue escrito por Corrie, sino por John y Elizabeth Sherrill (ver la nota final «*querían escribir*» en el capítulo 26, que proporciona los lugares donde Corrie reconoció que el libro fue escrito íntegramente por los Sherrill), quienes parecen haber pasado por alto las cinco referencias que Corrie hace a él en *A Prisoner and Yet,* y las nueve fotografías de Hans con los Ten Boom y otros refugiados durante la guerra.

64 «¡Bienvenido! Rápido, entra»: Poley, 16.
64 «No podemos ofrecerte»: *Ibid.,* 16-17.
65 «Mantente alejado de las ventanas»: *Ibid.,* 19-20.
66 *Henny Van Dantzig*: *Ibid.,* 27-28.
67 «Los alemanes sacaron a esas pobres»: *Ibid.,* 28-29.
67 «No se trata solo de eso»: *Ibid.,* 30-31.
68 «Anoche las armas»: Ana Frank, *The Diary of a Young Girl,* 104-105.
68 «Mira esto»: Poley, 23-24.
69 «Creo, hijo»: *Ibid.,* 35-36.

69 «Una carta de despedida»: *Ibid.*, 37-39.

70 *Mary Van Itallie: Ibid.*, 40. En *The Hiding Place* (102) los Sherill anotan que la edad de Mary es de setenta y seis. Sin embargo, existen fotos de Mary en el Beje, que revelan que era unas décadas más joven, confirmando el recuerdo de Hans de que tenía 42. Dos fotografías originales de Mary con otros refugiados del Beje pueden encontrarse en la colección 78, caja 1, Buswell Library Collections. También hay fotos de Mary en Emily S. Smith, *More Than a Hiding Place* (31, 33, 34, 37 y 81) y en Hans Poley, *Return to the Hiding Place* (sección fotográfica sin número de páginas). Véase también que Hans conocía a Mary mejor que nadie, ya que ella se quedaba con él en la casa de sus padres cada vez que los refugiados tenían que huir del Beje.

70 *Henk Wessels y Leendert Kip:* Poley, 41; *The Hiding Place*, 99, 101. Mientras que en *The Hiding Place* se sostiene que Meijer Mossel (Eusi) fue el primer refugiado permanente en el Beje, el diario de Hans indica que Eusi llegó en sexto lugar, el 28 de junio, después de Hans, Thea, Mary, Henk, y Leendert, que ya estaban en la residencia. Ver Poley, 40-41, 47. Carole C. Carlson, quien publicó una biografía corta de Corrie en 1983, también anotó que Hans fue el primer refugiado permanente en el Beje. Carlson, *Corrie Ten Boom: Her Life, Her Faith,* 77-78. La Corrie Ten Boom House Foundation, que publicó *More Than a Hiding Place* de Emily S. Smith en 2010, también confirma (104) la exactitud de la línea del tiempo de Hans.

71 «Le preguntaré a Pickwick»: Poley, 42; *The Hiding Place*, 83-84. En el recuento de Corrie de esta parte de la historia (o el recuerdo de los Sherrill de lo que Corrie pudo haberles contado), escribe sobre su encuentro con el arquitecto que diseñaría el escondite en la reunión de la Resistencia a la que asistió con Kik (capítulo 5), tal vez ya en mayo de 1942, y antes de que llegaran Hans, Thea, Mary, Henk o Leendert. Sin embargo, Hans llevó un diario detallado durante este tiempo, y tiene el diseño y la construcción del escondite a partir de mediados de junio de 1943, después de que él y los primeros cuatro refugiados llegaran. Poley, 40-43.

71 «Señor Smit»: *The Hiding Place*, 83.
71 *espejo afuera:* Peter Van Woerden, *In the Secret Place*, 73.
71 «Señorita Ten Boom»: *The Hiding Place*, 84.
72 «Una sola fila de ladrillos»: Poley, 42.
73 *Un contrapeso: Ibid.*, 43.
73 «Mantenga una jarra de agua»: *The Hiding Place*, 85.
73 «La Gestapo podría buscar»: *Ibid.*
74 «Guarida de los ángeles»: Poley, 43. En *A Prisoner and Yet* Corrie se refiere al lugar de escondite como «pesebre del ángel» mientras que en *The Hiding Place* los Sherrill se refieren a él como la «habitación secreta» (117, 119).
74 *sistema de alarma:* Poley, 42; *The Hiding Place*, 99; Van Woerden, 73.
74 *Tres minutos con veintiocho segundos:* Poley, 44.
74 «Vamos a revisar»: *Ibid.*, 45.
74 «Tienes que quitar»: *Ibid.*
75 *El día del cumpleaños de Flip: The Hiding Place*, 86.
75 «¡Peter, rápido!»: Van Woerden, 59. La version de los Sherrill es ligeramente distinta, pues Peter entra corriendo desde el exterior con su hermano Bob, y ambos se esconden en el sótano. *The Hiding Place*, 87.
75 «¿Hay algún chico aquí?»: Van Woerden, 60. El recuerdo del diálogo que tiene Corrie es ligeramente distinto al de Peter, pero el resultado es el mismo. *The Hiding Place*, 87-88.

Capítulo 7: Los bebés

76 *latía con tanta fuerza:* Peter Van Woerden, 59.
76 «No nos tomes por idiotas»: Corrie Ten Boom, *The Hiding Place*, 88.
76 «Sigue avanzando hasta el final»: Hans Poley, *Return to the Hiding Place*, 46.
77 «No tenemos comida»: *Ibid.*
77 «Está bien»: *Ibid.*
77 *100 bebés:* Corrie Ten Boom, «A Rare Recording of Corrie Ten Boom», vol. 1, audio en vivo, 2019; Emily S. Smith, *More Than a Hiding Place: The Life-Changing Experiences of Corrie Ten Boom*, 74. Nótese que Corrie menciona que es un orfanato,

pero en realidad era una guardería para bebés judíos y una pequeña iglesia dirigida por Henriëtte Henriques Pimentel en el centro de Ámsterdam. Muchos de los bebés e infantes eran o se volvieron huérfanos, pues sus padres fueron asesinados o enviados a campos de concentración.

77 *Creche:* Mark Klempner, *The Heart Has Reasons: Dutch Rescuers of Jewish Children During the Holocaust*, 131.

77 *Hollandsche Schouwburg: Ibid.*, 130-132; Warmbrunn, *The Dutch Under German Occupation* 170; Chris Webb, «The Story of Walter Suskind».

78 *Walter Süskind: Ibid.*

78 *Felix Halverstad: Ibid.*

77 *Henriëtte Henriques Pimentel:* «Henriëtte Pimentel: Whoever Saves One Person, Saves a Whole World», *Joodsamsterdam*, traducido, https://https://www.joodsamsterdam.nl/henriette-pimentel-wie-een-mens-redt-redt-een-hele-wereld/; Roland Hughes, «Obituary: Johan Van Hulst, the Teacher Who Saved Hundreds of Jewish Children», *BBC News*, 30 de marzo de 2018.

78 «Los salvaremos»: Corrie Ten Boom, «A Rare Recording», vol. 1, audio en vivo; Smith, *More Than a Hiding Place*, 74 (una transcripción del discurso que dio Corrie en «A Rare Recording»). En su recuerdo del evento, Corrie no menciona una fecha, aunque su referencia al diálogo con «sus muchachos» sugiere que Hans, Henk y Leendert estaban en el Beje, y que el comentario provino de uno de ellos. En su discurso, Corrie afirmó: «Después de algún tiempo [en la clandestinidad] tenía una pandilla de 80 personas: 30 muchachos adolescentes, 20 muchachas adolescentes, 20 hombres y 10 mujeres». Smith, *More Than a Hiding Place*, 74. Dado que solo unos 25 refugiados —niños y niñas, hombres y mujeres— permanecieron en Beje (ver Apéndice), la referencia de Corrie a su «pandilla» evidentemente se refería a todos los habitantes de la clandestinidad de Haarlem que tenía conexiones con los Ten Boom (es decir, Piet Hartog, el novio de Aty, los amigos de Kik, Peter, etcétera), o que visitaban el Beje como mensajeros (es decir, Nils, a quien se hace referencia como un

mensajero clandestino en *The Hiding Place*, 108). Dado el peligro de grandes reuniones, Corrie no habría tenido más de tres o cuatro trabajadores clandestinos en el Beje al mismo tiempo. En consecuencia, el diálogo de Corrie parece haber sido con sus tres chicos holandeses —Hans, Henk y Leendert—, fijando la fecha del evento alrededor de esta época, a finales de junio de 1943.

78 «Ya no nos gusta»: Corrie Ten Boom, «A Rare Recording», vol. 1, audio en vivo; Smith, *More Than a Hiding Place*, 74.

79 *Betty Goudsmit-Oudkerk:* Hanneloes Pen, «Betty Goudsmit-Oudkerk (1924-2020) Saved Hundreds of Jewish Children from Deportation», *AD* (traducido), 15 de junio de 2020.

79 *Johan Van Hulst:* Hughes, «Obituary: Johan Van Hulst, the Teacher Who Saved Hundreds of Jewish Children», *BBC News*, 30 de marzo de 2018.

79 *Los 100 bebés fueron salvados:* Corrie Ten Boom, «A Rare Recording of Corrie Ten Boom», vol. 1, audio en vivo; Emily S. Smith, *More Than a Hiding Place*, 74. Corrie no provee detalles de *cómo* fue que ayudaron los chicos holandeses al rescate (vestidos como soldados alemanes), pero aparentemente la escolta fue coordinada con la ruta de escape Pimentel-Süskind-Halverstad.

79 *entre 600 y 1 000:* Werner Warmbrunn, *The Dutch Under German Occupation 1940-1945*, 170 (se estiman mil).

79 «Las fortalecedoras palabras»: Poley, 47-48.

79 «Tenemos un reloj de hombre»: *The Hiding Place*, 96.

80 «La primera cosa»: *Ibid.* Nótese que Corrie utiliza una pronunciación similar «Mayer» para su primer nombre. «Meijer», que se pronuncia de manera similar, parece ser el modo correcto de escritura. Ver Poley, 48, 50.

80 «¿Es ese tu padre?»: Poley, 48.

80 «Pero ahora»: *Ibid.*

80 «por razones obvias»: *The Hiding Place*, 97.

81 «Si me preguntan por qué»: Poley, 49.

81 «Sería mejor»: *Ibid.*, 50.

81 «Señor, lo llamaremos Eusi»: *Ibid.*, 50-51. En *The Hiding Place* (98) los Sherrill escriben que Corrie es quien le da su nombre

a Eusi («Me parece que te llamaremos Eusebius»). Dado el meticuloso registro de Hans, junto con el hecho de que era su cumpleaños —un evento memorable—, es más creíble su versión.

Una segunda discrepancia es el modo correcto de deletrear su apodo. Al igual que ocurre con el primer nombre de Meijer Mossel, hay dos opciones fonéticas para su apodo: Eusi o Eusie. En sus libros, Corrie siempre escribe el nombre como «Eusie», pero Mossel lo escribe «Eusi» (también Hans Poley utiliza esta forma escritural). Ver la nota escrita a mano de Mossel encontrada en el libro de visitas del Beje el 6 de marzo de 1974, así como su firma «Eusi». Colección 78, Papeles de Cornelia Arnolda Johanna Ten Boom, 1902-1983, caja 2, fólder 2, Buswell Library Archives and Special Collections, Wheaton College, Wheaton, IL. Ver también Poley, *Return to the Hiding Place* 202-203 (Hans lo firmó al mismo tiempo y da la fecha, la cual no aparece en la página del libro de visitas), designando también una traducción al inglés de los comentarios.

81 «Por supuesto, hay algo respecto a esto»: *The Hiding Place*, 98.
82 *noveno mandamiento:* Ver Deuteronomio 5:20.
82 «Dime que no»: Poley, 52-53.
83 «Pero aquí estamos»: *Ibid.,* 54-55.
83 «Muchos cristianos holandeses»: *Ibid.,* 55.
84 «Todos los hombres jóvenes»: Van Woerden, 64-66.
85 «Dónde está ese hombre»: *Ibid.,* 67.
85 «Cuántos judíos»: Poley, 55.

Capítulo 8: Terror

86 «¿Peter?»: Van Woerden, 67.
86 «Yo me encargaré de eso»: Poley, 54-55.
87 70 segundos: Corrie Ten Boom, *A Prisoner and Yet*, 20; *The Hiding Place*, 101.
87 «¡La alarma! ¡Los alemanes se acercan!»: Poley, 57-58.
88 «¡Invasión en Italia!»: *Ibid.,* 60.
88 *Henk Wiedijk: Ibid.,* 64. Henk Wiedijk no se menciona en *The Hiding Place*, pero claramente fue un residente del Beje.

Además del testimonio de Henk, aparece en varias fotos junto con los Ten Boom y otros refugiados; su altura hace fácil identificarlo. Ver, por ejemplo, la fotografía de julio de 1943, él con Leendert, Eusi, Henk Wessels, Hans, Mary, Betsie, Opa, Corrie y Thea, en Poley, *Return to the Hiding Place* (en sección fotográfica sin numeración) y la fotografía en el techo de él, Thea, Hans, Mary y Eusi en Emily S. Smith, *More Than a Hiding Place: The Life-Changing Experiences of Corrie Ten Boom*, 81.

88 *Jop:* Corrie Ten Boom, *The Hiding Place*, 99, 115. La fecha exacta de la entrada de Henk Wiedijk y Jop al Beje no se especifica en ningún relato, pero ambos parecen haber llegado después del 14 de julio y antes de la llegada del señor De Vries el 19 de julio. Según una referencia al 14 de julio, Hans Poley escribió que «[p]or los próximos días[...] Llegaron varios invitados nuevos[...] Llegó Henk Wiedijk[...]». Hans no menciona a Jop, pero aparentemente fue uno de los «varios invitados nuevos». Poley, 64.

88 *construido para esconder a ocho: A Prisoner and Yet*, 19; Van Woerden, 72-73.

89 *Hans enseñaba astronomía:* Poley, 65-66.

89 «La mayoría de ustedes sabe»: *Ibid.*, 66.

90 *los visitaba Peter:* Poley, 67-68; Van Woerden, 70-71.

90 *sonido de un rasguño:* Poley, 67.

90 «No se den la vuelta»: *The Hiding Place*, 108. En *The Hiding Place* el evento del limpiador de ventanas ocurre en septiembre, pero el diario de Hans Poley revela que ocurrió a mediados de julio, antes del arresto de Nollie.

90 *Los refugiados permanentes del Beje:* Poley, sección fotográfica sin número de página. Una fotografía similar tomada alrededor de este tiempo se localiza en la colección 78, Papeles de Cornelia Arnolda Johanna Ten Boom, 1902-1983, caja 1, Buswell Library Archives and Special Collections, Wheaton College, Wheaton, IL (Buswell Library Collections).

90 «Actúen como si todo fuese normal»: Poley, 67; *The Hiding Place*, 108.

91 «¿Qué está haciendo?»: *The Hiding Place*, 108.

91 «A menudo iba»: Poley, 68-69.

92 «*Dos rayos de reflector*»: *Ibid.*, 70.

92 «No sé dónde»: *Ibid.*, 71-72.

93 *Corrie les aseguró que los ángeles: Ibid.*, 73. La suposición de Corrie de que el Beje estaba siendo protegido por ángeles probablemente surgió del pasaje bíblico favorito de su padre —y tal vez también suyo—: el salmo 91, que pidió que se leyera en la estación de policía cuando arrestaron a la familia (ver capítulo 14). Fue este salmo el que Corrie expuso en la exhibición conmemorativa de su padre el 8 de mayo de 1945 (ver capítulo 27), y a partir de este salmo tituló su lanzamiento de 1971, *The Hiding Place.*

La versión de Jacobo del salmo 91 dice de modo pertinente: «[1] El que habita en lugar secreto del Altísimo morará bajo la sombra del Todopoderoso… [5] No temerá por el terror de la noche; ni por la flecha que vuela de día… [7] Caerán 1 000 a tu lado, y 10 000 a tu diestra; pero a ti no llegarán… [11] Porque a sus ángeles encargará que te guarden en todos tus caminos».

Después del arresto de la familia el 28 de febrero de 1944 —al ver que Corrie estaba conmocionada porque los ángeles no los habían protegido—, Betsie corrigió el malentendido de su hermana de las promesas de Dios. Sin mencionar las ejecuciones de Juan el Bautista, Pablo o la mayoría de los doce discípulos, Betsie le dijo a Corrie que la protección de Dios es para sus almas, no para sus vidas o su bienestar físico. Ver Poley, 148.

93 «El norte de Ámsterdam»: Ana Frank, *The Diary of a Young Girl*, 115.

94 *700 bombarderos aliados:* John Thompson, *Spirit over Steel: A Chronology of the Second World War*, 352. Véase también William Shirer, *The Rise and Fall of the Third Reich*, 996.

94 *la* RAF *bombardeó Hamburgo:* Thompson, 354. La redada en Hamburgo fue una serie de redadas, con la RAF bombardeando durante la noche del en julio 24, 27 (con bombas incendiarias, causando tormentas de fuego), 29 y el 2 de agosto, mientras que los bombarderos estadounidenses realizaron incursiones

diurnas el 25 y 26 de julio, I. C. B. Dear y M. R. D. Foot, eds., *The Oxford Companion to World War II*, 523.

94 *Comando de Bombarderos de la* RAF *arrojó 16 000 toneladas:* Thompson, 346.

95 *nazis estaban enviando judíos:* Poley, *Return to the Hiding Place*, 79.

95 *la mañana del 14 de agosto arrestaron a Nollie: Idem.;* Van Woerden, 63; Corrie Ten Boom, *The Hiding Place*, 105; *Father Ten Boom: God's Man*, 140; Carole C. Carlson, *Corrie Ten Boom: Her Life, Her Faith*, 83.

Capítulo 9: Resistencia

96 «¡Katrien!»: *The Hiding Place*, 104-105; Hans Poley, *Return to the Hiding Place*, 79-80 (Hans recuerda que el nombre de la sirvienta es Marja).

96 *los otros judíos a los que escondían:* Peter Van Woerden, *In the Secret Place*, 63; *Father Ten Boom: God's Man*, 140; Carlson, 83, 85.

96 *escapó por el techo:* Carlson, 83.

97 «*Mantente lejos*»: Poley, 80.

97 «¡Jesús Vencedor!»: *Father Ten Boom*, 141.

97 «¿Cómo puedes cantar?»: *Ibid.*

98 *Hans llevó a Mary a su casa:* Poley, 81.

98 *de los Leeuws: Ibid.*, 82.

98 *Nollie fue transferida: The Hiding Place*, 106.

98 *La Gestapo les ofrecía libertad:* Poley, 82.

98 *policías, soldados:* Carlson, 84-85.

99 «La gente no se da cuenta»: *The Hiding Place*, 107.

99 «¿Cómo están sus perros?»: Carlson, 85.

99 *Italia se rindió:* John Thompson, *Spirit over Steel: A Chronology of the Second World War*, 364; I. C. B. Dear y M. R. D. Foot, eds., *The Oxford Companion to World War II*, 1332; Marcel Baudot *et al.*, eds., *The Historical Encyclopedia of World War II*, 537.

99 *Nollie salió de prisión:* Van Woerden, 63; Poley, 83. Nótese que la memoria de Corrie es un poco inexacta en torno a la liberación de Nollie: piensa que su hermana estuvo encarcelada durante

nueve semanas y que fue liberada la segunda semana de octubre. *The Hiding Place*, 112.

100 *Hans, Mary, Eusi y Henk:* Poley, 85-86.

100 *Mirjam de Jong, de 18 años: Ibid.*, 86.

100 «Bien, bien»: *Ibid.*

100 *El padre de Henk Wessels: Ibid.*, 87.

101 «Y él aún no lo sabe»: *Ibid.*, 89-90.

102 «Esa es la respuesta»: *Ibid.*, 90-91.

103 *Los nazis ejecutaron a 19: Ibid.*, 92.

Capítulo 10: El jefe

104 *Hans, Mary, y Eusi volvieron:* Poley, 92, 96.

104 *ministro asistente de 24 años: Ibid.*, 95-96, 101.

105 «el Intercambio»: *Ibid.*, 102.

105 «¿Quién está ahí?»: Corrie Ten Boom, *The Hiding Place*, 110; «Not Lost, but Gone Before», revista *The Hiding Place*, edición conmemorativa, 5; colección 78, Papeles de Cornelia Arnolda Johanna Ten Boom, 1902-1983, caja 2, fólder 2, Buswell Library Archives and Special Collections, Wheaton College, Wheaton, IL (Buswell Library Collections).

106 «¿Qué fue eso?»: *The Hiding Place*, 111-112; «Not Lost, but Gone Before», revista *The Hiding Place*, edición conmemorativa, 7; colección 78, caja 2, fólder 2, Buswell Library Collections.

107 *Nel… y Ronnie Gazan:* Poley, 97. Nótese que los registros de Emily S. Smith indican que el apellido de Ronnie es Da Costa Silva. *More Than a Hiding Place*, 82.

107 *tenía un nombre de gentil*: *More Than a Hiding Place*, 105.

108 «¡Es maravilloso!»: *Ibid.*, 103.

108 «Querida Mies»: *Ibid.*, 104-105.

108 «Toma, hijo»: *Ibid.*, 103.

108 Herinneringen van een Oude Horlogemaker*:* colección 78, caja 1, Buswell Library Collections.

109 *Landelijke Organisatie:* Poley, 101. Para otra perspectiva sobre la resistencia cristiana, ver también Diet Eman, *Things We Couldn't Say: A Dramatic Account of Christian Resistance in Holland During World War II.* Para el movimiento de Resistencia en general, ver Louis de Jong and Joseph W. F.

Stoppelman, *The Lion Rampant: The Story of Holland's Resistance to the Nazis.*

109 *317 000 tarjetas nuevas:* Poley, 100.

109 *a veces perdía sus notas: Ibid.*, 101.

110 *vestido como una mujer: Ibid.*, 106.

110 *Brouwershofje: Ibid.*, 107.

111 *le dieron una pistola: Ibid.*, 109.

111 *Henny Van Dantzig: Ibid.*, 110-111.

112 «Mi muy amado nieto»: Corrie Ten Boom, *Father Ten Boom: God's Man*, 147-148.

112 «Hemos escuchado mucho»: Poley, 114-115.

113 *El Beje, Navidad de 1943: Ibid.*, sección fotográfica sin número de página. En la fotografía, Hans identifica a la tercera persona desde la izquierda como Meta Monsanto. Sin embargo, de acuerdo a su propio calendario, las hermanas Monsanto llegaron al Beje hasta enero de 1944. Poley, 118. La solución es que es posible que Meta haya visitado el Beje para la reunión de Navidad, pero no se mudó con su hermana sino hasta después de Año Nuevo.

113 *Corrie leyó la historia de Tolstoi: Ibid.*, 115.

114 «apresúrate, muchacho»: Corrie Ten Boom, *The Hiding Place*, 115-116.

114 «Vendrás»: *Ibid.*, 113.

114 «señorita Ten Boom»: *Ibid.*, 114.

115 «¿Matarlo?»: *Ibid.* Véase también Carole C. Carlson, *Corrie Ten Boom: Her Life, Her Faith*, 87.

Capítulo 11: La misión

116 «liquidación»: Werner Warmbrunn, *The Dutch Under German Occupation, 1940-1945*, 206-207.

116 *liquidación del general Hendrik Seyffardt: Ibid.*, 206. Para antecedentes sobre el líder del NSB, Anton A. Mussert, ver también Warmbrunn, 83-89; Israel Gutman, ed., *Encyclopedia of the Holocaust*, vol. 3, 1026, 1032-1033; Louis de Jong and Joseph W. F. Stoppelman, *The Lion Rampant: The Story of Holland's Resistance to the Nazis*, 129-130, 160-163, 248-251, 258; Jacob Presser, *Ashes in the Wind: The Destruction of*

Dutch Jewry, 232-233, 356, 369; y Walter B. Maass, *The Netherlands at War: 1940-1945*, 52-54, 57, 79, 132, 141.

116 *Hermannus Reydon:* Warmbrunn, 206.

116 *F. E. Posthuma: Ibid.*, 207.

116 *a unos 40 líderes nacionalsocialistas: Ibid.*

116 *torturas de la Gestapo para arrancar confesiones:* Los métodos de tortura de la Gestapo eran medievales, por decir poco. Para aquellos con estómagos fuertes, lo que la Gestapo le hizo al antinazi Fabian von Schlabrendorff está en sus memorias, *The Secret War Against Hitler,* 312-313. En resumen, la Gestapo lo torturó en cuatro etapas. El día después de su tortura en etapa 1, donde se había desmayado debido a un dolor insoportable, sufrió un ataque cardiaco (a pesar de que se encontraba en excelente estado de salud previamente a la tortura). Cuando se recuperó, se inició la etapa 2, seguida de la etapa 3. Durante la etapa 4 el dolor fue tal que nuevamente se desmayó.

Cuando estaban prisioneros juntos, Schlabrendorff le dio al agente británico de la SOE Peter Churchill una descripción detallada de lo que le hizo la Gestapo. Ver Larry Loftis, *Code Name: Lise*, 225-226, n. 49. Otras formas distintas de tortura incluían introducir agujas o palitos puntiagudos bajo las uñas (Bernt Engelmann, *In Hitler's Germany: Everyday Life in the Third Reich*, 32) y arrancar las uñas (Loftis, *Code Name: Lise*, 147-152).

117 «Señor, siempre»: Corrie Ten Boom, *The Hiding Place*, 114-115. Ver también Carole C. Carlson, *Corrie Ten Boom: Her Life, Her Faith*, 87.

117 *Jop había sido arrestado: The Hiding Place*, 116.

117 «¿Por qué tienes miedo?»: Carlson, 88. Para una explicación sobe el porqué Corrie asumía que los ángeles protegerían a los Ten Boom de ser arrestados o sufrir daños, ver la nota a pie de página en el capítulo 8.

118 *Meta y Paula Monsanto:* Hans Poley, *Return to the Hiding Place*, 118-119.

118 «Nuestro refugio, tan conocido ahora»: *Ibid.*, 119.

118 *Conversación en la sala de visitas del Beje:* Esta fotografía, que indica las identidades de los refugiados al reverso, se ubica

en la colección 78, Papeles de Cornelia Arnolda Johanna ten Boom, 1902-1983, caja 1, Buswell Library Archives and Special Collections, Wheaton College, Wheaton, IL.

119 «*Tomen sus cosas*»: Poley, *Return to the Hiding Place*, 121.

119 *Dora, había dado a luz: Ibid.*, 122-123.

120 «¡Hans, Hans, despierta!»: *Ibid.*, 125.

120 «¿Quién es usted?»: *Ibid.*, 126.

121 *Vredehofstraat 23, Soest: Ibid.*, sección fotográfica sin número de página.

122 «Además»: *Ibid.*, 127.

122 «¡Ah, ahí está nuestro ministro!»: *Ibid.*, 129.

124 «¿Te das cuenta?»: *Ibid.*, 131.

124 «La paz que me invadió»: *Ibid.*, 132.

125 «Bueno, probablemente ya sabes»: *Ibid.*, 133.

Capítulo 12: Seiscientos florines

126 «Dios, quédate conmigo»: Hans Poley, *Return to the Hiding Place*, 133.

126 «Lo que tus padres admitieron»: *Ibid.*, 134.

126 «Hans, saludos de parte de Tante Kees»: *Ibid.*, 135.

127 «Dígales que no se preocupen»: *Ibid.*, 135-136.

127 *Kik, el hijo de Willem, fue arrestado:* Carole C. Carlson, *Corrie Ten Boom: Her Life, Her Faith*, 88-89.

128 *líderes militares alemanes habían conspirado:* Para un breve resumen de los repetidos intentos alemanes de derrocar o matar a Adolf Hitler, ver Larry Loftis, *The Princess Spy*, 87-91. También Hans Bernd Gisevius, *To the Bitter End: An Insider's Account of the Plot to Kill Hitler, 1933-1944*; Ulrich von Hassell, *The Von Hassell Diaries, 1938-1944: The Story of the Forces Against Hitler Inside Germany*; Fabian von Schlabrendorff, *The Secret War Against Hitler*; Peter Hoffmann, *The History of the German Resistance, 1933-1945*; Klemens von Klemperer, *German Resistance Against Hitler*; Ger Van Roon, *German Resistance to Hitler: Count von Moltke and the Kreisau Circle*; Agostino von Hassell y Sigrid MacRae, *Alliance of Enemies: The Untold Story of the Secret American and German Collaboration to End World War II* (esp. páginas

253-258 en torno a los diarios); Charles Burdick y Hans-Adolf Jacobsen, *The Halder War Diary, 1939-42*; Michael Balfour, *Withstanding Hitler*; Harold C. Deutsch, *The Conspiracy Against Hitler in the Twilight War*; Anton Gill, *An Honourable Defeat: A History of German Resistance to Hitler, 1933-1945*; Constantine FitzGibbon, *20 July*; Theodore S. Hamerow, *On the Road to the Wolf 's Lair: German Resistance to Hitler*; André Brissaud, *Canaris: The Biography of Admiral Canaris, Chief of German Military Intelligence*; Michael Mueller, *Nazi Spymaster: The Life and Death of Admiral Wilhelm Canaris*, y William Shirer, *The Rise and Fall of the Third Reich*. También buscar entradas para Beck, Canaris, Halder, Oster y el Schwarze Kapelle en I. C. B. Dear y M. R. D. Foot, eds., *The Oxford Companion to World War II*; Marcel Baudot *et al.*, eds., *The Historical Encyclopedia of World War II*, y Louis L. Snyder, *Encyclopedia of the Third Reich*.

128 *Hitler dos veces, y otras seis veces:* Shirer, 1024, 1026.

128 *el pastor Dietrich Bonhoeffer: Ibid.*, 1024. Para excelentes biografías de Bonhoeffer, ver Eberhard Bethge, *Dietrich Bonhoeffer*, traducido por Eric Mosbacher *et al.*, y Eric Metaxas, *Bonhoeffer: Pastor, Martyr, Prophet, Spy*. Para resúmenes cortos de la vida y trabajo de Bonhoeffer, ver también sus entradas en Snyder, 34-35; Dear y Foot, 152, y Robert S. Wistrich, *Who's Who in Nazi Germany*, 16-17.

128 *Hans von Dohnanyi y el diplomático doctor Josef Müller*: Shirer, 1024.

128 *general Hans Oster: Ibid.*

129 *el hombre más popular de Alemania*: Reconociendo el anhelo que tenía su país por un héroe militar popular, Hitler decidió en 1941 darles dos: «uno en el sol y otro en la nieve», siendo Rommel el primero y el general Eduard Dietl (que operaba en Noruega y Finlandia) el segundo. Cuando llegaron al público las noticias sobre los primeros éxitos de Rommel al frente del Afrika Korps, se convirtió instantáneamente en una celebridad, no solo en Alemania, sino también en Gran Bretaña, donde fue ampliamente considerado como un héroe.

Después de la victoria de Rommel en Tobruk, Egipto, en

junio de 1942, Hitler lo ascendió a mariscal de campo, el más joven de la Wehrmacht. Quizás el mayor cumplido para Rommel, irónicamente, provino de su enemigo. El Octavo Ejército británico, contra el que luchó en África, llegó a respetarlo y admirarlo más que a sus propios comandantes. Consideraban a Rommel un héroe hasta tal punto que acuñaron una frase, «un Rommel», para hacer referencia a cualquier buena actuación. B. H. Liddell Hart, *The German Generals Talk*, 45-49; Richard J. Evans, *The Third Reich at War*, 150.

129 *proponían arrestar a Hitler*: Shirer, 1030.

129 «Usted es el único»: *Ibid.*, 1031.

129 *Hepburn y su familia:* Robert Matzen, *Dutch Girl: Audrey Hepburn and World War II*, 131-132.

130 *operación Argumento:* Dear y Foot, 130-131. Para relatos del día a día, ver John Thompson, *Spirit over Steel: A Chronology of the Second World War*, 412-414.

130 *200 civiles:* Thompson, 413.

130 *20 000 toneladas de bombas:* Dear y Foot, 131.

130 *Todos los médicos:* Matzen, 137.

131 *espectáculos de danza privados: Ibid.*, 146.

131 «Escuchen, se nos termina el dinero»: Poley, 140.

131 *600 florines: Ibid.*, 141.

131 *28 de febrero:* Corrie Ten Boom, *A Prisoner and Yet*, 20; *The Hiding Place*, 117; Poley, 141.

131 *apareció Betsie: The Hiding Place*, 117. En la versión de Hans Poley de la historia, no fue Betsie quien le dijo que había un extraño abajo, sino Henny, la vendedora de la tienda. Poley, 141.

132 «Lamento despertarte»: *The Hiding Place*, 117.

132 «¡Señorita Ten Boom!»: *Ibid.*

132 «mi esposa fue arrestada en Alkmaar»: Carlson, *Corrie Ten Boom*, 90; Poley, 141.

132 «Soy un hombre pobre»: *The Hiding Place*, 118.

132 *si podía brindarle referencias:* Poley, 141.

132 «Cuando llegué al lugar por primera vez»: Diet Eman, *Things We Couldn't Say: A Dramatic Account of Christian Resistance in Holland Du-ring World War II*, 116-17.

133 *que regresara en media hora: The Hiding Place*, 118. En la versión de Hans Poley, Corrie le dijo al hombre que volviera más tarde ese mismo día, él volvió alrededor de las cinco y Corrie le dio el dinero personalmente. Poley, 141-142.

133 *envió a un mensajero al banco: The Hiding Place*, 118. En la versión de Poley de la historia, Corrie tenía fondos disponibles en el Beje y no estuvo involucrado ni un mensajero ni el banco. Poley, 141-142. Ver también Carlson, *Corrie Ten Boom*, 90-91 (una tercera versión de la historia, donde Corrie reunió a todos los jóvenes y les dijo «Escuchen, en una hora debo encontrar 400 florines. Hagan todo lo posible»).

Capítulo 13: Atrapados

134 «¡Rápido! ¡Rápido!»: Corrie Ten Boom, *The Hiding Place*, 119.

134 *Martha y Ronnie:* Carole C. Carlson, *Corrie Ten Boom: Her Life, Her Faith*, 93; Poley, 142. Hay tres versiones de esta historia: la de Corrie, la de Hans y la de Arnold (Reynout Siertsema). Ya que Arnold era uno de los seis atrapados en la guarida de los ángeles, su versión (registrada en Carlson) es la que ofrece más credibilidad. Además, la versión de Arnold es consistente con la de Hans. De acuerdo con Arnold, los otros cinco refugiados escondidos en el lugar secreto eran Mary, Martha, Eusi, Ronnie y Hans Van Messel. Carlson, *Corrie Ten Boom*, 93; Emily S. Smith, *More Than a Hiding Place: The Life-Changing Experiences of Corrie Ten Boom* (publicado en 2010 por la Corrie Ten Boom House Foundation), 105. De acuerdo con Hans Poley, la guarida incluía «a los cuatro de siempre —seguramente Mary, Martha, Eusi y Ronnie, a quien Hans menciona después como uno de los seis—, además de Arnold y Hans, dos de los trabajadores de la resistencia». Poley, 142. Los seis de Corrie (aparentemente contando a John y Elizabeth Sherrill), por otro lado, son Thea, Meta (Martha), Henk, Eusi, Mary y un trabajador de la Resistencia anónimo. Según lo que recuerda Corrie, Henk probablemente era Hans, y el trabajador anónimo de la Resistencia probablemente era Arnold. Eso dejaría solo una discrepancia: Thea, quien en realidad era Ronnie Gazan. Dada la coherencia de los recuerdos de Arnold

y Hans, junto con el registro oficial de Emily Smith de la Fundación Corrie Ten Boom House, los seis atrapados eran con toda seguridad Mary, Martha, Eusi, Arnold Siertsema, Ronnie Gazan y Hans Van Messel. Hay que tener en cuenta que Smith registra el apellido de Ronnie como «da Costa Silva». *More Than a Hiding Place*, 82. También hay que notar que cuando Arnold firma en el libro de visita del Beje, el 18 de marzo de 1976, agrega «Arnold, uno de los que está en la caja de los ángeles».

134 «¿Cómo se llama?»: *The Hiding Place*, 120; Poley, 143.

135 «No importa»: Poley, 143; Carlson, 91.

135 *Opa, Betsie, Willem:* Poley, 143. Tanto Corrie (*The Hiding Place*, 124) como Hans incluyen erróneamente a Peter Van Woerden, el hijo de Nollie y sobrino de Corrie, como uno de los que fueron arrestados en esta ocasión. En su propio trabajo, Peter explica que él aún no estaba en el Beje y que no llegaría sino hasta el anocher, después de que estuviera «suficientemente oscuro». Peter Van Woerden, *In the Secret Place*, 75. Corrie y los demás fueron llevados a la cárcel en la mañana.

135 «Es una señal»: Poley, 143; *The Hiding Place*, 121. En *The Hiding Place*, los Sherrill ponen al revés la secuencia de eventos: la discusión de la señal de Alpina ocurre después de que golpean a Corrie.

135 «Mi informante dice»: *The Hiding Place*, 121.

136 *que se quitara las gafas:* Corrie Ten Boom, *A Prisoner and Yet*, 21; Poley, 144; Carlson, 92.

136 «¿Dónde están los judíos?»: *The Hiding Place*, 121.

136 «¡Señor Jesús, protégeme!»: *A Prisoner and Yet*, 21; Poley, 144.

136 «¿Ya escucharon?»: *The Hiding Place*, 122.

137 «¿Te golpearon?»: *A Prisoner and Yet*, 21; Poley, 144.

137 «Los prisioneros guardarán»: *The Hiding Place*, 122.

137 «Temor a Dios»: *A Prisoner and Yet*, 23; Poley, 145; *The Hiding Place*, 123.

137 «Residencia y relojería Ten Boom»: *The Hiding Place*, 123; *A Prisoner and Yet*, 22.

138 «Hay una habitación secreta»: *The Hiding Place*, 124.

138 *comisaría de policía en Smedestraat: A Prisoner and Yet*, 24; *The*

Hiding Place, 125; Poley, 146.

138 «¿Quién está ahí?»: Poley, 155; Carlson, 93.

138 *Martha, Mary, Eusi, Ronnie:* Poley, 155; Smith, *More Than a Hiding Place*, 82, 105. Para una discusión detallada sobre los seis atrapados en la guarida de los ángeles, ver la nota a pie de página sobre Martha y Ronnie en este capítulo.

139 *tres timbres cortos:* Van Woerden, *In the Secret Place*, 75. Hans Poley recuerda que el código eran tres timbres cortos y uno largo. Poley, 157.

139 «Tenemos una noticia muy triste»: Van Woerden, 76.

139 «Lo siento, señor»: *Ibid.*, 77-78.

140 «Creo que será mejor»: *Ibid.*, 78.

140 *30 amigos: Ibid.*, 78-79; *A Prisoner and Yet*, 24; *The Hiding Place*, 125 (Corrie recuerda que en total hay 35, contando a los Ten Boom).

140 «Silencio aquí»: *The Hiding Place*, 125.

140 «Dámelo»: Poley, 149-151.

140 *luego entró Peter: Ibid.*, 151.

141 *salmo 91: A Prisoner and Yet*, 24; Van Woerden, 80; Poley, 147.

141 «El que habita»: Van Woerden, 80. Presumiblemente, Willem habría leído el salmo 91 de una traducción holandesa de la Biblia hecha por el rey Jacobo.

141 *¿dónde estaban los ángeles protectores?:* Poley, 148. Para antecedentes sobre la presunción de Corrie de que los ángeles protegerían a los Ten Boom de daño o arresto, ver la nota a pie de página del capítulo 8 sobre Corrie asegurándoles a todos que los ángeles…

141 *la iglesia de San Bavo:* Carlson, 93 (citando el recuento de Arnold).

141 *Madera que se astillaba:* Poley, 158; Carlson, 94.

Capítulo 14: Privilegiado

142 «Confiaré en Adonai»: Hans Poley, *Return to the Hiding Place*, 158.

142 «Gran Anciano»: Corrie Ten Boom, *The Hiding Place*, 126; Peter Van Woerden, *In the Secret Place*, 81.

143 «Peter, he sufrido»: Van Woerden, 81-82.

144 *orinando sobre sábanas:* Poley, 158; Carole C. Carlson, *Corrie ten Boom: Her Life, Her Faith*, 94 (citando los recuerdos posteriores de Arnold).

144 «Si confías»: Poley, 158.

144 «Alle Nasen gegen»: Van Woerden, 82; Corrie ten Boom, *A Prisoner and Yet*, 27; *The Hiding Place*, 128. Corrie es inconsistente sobre la ubicación del cuartel de la Gestapo. En *A Prisoner and Yet* escribe que está en Scheveningen, pero en *The Hiding Place* dice que está en La Haya. Dado que Peter van Woerden recuerda que está en La Haya, yo he utilizado esa locación.

145 «¡Ese viejo!»: *The Hiding Place*, 128.

145 *prisión de Scheveningen: A Prisoner and Yet*, 28; *The Hiding Place*, 130; *Father Ten Boom: God's Man*, 10; Poley, 153.

145 «Que el Señor esté contigo»: *A Prisoner and Yet*, 28; Corrie Ten Boom, *He Sets the Captive Free*, 16.

146 «Si persistes»: Corrie Ten Boom, *Prison Letters*, 20; *A Prisoner and Yet*, 45; Poley, 153.

146 *Betsie a la 314, Corrie a la 397, Opa a la 401:* Corrie Ten Boom, *Prison Letters*, 20; *A Prisoner and Yet*, 45; Poley, 153.

146 «¡Mujeres prisioneras, síganme!»: *The Hiding Place*, 130.

146 «Ten Boom, Cornelia»: *Ibid.*, 132; *He Sets the Captive Free*, 11-12.

146 «Lamento tener que»: *A Prisoner and Yet*, 30.

147 «Oh, Señor, haz que»: Van Woerden, 85.

147 *primeros 12 capítulos: Ibid.*, 86.

147 «ir a casa»: *Ibid.*

148 *saltarían los dos metros y medio:* Carlson, 94 (Arnold da cuenta de haber dado un saldo de 2.5 metros, es decir, 8.2 pies) Poley, 159 (cita un salto de solo 90 centímetros).

148 «Siertsema»: Poley, 160 (estableciendo que Siertsema es el apellido real de Arnold); Carlson, 94 (afirmando que la voz dijo: «Arnold, ¡responde!»). Teniendo en cuenta el conocimiento personal de Poley al respecto, y asociando con Arnold, Hans, y los otros refugiados, su diálogo es el más confiable.

Capítulo 15: Prisión

149 «Está bien»: Hans Poley, *Return to the Hiding Place*, 160; Carole C. Carlson, *Corrie Ten Boom: Her Life, Her Faith*, 94.

149 *Jan Overzet:* Poley, 159; Emily S. Smith, *More Than a Hiding Place: The Life-Changing Experiences of Corrie Ten Boom*, 82, 105.

149 *Theo Ederveen:* Smith, *More Than a Hiding Place*, 82.

149 «Shhh, Eusi»: Poley, 160.

150 *regresaron los policías:* Carlson, 95; Poley, 160-61.

150 *avena aguada:* Corrie Ten Boom, *The Hiding Place*, 132-133.

150 *celda:* Corrie Ten Boom, *A Prisoner and Yet*, 31 (describe la celda como «seis pasos de ida y seis pasos de vuelta»). En *The Hiding Place* (132), sin embargo, los Sherrill describen la celda como «profunda y angosta, apenas más ancha que una puerta». Dado que *A Prisoner and Yet* fue publicado en 1947, solo dos años después de la Guerra (*The Hiding Place* es de 1971), la primera se entiende como la más confiable de ambas.

150 *dos años en la prisión de Scheveningen: A Prisoner and Yet*, 30. En *The Hiding Place* (133), sin embargo, los Sherrill describen que la mujer estuvo tres años en prisión.

150 *una mujer austriaca: A Prisoner and Yet*, 30; *The Hiding Place*, 133.

150 *las prisiones y los campos de concentración:* Ver Nikolaus Wachsmann, *KL: A History of the Nazi Concentration Camps* y Tom Segev, *Soldiers of Evil.* Para un excelente mapa que muestra todos los campos (de concentración y de exterminio) y sus ubicaciones, ver Louis L. Snyder, *Encyclopedia of the Third Reich*, 57.

151 *despreciada por los militares profesionales:* Para detalles de la animosidad entre los nazis y la Wehrmacht (en particular entre las tropas de las ss y la Wehrmacht), y entre la Gestapo nazi y la Abwehr antinazi, ver Larry Loftis, *The Princess Spy*, 87-92; *Code Name: Lise*, 155, 224-226 e *Into the Lion's Mouth*, 180, 187, 189, 227. También, de manera general, Peter Hoffmann, *The History of the German Resistance, 1933-1945*; Klemens von Klemperer, *German Resistance Against Hitler*, y Ger Van Roon, *German Resistance to Hitler*. Para antecedentes

sobre las ss en sí mismas, ver Heinz Höhne, *The Order of the Death's Head: The Story of Hitler's SS* y Richard Grunberger, *Hitler's SS*. También Edward Crankshaw, *Gestapo: Instrument of Terror*, 19-32.

151 «En la tranquilidad de mi celda»: Peter Van Woerden, *In the Secret Place*, 90.

151 «Cuando Cristo llama»: Dietrich Bonhoeffer, *The Cost of Discipleship*, 89.

152 «Señor, lo que sea que quieras»: Van Woerden, 91.

152 *la Prisión de Amstelveenseweg*: Poley, 165-167.

152 «Los paquetes fueron lo más destacado»: *Ibid.*, 167.

152 *su primera audiencia:* Corrie Ten Boom, *Prison Letters*, 19.

152 *clínica Ramar:* Poley, 154.

152 *murió el 9 de marzo de 1944: A Prisoner and Yet*, 28; *The Hiding Place*, 145, 153; Corrie Ten Boom, *Father Ten Boom*, 155 (registra la fecha como el 10 de marzo); Poley, 154.

153 *en el cementerio Loosduinen:* Poley, 154.

153 «oficina de consultas»: *A Prisoner and Yet*, 32.

153 «Rápido, ¿puedo ayudar»: *A Prisoner and Yet*, 33; *The Hiding Place*, 135; *Prison Letters*, 32.

153 *pleuresía con derrame: A Prisoner and Yet*, 33; *The Hiding Place*, 135; *He Sets the Captive Free*, 17.

153 «Espero estarle haciendo un favor»: *A Prisoner and Yet*, 33; *The Hiding Place*, 135-136.

153 *dos pastillas de jabón y copias:* Lo que Corrie le pidió a la enfermera difiere en sus dos recuentos. En *A Prisoner and Yet* (33), pide una Biblia, lápiz, cepillo de dientes y alfileres. En *The Hiding Place* (135-36), pide una Biblia, hilo y aguja, cepillo de dientes y jabón. En ambos recuentos se le otorgan copias de los cuatro Evangelios.

154 «Ten Boom, Cornelia»: *A Prisoner and Yet*, 33; *The Hiding Place*, 136.

154 *Número 384: A Prisoner and Yet*, 37; *Prison Letters*, 18.

154 *Confinamiento solitario: The Hiding Place*, 140; *He Sets the Captive Free*, 17.

154 *cuatro frías paredes de piedra gris: Prison Letters*, 17; *A Prisoner and Yet*, 34; *The Hiding Place*, 137.

154 *Alguien había vomitado: The Hiding Place*, 137.

154 «¿Mi padre vive aún?»: *A Prisoner and Yet*, 35; *The Hiding Place*, 138 (con un diálogo ligeramente distinto).

155 Kalte-kost: *A Prisoner and Yet*, 35-37.

155 *parte del plan de Dios: Ibid.*, 41; *The Hiding Place*, 139.

155 «todos estamos en la escuela»: Charles Spurgeon, *Spurgeon's Gold*, 130.

155 *famoso pasaje de Hebreos:* Van Woerden, 93.

155 «Por lo tanto, ya que»: Hebreos 12:1-3 (NVI).

156 «Zo God voor»: Van Woerden, 92.

156 *Un ojo: Ibid.*

Capítulo 16: Teniente Rahms

157 «De este modo»: Peter Van Woerden, *In the Secret Place*, 93.

157 *Amersfoort:* Hans Poley, *Return to the Hiding Place*, 168.

157 *espía de la SOE Odette Sansom:* Larry Loftis, *Code Name: Lise*, 203-207, 211.

158 «¡Johannes Poley!»: *Ibid.*, 169.

158 «Nollie y todos los amigos»: La carta original a Corrie (en holandés), al igual que la traducción al inglés, se ubican en la colección 78, Papeles de Cornelia Arnolda Johanna Ten Boom, 1902-1983, caja 1, Buswell Library Archives and Special Collections, Wheaton College, Wheaton, IL (Buswell Library Collections). Ver también la traducción de Corrie, al inglés, de esta correspondencia en *Prison Letters*, 18-19.

159 «El diluvio de imponentes aguas»: La carta original de Betsie a Cocky (en holandés) está en la caja 1, Buswell Library Collections. La traducción al inglés de esta carta puede encontrarse en Corrie, *Prison Letters*, 20-22.

161 «¡Silencio»: Corrie Ten Boom, *The Hiding Place*, 140.

161 «La ducha… fue gloriosa»: Corrie Ten Boom, *A Prisoner and Yet*, 35; *The Hiding Place*, 140-141.

161 *Habían pasado nueve semanas:* Ver el original de Corrie (en holandés) y la traducción al inglés de «Airing in Scheveningen» en la colección 78, caja 1, fólder de Correspondencia de la Guerra, Buswell Library Collections. Ver también *A Prisoner and Yet*, 39 y *Prison Letters*, 38-39.

162 *tumba recién excavada: A Prisoner and Yet*, 39; *Prison Letters*, 38-39.

162 «Y Enoch caminó con Dios»: *A Prisoner and Yet*, 39; *Prison Letters*, 38-39.

162 *el* Sachbearbeiter *de la prisión:* Van Woerden, 98; *A Prisoner and Yet*, 43; *The Hiding Place*, 147; *Prison Letters*, 89; Corrie Ten Boom, «People We Meet: Hans Rahms», *It's Harvest-Time*, noviembre-diciembre 1964, 2-3. Ver también el folleto del Museo Corrie Ten Boom «Welcome to The Hiding Place», ubicado en Papeles de Cornelia Arnolda Johanna Ten Boom, 1902-1983, colección 78, caja 1, fólder 8, Buswell Library Collections (Corrie Ten Boom Museum brochure, Buswell Collections).

162 *«Podría haber sido»*: Van Woerden, 97-98.

163 «¿Usted también es cristiano?»: *Ibid.*, 98-99.

163 «No esperamos»: *Ibid.*, 99-100.

164 «Mi tiempo para hacer entrevistas»: *Ibid.*, 101.

165 *Por dos meses había temido: A Prisoner and Yet*, 43. In *The Hiding Place* (146), sin embargo, el tiempo de espera para ver al teniente Rahms era de tres meses.

165 «Soy el teniente Rahms»: *The Hiding Place*, 147; *A Prisoner and Yet*, 43-44. (Nótese que el diálogo es ligeramente diferente en los dos recuentos). Ver también «People We Meet: Hans Rahms», 2-3; Corrie Ten Boom Museum brochure, Buswell Collections.

165 *Corrie oró:* Las palabras de Corrie para hacer esta oración son ligeramente distintas en sus dos recuentos: *A Prisoner and Yet*, 43; *The Hiding Place*, 147.

165 «Ahora dígame»: *A Prisoner and Yet*, 44 (con un diálogo ligeramente diferente en *The Hiding Place*, 147).

166 «Sus otras actividades»: *The Hiding Place*, 148; *A Prisoner and Yet*, 45; «A Rare Recording of Corrie Ten Boom», vol. 1, audio en vivo, 2019.

166 «¿No es eso una pérdida de tiempo?»: *A Prisoner and Yet*, 45. Con un diálogo ligeramente distinto en ambas, ver también *Hiding Place*, 148; *He Sets the Captive Free*, 21, y «A Rare Recording of Corrie ten Boom», vol. 1.

166 «El Señor Jesús»: *A Prisoner and Yet*, 45. Con un diálogo ligeramente distinto, ver también *The Hiding Place*, 148; *He Sets the Captive Free*, 21, y «A Rare Recording of Corrie Ten Boom», vol. 1.

166 «Toma usted muy poco sol»: *A Prisoner and Yet*, 46-47. Con un diálogo ligeramente distinto, ver también *The Hiding Place*, 148-149; *He Sets the Captive Free*, 21, y «A Rare Recording of Corrie Ten Boom», vol. 1.

167 «¿Qué puede usted saber de mi oscuridad?»: *The Hiding Place*, 149.

167 «Dios nunca»: *A Prisoner and Yet*, 47.

168 «La condición de la prisionera es contagiosa»: *The Hiding Place*, 149.

168 «Camine despacio»: *Ibid.*, 150.

Capítulo 17: Huesos

169 «Señor Rahms, es importante»: Corrie Ten Boom, *Prison Letters*, 89; *A Prisoner and Yet*, 47 con un diálogo ligeramente distinto).

169 sus *papeles:* Corrie Ten Boom, «People We Meet: Hans Rahms», *It's Harvest-Time*, noviembre-diciembre 1964, 2-3. Ver también el brochure del Museo Corrie Ten Boom, «Welcome to The Hiding Place», ubicado en la colección 78, caja 1, fólder 8, Buswell Library Archives and Special Collections, Wheaton College, Wheaton, IL (Corrie Ten Boom Museum brochure, Buswell Library Collections).

169 «¿Puede explicar estas páginas?»: Corrie Ten Boom, *He Sets the Captive Free*, 22-23; «A Rare Recording of Corrie Ten Boom», vol. 1; *Prison Letters*, 89.

170 *los echó al fuego: Ibid.;* «People We Meet: Hans Rahms», 2 («Sabía mejor que nosotras lo peligrosos que eran estos papeles. De pronto abrió la puerta de la estufa y arrojó todos los papeles al fuego»); Corrie Ten Boom Museum brochure, Buswell Library Collections («Hans Rahms, el juez Sachbearbeiter que lanzó nuestros peligrosos papeles al fuego intentó salvarnos la vida»).

170 «Anuló el acta»: *Prison Letters*, 89; *He Sets the Captive Free*, 23; «People We Meet: Hans Rahms», 2 («Cuando vi cómo las

llamas quemaban aquellos papeles peligrosos, fue como si por primera vez comprendiera el significado de Col. 2:14.»); Corrie Ten Boom Museum brochure, Buswell Library Collections («Mientras vi las llamas destruyendo los papeles horrendos, fue como si entendiera por primera vez el significado de Colosenses 2:14»).

170 *El 3 de mayo, Corrie recibió: Prison Letters,* 22-23, 25-26. La carta de Nollie está fechada el 21 de abril de 1944, por lo que tuvo que ser liberada en algún momento entre el 11 y el 21 de abril. Dado el anhelo de Nollie de comunicarse con sus hermanas, es probable que les escribiera el día después de ser liberada. *A Prisoner and Yet*, 48, 50. La versión de Corrie de esta carta en *A Prisoner and Yet*, escrita en 1947, es ligeramente distinta a la transcrita en la carta incluida en *Prison Letters* (25-27), publicada en 1975, que parece más certera.

170 «Por favor, quédate conmigo»: *A Prisoner and Yet*, 48-49.

171 «Su muerte ha dejado»: *A Prisoner and Yet*, 50; *Prison Letters*, 30-32.

171 «Yo estoy bien»: *Prison Letters*, 28-29.

172 «Häftlinge, Die Augen»: Hans Poley, *Return to the Hiding Place*, 171.

172 «Ángel de Amersfoort»: *Ibid.*, 174-175.

173 «Me acompañará»: Corrie Ten Boom, *The Hiding Place*, 152.

174 «¿Y ahora?»: *Ibid.*, 153.

174 «Señor Jesús»: *Ibid.*, 154.

174 «Ahora realmente sé»: *Prison Letters*, 32.

174 «la General»: *A Prisoner and Yet*, 53-54.

175 «Si es que había»: *Ibid.*

175 «¡Junten sus cosas!»: *A Prisoner and Yet*, 55; *The Hiding Place*, 155; *Prison Letters*, 43; *He Sets the Captive Free*, 12.

175 *Era el 6 de junio: Prison Letters,* 45; Carole C. Carlson, *Corrie Ten Boom: Her Life, Her Faith*, 102.

176 «¡Todos afuera!»: *A Prisoner and Yet*, 55; *The Hiding Place*, 156.

176 *se tomaron de la mano y lloraron: A Prisoner and Yet*, 56; *The Hiding Place*, 157.

176 *se detuvo en Vught: A Prisoner and Yet*, 56; *The Hiding Place*, 157; *Prison Letters*, 43; *He Sets the Captive Free*, 12-13. Para

antecedentes del campo de concentración de Vught y el traslado de prisioneras a Ravensbrück, ver Nikolaus Wachsmann, *KL: A History of the Nazi Concentration Camps*, 305, 546. Para un resumen del campo y la fábrica de Philips asociada, ver Israel Gutman, ed., *Encyclopedia of the Holocaust*, vol. 4, 1584-86.

176 «Frente a nosotras había un bosque»: *Prison Letters*, 44.

177 *«No, Señor, eso no»: A Prisoner and Yet*, 56.

177 *«¿Puede consolarme?»: Ibid.*, 57; *Prison Letters*, 44.

177 *cuartel 4: Prison Letters*, 44-45.

177 *la General: The Hiding Place*, 159.

178 *Después de nueve días: Prison Letters*, 45 (citado del diario de Betsie, habían entrado al campo el 15 de junio); *The Hiding Place*, 159 («casi dos semanas»).

178 «Son libres»: *The Hiding Place*, 159-160; *A Prisoner and Yet*, 60-61.

178 *una habitación grande con mesas: The Hiding Place*, 161; *A Prisoner and Yet*, 57.

178 «Betsie, ¿cuánto tiempo?»: *The Hiding Place*, 161.

179 «Ahora teníamos asociación»: *A Prisoner and Yet*, 57.

179 «Quien desee convertirse en»: *Ibid.*, 59.

179 «Tienes tuberculosis»: *Ibid.* Ver también *Prison Letters*, 36 (donde Nollie le pregunta en una carta: «¿El doctor te dijo que tienes TB?»). En el momento de la carta de Nollie, sin embargo, Corrie estaba en la prisión de Scheveningen y no en Vught.

179 *billete de ida a las cámaras de gas:* Ver Larry Loftis, *Code Name: Lise*, 209.

Capítulo 18: Señora Hendriks

180 «Hoy vas a trabajar»: Corrie Ten Boom, *A Prisoner and Yet*, 59.

180 «Después de que estuvimos juntas»: Corrie Ten Boom, *Prison Letters*, 46-47.

180 «Una vez escribiste»: *Ibid.*, 46.

181 «Mientras oraba»: *A Prisoner and Yet*, 63.

181 «Ayer hubo muchas bendiciones»: *Prison Letters*, 51.

182 «Bep y yo estamos muy bien»: *Ibid.*, 55-56.

182 «A veces escuchamos»: *A Prisoner and Yet*, 74-75.

182 «Hace calor y las cobijas»: *Prison Letters*, 58.

182 Schreibstube: Hans Poley, *Return to the Hiding Place*, 179.

183 Poley, número 9238: *Ibid.*, 180.

183 «Preséntese en el pabellón de enfermos»: *Ibid.*

183 *generales o mariscales de campo de alto rango:* Fabian von Schlabrendorff, *The Secret War Against Hitler*, 276-292; Hans Bernd Gisevius, *To the Bitter End: An Insider's Account of the Plot to Kill Hitler, 1933-1944*, 490-575; Ulrich von Hassell, *The Von Hassell Diaries, 1938-1944: The Story of the Forces Against Hitler Inside Germany*, 256-258; Anton Gill, *An Honourable Defeat: A History of German Resistance to Hitler, 1933-1945*, 235-250; Constantine Fitz Gibbon, *20 July* (ver en particular los documentos oficiales sobre el golpe, incluyendo un discurso posterior a Hitler que pronunciará el mariscal de campo Erwin von Witzleben, en 279-307); I. C. B. Dear y M. R. D. Foot, eds., *The Oxford Companion to World War II*, 982-983.

184 *Entre los conspiradores… mariscal de campo:* Larry Loftis, *The Princess Spy*, 91-92. Ver también Schlabrendorff, *The Secret War Against Hitler*, 293-302; von Hassell, *The Von Hassell Diaries*, 359-363; Gill, *An Honourable Defeat*, 251-263; Peter Hoffmann, *The History of the German Resistance*, 412-460; William Shirer, *The Rise and Fall of the Third Reich*, 1033-1069; Klemens von Klemperer, *German Resistance Against Hitler*, 375-385; Dear y Foot, 982-983, y las entradas para Beck, Canaris, Halder, «Halder Plot», «July Plot», Oster, Rommel, von Rundstedt, von Stuelpnagel, Tresckow y von Witzleben en Louis L. Snyder, *Encyclopedia of the Third Reich*, 19-20, 49-50, 135, 135-136, 184-187, 263, 298-299, 303, 338-339, 350-351, y 382, respectivamente.

184 Se nos ordena presentarnos»: *Prison Letters*, 60-61; *A Prisoner and Yet*, 66.

185 «Prácticamente éramos»: Viktor Frankl, *Man's Search for Meaning*, 7.

185 «En la lavandería de la barraca»: *Prison Letters*, 63. Ver también el resumen de Corrie de esto en *A Prisoner and Yet* (87), donde se refirió a la mujer como «señora Diederiks».

185 «Anoche fusilaron a la señora Hendriks»: *Ibid.*

Capítulo 19: Resumen de justicia

186 «Somos continuamente protegidas»: Corrie Ten Boom, *Prison Letters*, 63-64.

186 *enviada a la fábrica de Philips: Ibid.*, 69, 71.

186 *pequeñas varillas de vidrio:* Corrie Ten Boom, *The Hiding Place*, 162.

187 *El 4 de agosto, un gran sedán:* Ana Frank, *The Diary of a Young Girl*, 338-339.

187 «Hay tanta amargura»: *Prison Letters*, 70-71.

187 «Rostros bonitos pero anodinos»: *Ibid.;* Corrie Ten Boom, *A Prisoner and Yet*, 81-82.

188 *salió del campo:* Hans Poley, *Return to the Hiding Place*, 180.

188 «Usted es la primera trabajadora»: *The Hiding Place*, 163.

189 «llegaba con dulces aromas de verano»: *Ibid.*, 164-165.

190 «¿No sientes nada por Jan Vogel?»: *Ibid.*, 165.

190 *La hora de despertarse era a las cinco: A Prisoner and Yet*, 71.

190 «En el campo»: *Prison Letters*, 73, 77.

191 «nubes densas»: *A Prisoner and Yet*, 82, 85; *The Hiding Place*, 167; *Prison Letters*, 69.

191 «Si alguien transmite una noticia»: *Prison Letters*, 73.

191 *Brigada de la Princesa Irene: A Prisoner and Yet*, 85-86.

191 *miles de aviones: Prison Letters*, 72-73.

191 *tenían que mantener la boca abierta: A Prisoner and Yet*, 87; *The Hiding Place*, 169.

191 *las balas y los fragmentos: Prison Letters*, 77. El dibujo de Corrie no está fechado, pero aparece entre bocetos que datan del 22 y 25 de agosto. Por lo tanto, puede inferirse que este en particular data del 23 o 24 de agosto.

191 *general Dietrich von Choltitz:* Hans Spiedel, *Invasion 1944*, 133-135; Agostino von Hassell y Sigrid MacRae, *Alliance of Enemies*, xix; «Gen. Dietrich von Choltitz Dies; "Savior of Paris" in '44 Was 71», *New York Times*, 6 de noviembre, 1966, 88. Ver también I. C. B. Dear y M. R. D. Foot, eds., *The Oxford Companion to World War II*, 865-866, y Marcel Baudot *et al.*, eds., *The Historical Encyclopedia of World War II*, 90.

192 *ordenó ejecuciones masivas:* Larry Loftis, *Code Name: Lise*, 210-211.

192 «¡Corrie!»: *The Hiding Place*, 169.

192 «Puedo ver a mi esposo»: *A Prisoner and Yet*, 87.

192 «transportando a Alemania»: *Prison Letters*, 79-80. En su recuerdo de esta nota, Corrie escribió que decía que estaban siendo transportadas al campo de concentración de Ravensbrück. Sin embargo, aunque sabía que el tren se dirigía a Alemania, no podía saber exactamente hacia dónde. En *A Prisoner and Yet* (92) y en *The Hiding Place* (173), Corrie no sabe que Ravensbrück es su destino hasta que llega. Para ver sobre el transporte de Corrie a Alemania y a Ravensbrück, ver también Corrie Ten Boom, *Tramp for the Lord*, 15-18.

192 *asesinaron a 180 hombres holandeses: A Prisoner and Yet*, 87; Carole C. Carlson, *Corrie Ten Boom: Her Life, Her Faith*, 106. En *The Hiding Place*, Corrie (a través de los escritos de John y Elizabeth Sherrill) recordó que el número de ejecutados fue más de 700. Dado que Corrie escribió *A Prisioner and Yet* casi inmediatamente después de que terminara la guerra, y lo publicó en 1947, la escena que recordaba allí es más creíble bajo la regla probatoria de «más cerca en el tiempo» (*The Hiding Place* no se publicó hasta 1971, unos 24 años después del suceso).

Capítulo 20: Ravensbrück

193 «Betsie, no puedo»: Corrie Ten Boom, *A Prisoner and Yet*, 88.

193 *A las seis de la mañana siguiente:* Corrie Ten Boom, *The Hiding Place*, 170.

194 *cada pocos vagones: A Prisoner and Yet*, 89; *The Hiding Place*, 170; Corrie Ten Boom, *Prison Letters*, 79; Corrie Ten Boom, *Tramp for the Lord*, 15-16.

194 «¿Sabes por qué?»: *The Hiding Place*, 171.

195 «Si alguna vez necesitas mi ayuda»: *A Prisoner and Yet*, 90; *The Hiding Place*, 171; Carole C. Carlson, *Corrie Ten Boom: Her Life, Her Faith*, 107.

195 «¡Son balas!»: *A Prisoner and Yet*, 90; *The Hiding Place*, 171; Carlson, 107.

195 «*Adieu*, amada»: *A Prisoner and Yet*, 91.

195 *transportadas a Alemania: Prison Letters*, 79-80. En su recuento sobre esta nota, Corrie escribió que les dijeron que las estaban llevando al campo de concentración de Ravensbrück.

196 «Enfermera, por favor»: *A Prisoner and Yet*, 92.

196 *Fürstenberg: Ibid.; The Hiding Place*, 172.

196 «Ravensbrück»: *The Hiding Place*, 173; *Tramp for the Lord*, 16; Corrie Ten Boom, *He Sets the Captive Free*, 13-14. Para antecedentes sobre el campo de concentración de Ravensbrück, ver de manera general Jack Gaylord Morrison, *Ravensbrück: Everyday Life in a Women's Concentration Camp*; Nikolaus Wachsmann, *KL: A History of the Nazi Concentration Camps*; Tom Segev, *Soldiers of Evil*, e Israel Gutman, ed., *Encyclopedia of the Holocaust*, vol. 3, 1226-1227.

197 «No dejamos que el coraje»: *A Prisoner and Yet*, 93; Carlson, *Corrie Ten Boom*, 108.

197 *Fritz Sühren:* Corrie no sabía quién era el comandante y nunca tuvo interacción alguna con él, pero otra prisionera de Ravensbrück —la espía de la SOE Odette Samsom— tuvo numerosos encuentros con él. Ver Larry Loftis, *Code Name: Lise*, 201-212, 221-230.

197 «No entiendo»: *A Prisoner and Yet*, 93. Nótese que Corrie no escuchó de primera mano este comentario, pero escribió: «Incluso se dijo que el comandante había comentado».

198 *le cortó el cabello a Betsie, llorando: Ibid.*, 93-94; *The Hiding Place*, 173-174; *He Sets the Captive Free*, 26-27.

199 *cucharón de sopa de nabos:* Viktor Frankl escribió después de la guerra que la ración diaria de comida para los hombres de Auschwitz era de 300 gramos de pan (aunque a veces les daban menos) y 800 mililitros de una sopa aguada. Frankl, *Man's Search for Meaning*, 28.

199 *las mujeres se desnudaban: A Prisoner and Yet*, 97; *The Hiding Place*, 175; *Tramp for the Lord*, 117.

199 «Oh, Dios, sálvanos»: *A Prisoner and Yet*, 98.

200 «¡Usa el desagüe!»: *The Hiding Place*, 175; *Tramp for the Lord*, 117.

200 «Señor, haz que ahora»: *A Prisoner and Yet*, 99; *Tramp for the Lord*, 117.

201 *barraca 8: A Prisoner and Yet*, 100-101; *The Hiding Place*, 176-177. En *Tramp for the Lord* (18), Corrie omite los primeros días en el campo, así como el tiempo en la barraca de cuarentena (8), mencionando solo la segunda barraca, donde se quedó eventualmente: la barraca 28.

201 «Todas afuera»: *The Hiding Place*, 177.

201 *el número de Corrie era 66730: The Hiding Place*, 179; *Tramp for the Lord*, 19.

201 *una barraca de castigo: The Hiding Place*, 177.

201 «Un ser humano contaba solo»: Frankl, *Man's Search for Meaning*, 7.

202 *subiera a un bastidor:* Loftis, *Code Name: Lise*, 204-205. La agente de la SOE Odette Sansom —que había sido sentenciada a muerte y estaba confinada en una celda sin iluminación en el «Búnker» de Ravensbrück— escuchaba todos los días esta tortura, pues su celda estaba al lado de la habitación de castigos.

202 *les ordenaban que se desnudaran: A Prisoner and Yet*, 103; *The Hiding Place*, 178. Véase también Loftis, *Code Name: Lise*, 200.

202 *Jesús había sido colgado desnudo: The Hiding Place*, 178.

202 *47 agentes de la SOE:* Pieter Dourlein, *Inside North Pole*, 170. En *The Secret History of SOE* (304), William Mackenzie escribió en el 2000 que solo 36 agentes fueron ejecutados. El recuento de Dourlein parece más acertado, sin embargo, ya que él era un agente holandés de la SOE y publicó su reporte en 1953. Para la operación alemana completa, ver Hermann Giskes, *London Calling North Pole*, 39-136.

202 *operación Market-Garden:* I. C. B. Dear y M. R. D. Foot, eds., *The Oxford Companion to World War II*, 718-719, 783; Marcel Baudot *et al.*, eds., *The Historical Encyclopedia of World War II*, 350. Ver también Dick Winters, *Beyond Band of Brothers*, 122-133.

203 *invierno del hambre:* John Toland, *The Last 100 Days*, 567; Hans Poley, *Return to the Hiding Place*, 184-185; Peter Van

Woerden, *In the Secret Place*, 105; Baudo *et al.*, *Historical Encyclopedia of World War II*, 350. El efecto de la represalia alemana fue devastador: hacia finales de octubre, la ingesta calórica de los holandeses disminuyó a 450. Las muertes por inanición se incrementaron al mes siguiente. Toland, *The Last 100 Days*, 567, nota al pie.

203 *segunda semana de octubre: The Hiding Place*, 179; *He Sets the Captive Free*, 27.

203 «¡Pulgas!»: *The Hiding Place*, 179-180; *He Sets the Captive Free*, 27.

204 «Animen a los tímidos»: Nueva Versión Internacional.

204 «Podemos comenzar ahora»: *The Hiding Place*, 180-181; *He Sets the Captive Free*, 27.

205 *la fábrica Siemens: A Prisoner and Yet*, 109-110; *The Hiding Place*, 182-183.

205 *700 mujeres morían o eran asesinadas*: *He Sets the Captive Free*, 29.

205 «Eso es imposible»: *A Prisoner and Yet*, 113; *He Sets the Captive Free*, 42-43.

Capítulo 21: Asesinato

206 *reunidos en Westergracht:* Hans Poley, *Return to the Hiding Place*, 185-186.

206 *hacían servicios de adoración:* Corrie Ten Boom, *The Hiding Place*, 183.

207 «¡Miren lo que lleva la señora baronesa!»: Corrie Ten Boom, *A Prisoner and Yet*, 131-132; *The Hiding Place*, 185-186. Para una versión ligeramente distinta de esta historia, ver Corrie Ten Boom, *He Sets the Captive Free*, 36-37 (por ejemplo, un diálogo distinto, Corrie siendo sostenida por otras prisioneras y sangre cubriendo el rostro de Betsie).

208 *pase de lista a las cuatro y media de la mañana: A Prisoner and Yet*, 114; *The Hiding Place*, 186.

208 *La temperatura de Betsie: The Hiding Place*, 189, 192.

208 *hablar de qué pasaría con su ministerio: A Prisoner and Yet*, 117; *He Sets the Captive Free*, 51-52. Nótese que en *A Prisoner and Yet*, la versión de Betsie era que el primer proyecto sería

renovar el Beje para que fuera su centro inicial de cuidados para las mujeres de Ravensbrück que no tuvieran a dónde ir después de la guerra.

208 «Sería un error»: Viktor Frankl, *Man's Search for Meaning*, 89-91.

209 «Hemos aprendido mucho»: *He Sets the Captive Free*, 51-52.

209 «Es una casa tan hermosa»: *The Hiding Place*, 192-193.

209 «¿Debemos quedarnos?»: *He Sets the Captive Free*, 52.

210 *golpeó a una prisionera hasta matarla: A Prisoner and Yet*, 147.

210 *el pulso de Betsie era débil: Ibid.*, 116.

210 *la segunda semana de diciembre: The Hiding Place*, 194.

210 Nacht-und-Nebelbarak: *A Prisoner and Yet*, 120.

210 Kanienchen: *Ibid.*

211 «Oh, Salvador, lleno de piedad»: *Ibid.*, 121.

211 *señora Leness: Ibid.*, 118-119.

212 «¡Transporte de enfermos!»: *The Hiding Place*, 192-193; *A Prisoner and Yet*, 114-115.

212 *directamente al crematorio: The Hiding Place*, 192-193; *A Prisoner and Yet*, 114-115.

212 *escuchaba los gritos:* Larry Loftis, *Code Name: Lise*, 253; *Times* de Londres, 17 de diciembre, 1946; Imperial War Museum, Oral History, entrevista con Odette Marie Céline Sansom, realizada el 31 de octubre de 1986, número de catálogo 9478, carrete 2.

212 «para la gran mayoría»: Frankl, *Man's Search for Meaning*, 12.

Capítulo 22: El esqueleto

213 *se reunió con el comandante Fritz Sühren:* Larry Loftis, *Code Name: Lise*, 210-211; Imperial War Museum, Oral History, entrevista con Odette Marie Céline Sansom, realizada el 31 de octubre de 1986, número de catálogo 9478, carrete 2.

213 «La angustia enseña»: Corrie Ten Boom, *A Prisoner and Yet*, 136.

213 «Nació»: Viktor Frankl, *Man's Search for Meaning*, 18, 33.

214 «Oh, Corrie, esto es el infierno»: *A Prisoner and Yet*, 137.

214 «Toda tu vida»: Corrie Ten Boom, *Tramp for the Lord*, 10-11.

214 «ha sido»: *A Prisoner and Yet*, 138-139.

215 «¡ir al hospital!»: Corrie Ten Boom, *The Hiding Place*, 195; Corrie Ten Boom, *He Sets the Captive Free*, 51-52 (Corrie sitúa la

conversación aproximadamente una semana antes de que Betsie esté en su lecho de muerte).

216 «¿Vamos a tener?»: *The Hiding Place*, 196; *He Sets the Captive Free*, 52. Nótese que el diálogo es ligeramente distinto en los dos recuentos, al igual que la fecha. Aparentemente Corrie tuvo dos conversaciones con Betsie sobre su visión; aproximadamente una semana antes de que Betsie muriera y luego, una vez más, un día antes de su muerte.

216 «La prisionera está lista»: *The Hiding Place*, 196-197; *A Prisoner and Yet*, 158.

217 «¿Estás bien?»: *The Hiding Place*, 197.

217 *Betsie empezó a murmurar: A Prisoner and Yet*, 157-159; *The Hiding Place*, 198;

Capítulo 23: La lista

218 *El día en que murió Betsie:* La fecha exacta de la muerte de Betsie es incierta. Hans Poley, quien es más meticuloso con las fechas, data la muerte el 14 de diciembre (*Return to the Hiding Place*, 198); la familia Ten Boom marcó la fecha de muerte el 16 de diciembre (*In My Father's House*, 189); mientras que Corrie da como fecha aproximada el 19 de diciembre o después (*A Prisoner and Yet*, 157-159; *The Hiding Place*, 195-198). En estos dos recuentos, Corrie escribe que Betsie enfermó de muerte «la semana previa a Navidad» y murió dos días después. Como tal, lo más *temprano* que pudo haber muerto Betsie es el 19 de diciembre. De las tres fechas posibles —14, 16 o 19 de diciembre— la fecha de en medio, el 16 de diciembre, parece ser la más razonable, ya que la familia Ten Boom utilizó la última página de *In My Father's House* para dar las fechas de nacimiento y muerte de toda la familia, incluida Corrie.

218 *tres ejércitos alemanes:* Marcel Baudot *et al.*, eds., *The Historical Encyclopedia of World War II*, 71-72.

218 *llegó el Tercer Ejército, del general George S. Patton:* Para detalles sobre el manejo y batalla en Bastoña de Patton, ver el capítulo 4 de sus memorias: *War as I Knew It*, 193-229.

218 *brote de tifus: A Prisoner and Yet*, 149.

218 «En el invierno y primavera»: Viktor Frankl, *Man's Search for Meaning*, 34.

219 *las mujeres en fila colapsaron y morían: Ibid.*

219 *a Corrie se le habían hinchado los tobillos y las piernas: Ibid.*, 161; *The Hiding Place*, 200.

219 «Enséñame la carga a soportar»: *A Prisoner and Yet*, 160.

220 *Sühren y uno de los médicos del campo:* Larry Loftis, *Code Name: Lise*, 212-213; Jack Gaylord Morrison, *Ravensbrück*, 288-289.

220 «Mittwerda»: Loftis, *Code Name: Lise*, 212-213; Morrison, 288-289.

220 *las mujeres mayores de cincuenta:* Corrie Ten Boom, *Prison Letters*, 80; Corrie Ten Boom, *Tramp for the Lord*, 23.

220 *Marusha: A Prisoner and Yet*, 160; *Tramp for the Lord*, 41.

221 «¿Jesoes Christoes?»: *A Prisoner and Yet*, 160; *Tramp for the Lord*, 141.

221 *cuatro mujeres estaban muertas: A Prisoner and Yet*, 161.

221 «¡Prisonera 66730!»: *Tramp for the Lord*, 19.

222 «Sentencia de muerte»: *Ibid.*, 20.

Capítulo 24: Edema

223 «Tal vez pronto te veré»: Corrie Ten Boom, *Tramp for the Lord*, 20.

223 «Cuando estás muriendo»: *Ibid.*, 23.

224 «Entlassen!»: Corrie Ten Boom, *A Prisoner and Yet*, 162-163; Corrie Ten Boom, *The Hiding Place*, 201.

224 «Edema»: *A Prisoner and Yet*, 163; *The Hiding Place*, 201-202.

225 *prisioneras con heridas terribles: A Prisoner and Yet*, 165; *The Hiding Place*, 202.

225 *habían caído de sus camas y estaban muertas: A Prisoner and Yet*, 164-165.

225 *Era Navidad: The Hiding Place*, 203.

226 «El carácter dulce de ese viejo»: Peter Van Woerden, *In the Secret Place*, 105.

226 *Piet: Ibid.*, 106-108. Piet era el prometido de la hermana de Peter, Aty van Woerden. La nota pública que hizo Aty sobre la muerte de Piet puede encontrarse en la colección 78, Papeles de Cornelia Arnolda Johanna Ten Boom, 1902-1983, caja 1,

Buswell Library Archives and Special Collections, Wheaton College, Wheaton, IL.

226 *murieron 16 000 holandeses:* Van Woerden, *In the Secret Place*, 105; I. C. B. Dear y M. R. D. Foot, eds., *The Oxford Companion to World War II*, 998; Marcel Baudot *et al.*, eds, *The Historical Encyclopedia of World War II*, 350.

226 *dos húngaras: A Prisoner and Yet*, 166.

226 *Su nombre era Oelie: Ibid.*, 166-167; Corrie Ten Boom, *Corrie's Christmas Memories*, 56.

226 «Oelie, mami no puede venir»: *Corrie's Christmas Memories*, 56-57.

227 *Estaban a -7 ºC.: A Prisoner and Yet*, 167.

227 *«Edema de los pies": The Hiding Place*, 203.

227 *mujer joven muerta: A Prisoner and Yet*, 168.

227 *el 28 de diciembre:* Corrie Ten Boom, *Prison Letters*, 80. Ese mismo día en Berlín, el pastor luterano Dietrich Bonhoeffer luchaba con los mismos pensamientos que Corrie: «¿Sobreviviré? ¿Dios me salvará?». Desde su celda en la prisión Prinz-Albrecht-Strasse, se preguntaba si los nazis habrían descubierto su participación en la conspiración para librar a Alemania de Hitler. Reflexionando sobre su cautiverio, su posible liberación o tal vez una próxima ejecución, escribió una oración que llamó «Poderes bienhechores". (*Letters and Papers from Prison*, 400-401):

Fielmente rodeado de poderes bienhechores,
protegido y maravillosamente consolado,
quiero vivir este día con ustedes
y con ustedes entrar en un nuevo año.

El pasado aún quiere atormentar nuestros corazones,
aún nos oprime la pesada carga de malos días.
¡Señor! Confiere a nuestras aterrorizadas almas
la salvación que para nosotros tienes prevista.

Y si nos tiendes el pesado cáliz, el amargo cáliz
del dolor, lleno hasta rebosar,

lo tomaremos agradecidos y sin temblar
de tu bondadosa y querida mano.
Pero si una vez más quieres concedernos la alegría
del espectáculo de este mundo y del brillo de su sol,
recordaremos el pasado,
y nuestra vida será toda para ti.

Permite que hoy reluzcan con calor y paz los cirios
que Tú has traído a nuestra oscuridad;
y, si es posible, reúnenos de nuevo.
Nosotros sabemos que tu luz brilla en la noche.

Cuando el silencio profundo reine a nuestro alrededor,
concédenos escuchar el sonido lleno
del mundo, que invisible se expande en torno nuestro,
en supremo canto de alabanza de todos tus hijos.

Maravillosamente protegidos por poderes bienhechores,
esperamos confiados lo que venga.
Dios está con nosotros mañana y noche,
y ciertamente en cada nuevo día.

227 *le entregó ropa nueva: A Prisoner and Yet*, 169; *The Hiding Place*, 204.

228 *la señora Waard y la señora Jensen: A Prisoner and Yet*, 169.

228 *su dinero, su reloj y el anillo de oro de su madre: Ibid.*, 169; *The Hiding Place*, 204.

228 *como los cupones de alimentos: A Prisoner and Yet*, 170; *The Hiding Place*, 204.

229 *en la terminal de Berlín: A Prisoner and Yet*, 170-171; *The Hiding Place*, 205. Viktor Frankl observó, después de la guerra, que la tasa de mortalidad en Auschwitz entre el día de Navidad de 1944 y el Año Nuevo de 1945 fue anormalmente alta. Recordó que el médico jefe del campo había sugerido que no se debía a un trabajo más duro o a menos comida, sino simplemente a que la mayoría de los prisioneros habían vivido con la esperanza de estar en casa para Navidad. La decepción y la deses-

peración causadas por esta fecha, sostuvo el médico, redujeron significativamente la capacidad de resistencia y las ganas de vivir de los prisioneros. Frankl vio esto como una confirmación del axioma de Nietzsche: «Quien tiene un *por qué* vivir puede soportar casi cualquier *cómo*». Frankl, *Man's Search for Meaning*, 76.

229 «¡Esa es historia pasada!»: *The Hiding Place*, 205.

229 *posibilidad de conseguir comida: A Prisoner and Yet*, 172.

230 *Bad Nieuweschans: The Hiding Place*, 206; *A Prisoner and Yet*, 175; *Tramp for the Lord*, 24.

230 «La hermana Tavenier no puede venir»: *A Prisoner and Yet*, 175-176; *Tramp for the Lord*, 24-25; *The Hiding Place*, 206.

231 «¿A dónde irá?»: *A Prisoner and Yet*, 177; *Tramp for the Lord*, 26.

231 «¡Truus Benes!»: *A Prisoner and Yet*, 177; *Tramp for the Lord*, 26.

231 «Nunca había visto a nadie»: *A Prisoner and Yet*, 178; *Tramp for the Lord*, 27.

231 «¡Cinco minutos más!»: *A Prisoner and Yet*, 178-179; *The Hiding Place*, 206-207; *Tramp for the Lord*, 27.

232 *el silbido de un barco: A Prisoner and Yet*, 179; *Tramp for the Lord*, 28.

Capítulo 25: *Déjà Vu*

233 *tocaba una composición de Bach:* Corrie Ten Boom, *A Prisoner and Yet*, 179; Corrie Ten Boom, *Tramp for the Lord*, 28.

233 «Casi desearía»: Corrie Ten Boom, *The Hiding Place*, 207.

234 «¡Herman!»: *Ibid.,* 208-209.

235 *iglesia de San Bavo:* Ver el sitio official de la iglesia en https://www.bavo.nl/en/. Ver también https://www.bavo.nl/en/about-bavo-and-nieuwe-kerk/grote-of-st-bavo/organ/ y https://www.atlasobscura.com/places/grote-kerk.

235 *tan familiar como: Tramp for the Lord*, 28.

235 *cayó en el abrazo de Nollie: The Hiding Place*, 209.

235 *habían robado varias cosas: A Prisoner and Yet*, 180.

236 *Betsie disponía las tazas: The Hiding Place*, 209.

236 *se desplomó sobre su cama: A Prisoner and Yet*, 180.

236 «Si no es problema»: *Tramp for the Lord*, 28-29.

236 *Luz del Mundo: Ibid.,* 30.

236 *a acompañar al señor Toos: The Hiding Place*, 210.

237 «Señorita Ten Boom»: *The Hiding Place*, 210; Corrie Ten Boom, *Clippings from My Notebook*, 30-31; Corrie Ten Boom, «Outside His Boundaries», revista *The Hiding Place*, julio-agosto 1980, 4-5; Carole C. Carlson, *Corrie Ten Boom: Her Life, Her Faith*, 123. Nótese que la versión de esta historia en *The Hiding Place* difiere ligeramente de los recuerdos de Corrie en *Clippings from My Notebook* y «Outside His Boundaries», así como del recuento de Carlson. En *The Hiding Place* los Sherrill escribieron que el evento ocurrió en la prisión de Haarlem (e incluye un diálogo con Rolf, un policía local al que Corrie conocía), mientras que en *Clippings from My Notebook*, «Outside His Boundaries», así como en la versión de Carlson, se dice que es en la prisión y su conversación no ocurre con Rolf, sino con el jefe de la prisión. En segundo lugar, en *The Hiding Place*, los Sherrill escribieron que Corrie debía ir portando papeles falsos, mientras que en *Clippings from My Notebook*, «Outside His Boundaries», y en Carlson se sostiene que Corrie debía ir con el hombre que hizo la solicitud para hacer una presentación. Dada la coherencia de los recuerdos personales de Corrie, su versión de la historia parece más confiable que la versión de los Sherrill.

237 *Vidkun Quisling:* Israel Gutman, ed., *Encyclopedia of the Holocaust*, vol. 3, 1203-1204.

Capítulo 26: La fábrica

238 «¿una trabajadora clandestina?»: Corrie Ten Boom, *Clippings from My Notebook*, 30-31; Carole C. Carlson, *Corrie Ten Boom: Her Life, Her Faith*, 123.

238 *En la redada número 15, llegaron a la casa de los Poley:* Hans Poley, *Return to the Hiding Place*, 186-187.

238 *despertaba a la hora del pase de lista: Ibid.*, 187.

239 *operación Maná: Ibid.*, 188. Ver también Walter B. Maass, *The Netherlands* at *War: 1940-1945*, 239-241, y John Toland, *The Last 100 Days*, 567. Después de una reunión entre Walter Bedell Smith, jefe de personal del general Dwight D. Eisenhower, y Seyss-Inquart a principios de abril, se llegó a un

acuerdo para permitir el lanzamiento de alimentos desde el aire. El 29 de abril de 1945 comenzaron los lanzamientos desde el aire y el Comando de Bombarderos de la RAF entregó más de 500 000 raciones cerca de Rotterdam y La Haya. Los lanzamientos continuaron en las zonas circundantes hasta el final de la guerra, el 8 de mayo, cuando los aviones británicos y estadounidenses suministraron más de 11 millones de raciones. Toland, *The Last 100 Days*, 567, nota a pie de página.

239 «Debemos decírselo a la gente»: Corrie Ten Boom, *The Hiding Place*, 211.

240 «Soy viuda»: *Ibid.*, 212.

240 «¡Conque ha estado aquí antes!»: *Ibid.*, 212-213.

240 «Nuestra casa es tan elegante»: Corrie Ten Boom, *A Prisoner and Yet*, 185.

241 *general alemán Johannes Blaskowitz:* Marcel Baudot *et al.*, eds., *The Historical Encyclopedia of World War II*, 58; Robert S. Wistrich, *Who's Who in Nazi Germany*, 14; Maass, *The Netherlands at War*, 243; Diet Eman, *Things We Couldn't Say: A Dramatic Account of Christian Resistance in Holland During World War II*, 306.

241 «Si Dios no hubiese»: *A Prisoner and Yet*, 182-183.

241 *los canadienses liberaron Ámsterdam:* Ver https://www.holland.com/global/tourism/holland-stories/liberation-route/canada-and-the-liberation-of-holland.htm. Ver también Eman, 302-304, y Hugo Bleicher, *Colonel Henri's Story: The War Memoirs of Hugo Bleicher, Former German Secret Agent*, 168.

241 *Hans, Mies y Corrie decidieron:* Poley, 188-189.

242 «Aquel que nos guio a través del oscuro valle »: S. A. R. Wilhelmina, princesa de los Países Bajos, Wilhelmina, *Lonely but Not Alone*, 221-222.

242 «Como había vivido»: Corrie Ten Boom, *Tramp for the Lord*, 31.

243 «Estimado señor»: Corrie Ten Boom, *Prison Letters*, 81.

243 *había aceptado a más de 100 residentes: The Hiding Place*, 213.

243 «Cada uno tenía un dolor»: *Ibid.*

244 «Esas personas de las que nos hablaste»: *Ibid.*, 214.

245 «Gracias, Jesús»: *Tramp for the Lord*, 32-33.

245 *Corrie se encontró a sí misma cantando: Ibid.*, 33.

246 «La escuché hablar»: *Ibid.*, 37-38.

246 «Corrie, este es tu mensaje»: *Ibid.*, 44-45.

246 «Corrie, hay tanta»: *Ibid.*, 39-40.

247 *vivían en una fábrica abandonada: The Hiding Place*, 215.

247 *Tendría que vivir con ellos: Ibid.*, 215. El amor de Corrie por estos alemanes tiene eco en lo que Viktor Frankl encontró después de Auschwitz. Después de la guerra, escribió: «El amor es el único camino para captar a otro ser humano en lo más íntimo de su personalidad. Nadie puede llegar a ser plenamente consciente de la esencia misma de otro ser humano a menos que lo ame. Su amor le permite ver los rasgos y características esenciales de la persona amada». Frankl, *Man's Search for Meaning*, 111.

Capítulo 27: Amar al enemigo

248 «Hemos localizado un lugar»: Corrie Ten Boom, *The Hiding Place*, 216.

248 *160 residentes:* Corrie Ten Boom, *Tramp for the Lord*, 47.

248 *La Iglesia luterana de Alemania: The Hiding Place*, 218; *Tramp for the Lord*, 47.

249 *diciembre de 1946, llegaron malas noticias: The Hiding Place*, 218.

249 *A inicios de 1947, Corrie habló: Tramp for the Lord*, 55; Corrie Ten Boom, *Clippings from My Notebook*, 75.

249 «*putsch* de la cervecería»: William Shirer, *The Rise and Fall of the Third Reich*, 68-79; Louis L. Snyder, *Encyclopedia of the Third Reich*, 20-21.

249 «Qué agradecido estoy»: *Tramp for the Lord*, 55-56; *The Hiding Place*, 215; *Clippings from My Notebook*, 75-76.

250 «mencionó Ravensbrück»: *Tramp for the Lord*, 56; *Clippings from My Notebook*, 76.

250 *no sintió la más mínima: The Hiding Place*, 215.

250 «¡Jesús, ayúdame!»: *Clippings from My Notebook*, 77.

250 «¡Te perdono!»: *Tramp for the Lord*, 57; *Clippings from My Notebook*, 78.

251 «Si Jesús viniera»: Peter Van Woerden, *In the Secret Place*, 102.

251 «Señor Rahms, ¿me recuerda?»: *Ibid.*, 103.

251 «Sí, Peter»: *Ibid.*

252 «Nunca olvidaré»: Corrie Ten Boom, *Prison Letters*, 90.

252 «¿Cómo se llama?»: *Tramp for the Lord*, 60-61.

252 *Corrie con Hans Rahms:* Esta fotografía se encuentra en la colección 78, Papeles de Cornelia Arnolda Johanna Ten Boom, 1902-1983, caja 1, Buswell Library Archives and Special Collections, Wheaton College, Wheaton, IL (Buswell Library Collections).

253 *Conny Van Hoogstraten: Tramp for the Lord*, 65.

253 *se debió a un error administrativo: The Hiding Place*, 219.

253 *30 000 hasta 92 700:* En *KL: A History of the Nazi Concentration Camps* (628), Nikolaus Wachsmann estima la cifra entre 30 000 y 40 000, mientras que *The Oxford Companion to World War II* (929) sugiere que el número podría ser de hasta 92 700.

254 «La amaba como a una hermana»: *Tramp for the Lord*, 65.

254 *Ellen de Kroon: Ibid.*, 67; Ellen de Kroon Stamps, *My Years with Corrie*, 22.

254 *Justa entre las Naciones:* Corrie Ten Boom, *A Prisoner and Yet*, 187; Corrie Ten Boom, *Father Ten Boom*, 151-152. El nombramiento oficial de Corrie como Justa entre las Naciones en 1967 puede encontrarse en el sitio web oficial, Yad Vashem: The World Holocaust Remembrance Center, https://www.yadvashem.org/yv/pdf-drupal/netherlands.pdf. Para fotografías de Corrie así como sus comentarios sobre el evento, ver su carta sin título dirigida a sus seguidores en *It's Harvest-Time*, mayo-junio de 1968. Para antecedentes detallados de Justo entre las Naciones y Yad Vashem, ver Israel Gutman, ed., *Encyclopedia of the Holocaust*, vol. 3, 1279-1283, y vol. 4, 1681-1686, respectivamente.

254 *John y Elizabeth Sherrill:* Ver el sitio de Elizabeth, ElizabethSherrill.com, así como el de prefacio de John y Elizabeth en *The Hiding Place*.

254 *Habían leído su autobiografía:* Carole C. Carlson, *Corrie Ten Boom: Her Life, Her Faith*, 199.

254 *le propusieron escribir:* Si bien *The Hiding Place* está escrito en primera persona, es una biografía autorizada, como Corrie

señaló en numerosas ocasiones. En el número de diciembre de 1970 de *It's Harvest-Time* (12), justo antes de que se publicara *The Hiding Place* en 1971, Corrie reconoció que el libro estaba siendo escrito íntegramente por John y Elizabeth Sherrill: «John y Tibby Sherrill están ocupados terminando mi biografía. Este libro es producido y guiado por la oración. Algunos amigos oraron día y noche por John y Tibby cuando el enemigo llegaba con todo tipo de dificultades. La semana pasada estuve con ellos y leí el manuscrito casi hasta el final. Ahora necesitamos orar por inspiración para Tibby, quien está trabajando en los últimos capítulos».

Ver también una afirmación similar en la edición de julio de 1969 de *It's Harvest-Time* («que ahora está siendo escrito por John y Tibby Sherrill»), 5. Más tarde, cuando fue el lanzamiento del libro, Corrie le escribió una nota a su benefactor norteamericano diciendo: «Estoy muy agradecida. El libro de John Sherrill, *The Hiding Place*, va bien en ventas y me ha abierto muchas puertas y corazones». Carlson, *Corrie Ten Boom*, 200.

254 *tres millones de copias:* ver la biblioteca Billy Graham en https://billygrahamlibrary.org/3-millionth-copy-of-the-hiding-place/.

255 «No pasa nada»: *Tramp for the Lord*, 182-183. En su artículo inaugural para la edición de enero de 1969 de *It's Harvest-Time*, la publicación bimestral que condujo con Peter Van Woerden (editor), Corrie relata esta historia con lujo de detalle. El diálogo y las acciones en esta pieza de 1969 difieren ligeramente de la versión que aparece en *Tramp for the Lord*, publicado en 1974. Ver también el relato de esta historia hecho por Corrie con una audiencia en público en Corrie ten Boom, «A Rare Recording of Corrie Ten Boom», vol. 1, audio en vivo, 2019.

Epílogo

256 *World Wide Pictures lanzó:* Ver el memorándum de Walter G. Gastil para la Junta de Directivos Cristianos, Incorporado el 24 de julio de 1975, y su «Repost of Status of 'The Hiding Place' Motion Picture», 1 de septiembre de 1975, ambos

ubicados en la colección 78, Papeles de Cornelia Arnolda Johanna Ten Boom, 1902-1983, caja 1, fólder 3, Buswell Library Archives and Special Collections, Wheaton College, Wheaton, IL («Buswell Library Collections»).

En su carta a los directivos, reportó el éxito de las primeras presentaciones: «La respuesta a "The Hiding Place" ha sobrecogido a World Wide Pictures. Por ejemplo, en Mineápolis, se han llenado cinco salas de cine, se expandieron a nueve y aún no era posible manejar a las multitudes. Ninguna película había recibido tal avalancha de solicitudes de entradas pagadas por adelantado en la historia de la industria cinematográfica».

Ver también el anuncio del estreno a sus amigos del ministerio en 1975, también localizado en la Colección 78, caja 1, Buswell Library Collections.

Para antecedentes sobre la película y fotografías de la producción, ver Robert Walker, «The Hiding Place Revisited», *Christian Life*, enero de 1975, 16-17. Para fotografías de la producción fílmica, el cartel oficial de la película y fotografías del estreno, ver la edición de invierno de 1975 de la revista *The Hiding Place* que se encuentra en la colección 78, caja 3, Buswell Library Collections.

Para recuerdos preciados de Corrie interactuando con los miembros del elenco y producción, ver «On the Set with Corrie and Bill Brown», revista *The Hiding Place*, primavera de 1974, 4-7, y «On the Set with Corrie and Bill Brown», revista *The Hiding Place*, invierno de 1974-1975, 6-7, ambas ubicadas en la colección 78, caja 3, Buswell Library Collections.

256 *Teatro Beverly Hills:* Carole C. Carlson, *Corrie Ten Boom: Her Life, Her Faith*, sección fotográfica sin número de página.

256 «Estoy tan feliz de que Dios»: Ellen de Kroon Stamps, *My Years with Corrie*, 24.

257 «busca en el escritorio»: *Ibid.*, 124.

257 «Mi queridísima Ellen»: *Ibid.*

257 «Para Ellen de Kroon»: *Ibid.*, 125.

258 «Gracias, Señor»: *Ibid.*

258 *En 1977, a los 85 años:* Ver Corrie Ten Boom, «New Beginnings», revista *The Hiding Place*, enero-febrero de 1978, 10-11, y

Emily S. Smith, *More Than a Hiding Place*, 86. Para fotografías de Corrie y Pamela Rosewell en la casa en Placentia, ver el archivo fotográfico en la colección 78, caja 1, Buswell Library Collections; revista *The Hiding Place*, verano de 1977, colección 78, caja 3, Buswell Library Collections, y Smith, *More Than a Hiding Place*, 86-87.

258 *Birmingham Hippodrome Theatre:* Colección 78, caja 2, fólder 2, Buswell Library Collections. Nótese que este fólder contiene el plan de negocio del musical, tratamiento, presupuesto de producción, elenco principal, bocetos de escenas, cartel oficial, reseñas y el guion completo de Nigel Swinford (director y compositor musical).

258 *Christians, Incorporated* : Para el certificado de constitución de la organización, los estatutos, la lista de funcionarios y directores originales, la estructura, las actas de la reunión anual, las actas de la junta directiva y los estados financieros, ver colección 78, caja 1, fólders 7 y 8, y caja 2, fólder 2, Buswell Library Collections. Para nombres y fotografías de los directivos en 1973, ver revista *The Hiding Place*, verano de 1973, 13, colección 78, caja 3, fólder «Publications: The Hiding Place 1973-1982», Buswell Library Collections.

258 *Asociación de Trabajadores Penitenciarios Cristianos:* Ver «The Association of Christian Prison Workers Launches Nationwide Training», revista *The Hiding Place*, enero-febrero de 1979, 4-5; y 30 de junio de 1979, correspondencia de Duane Pederson, presidente de los Voluntarios Cristianos de Prisión, *et al.*, a la junta de directivos, Asociación de Trabajadores Penitenciarios Cristianos, colección 78, caja 2, fólder 2, Buswell Library Collections.

258 *murió en su casa:* Para el certificado de defunción de Corrie, ver la colección 78, caja 5, Buswell Library Collections. Ver también la edición conmemorativa de la revista *The Hiding Place*, abril de 1983, que incluye notas especiales de Ruth Graham (esposa de Billy Graham), William R. Barbour Jr. (jefe de la compañía Fleming H. Revell, publicista de Corrie), Jeannette Clift George (quien actuó como Corrie en la película de *The Hiding Place*), y Pamela Rosewell, ayudante de Corrie, junto

con otros, que se encuentra en la colección 78, caja 2, fólder 3, Buswell Library Collections. Para fotografías del servicio funerario, ver colección 78, caja 1, fólder «Corrie's Funeral Services 1983», Buswell Library Collections.

258 *60 países:* Ver los pasaportes de Corrie, 1948-1972, colección 78, caja 3, fólder 5, Buswell Library Collections. En enero de 1977, Corrie escribió que había visitado su país número 64: Suecia. Ver la revista *The Hiding Place*, primavera de 1977, 4, en la colección 78, caja 3, Buswell Library Collections. Ver también Smith, *More than a Hiding Place*, 61, 72, 76, 78-79, 94-95, y Carlson, *Corrie Ten Boom*, 124, 166-178, 182-205.

258 *estudiantes en Uganda... trabajadores de fábricas:* Corrie Ten Boom, *The Hiding Place*, 219; Smith, 88, 94-96, 107. Corrie pasó un tiempo considerable en Uganda, como lo revelan sus archivos de correspondencia. Ver, por ejemplo, la carta de Corrie desde Kampala, Uganda, dirigida a Beste Anne el 15 de diciembre de 1965, ubicada en la colección 78, caja 1, fólder 3, Buswell Library Collections; y la correspondencia del 8 de diciembre de 1976 a Pamela Roswell (asistente de Corrie) referente a la iglesia de Uganda, ubicada en la colección 78, caja 1, fólder 7, Buswell Library Collections.

258 *aldeanos en Siberia:* Carlson, 191.

258 *prisioneros en San Quintín: Ibid.,* sección fotográfica sin número de página. Corrie habló con los prisioneros en San Quintín (cerca de San Francisco) el 25 de septiembre de 1977, cuando tenía 85 años, Smith, 107.

258 *funcionarios del Pentágono:* Ver correspondencia de Corrie Ten Boom al Hermano Andrew el 3 de noviembre de 1976, ubicada en la colección 78, caja 1, fólder 7, Buswell Library Collections.

258 *colonia de leprosos:* Corrie Ten Boom, «The Paddle of God's Love», *It's Harvest-Time*, septiembre-octubre de 1961, 4 *et seq.*; «Dear Friends», *It's Harvest-Time*, noviembre-diciembre de 1961, 1. Ambas publicaciones se ubican en la colección 78, caja 3, Buswell Library Collections.

259 *nombrada caballero por Juliana:* https://www.biography.com/activist/corrie-ten-boom.

259 *adoptada como hermana india:* Ver la carta evangélica para sus seguidores fechada el 8 de agosto de 1977, que se encuentra en

la colección 78, caja 1, fólder 8, Buswell Library Collections; «Lomasi», revista *The Hiding Place*, enero-febrero de 1980, 15, ubicada en la colección 78, caja 3, Buswell Library Collections; y la carta de Pamela Rosewell a Anne fechada el 15 de septiembre de 1977 (con una foto de Corrie con el tocado indio), colección 78, caja 1, Buswell Library Collections.

259 *doctorado* honoris causa: el certificado de Corrie, junto con las fotografías de la ceremonia, pueden verse en la revista *The Hiding Place*, verano de 1976, 4, ubicadas en la colección 78, caja 3, Buswell Library Collections.

259 *abdicó al trono:* S. A. R. Wilhelmina, princesa de Países Bajos, *Lonely but Not Alone*, 236-237. En 1959, nuevamente como princesa de los Países Bajos, Wilhelmina publicó sus memorias.

El resto de la historia

260 *Doctor Arthur Seyss-Inquart:* I. C. B. Dear y M. R. D. Foot, eds., *The Oxford Companion to World War II*, 998; Israel Gutman, ed., *Encyclopedia of the Holocaust*, vol. 4, 1344-1346; Werner Warmbrunn, *The Dutch Under German Occupation, 1940-1945*, 11, 30; William Shirer, *The Rise and Fall of the Third Reich*, 1143. Para detalles sobre la carrera de Seyss-Inquart en las ss, ver de manera general, Jacob Presser, *Ashes in the Wind.*

261 *Hanns Albin Rauter:* Warmbrunn, *The Dutch Under German Occupation*, 30-32.

261 *Otto, Edith, Margot y Ana Frank:* Ana Frank, *The Diary of a Young Girl*, 339-340.

261 *brote de tifus:* Corrie Ten Boom, *A Prisoner and Yet*, 149.

261 *Audrey Hepburn:* Robert Matzen, *Dutch Girl: Audrey Hepburn and World War II*, fotografías y subtítulos entre las páginas 192-193.

262 *Fritz Sühren:* Larry Loftis, *Code Name: Lise*, 242, 259-260.

262 *miles de mujeres:* En *KL: A History of the Nazi Concentration Camps* (628), Nikolaus Wachsmann estima la cifra entre 30 000 y 40 000, mientras que *The Oxford Companion to World War II* (929) sugiere que el número pudo ser de hasta 92 700.

263 *El padre de Corrie fue aceptado:* Yad Vashem: The World Holocaust Remembrance Center. Casper fue aceptado en 2007, y el dato puede encontrarse en la lista de holandeses en https://www.yadvashem.org/yv/pdf-drupal/netherlands.pdf.

263 *a una calle de Haarlem se le puso su nombre:* Emily S. Smith, *More Than a Hiding Place*, 107.

263 *Betsie fue aceptada:* Yad Vashem: The World Holocaust Remembrance Center. https://www.yadvashem.org/yv/pdf-drupal/netherlands.pdf.

263 «Está bien… con Kik»: Corrie Ten Boom, *The Hiding Place*, 218.

263 *It Is Well with My Soul:* El manuscrito original y completo puede verse en spaffordhymn.com.

263 Ville du Havre: «Run Down: Midnight Collision Between the Ville Du Havre and the Loch Erne», *Chicago Tribune*, diciembre 2, 1873, 1.

263 «Salvada sola»: Telegrama de Western Union enviado de Anna a Horatio Spafford, 1 de diciembre de 1873.

263 *Willem Ten Boom:* Esta foto se encuentra en la colección 78, caja 1, Buswell Library Collections.

264 « ¿Conoces el nombre Ten Boom?»: Corrie Ten Boom, *Father Ten Boom: God's Man*, 108-109; Peter Van Woerden, «For Love of Israel», revista *The Hiding Place*, primavera, 1974, 2-3, 13 (resumido del artículo completo que publicó Peter en la revista *Jerusalem Post*, 8 de marzo de 1974), ubicado en la caja 3, fólder «Publications: The Hiding Place 1973-1982», Buswell Library Collections.

264 *escuela Ten Boom en Maarssen:* Smith, *More Than a Hiding Place*, 107.

264 *Durante los siete años posteriores a la guerra:* Carole C. Carlson, *Corrie Ten Boom*, 89; *The Hiding Place*, 218. Nótese que el recuerdo de Corrie fue que Kik murió en el campo de concentración de Bergen-Belsen, el campo donde Kik aparentemente fue prisionero en primer lugar. Dada la tardanza en descubrir qué había ocurrido con Kik, sin embargo, parece más plausible el recuento de Carlson de que murió en un campo de trabajos forzados en Rusia.

265 «Ayer Marina me llevó»: Guillermo Font, *Kik Ten Boom: The Clockmaker's Grandson*, 43, 271-272.

266 *se llama Ten Boomstraat:* Font, *Kik Ten Boom*, 26; Smith, 107.

266 *escultura de bronce:* Font, 26.

266 *grupo de canto familiar: The Hiding Place*, 219. Ver también Peter Van Woerden, «Just So You Understand», *It's Harvest-Time*, enero de 1958 (edición inaugural), donde Peter explica cómo es que él y Corrie se juntaron para coproducir la publicación. Colección 78, caja 3, Buswell Library Collections.

266 *Peter y su familia al piano:* Esta fotografía es parte del artículo de Peter «Greetings from Geneva», *It's Harvest-Time*, enero-febrero-marzo de 1960, ubicado en la colección 78, caja 3, Buswell Library Collections.

266 *ayudó a Corrie con su segundo: Father Ten Boom: God's Man*, 15. Nótese también que Peter visitó el Museo Ten Boom en noviembre de 1975 y firmó el libro de visitas, que puede encontrarse en el libro de visitas del Beje, vol. 1 (de 4), colección 78, caja 2, fólder 2, Buswell Library Collections. Los Hermanos de Peter: Cocky, Aty y Noldy hicieron una visita más tarde, firmando el 20 de octubre de 1976.

266 *Debajo del retrato de Casper:* Esta fotografía se ubica en la colección 78, caja 1, Buswell Library Collections.

267 *la Cruz Conmemorativa de la Resistencia Holandesa:* Hans Poley, *Return to the Hiding Place*, 207.

267 *obtuvo un doctorado: Ibid.*

267 *Eusi, Corrie y Hans:* Esta fotografía de la reunión en el Beje de Eusi, Corrie y Hans en 1974 puede encontrarse en Poley, *Return to the Hiding Place*, sección fotográfica sin número de página, y en Smith, *More Than a Hiding Place*, 81.

268 *enseñó matemáticas en Dreefschool:* Poley, 200.

268 «¿A quién debemos advertir?»: *Ibid.*, 201.

268 «Mary fue arrestada»: libro de visitas del Beje, vol. 1, colección 78, caja 2, Buswell Library Collections; Poley, 203 (con una traducción al inglés).

269 *Mirjam de Jong:* Poley, 200.

269 «Su amistad enriqueció»: *Ibid.*

269 *no sobrevivió: Ibid.*, 200-201.

269 *«een van hen die in de engelenbak»:* Libro de visitas del Beje, vol. 2, encontrado en la colección 78, caja 2, fólder 2, Buswell Library Collections.

270 *casi 1 000 bebés e infantes:* Mark Klempner, *The Heart Has Reasons: Dutch Rescuers of Jewish Children During the Holocaust,* 130-132; Warmbrunn, *The Dutch Under German Occupation,* 170; «The Story of Walter Suskind», http:// www.holocaustresearchproject.org/survivor/suskind.html.

270 *que salvaron a los refugiados:* Smith, 82, 105.

270 *Eusi fue arrestado:* Poley, 201.

271 «Voy a cumplir mi promesa»: *Ibid.,* 204.

271 *el libro de visitas:* Este volumen del libro de visitas del Beje es el 1 de 4, y se ubica en la colección 78, caja 2, Buswell Library Collections.

271 «Hoy, tras 30 años de haber estado escondido»: Poley, 202-203 (traducción al inglés de Hans de los comentarios de Eusi).

272 *Eusi firmando el libro de visitas:* El comentario de Eusi en holandés se encuentra en el libro de visitas del Beje, vol. 1, colección 78, caja 2, fólder 2, Buswell Library Collections.

Apéndice: Refugiados del Beje

275 *25 de mayo, Señora Kleermaker:* Corrie Ten Boom, *The Hiding Place,* 76.

275 *27 de mayo, Pareja de ancianos: Ibid.,* 77.

275 *28 de mayo, Pareja: Ibid.,* 79.

275 *Finales de mayo, Varios, sin identificar: Ibid.,* 81.

275 *1 de junio, Madre y bebé, otros niños: Ibid.,* 93-94.

275 *13 de mayo, Hans Poley:* Hans Poley, *Return to the Hiding Place,* 15. Hay que tener en cuenta que Corrie menciona a Meijer Mossel (Eusi) como la próxima llegada (*The Hiding Place,* 96), pero no llevó ningún diario durante este tiempo y trató de recordar fechas y nombres unos 28 años después de los acontecimientos. Hans Poley llevó un diario durante la guerra, que reveló que Eusi era, de hecho, el sexto refugiado permanente en el Beje. Poley, *Return to the Hiding Place,* 15-47. Irónicamente, aunque Corrie menciona a Hans cinco veces en su autobiografía de 1947, *A Prisoner and Yet* (15, 18-20), no se le encuentra en su publicación de 1971, *The Hiding Place.* La fecha de entrada de Hans en el Beje el 13 de mayo (como primer refugiado permanente) está confirmada por

Corrie Ten Boom: Her Life, Her Faith, 93, de Carol C. Carlson, y por *More Than a Hiding Place: The Life Changing Experiences of Corrie Ten Boom* de Emily S. Smith, 104, publicado por Corrie Ten Boom House Foundation en 2010. En el video recorrido por el Beje de la House Foundation, se cita detaladamente a Hans Poley hablando sobre su estancia con los Ten Boom (visitar el tour virtual corrietenboom.com).

La explicación lógica para la ausencia de Hans en *The Hiding Place* es que el libro no fue escrito por Corrie, sino por John y Elizabeth Sherrill (ver la nota final en el capítulo 27), quienes no tenían conocimiento directo de los eventos y aparentemente no vieron las referencias de Corrie a Hans en *A Prisoner and Yet*. Para obtener más detalles sobre la misteriosa ausencia de Hans en *The Hiding Place*, consulte la primera nota a pie de página del capítulo 6.

275 *14 de mayo, Hansje Frankfort-Israels:* Poley, 28-29; Smith, 104.

275 *8 de junio, Mary Van Itallie:* Poley, 40; Smith, 104.

275 *Mediados de junio, Henk Wessels:* Poley, 41; Smith, 104.

275 *Mediados de junio, Leendert Kip:* Poley, 41; Smith, 104.

275 *28 de junio, Meijer Mossel:* Poley, 47-48; Smith, 104.

275 *Inicios de julio, Muchos, sin identificar:* Poley, 64.

275 *15 a 18 de julio, Jop: The Hiding Place*, 99. Corrie no identifica la fecha exacta de aparición de Jop, solo que llega después de Wessels, Kik y Eusi, lo que puede situarlo a inicios de julio.

275 *15 a 18 de julio, Henk Wiedijk:* Poley, 64; Smith, 104.

275 *19 de julio, Señor De Vries:* Poley, 75; Smith, 104.

275 *Inicios de agosto, Kik Ten Boom con dos amigos:* Poley, 76.

275 *29 de septiembre, Mirjam de Jong:* Poley, 85-86; Smith, 104.

275 *Mediados de octubre, Muchos, sin identificar:* Poley, 64.

275 *Finales de octubre, Nel:* Poley, 97; Smith, 104.

275 *Finales de octubre, Ronnie Gazan:* Poley, 97, Smith, 104 (identifica el apellido de Ronnie como Da Costa Silva).

275 *Enero, Meta (Martha) y Paula Monsanto:* Poley, 118; Smith, 104.

275 *28 de febrero, Reynout (Arnold) Siertsema:* Smith, 105.

275 *28 de febrero, Hans Van Messel: Ibid.*

Nota del autor

277 «escribir un libro es una aventura»: Evan Esar, *20,000 Quips & Quotes*, 86.

279 «Cuando la conocí por primera vez»: Carole C. Carlson, *Corrie Ten Boom: Her Life, Her Faith*, 7.

BIBLIOGRAFÍA

Archivos, exhibiciones y documentos oficiales

Buswell Library Archives and Special Collections, Wheaton College, Wheaton, IL

Christians, Incorporated (Certificate of Incorporation, Bylaws, Annual Directors Meeting Minutes, Reports)

Corrie Ten Boom House Foundation, Haarlem, Países Bajos

Corrie Ten Boom Museum, bitácora de asistentes

International Congress on World Evangelization

Jewish Cultural Quarter, Ámsterdam

Jewish Family and Children's Services Holocaust Center, San Francisco

Joods Historisch Museum, Ámsterdam

Netherlands State Institute for War Documents, Ámsterdam

NIOD Institute for War, Holocaust, and Genocide Studies

Trial of the Major War Criminals Before the International Military Tribunal, Official Text English Edition, Núremberg

United States Holocaust Memorial Museum, Washington D. C.

Yad Vashem: The World Holocaust Remembrance Center, Jerusalén

Libros, artículos y presentaciones

Balfour, Michael. *Withstanding Hitler*. Londres: Routledge, 1988.

Bankier, David. *The Germans and the Final Solution: Public Opinion Under Nazism*. Oxford: Blackwell, 1992.

Bard, Mitchell. «Concentration Camps: Vught (Herzogenbusch)». *Jewish Virtual Library*, sin fecha.

________ . *48 Hours of Kristallnacht: Night of Destruction/Dawn of the Holocaust*. Guilford, CT: Lyons Press, 2008.

Baudot, Marcel *et al.*, eds. *The Historical Encyclopedia of World War II*. Traducido por Jesse Dilson. Nueva York: Greenwich House, 1984.

Benz, Wolfgang. «The Relapse into Barbarism». En *November 1938: From Kristallnacht to Genocide*. Editado por Walter H. Pehle. Nueva York: Berg, 1991.

Bleicher, Hugo. *Colonel Henri's Story: The War Memoirs of Hugo Bleicher, Former German Secret Agent*. Londres: William Kimber, 1954.

Bluhm, Raymond K., ed. *World War II: A Chronology of War*. Nueva York: Universe, 2011.

Bonhoeffer, Dietrich. *The Cost of Discipleship*. 1937; reimpreso, Nueva York: Touchstone, 1995.

________. *Letters and Papers from Prison*. Editado por Eberhard Bethge. 1953; reimpreso, Nueva York: Touchstone, 1997.

Brady, Tim. *Three Ordinary Girls: The Remarkable Story of Three Dutch Teenagers Who Became Spies, Saboteurs, Nazi Assassins—and WWII Heroes*. Nueva York: Citadel Press, 2021.

Brown, Joan Winmill. *Corrie: The Lives She's Touched*. Old Tappan, NJ: Revell, 1979.

Burden, Suzanne. «Meet the Dutch Christians Who Saved Their Jewish Neighbors from the Nazis». *Christianity Today*, noviembre 23, 2015.

Burney, Christopher. *Solitary Confinement*. Nueva York: Macmillan, 1952.

Carlson, Carole C. *Corrie Ten Boom: Her Life, Her Faith*. Old Tappan, NJ: Revell, 1983.

Casey, William. *The Secret War Against Hitler*. Washington D. C.: Regnery, 1988.

Churchill, Winston. *The Second World War*. Vol. 2, *Their Finest Hour*. Boston: Houghton Mifflin, 1949.

________. *The Second World War*. Vol. 3, *The Grand Alliance*. Boston: Houghton Mifflin, 1950.

Clark, George N. *Holland and the War*. Oxford: Clarendon Press, 1941.

Conway, John S. *The Nazi Persecution of the Churches, 1933-1945*. Nueva York: Basic Books, 1968.

Cookridge, E. H. *Inside S.O.E.: The Story of Special Operations in Western Europe, 1940-1945*. Arthur Baker, 1966.

«Corrie Ten Boom—Age Was Inconsequential». *CWN* Series, septiembre 16, 1983.

Corum, James S. «The Luftwaffe's Campaigns in Poland and the West, 1939-1940». *Security and Defence Quarterly 1*, no. 1 (marzo 2013): 158-189.

Craig, Gordon A. *Germany: 1866-1945*. Oxford: Oxford University Press, 1980.

Crankshaw, Edward. *Gestapo: Instrument of Tyranny*. Nueva York: Viking, 1956.

Crowdy, Terry. *Deceiving Hitler: Double—Cross and Deception*. Oxford: Osprey, 2008.

Dalton, Hugh. *The Fateful Years: Memoirs, 1931-1945*. Londres: Frederick Muller, 1957.

Dear, I. C. B., y M. R. D. Foot, eds. *The Oxford Companion to World War II*. Oxford: Oxford University Press, 1995.

Deutsch, Harold C. *The Conspiracy Against Hitler in the Twilight War*. Minneapolis: University of Minnesota Press, 1968.

Doerries, Reinhard. *Hitler's Intelligence Chief: Walter Schellenberg*. Nueva York: Enigma, 2009.

________. *Hitler's Last Chief of Foreign Intelligence: Allied Interrogations of Walter Schellenberg*. Londres: Frank Cass, 2003.

Dörner, Klaus, *et al.*, eds. *The Nuremberg Medical Trial 1946-47: Guide to the Microfiche-Edition*. Traducido por Cath Baker y Nancy Schrauf. Múnich: K. G. Saur, 2001.

Dourlein, Pieter. *Inside North Pole: A Secret Agent's Story*. Traducido por F. G. Renier y Anne Cliffe. Londres: William Kimber, 1953.

Dulles, Allen W. *Germany's Underground: The Anti-Nazi Resistance*. 1947; reimpreso, Nueva York: Da Capo Press, 2000.

Eisenhower, Dwight D. *Crusade in Europe*. Garden City, NY: Garden City Books, 1948.

Eman, Diet, y James Schaap. *Things We Couldn't Say: A Dramatic Account of Christian Resistance in Holland During World War II*. Silverton, OR: Lighthouse Trails, 2008.

Engelmann, Bernt. *In Hitler's Germany: Daily Life in the Third Reich.* Traducido por Krishna Winston. Nueva York: Pantheon, 1986.

Evans, Richard J. *The History of the Third Reich.* Vol. 1, *The Coming of the Third Reich.* Nueva York: Penguin, 2003.

________. *The History of the Third Reich.* Vol. 2, *The Third Reich in Power.* Nueva York: Penguin, 2005.

________. *The History of the Third Reich.* Vol. 3, *The Third Reich at War 1939-1945.* Nueva York: Penguin, 2008.

Farago, Ladislas. *The Game of Foxes: The Untold Story of German Espionage in the United States and Great Britain During World War II.* Nueva York: David McKay, 1971.

Fest, Joachim C. *The Face of the Third Reich: Portraits of the Nazi Leadership.* Nueva York: Knopf Doubleday, 1977.

________. *Inside Hitler's Bunker: The Last Days of the Third Reich.* Nueva York: Macmillan, 2004.

FitzGibbon, Constantine. *20 July: A Full and Complete Account of the Fantastic «Officers' Plot» Against Adolf Hitler on July 20, 1944.* Nueva York: Norton, 1956.

Font, Guillermo. *Kik Ten Boom: The Clockmaker's Grandson.* Traducido por Veronica Zerbini. Córdoba, Argentina: Pacificarnos, 2019.

Foot, M. R. D. *SOE: The Special Operations Executive, 1940-1946.* Londres: Arrow Books, 1984.

________. *SOE in France: An Account of the Work of the British Special Operations Executive in France, 1940-1944.* Londres: Whitehall History Publishing, 1966.

Frank, Ana. *The Diary of a Young Girl.* 1947; reimpreso, Nueva York: Bantam, 1995.

Frankl, Viktor. *Man's Search for Meaning.* Boston: Beacon Press, 1959.

Fritzsche, Peter. *Life and Death in the Third Reich.* Cambridge, MA: Harvard University Press, 2008.

«Gen. Dietrich von Choltitz Dies; "Savior of Paris" in '44 Was 71». *New York Times,* noviembre 6, 1966.

Gilbert, Martin. *Kristallnacht: Prelude to Destruction.* Nueva York: Harper-Collins, 2006.

Gill, Anton. *An Honourable Defeat: A History of German Resistance to Hitler, 1933-1945*. Nueva York: Henry Holt, 1994.

Gisevius, Hans Bernd. *To the Bitter End: An Insider's Account of the Plot to Kill Hitler, 1933-1944*. 1947; reimpreso, Nueva York: Da Capo Press, 1998.

Giskes, Hermann. *London Calling North Pole*. 1953; reimpreso, Echo Point Books & Media, 2015.

Göbel, Esther. «In Memoriam: Betty Goudsmit-Oudkerk (1924-2020)». *Jewish Cultural Quarter*, 2020.

Grunberger, Richard. *Hitler's SS*. Nueva York: Dell, 1973.

Guthrie, Stan. *Victorious: Corrie Ten Boom and the Hiding Place*. Brewster, MA: Paraclete Press, 2019.

Gutman, Israel, ed. *Encyclopedia of the Holocaust*. 4 vols. Nueva York: Macmillan, 1990.

Hamerow, Theodore S. *On the Road to the Wolf's Lair: German Resistance to Hitler*. Cambridge, MA: Harvard University Press, 1997.

Handel, Michael. *Strategic and Operational Deception in the Second World War*. Londres: Frank Cass, 1987.

________. *History of the Second World War*. Nueva York: G. P. Putnam's Sons, 1971.

Hassell, Agostino von, y Sigrid MacRae. *Alliance of Enemies: The Untold Story of the Secret American and German Collaboration to End World War II*. Nueva York: Thomas Dunne, 2006.

Hassell, Ulrich von. *The Von Hassell Diaries, 1938-1944: The Story of the Forces Against Hitler Inside Germany*. Garden City, NY: Doubleday, 1947.

Hazelhoff, Erik. *Soldier of Orange: One Man's Dynamic Story of Holland's Secret War Against the Nazis*. CreateSpace, 2014.

Helm, Sarah. *Ravensbrück: Life and Death in Hitler's Concentration Camp for Women*. Nueva York: Talese/Doubleday, 2014.

«Henriëtte Pimentel: Whoever Saves One Person, Saves a Whole World». *Joodsamsterdam* (traducido), mayo 3, 2016; https://www.joodamsterdam.nl/henriette-pimentel-wie-een-mens-redt-redt-een-hele-wereld/.

The Hiding Place. Folleto oficial del Corrie Ten Boom Museum.

Hilberg, Raul. *The Destruction of the European Jews*. Chicago: Quadrangle Books, 1961.

Hinsley, F. H. *British Intelligence in the Second World War*. Vol. 1. Londres: Her Majesty's Stationery Office, 1979.

________. *British Intelligence in the Second World War*. Vol. 3, parte 2. Nueva York: Cambridge University Press, 1988.

________. *British Intelligence in the Second World War*. Vol. 4. Nueva York: Cambridge University Press, 1990.

Hitler, Adolf. *Mein Kampf*. Editado por Rudolf Hess. Traducido por James Murphy. 1925; reimpreso, Haole Library, 2015.

Hoffmann, Peter. *The History of the German Resistance, 1933-1945*. Traducido por Richard Barry. Cambridge, MA: MIT Press, 1977.

Höhne, Heinz. *Canaris: Hitler's Master Spy*. Traducido por J. Maxwell Brownjohn. 1976; reimpreso, Nueva York: Cooper Square Press, 1999.

________. *The Order of the Death's Head: The Story of Hitler's SS*. (Originalmente publicado en 1966 en alemán como *Der Orden unter dem Totenkopf*). Traducido por Richard Barry. 1969; reimpreso, Nueva York: Penguin, 2000.

Holt, Thaddeus. *The Deceivers: Allied Military Deception in the Second World War*. Nueva York: Scribner, 2004.

Höttl, Wilhelm. *The Secret Front: Nazi Political Espionage, 1938-1945*. 1953; reimpreso, Nueva York: Enigma Books, 2003.

Howard, Michael. *Strategic Deception in the Second World War*. 1990; reimpreso, Nueva York: Norton, 1995.

Hughes, Roland. «Obituary: John Van Hulst, the Teacher Who Saved Jewish Children». *BBC News*, marzo 30, 2018.

Internationaal Instituut voor Sociale Geschiedenis. «The Potato Blight in the Netherlands and Its Social Consequences (1845-1847)». *International Review of Social History*. Cambridge: Cambridge University Press, 2008.

Jewish Family and Children's Services Holocaust Center. «Oral Histories: Rescue and Resistance», sin fecha.

Johnson, Eric A. *Nazi Terror: The Gestapo, Jews, and Ordinary Germans*. Nueva York: Basic Books, 1999.

Jong, Louis de, y Joseph W. F. Stoppelman. *The Lion Rampant: The Story of Holland's Resistance to the Nazis.* 1943; reimpreso, Nueva York: Kessinger, 2010.

Kahn, David. *Hitler's Spies: German Military Intelligence in World War II.* Nueva York: Macmillan, 1978.

Kleffens, Eelco Nicolaas Van. *Juggernaut over Holland: The Dutch Foreign Minister's Personal Story of the Invasion of the Netherlands.* Nueva York: Columbia University Press, 1941.

Klemperer, Klemens von. *German Resistance Against Hitler: The Search for Allies Abroad, 1938-1945.* Nueva York: Oxford University Press, 1992.

Klempner, Mark. *The Heart Has Reasons: Dutch Rescuers of Jewish Children During the Holocaust.* Ámsterdam: Night Stand Books, 2012.

Larson, Erik. *In the Garden of Beasts: Love, Terror, and an American Family in Hitler's Berlin.* Nueva York: Crown, 2011.

LeSourd, Catherine Marshall. «Grand Example». *Cornerstone,* mayo 1983.

Leverkeuhn, Paul. *German Military Intelligence.* Traducido del alemán por R. H. Stevens y Constantine FritzGibbon. Nueva York: Praeger, 1954.

Liddell Hart, B. H. *The German Generals Talk.* Nueva York: Morrow, 1948.

Loftis, Larry. *Code Name: Lise.* Nueva York: Gallery, 2019.

________. *Into the Lion's Mouth.* Nueva York: Dutton Caliber, 2016.

________. *The Princess Spy.* Nueva York: Atria, 2021.

Longerich, Peter. *Holocaust: The Nazi Persecution and Murder of the Jews.* Oxford: Oxford University Press, 2010.

Lorain, Pierre. *Clandestine Operations: The Arms and Techniques of the Resistance, 1941-1944.* Nueva York: Macmillan, 1983.

Maass, Walter B. *The Netherlands at War: 1940-1945.* Londres: Abelard-Schuman, 1970.

Mackenzie, William. *The Secret History of SOE: The Special Operations Executive, 1940-1945.* Londres: St. Ermin's Press, 2000.

Margaritis, Peter. *Countdown to D-Day: The German Perspective.* Oxford: Casemate, 2019.

Matzen, Robert. *Dutch Girl: Audrey Hepburn and World War II.* Nueva York: GoodKnight Books, 2019.

Metaxas, Eric. *Bonhoeffer: Pastor, Martyr, Prophet, Spy.* Nashville, TN: Thomas Nelson, 2011.

________. *7 Women: And the Secret of Their Greatness.* Nashville, TN: Thomas Nelson, 2015.

Michel, Henri. *The Shadow War: Resistance in Europe, 1939-1945.* Traducido por Richard Barry. Nueva York: Harper & Row, 1972.

Michman, J. «Vught». *Encyclopedia of the Holocaust*, vol. 4. Nueva York: Macmillan, 1990.

Miller, Francis Trevelyan. *The Complete History of World War II.* Chicago: Readers' Service Bureau, 1947.

Montgomery, Field Marshal Bernard. *Normandy to the Baltic.* Boston: Houghton Mifflin, 1948.

Moore, Pam Roswell. *The Five Silent Years of Corrie Ten Boom.* Grand Rapids, MI: Zondervan, 1986.

________. *Life Lessons from the Hiding Place: Discovering the Heart of Corrie Ten Boom.* Washington Depot, CT: Chosen Books, 2012.

________. «San Quentin State Prison». *The Hiding Place*, invierno 1977.

Morrison, Jack Gaylord. *Ravensbrück: Everyday Life in a Women's Concentration Camp, 1939-45.* Princeton, NJ: Wiener, 2001.

Naujoks, Harry. *Mein Leben im KZ Sachsenhausen, 1936-1942.* Colonia: Röderberg, 1987.

Nicholas, Lynn H. *The Rape of Europa.* Nueva York: Knopf, 1995.

Norris, Fred. «No Hiding Enthusiasm». *Birmingham and Sandwell Evening Mail*, octubre 10, 1979.

«Not Lost, but Gone Before: Corrie Ten Boom, April 15, 1892-April 15, 1983». *The Hiding Place* Memorial Edition, abril 1983.

Paine, Lauran. *German Military Intelligence in World War II: The Abwehr.* Nueva York: Stein & Day, 1984.

Patton, George S., Jr. *War as I Knew It.* 1947; reimpreso, Boston: Houghton Mifflin, 1995.

Peis, Günter. *The Mirror of Deception: How Britain Turned the Nazi Spy Machine Against Itself.* Nueva York: Pocket Books, 1977.

Pen, Hanneloes. «Betty Goudsmit-Oudkerk (1924-2020) Saved Hundreds of Jewish Children from Deportation». *AD* (traducido), junio 15, 2020.

Pindera, Jerzy. *Liebe Mutti: One Man's Struggle to Survive in KZ Sachsenhausen, 1939-1945*. Lanham, MD: University Press of America, 2004.

Poley, Hans. *Return to the Hiding Place*. Elgin, IL: LifeJourney Books, 1993.

Presser, Jacob. *Ashes in the Wind: The Destruction of Dutch Jewry*. Traducido por Arnold Pomerans. 1965; reimpreso, Londres: Souvenir Press, 2010.

Rees, Laurence. *The Nazis: A Warning from History*. Londres: The New Press, 1998.

Roon, Ger Van. *German Resistance to Hitler: Count von Moltke and the Kreisau Circle*. (Traducción de *Neuordnung im Widerstand*). Traducido por R. Oldenbourg. Londres: Van Nostrand Reinhold, 1971.

Roosevelt, Kermit. *The Overseas Targets: War Report of the OSS*. Vol. 2. Nueva York: Walker, 1976.

Rothfels, Hans. *The German Opposition to Hitler*. 1947; reimpreso, Nueva York: Regnery, 1963.

Rürup, Reinhard, ed. *Topography of Terror: Gestapo, SS and Reichssicherheitshauptamt on the «Prinz-Albrecht-Terrain»: A Documentation*. Traducido por Werner T. Angress. Berlín: Verlag Willmuth Arenhövel, 2006.

Schellenberg, Walter. *The Memoirs of Hitler's Spymaster*. Editado y traducido por Louis Hagan. 1956; reimpreso, Londres: Andre Deutsch, 2006.

Schlabrendorff, Fabian von. *The Secret War Against Hitler*. Traducido por Hilda Simon. Nueva York: Pitman, 1965.

Segev, Tom. *Soldiers of Evil: The Commandants of the Nazi Concentration Camps*. Nueva York: McGraw-Hill, 1988.

Shirer, William. *The Rise and Fall of the Third Reich*. Nueva York: Simon & Schuster, 1960.

Slim, John. «The Hiding Place». *Birmingham Post*, octubre 10, 1979.

Smith, Emily S. *More Than a Hiding Place: The Life-Changing Experiences of Corrie Ten Boom.* Haarlem, Netherlands: Corrie Ten Boom House Foundation, 2010.

Snyder, K. Alan. «Corrie Ten Boom: A Protestant Evangelical Response to the Nazi Persecution of Jews». Paper presented to the Annual Conference of the Social Science History Association, Chicago, noviembre 1998.

Snyder, Louis L. *Encyclopedia of the Third Reich.* Nueva York: Marlowe, 1976.

Speer, Albert. *Inside the Third Reich (Memoirs).* Nueva York: Macmillan, 1970.

Spiedel, Hans. *Invasion 1944: The Normandy Campaign—from the German Point of View by Rommel's Chief of Staff, Lieutenant General Hans Spiedel.* Nueva York: Paperback Library, 1968.

Spurgeon, Charles. *Spurgeon's Gold.* 1888; reimpreso, Morgan, PA: Soli Deo Gloria, 1996.

Stafford, David. *Secret Agent: The True Story of the Covert War Against Hitler.* Nueva York: Overlook Press, 2001.

Stamps, Ellen de Kroon. *My Years with Corrie.* Old Tappan, NJ: Revell, 1978.

Swinford, Nigel. *Corrie Ten Boom's Incredible True Story of The Hiding Place.* Musical, Birmingham Hippodrome, octubre 9-13, 1979.

Ten Boom, Casper. *Herinneringen van Een Oude Horlogemaker* («Memoirs of an Old Watchmaker»). Haarlem, Países Bajos: 1937.

Ten Boom, Corrie. «Africa on the Crossroad». *It's Harvest-Time,* septiembre-octubre 1961.

________. *Amazing Love: True Stories of the Power of Forgiveness.* Londres: CLC International, 1953.

________. «Around the World». *The Hiding Place,* marzo-abril 1978.

________. «Awakening to God's Peace». *The Hiding Place,* enero-febrero 1980.

________. «The Book». *It's Harvest-Time,* diciembre 1970.

________. *Clippings from My Notebook.* Londres: SPCK, 1983.

________. *Common Sense Not Needed: Bringing the Gospel to the Mentally Handicapped.* Grand Rapids, MI: Revel, 1957.

________. «Corrie and Betsie Traveling the World». *The Hiding Place*, marzo-abril 1978.
________. *Corrie's Christmas Memories*. Old Tappan, NJ: Revell, 1976.
________. *Corrie Ten Boom's Prison Letters*. Old Tappan, NJ: Revell, 1975.
________. «Crusading for Christ Throughout Europe». *It's Harvest-Time*, julio 1960.
________. *Each New Day*. Old Tappan, NJ: Revell, 1977.
________. «A Family Time». *The Hiding Place*, otoño 1976.
________. *Father Ten Boom: God's Man*. Old Tappan, NJ: Revell, 1978.
________. «Fishing for Men in Japan». *It's Harvest-Time*, octubre-noviembre 1958.
________. «From the Old Chest». *The Hiding Place*, Winter 1976.
________. «God's Timing Is Perfect». *It's Harvest-Time*, enero-febrero 1963.
________. «Go into All the World». *The Hiding Place*, mayo-junio 1979.
________. *He Sets the Captive Free*. Old Tappan, NJ: Revell, 1977.
________. «The Hiding Place». *It's Harvest-Time*, enero 1972.
________. «In the Coliseum». *The Hiding Place*, verano 1975.
________. «Lonely Place». Message before the National Prayer Congress, 1976. Collection 176 Records of the National Prayer Conference, Buswell Library Archives and Special Collections, Wheaton College, Wheaton, IL.
________. «Long Forgotten Memories of the Heidelberg Catechism». *The Hiding Place*, marzo-abril 1978.
________. «The Lord Looseth the Prisoners». *It's Harvest-Time*, marzo-abril 1959.
________. «Mountain-tops and Roof-tops». *It's Harvest-Time*, enero-febrero 1959.
________. «My Books». *It's Harvest-Time*, julio 1969.
________. «My First Fifty Years». *The Hiding Place*, primavera 1975.
________. «My Message to the People in Yad Va Shem». *It's Harvest-Time*, mayo-junio 1968.
________. «New Beginnings». *The Hiding Place*, enero-febrero 1978.

________. «New Prison Ministry Underway». *The Hiding Place*, marzo-abril 1978.

________. «News from the Beje». *The Hiding Place*, verano 1976.

________. «On the Road Again». *The Hiding Place*, primavera 1977.

________. «Open Doors in Germany». *It's Harvest-Time*, enero-febrero-marzo 1960.

________. «Operation Borneo». *It's Harvest-Time*, agosto 1958.

________. «Outside His Boundaries». *The Hiding Place*, julio-agosto 1980.

________. «The Paddle of God's Love». *It's Harvest-Time*, septiembre-octubre 1961.

________. «People We Meet: Hans Rahms». *It's Harvest-Time*, noviembre-diciembre 1964.

________. *A Prisoner and Yet*. 1947; reimpreso, Fort Washington, PA: CLC, 2018.

________. «A Rare Recording of Corrie Ten Boom». Vols. 1 y 2. Audio, 019.

________. «Report on Russia». *It's Harvest-Time*, enero 1969.

________. «Set Apart for God». *The Hiding Place*, otoño 1981.

________. «A Sun-Beam for Jesus». *It's Harvest-Time*, mayo-junio 1958.

________. «Surrendering to God Day by Day». *The Hiding Place*, verano 1981.

________. «The Three Locks». *The Hiding Place*, verano 1975.

________. Untitled [Corrie's article on revisiting Ravensbrück prison in 1964]. *It's Harvest-Time*, noviembre-diciembre 1964.

________. Untitled [Corrie's article on the Righteous Among the Nations ceremony in Israel]. *It's Harvest-Time*, mayo-junio 1968.

Ten Boom, Corrie, con Bill Brown. «On the Set with Corrie and Bill Brown». *The Hiding Place*, primavera 1974.

________. «On the Set with Corrie and Bill Brown», *The Hiding Place*, invierno 1974-1975.

Ten Boom, Corrie, con Jamie Buckingham. *Tramp for the Lord*. Old Tappan, NJ: Revell, 1974.

Ten Boom, Corrie, con Carole C. Carlson. *In My Father's House*. 1976; reimpreso, Eureka, MT: Lighthouse Trails, 2011.

Ten Boom, Corrie, con John and Elizabeth Sherrill. *The Hiding Place.* Washington Depot, CT: Chosen Books, 1971.

Thompson, John. *Spirit over Steel: A Chronology of the Second World War.* Carrick, 2014.

Toland, John. *The Last 100 Days.* Nueva York: Random House, 1965.

United States Holocaust Memorial Museum. «Corrie Ten Boom». *Holocaust Encyclopedia*, sin fecha.

Van Woerden, Peter. «Boom Is Dutch for Tree». *The Hiding Place*, otoño 1975.

________. «For Love of Israel». *The Hiding Place*, primavera 1974.

________. *In the Secret Place.* 1954; reimpreso, Plainfield, NJ: Logos International, 1974.

________. «Just So You Understand». *It's Harvest-Time*, enero 1958.

Vomécourt, Philippe de. *An Army of Amateurs.* Garden City, NY: Doubleday, 1961.

Wachsmann, Nikolaus. *KL: A History of the Nazi Concentration Camps.* Nueva York: Farrar, Straus & Giroux, 2015.

Walker, Robert. «The Hiding Place Revisited». *Christian Life*, enero 1975.

Waller, John H. *The Unseen War in Europe: Espionage and Conspiracy in the Second World War.* Nueva York: Random House, 1996.

Warlimont, Walter. *Inside Hitler's Headquarters.* Traducido por R. H. Barry. 1962; reimpreso, Novato, CA: Presidio Press, 1991.

Warmbrunn, Werner. *The Dutch Under German Occupation, 1940-1945.* Stanford, CA: Stanford University Press, 1963.

Webb, Chris. «The Story of Walter Suskind». Holocaust Education & Archive Research Team, 2007.

Wilhelmina, H. R. H., Princess of the Netherlands. *Lonely but Not Alone.* Traducido por John Peereboom. Londres: Hutchinson, 1959.

Wilmot, Chester. *The Struggle for Europe.* 1952; reimpreso, Nueva York: Wordsworth, 1997.

Winters, Dick. *Beyond Band of Brothers: The War Memoirs of Major Dick Winters.* Nueva York: Berkley Caliber, 2006.

Wistrich, Robert S. *Who's Who in Nazi Germany.* Londres: Routledge, 1995.

CRÉDITOS DE FOTOGRAFÍAS

Página

17 Cortesía de Buswell Library Archives and Special Collections
17 Cortesía de Corrie Ten Boom House Foundation
18 Cortesía de Buswell Library Archives and Special Collections
19 Cortesía de Corrie Ten Boom House Foundation
21 Cortesía de Corrie Ten Boom House Foundation
22 Cortesía de Buswell Library Archives and Special Collections
37 Cortesía de *Life Magazine*
45 Cortesía de Corrie Ten Boom House Foundation
72 Cortesía de Buswell Library Archives and Special Collections
73 Cortesía de Buswell Library Archives and Special Collections *(izquierda)*; cortesía de Corrie Ten Boom House Foundation *(derecha)*
75 Cortesía de Corrie Ten Boom House Foundation
89 Cortesía de Hans Poley
90 Cortesía de Hans Poley
93 Cortesía de Buswell Library Archives and Special Collections
94 Cortesía de Buswell Library Archives and Special Collections
101 Cortesía de Hans Poley
107 Cortesía de Hans Poley
108 Cortesía de Buswell Library Archives and Special Collections
113 Cortesía de Hans Poley
118 Cortesía de Buswell Library Archives and Special Collections
121 Cortesía de Hans Poley
143 Cortesía de Corrie Ten Boom House Foundation
159 Cortesía de Buswell Library Archives and Special Collections
160 Cortesía de Buswell Library Archives and Special Collections
160 Cortesía de Buswell Library Archives and Special Collections

161 Cortesía de Buswell Library Archives and Special Collections

227 Cortesía de Corrie Ten Boom en su libro de 1947, *A Prisoner and Yet*

239 Cortesía de Hans Poley

249 Cortesía de Corrie Ten Boom House Foundation

252 Cortesía de Buswell Library Archives and Special Collections

263 Cortesía de Buswell Library Archives and Special Collections *(superior)*; cortesía de Corrie Ten Boom House Foundation *(inferior)*

264 Cortesía de Buswell Library Archives and Special Collections *(superior)*; cortesía de Corrie Ten Boom House Foundation

266 Cortesía de Buswell Library Archives and Special Collections *(superior e inferior)*

267 Cortesía de Buswell Library Archives and Special Collections cortesía de Hans Poley *(superior)*; cortesía de Corrie ten Boom House Foundation (*inferior*)

268 Cortesía de Hans Poley *(superior)*; cortesía de Corrie ten Boom House Foundation *(en medio)*; cortesía de Buswell Library Archives and Special Collections (*superior*); cortesía de Hans Poley *(inferior)*

269 Cortesía de Hans Poley *(superior)*; cortesía de Corrie ten Boom House Foundation *(las dos de en medio)*; Cortesía de Buswell Library Archives and Special Collections *(inferior)*

270 Cortesía de Corrie Ten Boom House Foundation

271 Cortesía de Corrie Ten Boom House Foundation (*superior*); cortesía de Hans Poley (*inferior*)

272 Cortesía de Hans Poley (*superior*); cortesía de Buswell Library Archives and Special Collections (*inferior*)

ÍNDICE ANALÍTICO

Los números en cursivas hacen referencia a imágenes

Prisoner and Yet (Corrie ten Boom), 250-251, 251n, 254, 296n64, 325n192, 347n275
Abwehr, 32n, 33, 44-45, 128, 184, 316n151
Alemania. *Véase también* Gestapo; Hitler, Adolf; Luftwaffe; nazis
invasión de la Wehrmacht de otros países, 32-37, *37*, 41
tierra anexada por, 24, 28
batalla de las Ardenas, 218
bombarderos, 88, 94, 99, 130
invasión de Sicilia, 88
operación Maná, 239, 336n239
operación Market-Garden, 202-203, 203n
pilotos derribados, 110, 117, 130
señales de victoria, 184, 191-192, 324n191
Altschuler, Otto, 28-31, 105-106
Amersfoort, campo de tránsito, 157-158, 171-172, 182-183, 188
Amstelveenseweg, prisión, 152, 157-158
Anexo Secreto (escondite de la familia Frank), 58, 59
ángeles, guarida de los (refugio del Beje)
capacidad, 88, 95
condiciones claustrofóbicas, 76, 148
construcción, 71-73, *143*, 298n71
escape de, 148, 149, 150, 234-235, 315-316n148
falta de baños, 138, 144, 148, 149
locación, 71-72
nombre, 74
redada alemana temida como inminente, 87-88, 119
redada de la Gestapo, 134, 138, 141-142, 144, 147-148, 312n134
simulacros de emergencia, 74, 75, 76-77, 87
suministros, 73, 131, 138
Annaliese, 96-97
Anschluss (anexión de Austria), 24, 36
Argumento (operación aliada), 130
Arnold. *Véase* Siertsema, Reynout
Asociación de Trabajadores Prisioneros Cristianos, 273-274
Auschwitz, 201n, 208n, 212n, 218n, 261, 270, 326n199, 333n229

Bach, Johann Sebastian, *45*, 89, 233
batalla de las Ardenas, 218
bbc, radio, 35, 38, 39, 40-41, 68-69
Beck, Ludwig, 32n, 128n, 184
Beer Hall Putsch (Golpe de la cervecería), 249
Beje. *Véase también* ángeles, guarida de los
actividades de la Resistencia, 109, 131

avisos de redada, 87-88, 102-103
código del timbre, 139, 140, 314n139
como centro de convalecencia posterior a la guerra, 243, 244, 259, 329n208
como Museo Corrie ten Boom, 259n
conversación en la sala de visitas, *118*
en el testamento de Opa, 174
entretenimiento, 89-90, *94*
escondiendo buceadores, 62, 64-71, 88-89, *89*, 296n64
escondiendo judíos, 42, 67-68, 70, 80-82
Hans, arresto y, 125
Hans, cumpleaños, 79-81, 82
Hans escondiéndose en, 62, 64-71, 296n64
Henny, cumpleaños, 111
libro de visitas, *267*, 268, *268*, 269, 272, *272* 302n81, 312-313n134, 345n266
limpiador de ventanas, 90-91, 303n90
lista de refugiados, 273, 275
llegada de los refugiados, 48-49, 52, 107, 118
los ten Boom con «invitados», *90*, *101*
número de refugiados en, 300n78
objetos saqueados del, 235
protegido por ángeles, 93, 141, 304n93
recorrido en video, 297n64
redadas de la Gestapo, 13, 134-142, 144-145, 147-150, 312n134
refugiados permanentes, 11, 66-67, 273, 275, 296n64, 298n70
regreso de Corrie de Ravensbrück, 234-236
relojería, 15, 16-17, *17*, *18*, *21*, 24, 26-27, 31, 37-38
reunión (1974), 267, 271, 271-272
rutina diaria, 68-69
simulacros de emergencia, 71, 74, 75, 76-77, 85, 86-87
sistema de alarma, 74, 76, 106
sistema seguro/no seguro, 71, 135
soldados alemanes buscando refugio, 78-79
soledad y aburrimiento, 89, 92
techo, 89, 91-92, *93*, 95, 148, *268*, 316n148
vigilias nocturnas, 88, 97
visita navideña de Mies, 112-113, *113*
visitante de Ermelo, 131-133, 189-190, 242-243, 311n131, 312n133
Benes, Truus, 231-232
Bergen-Belsen, 261, 345n264
Bernhard of Lippe-Biesterfeld, 24
Bierens de Haan, señora, 239-240. *Véase también* Bloemendaal
Blaskowitz, Johannes, 241
Bloemendaal (casa De Haan), 240-241, 242-244, 259
Boileu, señora, 182
Bonhoeffer, Dietrich, 9, 22, 128-129, 151, 332n227
Bonhoeffer, Julie, 22
Brandenberger, Erich, 218
Brauchitsch, Walter von, 32n
Brouwershofje (casa para ancianos), 110
Brownshirts. *Véase* Sturmabteilung
buceadores. *Véase onderduikers*
Bulge, batalla del (batalla de las Ardenas), 218
Bund Deutscher Mädel (Liga de Muchachas Alemanas), 29
Buswell Library Collections (Archivos y Colecciones Especiales de la Biblioteca Buswell), 279

campos de concentración. *Véanse también campos específicos*

control de las ss, 151
ejecuciones, 54, 179-180, 191-192, 213
estaciones de tránsito, 57
Frank familia en, 187, 261
judíos transportados a, 58
Kristallnacht (noche de los cristales rotos), 26
necesidades espirituales de prisioneros liberados, 208n, 240-241, 242, 243-244, 248-249
número de holandeses deportados y ejecutados, 260
planes de evangelización de Betsie en la posguerra, 208-209, 216, 246-247, 248
Spieker en, 286n23
suicidio, 213
trabajos forzados, 184-185, 186-187
canadiense, ejército, 241
Canaris, Wilhelm, 32n, 33, 128, 184
Carlson, Carole C., 298n70, 339n254
Casa Fundación Corrie ten Boom, 284n16, 297n64, 312n134, 347n275
católicos, Grupos de jóvenes, 289n30
Chamberlain, Neville, 24
Chicas Jóvenes (Jungmaedel), 29
Choltitz, Dietrich von, 191
Christoffels, señor, 31, 61, 106, 289n31
Churchill, Peter, 262, 308n116
Churchill, Winston, 38, 43, 262, 277
clandestino. *Véase* Resistencia y operaciones clandestinas-
complot de los generales, 32, 128
Creche (guardería de Ámsterdam), 77-79, 300-301nn77-79
cristianos, persecución de Hitler de, 23, 286n23
Cristianos Incorporados, 258
Cruz Conmemorativa de la Resistencia Holandesa, 267
Cruz Roja, 152, 158, 172, 181, 183, 193, 261

Dachau, campo de concentración, 23n
Dacosta, Thea. *Véase* Frankfort-Israels, Hansje «Thea»
da Costa Silva, Ronnie. *Véase* Gazan, Ronnie
Daladier, Edouard, 24
Darmstadt (anterior campo de concentración), 248-249, *249*, 259
desembarco en Normandía, 175-176
de Costa, Isaac, 16
de Jong, Mirjam, 11, *94*, 100-104, *101*, 269, *269*, 275
Dekema, Hanneke, 265
de Kroon, Ellen, 254, 256-258
de Leeuws, familia, 98
Delft, Universidad Tecnológica, 38, 59, 61-62, 267
de Vries, señor, 11, *94*, 95, *118*, 275, 303n88
diaconía, Groningen (casa de la diaconisa), 230-233
Diederiks, señora, 324n185
Dietl, Eduard, 310n129
Dietrich, Sepp, 218
Dirección de Operaciones Especiales (soe), 42-45, 202-203, 308n116, 327n202. *Véase también* Sansom, Odette
Dohnanyi, Hans von, 128
Dönitz, Karl, 260
Dora (esposa de Eusi). *Véase* Mossel, Dora
Dourlein, Pieter, 327n202
Dreefschool, 65, 268

Ede, 113-114, 117
Ederveen, Theo, 149-150, 270
Eisenhower, Dwight D., 336n239
Eman, Diet, 132n
escasez de comida. *Ver también* tarjetas de racionamiento
bloqueo alemán, 203, 226, 328n203

bulbos de tulipán como comida, 54, 61, 203
campos de concentración, 326n199
desviados hacia Wehrmacht, 41
operación Maná, 239
prisiones, 152, 155, 172

Falkenhausen, Alexander von, 129
Fellgiebel, Erich, 128n
Ferrer, Mel, 262
Flip. *Véase* Van Woerden, Flip
Font, Guillermo, 265-266
Foulkes, Charles, 241
Frank, Ana, 53, 57-62, 67-68, 93, 187, 261, 262
Frank, Edith (madre), 57-58, 68, 187, 261
Frank, Margot (hermana), 57-58, 187, 261
Frank, Otto (padre), 57-58, 187, 261, 262
Frankfurt-Israel, Hansje «Thea»
como refugiada permanente del Beje, 11, 66-67, 70-71, 275, 296n64
el Beje, simulacros de emergencia, 76-77
el Beje, vida diaria, 89, *90*, *93*, 97, *268*, 303n88
huyendo del Beje tras el arresto de Nollie, 98, 100
redada al Beje de la Gestapo, 312n134
suministros de la guarida de los ángeles, 131
vida de la posguerra, 269, *269*
Frankl, Viktor
sobre el amor como el único camino, 337n247
sobre el número de prisionero, 201n
sobre la epidemia de tifus en Auschwitz, 218n
sobre la tasa de muerte de Auschwitz, 333-334n229
sobre las ejecuciones en Auschwitz, 212n
sobre las necesidades espirituales de los prisioneros liberados, 208n
sobre las raciones diarias de Auschwitz, 326n199
sobre los suicidios en el campo de concentración, 213n
sobre los trabajos forzados en los campos de concentración, 185n
Franz Ferdinand, archiduque, 25
Fuerzas Aéreas Estratégicas de EE. UU., 130
Fundación Christian Hope Indian Eskimo, 259n

Gastil, Walter G., 340n256
Gazan, Ronnie
alias gentil, 107n
cumpleaños de Mies, 108
en *dramatis personae*, 11
huida del Beje y retorno, 125, 131
llegada al Beje, 107, 275
redada al Beje por la Gestapo, 134, 138, 144, 149-150, 312n134
«General, la» (cruel guardia de la prisión de mujeres), 174-175, 177-178, 180
George, Jeannette Clift, 256
Gerard (prisionero), 157
Gestapo
arresto de Hans Poley, 120-127
arresto de la familia de Frank, 187
arresto de Spieker, 286n23
asesinado por la Resistencia, 11
campo de tránsito Amersfoort, 156-157, 171-172, 182-183, 188
deportación de judíos, 59
ejecuciones de la Resistencia,

95, 103, 105, 226
investigaciones del plan de Hitler, 128-129, 183
métodos de tortura, 144-143, 308n116
redadas a casas en Haarlem, 238-239
redadas a universidades, 62
redada del Beje, 13, 134-142, 148-150, 312n134
tácticas de interrogación, 98, 109, 122-124, 135, 136, 137, 143-144
venganza y represalias, 59, 103, 104, 206
vigilancia a Willem ten Boom, 49
Gilbert, Martin, 285n22
Giskes, Hermann, 44-45
Goebbels, Joseph, 25
Goering, Hermann, 37
Goethals, Georges, 34
Goudsmit-Oudkerk, Betty, 79
Graham, Billy, 279
Griffith, Aline, 278
Grote Kerk. *Véase* San Bavo, iglesia
Grynszpan, Berta, 25
Grynszpan, Herschel, 25
Guarida del Lobo, 183

Haag, Vince, 130n
Halder, Franz, 32, 33, 184
Halverstad, Felix, 78, 79, 301n79
Hammerstein, Kurt von, 22n
Händel, Georg Friedrich, 235
Harris, Irving, 246
Harris, Julie, 256
Hartog, Piet, 300-301n78
Hase, Paul von, 128n
Hendriks, señor y señora, 185
Henley, Paul, 256
Henny. *Véase* Van Dantzig, Henny
Hepburn-Ruston, Adriaantje (Audrey Hepburn), 38, 58, 129, 130-131, 261-262
Hermandad Luterana de María, 248
Het Apeldoornsche Bosch, 66
The Hiding Place (Corrie ten Boom) como biografía autorizada, 339n254
año de publicación, 325n192
Hans Poley omitido de, 296n64, 347n275
musical, 258, 341n258
título, 304n93
ventas, 254, 259
versión fílmica, 256, 271, 340n256
Himmler, Heinrich, 37, 192, 213, 220
Hindenburg, Paul von, 21-22, 285-286n22
Hischemöller, señor, *113*
Hitler, Adolf. *Véase también* Alemania; nazis
antipatía por parte de Hindenburg, 22n, 285n22
batalla de las Ardenas (del Bulge), 218
canciller electo, 21
cervecería, *putsch* de la 249
complots para asesinar a, 32, 33, 128-129, 183-184, 332n227
diplomacia internacional, 23, 24
golpe y complot en su contra, 33, 128-129
Guarida del Lobo, 183
hambriento de tierras, 23-24, 17, 301n17
holandeses como compañeros arios, 37
invasión de los Países Bajos, 33-37
invasión de Polonia, 32-33
Mein Kampf, 21, 249n
orden de destruir París, 191
persecución de cristianos, 23, 286n23
persecución de judíos, 22-26, 286n23, 287n24, 287n26
promoción de Seyss-Inquart, 260
reglamentos de las Juventudes Hitlerianas, 29

reocupación de Renania, 23
Rommel en tanto héroe, 310n129
reunión con Mussolini, 94
Holanda. *Véase* Países Bajos
Hollandsche (Joodse) Schouwburg, 77-78, 81, 270
hopi, tribu, 259
Hoü (relojero), 16
Hurt, Susannah, 277, 281

Iglesia confesante, 23
Iglesia Reformada holandesa, 15, 45-46, 63, 104
Ineke, señor, 26, 66, *101*, 135
Institutum Judaicum, 20
invierno del hambre, 203
Itallie, Mary. *Ver* Van Itallie, Mary
It Is Well with My Soul («Está bien con mi alma») (himno de Spafford), 263-264, 263n
It's Harvest-Time (publicación periódica), 266, 339n254, 345n266

Jans, Tante, 240
Jensen, señora, 228
judíos. *Véanse también personas y organizaciones específicas*
arribos al Beje, 48-49, 52, 79-82
bebés rescatados de la guardería, 77-79, 300-301nn77-79
boicot de negocios, 22
Casper ten Boom y, 16
censos, 57
colocados en escondites por la LO, 63
como la niña de los ojos de Dios, 42
comunidad de Ámsterdam, 16, 18
deportaciones, 24, 57, 58, 66-67, 95, 100-101, 287n24
desapariciones, 41
ejecuciones, 54
Estrella de David, 39, 42, 53
Kristallnacht, 26, 287n26
Leyes de Núremberg, 23
negocios ocupados por alemanes, 24
número de judíos holandeses deportados y asesinados, 260
prohibiciones de empleo, 22-23, 39, 286n22
prohibiciones de matrimonio, 92
retirados de Haarlem, 41-42
tarjetas de racionamiento, 49-50, 51
ten Boom ruegos por los, 15
transportados a campos de concentración, 54
vedados de escuelas públicas, 65
vedados de espacios públicos, 23, 41, 53
Jodl, Alfred, 32n, 183n
Joodse (Hollandsche) Schouwburg, 77, 78, 81, 270
Jop, 88, 113-114, 117, 275, 296n64, 303n88, 347n275
Juliana, reina, 24, 36, 259n
Jungmaedel (Chicas Jóvenes), 29
Jungvolk (Juventudes), 29
Justo entre las Naciones, 254, 263, 338n254
Juventudes (Jungvolk), 29
Juventudes Hitlerianas, 28-30, 289nn28-30

Kan, señor, 41
Kapteyn (agente de la Gestapo), 135, 136, 137, 145, 189
Karel (el primer y único amor de Corrie), 189
Katrien (sirvienta de Nollie y Flip), 96
Keitel, Wilhelm, 32n, 183nKip, Leendert
como refugiado permanente del Beje, 11, *90*, 296n64, 303n88
dejando el Beje, 95
llegada al Beje, 64, 275

redada alemana temida como inminente, 87-88
rescate de bebés de la guardería judía, 300-301n78
simulacros de emergencia en el Beje, 74, 76-77, 86-87
sistema de alarma del Beje, 74
sobre los ten Boom y el mentir, 82-83
vida de posguerra, 268
vida diaria en el Beje, 88, 89, *90*, *93*, *268*, 303n88
Kleermaker, señora, 48, 275
Kooistra, doctor, 183, 188
Koornstra, Fred, 49, 51, 109
Kotälla («verdugo de Amersfoort»), 172
Kristallnacht (noche de los cristales rotos), 26, 30
Kuipers-Rietberg, señora Helena T., 63

Landelijke Organisatie voor Hulp aan Onderduikers (LO), 63, 109
Lauwers, H. M. G., 43-45
«Liga de Muchachas Alemanas» (Bund Deutscher Maedel), 29
Leness, señora, 211
Lindemann, Fritz, 128n
«listo» Mels, 48, 84
LO (Landelijke Organisatie voor Hulp aan Onderduikers), 63, 109
Luftwaffe, 34, 35n, 36, 40, 130
Luitingh, Cornelia «Cor». *Véase* ten Boom, Cornelia «Cor» Luitingh
Lutero, Martin, 245

MacKenzie, William, 327n202
Maná (operación aliada), 239, 336n239
Manstein, Erich von, 285-286n22
Manteuffel, Hasso von, 218
mapa de la invasión germana de los Países Bajos, 37
Market-Garden (operación aliada), 202-203
Marusha (prisionera de Ravensbrück), 220-221
Mauthausen, campo de concentración, 202
Mels, listo, 48, 84
MI5, 44n
Mies. *Véase* Wessels, Mies
Minnema, familia, 102
Miolée, A., 257
Model, Walter, 32n
Monsanto, Meta «Tante Martha»
como refugiada permanente del Beje, 11, 118, 275, 296n64, 307n113
fe en Dios, 144
huida del Beje y retorno, 125, 131
redada de la Gestapo al Beje, 134, 138, 144, 149-150, 312n134
vida de posguerra, 269
Monsanto, Paula, 11, 118, 269, 275, 307n113
Montgomery, Bernard, 202-203
Moorman, señor, 188-189
Mopje (guardia amable), 171
Mossel, Dora, 119, 267, *267*, *271*, 271
Mossel, Meijer «Eusi»
arresto, 270
como refugiado permanente del Beje, 11, *118*, 296n64, 303n88
confianza en los ten Boom, 82-83, 96
fe en Dios, 144, 149
huida del Beje y retorno 98, 100, 102, 104, 125, 131
libro de visitas del Beje, 268, 272, *272*, 302n81
llegada al Beje, 80-81, 275, 308n64, 342n275
limpiador de ventanas en el Beje, 90-91
Meta y, 118
Mirjam y, 100

muerte y entierro, 272
nacimiento de su hijo, 119
nombre, 81-82, 301n80, 302n8
redada alemana temida como inminente, 87-88, 119
redada de la Gestapo al Beje, 134, 138, 142, 144, 149-150, 312-313n134
reunión en el Beje (1974), 267, *267*, *271*, 271-272
suministros de la guarida de los ángeles, 131
vida de posguerra, *271*, 271-272
vida diaria en el Beje, 81, 82, 89, *90*, *93*, *94*, *101*, 107, *113*, *268*, 303n88
Mozart, Wolfgang Amadeus, 235
Müller, Christian, 235, 236, 241
Müller, Heinrich, 26
Müller, Josef, 33, 128
Múnich, Acuerdo de, 24
Museo Corrie ten Boom, 346n275
Mussert, Anton, 37n
Mussolini, Benito, 22, 92, 94

Nationaal-Socialistische Beweging in Nederland (Movimiento Nacionalsocialista en los Países Bajos) (NSB), 37n, 116
Navidad, 112-113, *113*, 225-227, 307n113, 333n229
nazis
desprecio a los enfermos y los débiles, 166, 180, 184
juramentos estudiantiles de lealtad, 61-62
Nel, 11, 107, *113*, *118*, 275

Organización Nacional para la Ayuda de Fugitivos. *Véase* Landelijke Organisatie voor Hulp aan Onderduikers

Países Bajos
ataques de la Luftwaffe en Inglaterra, 40
bajas de guerra, 241-242
deportación de judíos a Alemania, 57, 58-62, 66-67
donaciones en apoyo a los judíos, 26
expulsión de judíos, 41-42
fuerza militar, 36
himno nacional, 46, 68-69, 241
invasión alemana, 33-37, *37*
muertes por hambre, 226n, 242, 328n203
ocupación alemana, 37-4
persecución nazi de judíos, 38-39, 41
racionamiento, 39
recriminaciones contra colaboracionistas en la posguerra, 243-244
redadas, razias, 7
rendición alemana, 241
Primera Guerra Mundial, 23, 25n

Neuengamme, campo de concentración, 262
Niemöller, Martin, 23
Nietzsche, Friedrich, 334n229
Nils (trabajador clandestino), 90, 300-301n78
noche de los cristales rotos (Kristallnacht), 26, 30
Nordisk Folkereisning (Despertar del Pueblo Nórdico), 237n
NSB (Nationaal-Socialistische Beweging in Nederland) (Movimiento Nacionalsocialista en los Países Bajos), 37n, 116
Núremberg, juicios de, 32n, 260
Núremberg, Leyes de, 23

O'Connell, Arthur, 256
Oelie (prisionero de Ravensbrück), 226
Olbricht, Friedrich, 128n
onderduikers («buceadores»), 57, 63, 104-105, 109. *Véase también* Jop; Kip, Leendert; Poley, Hans; Wessels,

Henk; Wiedijk, Henk
operación Argumento («Gran Semana»), 130-131
operación Maná, 239, 336n239
operación Market-Garden, 202-203
Op te Winkel, Wim, 130n
Orwell, George, 202n
Oster, Hans, 33-34, 128
Overzet, Jan, 149-150, 270

Patton, George S., 218
Paulus, Friedrich, 285-286n22
Philips, fábrica, 181, 184, 186, 188-189, 190, 192
Pickwick. *Véase* Sluring, Herman
Piet (prometido de Aty Van Woerden), 226
Pimentel, Henriëtte Henriques, 78, 79, 300n77, 301n79
Poley, Anneke, *267*
Poley, Hans (Johannes)
arresto, 120-127
arresto de Nollie, 97, 98
atestiguando la venganza de la Gestapo, 206
certificado de clero, 104, 110, 120
código del timbre en el Beje, 314n139
como refugiado permanente del Beje, 11, 275, 296n64, 298n70
cumpleaños en el Beje, 79, 81, 302n81
Delft, Universidad Tecnológica de, 60, 62, 267
diario, 279, 347n275
disfrazado como mujer, 110
encuentro con Corrie después de Ravensbrück, 267
en el campo de tránsito Amersfoort, 156-157, 171-172, 182-183, 188
en la lucha contra el nacionalsocialismo, 62
en la prisión de Amstelveenseweg, 152, 157-158
en la prisión de Scheveningen, 151
Eusi y, 81, 119, 272, 302n81
fecha de muerte de Betsie, 330n218
fe en Dios, 102, 124, 126
guarida de los ángeles, 71, 74, 399n71
guarida de Zelanda, 60
huida del Beje y regreso, 98, 100, 102, 104, 298n70
libro de visitas del Beje, 267, 268, 271, 296n64, 302n81
limpiador de ventanas del Beje, 303n90
llegada al Beje, 62, 64-66, 275, 347n275
Mies, correspondencia con, 68, 79, 107-109, 158
Mies, matrimonio con, 267
Mies, romance con, 60, 66, 74, 92, *107*
Mirjam y, 102, 269
omitido de *The Hiding Place*, 296n64, 347n275
pilotos derribados y, 110-111
portación de armas, 111, 122, 126
reconocimientos y honores, 267
redada alemana temida como inminente, 87-88, 119
redada de la Gestapo a la casa de Poley, 238, *239*
rescate de bebés de la guardería judía, 78, 300n78
Resistencia, 69-70, 104-105, 107, 110-111, 119
Return to the Hiding Place, 267, 296-297n64
reunión en el Beje (1974), 267, *267*, *271*, 271-272
simulacro de emergencia en el Beje, 76-77, 86-87
sobre cambios radicales para los cristianos holandeses, 83
sobre la llegada de visitas al Beje, 118, 303n88
sobre la redada de la Gestapo al Beje, 312-313nn134-135,

316n148
sobre la visita al Beje desde Ermelo, 311n131, 312n133
tarjeta de identificación falsificada, 104, 107, 110, 122
tarjetas de racionamiento, 109, 119-120
techo del Beje, 92-93, *93*, 148, *268*, 315n148
vida de posguerra, 241, 267, 269, 272
vida diaria en el Beje, 68-69, 89, *89*, *90*, *94*, *101*, *118*, 303n88
visita navideña de Mies, 112-113, *113*, 307n113
Poley, Mies. *Véase* Wessels, Mies
Poley, señor (padre de Hans), 105, 206, 238, 269
Poley, señora (madre de Hans), 62, 68, 69, 206, 269
«Polo Norte» (operación Abwehr), 44
Popov, Dusko, 278
Portheine, Willem, 130n
Posthuma, F. E., 116
Princip, Gavrilo, 25n

Quisling, Vidkun, 237n
racionamiento, tarjetas de, 39, 49-50, 51, 71, 109, 119, 165. *Véase también* escasez de comida
radio BBC, 41
familia ten Boom, 39-40, 41, 62, 137
mensajes de la reina Wilhelmina, 35, 38, 39-40, 41, 59-60, 62
operadores SOE, 43-45
prohibida por autoridades nazis, 39-41
Radio Oranje, 41
Rahms, Hans
en *dramatis personae*, 11
entrevistas con Betsie, 169, 171, 252
entrevistas con Corrie, 13, 165-168, 169-170, 251-252, 255, 320-321n170
entrevistas con Peter, 162-164
encuentro posguerra con Corrie, 251-252
encuentro posguerra con Peter, 251
lectura del testamento de Opa, 173-174
liberación de Corrie, esfuerzos posteriores, 180-181
Ranz des Vaches, reloj, 19-20
Rauter, Hanns Albin, 36, 62, 261
Ravensbrück, campo de concentración, 193-228
atención médica, 208, 216, 217, 224-225
baños y plomería, 203, 204
barraca de castigo, 201-202, 327n202
Biblia traficada de Corrie y Betsie, 200-201, 203-204, 206-207
cámara de gases, 213, 220
centro de procesamiento, 199-200, 227-228, 249
comandante, 220
condiciones de sueño, 201, 203-204, 204, 210
crematorio, 211-212, 213
crueldad, 196, 209-210, 210-211, 213-214, 250
cuidados para mujeres liberadas, 329n208
descripción, 198
ejecución de mujeres mayores de 50, 253
epidemia de tifus, 218-219, 221
esperanza de los prisioneros en la victoria de los aliados, 218
evangelio de Corrie para mujeres jóvenes, 214-215, 223
examinaciones médicas, 202
experimentos médicos, 210, 226

grupo de tejido, 205, 210
hambruna para mantener el servilismo, 198
incremento en las ejecuciones, 213
juicios por crímenes de guerra, 212n
liberación de Corrie, 224, 224-228, *227*, 253
muerte de Betsie, 217, 330n218
muertes diarias, 205, 210, 211, 219, 221, 226, 227
nivelar el terreno, como trabajo forzado, 207
«Noche y niebla», barraca de castigo, 210
número de muertes, 253, 338n253
oscuridad de las celdas, 157-158n
programa de ejecuciones, 220
pulgas y piojos, 198, 203-204, 219
sentencia de muerte de Corrie, 221-224
servicios de adoración, 206-207, 208
servicio memorial, 253
tarjetas rojas, 205, 207
trabajos en la fábrica Siemens, 205, 207
transporte de pacientes al crematorio, 211-212
transporte de prisioneros a las cámaras de gas, 220
transporte hacia, 193-197, 325n192
vida diaria, 201, 205
razias (programa de trabajos forzados), 54-57, 70, 75-76
El relojero/The Watchmaker, (grabado), 17
Resistencia y operaciones clandestinas
agentes alemanes asesinados por, 116
agentes de la Gestapo asesinados por, 111
asesinatos por, 116
búsqueda de escondites, 109
contribuciones de Hepburn, 130-131
ejecuciones de la Gestapo de, 95, 103, 105, 226
el Beje como centro de la, 131
encuentros, 52-53, 299n71
en *dramatis personae*, 11
grupo de buceadores, 104-105
invasión alemana a los Países Bajos, 33-34
líderes de la NSB asesinados por, 116n
papel de Hans Poley, 69-70 104-105, 110, 119, 120-121, 267
precauciones de seguridad, 132n
redadas a casas por la Gestapo, 238
rescate de pilotos británicos derribados, 110, 117
rogando por dinero, 131
tarjetas de racionamiento, 109-110, 119
traidores asesinados por, 116
Resistencia holandesa. *Véase* Resistencia
Reydon, Hermannus, 116
Ridderhof (agente de la Abwehr), 44
Rietti, Robert, 256
Roenne, Freiherr von, 128n
Rolf (policía de Haarlem), 335n237
Rommel, Erwin, 129, 184, 310-311n129
Rosewell, Pamela, 256-257
Real Fuerza Aérea (RAF)
bombardeos, 40, 92, 93, 94, 130, 304-305n94
operación Maná (envío aéreo de comida), 336n239
pilotos derribados, 110, 117
Ryan, Cornelius, 203n
Rundstedt, Gerd von, 32n, 285-286n22

Sachsenhausen, campo de concentración, 23
San Bavo, iglesia (Grote Kerk), 66, 92, 141, 235, 236, 241, 245
Sansom, Odette, 157-158n, 212n, 262, 277-278, 326n197, 327n202
Sanzo, Antonio, 92
Sas, Gijsbertus Jacobus, 33-34
SA (Sturmabteilung), 22, 26, 30
Scheveningen, prisión
  crematorios, 162
  evacuación de prisioneros, 175-177
  familia Süskind, 285-286
  familia ten Boom, 145-147, 150-159, 161-162, 316n150
  guardias, 154, 170-171, 174-175
  liberación de Peter, 164
  tamaño de celda, 316n150
Schlabrendorff, Fabian von, 308n116
Schöngarth, Karl, 261n
Sección de Asalto. *Véase* Sturmabteilung
Segunda Guerra Mundial, comienzos, 32
Seyffardt, Hendrik, 116
Seyss-Inquart, Arthur
  control de los medios, 39, 41
  ejecución, 260
  envío aliado de comida por aire, 336n239
  deportación de judíos, 59, 61, 260
  descripción general del puesto, 36
  legado, 260
  nombrado comisionado de los Países Bajos por el Reich, 36-37
  persecución de los judíos, 38-39
  prohibición del himno nacional, 46
  racionamiento, 39
  redadas a universidades, 61-62
Sherrill, Elizabeth, 254, 297n64, 339n254, 347n275
Sherrill, John, 254, 297n64, 339n254, 347n275
Siemens, fábrica, 205, 207
Siertsema, Reynout (nombre código Arnold)
  como líder de la Resistencia, 131
  en *dramatis personae*, 11
  libro de invitados del Beje, 269, 312-313n134
  llegada al Beje, 275
  redada de la Gestapo al Beje, 134, 138, 148-150, 312n134, 316n148
  Van Messel como asistente, 134n, 312n134
  vida de posguerra, 269, *269*
sinagogas, *Kristallnacht*, 26
Slomp, Reverendo F., 63
Sluring, Herman «Pickwick», «Tío Herman», «Oom Herman»
  apodos, 52
  arresto, 136, 137, 139, 143-144
  arresto de Nollie, 98
  cumpleaños de Flip, 75
  en *dramatis personae*, 11
  encuentro con la Resistencia, 52-53
  escondites en el Beje, 71
  fe en Dios, 143
  mensajes en código, 97
  obteniendo té, 106
  pilotos derribados y, 110
  regreso de Corrie de Ravensbrück, 234-235
  supervisión de la LO, 63
Smit (agente de la Gestapo), 121, 122-126
Smit, señor (arquitecto), 71-73, 74
Smith, Emily S., 297n64, 312n134
Smith, Walter Bedell, 336n239
Snoetje (gato), 66
Sociedad Holandesa por Israel, 20
soe. *Véase* Dirección de Operaciones Especiales
Spafford, Anna, 263n

Spafford, Annie, 263n
Spafford, Bessie, 263n
Spafford, Horatio, 263-264, 263n
Spafford, Maggie, 263n
Spieker, Josef, 286n23
Spurgeon, Charles, 155
SS
aborrecido por la Wehr macht, 150-151
campo de tránsito Amersfoort, 158, 171-172
control de campos de concentración, 150-151
control de prisiones, 98, 150-151
ejecuciones del campo de concentración, 192
guardias de Ravensbrück, 249-250
liderazgo, 36, 116
Stamps, Robert (Bob), 256, 258
Stauffenberg, Claus Schenk von, 183
Stieff, Hellmuth, 128n
Stroelin, Karl, 129
Stuelpnagel, Karl-Heinrich, 129
Sturmabteilung (SA), 22, 26, 30
Sudetenland (Sudetes), anexión alemana de, 24, 28
Sühren, Fritz, 197, 213, 220, 262
Süskind, Walter, 78, 79, 270, 301n79

Taconis, Thys, 43-44
Tavenier, hermana, 230
ten Boom, Arnolda Johanna «Nollie» arresto (redada del Beje), 135, 140, 144
arresto (redada de la casa Van Woerden), 95-99, 306n99
arresto de Peter, 47
Betsie, correspondencia con, 171
concierto de Peter para recaudar dinero para los judíos, 84
con sus hermanos (1910), *19*
Corrie, correspondencia con, 158-159, *159-160*, 170, 180-181, 181-182, 187, 321n170, 322n179
Corrie, regreso de Ravensbrück, 235
cumpleaños 84 de Opa, 67
en *dramatis personae*, 11
en la prisión de Scheveningen, 146, 151, 155-156, 173-174
escondite en la casa, 75
fe en Dios, 97, 144-145
liberación de Scheveningen, 158n, 162, 170n, 321n170
mentir como pecado, 82, 96
nacimiento e infancia, 16, *18*
ten Boom, Casper «Opa»
Altschuler y, 28-31, 106
arresto, 138, 140, 141, 142-143, 145-147, 253
arresto de Hans y, 125
arresto de Peter, 48
atestiguando la expulsión de los judíos, 41-42
asistencia a la iglesia, 45-46
carta a Bob Van Woerden, 111-112
con «invitados» del Beje, *90*, *101*, 303n88
cumpleaños 15, 67
cumpleaños de Flip, 75
cumpleaños de Henny, 111
cumpleaños de Mies, 108-109
directivos de Dreefschool, 65
en *dramatis personae*, 11
en la prisión de Scheveningen, 145-146, 146-147, 151, 152, 154
entretenimiento en el Beje, *94*
fe en Dios, 101, 102, 137, 141
Herinneringen van een Oude; Horlogemaker (Memorias de un viejo relojero), 108-109, *108*
lectura de su testamento, 173-174

libros sobre, 266
matrimonio y familia, 16, *18*, 20
memorial, 241, 304n93
Mirjam y, 100, 101, 102
muerte y entierro, 152-153, 167, 182
nacimiento, 15
Navidad, 225-226
pasaje favorito de la Biblia, 253, 258, 304n93
política de puertas abiertas del Beje, 145, 163
premios y honores, 263
retrato, 235, 241, *263, 266*
radio, 62
recepción de los judíos en el Beje, 48, 64-65, 163
redada de la Gestapo al Beje, 135, 137, 138
retrato fílmico, 256
rutina diaria en el Beje, 68
sobre la muerte como «ir a casa», 147
sobre los judíos como los elegidos de Dios, 42, 80, 146
solidaridad con los judíos, 39
tienda de relojes, 15, 16-17, *17, 21,* 26, 28
Wilhelmus (himno nacional), 46, 69
ten Boom, Christiaan Johanes «Kik»
arresto, 127
deportación, 233, 263
en *dramatis personae*, 11
legado, 266
llegada al Beje, 95, 275
muerte, 264, 345n264
novela histórica sobre, 265
Resistencia, 52, 95, 117, 298n71
retrato, *264*
sobre el crematorio de Scheveningen, 162
ten Boom, Cornelia Arnolda Johanna, «Corrie» «Tante Kees». *Véase también The Hiding Place; A Prisoner and Yet*
Altschuler y, 28, 30-31, 105-106
archivos, 296-297n64
arresto, 134-143, 144-145, 313n135
arresto de Hans, 125, 126-127
arresto de Nollie, 96-97, 98-99, 306n99
arresto de Peter, 48
asistencia a la iglesia, 45-46
atestiguando la expulsión de los judíos, 41-42
Beje tras Ravensbrück, 234-236, 23
bombardeos alemanes de La Haya, 34
Christoffels y, 61, 289n3
con «invitados» del Beje, *90, 94, 101*, 303n88
con Peter, *266*
cumpleaños de Hans, 79
cumpleaños de Henny, 111
Ellen de Kroon y, 254, 256-258 encuentro con Rahms tras la guerra, 251-252, *252*en *dramatis personae*, 11
en la Diaconía (casa de la diaconesa), 230-231
en la iglesia de San Bavo, 236, 241
escondiendo a judíos en el Beje, 48-49, 52, 66-67, 95, 118
escondiendo a los buceadores en el Beje, 70-71, 88
escondiendo a soldados alemanes en el Beje, 78-79
escondite en el Beje, 70-74
Eusi y, 79-83, 301n80
evangelización en Alemania, 246-250, *249*, 251-252
evangelización en Bloemendaal tras la guerra, 242-244
evangelización en los Estados Unidos tras la guerra, 245-246, 256-257, 342n258
evangelización en Uganda tras la guerra, 342n258

evangelización mundial tras la guerra, 252, 253-254, 258-259, 279
Father ten Boom: God's Man, 266
fe en Dios, 131, 136, 141, 155, 158-159, 162, 166-167, 168, 170, 174, 181, 190, 193, 219, 245, 250-251, 321n170
gripe y pleuresía, 131-133, 135, 146, 150, 151, 153-154, 174
Hans y Mies, reunión posterior a Ravensbrück, 238
Hans y Mies, visita posterior a la guerra, 241
It's Harvest-Time (publicación periódica), 266, 345n266
Jop como mensajero, 113-114, 117
lema de evangelización tras la guerra, 242
legado, 258-259
limpiador de ventanas del Beje, 90-91
llegada de Hans al Beje, 62, 64-70, 296n64
memorial de Opa, 24
mentir como pecado, 82-83
Mies y, 108, 112, 113, 238, 24
mintiendo a los alemanes, 40
Mirjam y, 100-101, 102
muerte, 258
muerte de Betsie, 217, 330n218
muerte de Opa, 152-153
nacimiento e infancia, 16, *18*
oficio de relojera, 17-18, 18-20, 24, 26-27, 28, 37-38, 68
perdón a enemigos, 242-243, 249-250, 254-255
Pickwick y, 52-53, 71
piloto británico y, 110-111
planes de evangelización tras la guerra, 208-209, 217, 233, 239-240
policía de Haarlem y, 113-114, 237-238, 335n237
premios y honores, 254, 259, 338n254
radio, 39-40, 41, 62
Ravensbrück, 196-228
Ravensbrück, Biblia, 200-201, 203-204, 206-207
Ravensbrück, enfermedad, 218-219, 221, 224-225
Ravensbrück, equipo de tejido, 205
Ravensbrück, evangelización, 206-207, 208, 214-215, 223, 226
Ravensbrück, liberación, 224-225, 226-228, *227*, 253
Ravensbrück, llegada a, 198-201
Ravensbrück, sentencia de muerte, 205, 207, 222-224
Ravensbrück, trabajo en la fábrica, 205
Ravensbrück, transporte hacia, 193-197, 325n192
Ravensbrück, viaje a casa desde, 229-234
razias, redadas en, 75-76, 299n75
redada alemana temida como inminente, 87-88, 119
redada de la Gestapo al Beje, 134-138, 312n134
redada de la Gestapo a la casa de Willem, 119
rescate de bebés de la guardería judía, 77-79, 300-301nn77-79
Resistencia, encuentro, 52-53, 298n71
Resistencia, notas, 109, 134, 170, 321n170
retiro, 258
retrato fílmico, 256
reunión en el Beje (1974), 267, *267*, *271*
Scheveningen, celda, 150-151, 316n150
Scheveningen, confinamiento en solitario, 154-155, 158-159, 161-162, 167-168

Scheveningen, correspondencia, 158-159, *159-160*, 321n170, 322n179
Scheveningen, cumpleaños, 159, 161-155,
Scheveningen, enfermedades, 146, 150, 151, 153, 174
Scheveningen, entrevistas, 13, 152, 165-168, 169-170, 251-252, 255, 320n170
Scheveningen, evacuación, 175-177
Scheveningen, Evangelios, 153, 155-156, 317n153
Scheveningen, guardias, 154, 174-175
Scheveningen, lectura del testamento de Opa, 173-174
Scheveningen, llegada, 145-146
Scheveningen, tiempo afuera, 161-162, 166-167
simulacros de emergencia en el Beje, 74, 76-77, 85, 86-87
sistema seguro/no seguro del Beje, 71, 135
sobre el Beje protegido por ángeles, 93, 141, 304n93
sobre el control alemán de los periódicos, 39
sobre la invasión alemana de los Países Bajos, 36-37
sobre la muerte de Kik, 345n264
solidaridad de Opa con los judíos, 39n
tarjetas de racionamiento, 49-50, 51, 71
trabajo con personas con retraso mental, 114-115, 166
trabajo de Hans en la Resistencia, 70, 105, 110, 120
traicionada y entregada a la Gestapo, 131-133, 189-190, 242-243, 311n131, 312n133
tras la guerra, 246-250, *249*, 252
vida diaria en el Beje, *19,* 68
visitante de Ermelo al Beje, 131-133, 189-190, 242-243, 311n131
Vught, asesinatos en masa, 192
Vught, campo de concentración, 176-182, 184-193
Vught, correspondencia, 180-181, 181-182, 187
Vught, enfermedad, 179-180, 182, 322n179
Vught, esfuerzos de liberación, 180-181
Vught, trabajo en la fábrica, 187n, 184, 186-187, 188-189
ten Boom, Cornelia «Cor» Luitingh (madre de Corrie), 16, *18*, 20
ten Boom, Elisabeth Bell (abuela de Corrie), 15, 16
ten Boom, Elisabeth, «Betsie», «Tante Bep» (hermana de Corrie)
Altschuler y, 106
arresto, 138, 140, 141, 142, 144
arresto de Hans y, 125
asistencia a la iglesia, 45
bombardeos alemanes, 34
cumpleaños de Flip, 75
cumpleaños de Henny, 111
cumpleaños de Mies, 108
en *dramatis personae*, 11
escondiendo judíos en el Beje, 48, 64-65, 67
Eusi y, 82, 119
fe en Dios, 159, 169, 190, 304n93
interrogatorio de la Gestapo, 136-137
limpiador de ventanas del Beje, 90
Mirjam y, 101, 102muerte, 217, 330n218
nacimiento e infancia, 16, *18*
Pickwick y, 52
planes de evangelización posteriores a la guerra, 208-209, 216, 217, 239-240,

244, 246, 248, 330n216
premios y honores, 263, *263*
problemas de salud, 193, 199, 207, 208, 210, 215-217
radio, 40, 62
Ravensbrück, 196-197
Ravensbrück, Biblia, 204, 206
Ravensbrück, equipo de tejido, 205
Ravensbrück, llegada, 199-200
Ravensbrück, servicios de adoración, 206-207, 208
Ravensbrück, tarjeta roja, 205, 207
Ravensbrück, trabajo en la fábrica, 205
Ravensbrück, transporte hacia, 193-197
redada de la Gestapo al Beje, 135-138
retrato fílmico, 256
Scheveningen, correspondencia, 159, *160-161,* 171
Scheveningen, entrevistas, 162, 169, 171, 252
Scheveningen, evacuación, 176
Scheveningen, lectura del testamento de Opa, 173-174
Scheveningen, llegada, 145-146
solidaridad de Opa con los judíos, 39n
vida diaria en el Beje, *19,* 68, 88, *90, 101,* 303n88
visitante en el Beje de Ermelo, 131-132, 311n131, 312n133
Vught, campo de concentración, 176-179, 181-182, 186-192, 324n191
ten Boom, Geertruida Van Gogh, 15
ten Boom, Tine Van Veen, 18, 21, 173, 233, 263
ten Boom, Willem (hermano de Corrie)
administración del asilo, 234
arresto, 140-141, 145, 314n141
como autor, 263
con sus hermanos (1910), *19*
cumpleaños 84 de Opa, 67
disertación doctoral, 20-21, 285n20
en *dramatis personae,* 11
en torno a la falta de respeto a los mayores por parte de los alemanes, 31
escondiendo judíos, 42, 67, 264
estudios sobre el antisemitismo, 18, 20
evangelización, 17-18, 20, 21
legado, 263-264
muerte, 249
nacimiento e infancia, 16, *18*
preocupación en torno al destino de Kik, 233, 263-264
preocupación en torno a los pogromos contra judíos, 21
prisión de Scheveningen, 162, 171, 173-174
redada de la Gestapo al Beje, 135, 140
redada de la Gestapo a su casa, 119
regreso de Corrie desde Ravensbrück, 233-234
retrato, *22, 264*
retrato fílmico, 256
tarjetas de racionamiento, 49
tuberculosis, 234
ten Boom, Willem (abuelo de Corrie), 15, 16, 112, 284n16
«teoría del retroceso», 32n
Theresienstadt, campo de concentración de, 266, 268, 270
Tiny (prisionera de Ravensbrück), 223-2224
Toos, señor, 235, 236
Tresckow, Henning von, 184
Trommer, Richard, 220
tropas de asalto. *Véase* Sturmabteilung

tulipán, bulbos como comida, 54, 61, 203, 226

Van Asch, señora, 120
Van Dantzig, Henny
advirtiendo a Corrie de la invasión a Italia, 88
concierto en el Beje, *94*
cumpleaños, 111
piloto británico y, 110
redada de la Gestapo al Beje, 135
relojería del Beje, 26, 66, 97
ten Boom e «invitados», *101*
visitante de Ermelo al Beje, 311n131
Van der Bijl, Andrew «Hermano Andrew», 254, 256
Van Gogh, Geertruida. *Véase* ten Boom, Geertruida Van Gogh
Van Hoogstraten, Conny, 253-254
Van Hulst, Johan, 79
Van Itallie, Mary
arresto, 173-174, 189, 234-235, 268
bendición para, 268, *268*
como refugiada permanente del Beje, 11, 275, 298n70
edad, 70, 298n70
huida del Beje y retorno, 98, 100, 102, 104, 125, 131
llegada al Beje, 70, 275
Mies y, 107, 113
Mirjam y, 101, 102
muerte, 268
nacimiento del hijo de Eusi, 119
prometido, 92
provisiones de la guarida de los ángeles, 131
redada de la Gestapo al Beje, 134, 138, 149-150, 312-313n13
simulacros de emergencia en el Beje, 76-77
vida diaria en el Beje, 89, *90*, 92, *93*, *94*, 97, *101*, *118*, *268*, 303n88
Van Leyenhorst, Evert, 124
Van Logteren, Jan, 235
Van Messel, Hans, 11, 134, 138, 149-150, 275, 312-313n134, 316n148
Van Overeem, señora Loes, 172
Van Riessen, Henk, 140
Van Rijn (trabajador clandestino), 120-121, 123, 124
Van Sevenhuysen, Tom. *Véase* Gazan, Ronnie
Van Veen, Tine. *Véase* ten Boom, Tine Van Veen
Van Woerden, Aty, 226, 345n266
Van Woerden, Bob, 111-112, 299n75
Van Woerden, Cocky, 11, 36-47, 48, 75-76, 159, *160-161*, 345n266
Van Woerden, Flip, 67, 75, 84, 96, 151, 159n, 162, 171-173
Van Woerden, Noldy, 345n266
Van Woerden, Nollie. *Véase* ten Boom, Arnolda Johanna «Nollie»Van Woerden, Peter
arresto (himno nacional), 46-48, 50-51, 53-56, 295n53
arresto (redada al Beje), 139-140, 143-144, 144-145, 315n144arresto de Nollie, 96-97
como visitante del Beje, 225, 307n57
concierto para recaudar dinero para los judíos, 84-86
disfrazado como mujer, 56, 84, 86
en *dramatis personae*, 11
en la prisión de Scheveningen, 146-147, 151-152, 155-157
entrevista en Scheveningen y liberación, 162-164, 171
escondiendo un radio, 40, 137
Eusi y, 52
fe en Dios, 151-152, 156, 163-164
It's Harvest-Time (publicación periódica), 266,

339n255, 345n266 libro de visitas del Beje, 345n266
memorias, 279
Navidad, 225-226
religión, importancia de, 47, 51
redada de la Gestapo al Beje, 139-140, 313n135
redadas, razia, 54-56, 75-76, 299n75
retrato fílmico, 256
tocando el órgano, 45-46, *45*
vida en la posguerra, 251, 264, 266, *266*
Varsovia, Polonia, 35n
Vaticano, 33
Veen, Tine Van. *Véase* ten Boom, Tine Van Veen
«Verdonck», *101*
Vereide, Abraham, 246
Vinke-Dekema, Hanneke, 265
Visser 't Hooft, Hendrik, 130
Vogel, Jan (visitante de Ermelo en el Beje), 131-133, 189-190, 242-243, 311n131, 312n133
vom Rath, Ernst, 25
Vught, campo de concentración, 181-192
ejecuciones, 182, 185, 191, 192, 324n185
evangelización de los Ten Boom, 178-179, 181, 189-190
fábrica Philips, 181, 184, 186-187, 188-189, 190
«la General» (guardia cruel), 177-178, 180
pases de lista, 177, 178, 182, 187, 189, 190
prostitutas, 187
signos de la victoria de los aliados, 191-192, 324n191
trabajos forzados, 182, 185, 186-187
tuberculosis de Corrie, 179-180, 182
Waard, señora, 228
Wachsmann, Nikolaus, 338n253
Wagner, Eduard, 128n
Wehrmacht
batalla de las Ardenas (del Bulge), 218
complots contra Hitler, 32, 33, 128n
desertores en el Beje, 78-79
invasiones por la, 32, 33-37, 41
rendición en Holanda, 241
ss despreciadas por la, 150-151
Welczeck, Johannes von, 25
Wertheim, Johannes Gustaaf (Jobs), 266
Wessels, Henk
como refugiado permanente del Beje, 11, 275, 296n64
dejando el Beje, 95
llegada al Beje, 70-71, 275, 303n88madre, 101
padre, *101*, 100
redada alemana temida como inminente, 87-88
rescate de bebés de la guardería judía, 300-301n78
simulacros de emergencia en el Beje, 76-77, 86-87
vida diaria en el Beje, 88, 89, *89*, *90*, *93*, 303n88
Wessels, Mies
cumpleaños, 107-109
educación, 60
encuentro con Corrie tras Ravensbrück, 238
Hans, correspondencia con, 68, 79, 107-108, 158
Hans, matrimonio con, 267
Hans, romance con, 60, 66, 74, 92, 107-108
libro de visitas del Beje, *267*, 271
reunión en el Beje (1974), 267, *271*, 271-272
vida en la posguerra, 241, 269, 272
visita en Navidad, 112-113, *113*, 307n113
Westerbork, estación de tránsito, 57, 59, 77, 270

Wiedijk, Henk
altura, 88, 303n88
arresto de su madre, 101
en *dramatis personae*, 11
huida del Beje y retorno, 98, 100
llegada al Beje, 88-89, 275, 303n88
redada de la Gestapo al Beje, 312n134
reunión posguerra, 269vida diaria en el Beje, 89, 90, *94*, *101*, *268*, 303n88
Wilhelmina, reina
abdicación, 259n
con el corazón roto por la barbarie en contra de los judíos, 59-60
confianza de posguerra, 242
evacuación hacia Inglaterra, 35-36
invasión alemana de los Países Bajos, 34, 35-36
memorias, 343n259
mensajes por radio, 35, 38, 39, 41, 59-60, 62
plan de captura de Hitler, 34
sobre Hitler, 22, 23-24
Wilhelmus (himno nacional), 46,-47, 68, 241
Wilkerson, David, 254
Willemse (agente de la Gestapo), 121-127, 134-138, 145, 189
Winkelman, H. G., 34, 35-36
Witteveen, Dominee (ministro de la Iglesia Reformada holandesa), 15
Witzleben, Erwin von, 32n